目 录

001　引子

011　外面的世界很新鲜

046　写作狂悲歌

092　"野鸽子"与"潜水艇"

134　"青苹果"的烦恼

175 青春名利场

218 都市里的"灰姑娘"

251 一个浪漫女孩的心理自卫

295 幸福的起点

320 男儿十八闯天下

363 后记:什么是青春

引 子

青春是个永远不老的话题。

正像太阳每天都是新的一样，每一代人的青春都是鲜灵灵的，好似带着露珠的花朵，那样明艳，那样动人。

青春到底是什么？

有人说，她是人生的黎明；

有人说，她是生命的蓓蕾；

有人说，她是时代交响曲的第一乐章；

……

这些比喻都是不错的，富有诗意，富有哲理。但是，在我看来，青春更像是人的第二次诞生，甚至可以说是真正意义上的诞生。她是一种新的伟大的生命力，犹如从黑暗中喷薄而出的一轮朝阳。

既然是诞生，就难以避免血污和哭喊，并且时时伴着剧痛与危险。可是，新的生命力有着惊人的顽强。她的肩膀虽然稚嫩，却扛住了死亡的闸门，让自己的辉煌染红天际，给人类带来由衷的欣喜和希望。当然，也会有不幸的事儿发生，如在诞生中变形，在诞生中窒息。可以说，青春既有无与伦比的光彩，也有吉凶难卜的悲壮。

这便是我对当代少男少女命运的总体思考。说少男少女而不说中学生，是因为处于青春期的准青年们，有些已经不是学生了。

有一阵子，我曾收到2500多名少男少女的来信。事情的起因是这样的：1990年夏天，我的一本报告文学集《16岁的思索》，由少年儿童出版社出版了；随后，应《少年文艺》和《少男少女》两家颇有影响的杂志之邀，我写了《谁来握住我的手》和《扬起呼啸的鞭子》两篇文章。也许是我的作品和文章像怪物吧，竟让敏感多思的少男少女们难以平静了，纷纷来信，与我讨论各种问题。他们诚挚认真的态度让我深为感动。

我敢说，少男少女是最热情、最坦诚的读者。如果说，他们的来信仅仅是赞扬我一番，或仅仅是想与一个作家建立通信联系，那是绝不会让我激动的。事实恰恰相反，他们将我认作可以信赖的朋友，向我诉说藏在心灵深处的各种秘密，把一些羞于启齿的隐秘也详细道来，甚至把他们视为超级秘密的日记和"情书"也寄给了我。同时，他们对我和我的同行们的作品评头论足，毫不客气地提出批评和建议。许多来信长达七八页，这对学业竞争激烈的中学生来说，是相当不容易的。有一名中学生告诉我，为了安全地写完这封长信，他以温习功课为掩护，熬到家长睡了以后才动笔，因为家长向来反对他做这种与学习无关的事。还有些中学生说，这是他们第一次给陌生人写信，第一次敞开自己的心扉……

直到今天，每当我走进位于北京西郊的中国青少年研究中心，仍会收到厚厚一摞来信。同事们称我"第一收信大户"，的确名副其实。这些信来自祖国的东南西北，有的来自海南椰林，有的来自天山脚下，有的来自松花江畔，有的来自舟山群岛，还有的来自深圳和厦门……与平日收到的成年人的信明显不同，少男少女们的来信折叠得非常艺术，有的叠成船形，有的叠成戴斗笠的女孩，更多的叠成飞鸽形状，并在头部画上眼睛，引发收信人无限遐思。

仔细阅读了每一封来信后，我吃惊地发现，来信者的年龄大都在16岁左右，并且格外喜欢讨论16岁。也许是我那本书的书名《16岁的思索》，也许是我在文章中的设问"16岁是什么样的年龄"，居然引发了一场关于16岁的讨论。

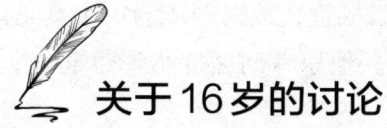 ## 关于16岁的讨论

尊敬的读者朋友,请您随我来,来阅读一组少男少女的来信,这不仅会增加您对他们的了解,也会悟出我为什么要写这部长篇纪实性小说。从信中可以看出,当代的少男少女们一个个憋了一肚子话,早就盼着有个可以信任的倾诉对象了。因此,尽管他们并不清楚我的年龄与性别,却毫无顾忌地打开了话匣子。

家住贵州省贵阳市咸清路的高中一年级学生程颖,在来信中称我"孙云晓大姐"。

她写道:

虽然,我邮购的《16岁的思索》还没有收到,却想给你写信。知道吗,买这本书还有一段小插曲呢。今年的7月18日是我16岁的生日。那天一早我就到花溪去玩了。下午回来的时候,第七期《少年文艺》已经来了。我想先随便翻翻,晚上再仔细看。突然,"谁来握住我的手——谈《16岁的思索》"映入眼帘,我真有点儿受宠若惊了。16岁这么热情,我刚上第十六只小船,还不时依依不舍地回头张望那渐渐漂远的15只小船,16岁就叫我拿起桨往前划。说真的,云晓大姐,我最爱的还是15岁。也许你会问我为什么。很多很多的故事塞满了第十五只船,那只小船很沉很沉。可是,那却是我的第一步,我是在15岁开始真正起步的!世界上最无情而又最多情的,除了时间还有谁呢?其实,16岁也是挺美的,挺诱人的。只要我们创造,无论哪个季节都会飘香的。云晓大姐,你说呢?我跑过来握住了你的手,我们可以一起走吗?可以扶我一把吗?

很显然,程颖是个充满诗情画意的女孩子,正生活在浪漫的季节。比

她大一岁的男孩子李灯宏，则多了一些困惑。尽管，他渴望成为一个真正的男子汉，却又改不掉爱伤感常落泪的习惯。他思考问题变得严肃起来，还称我"孙云晓同志"。

李灯宏是从他的家——湖北省咸宁市齐心村来信的，他写道：

告别1990年7月26日，我便告别了16岁，但我永远都难以忘却这段时光，风风雨雨，欢笑痛苦，尽在其中。当我刚刚跨入17岁的时候，我便想，一定要珍惜眼前美好的时光和有限的青春。

我是男孩，我同意您文章中关于男孩子的观点：16岁是内心多变、野心勃勃的年龄。但这只是16岁中的一点点内容，16岁是一个永远都难以说清楚的年龄，16岁是朝气和活力的象征，16岁拥有无穷无尽的幻想与美梦。

男孩子的幻想总是带点冒险精神和传奇色彩，攀登珠穆朗玛峰，飞上月球，或者去神农架探险。男孩子的梦稀奇古怪，看了小虎队便模仿赶时髦，甚至看了《少林寺》便想当和尚。我也曾有过这样的梦。

女孩子则喜欢围着书摊叽叽喳喳，更喜欢超短裙、迷你裙。今天时兴这，明天又时兴那，一天换一样，把自己打扮得花枝招展。各种化妆品，一眼便能辨出真伪。

有时候，16岁有点疯，就像精神病患者。我很喜欢看书，看到伤感之处不禁落泪。我是不是男子汉？怎么竟染上了林妹妹触物伤怀的毛病，堂堂男子汉怎么能像女孩子那样哭哭啼啼？唉！我真是杞人忧天，何必为作家虚构的人物而落泪伤神！走在路上想起这份痴傻，我哈哈直笑。有个老头儿盯着我看了半天，摇摇头说："精神病的年龄。"

对自身认识的不断深化，是人类进步的一个趋势。那么善于描述自己的情感世界，则是当代少男少女的特点之一。虽然，其中不难发现言情小说的影响，但从根本上说，这仍然是时代发展带来的结果。社会生活的急剧变化，给许多人造成心理上的难以适应，促使他们主动地来探索自身的变化规律。江苏省南通市如皋卫生学校的吴铭泥同学来信诉说的正是这样一种情况。

她在信中说：

自己也不懂为什么会给您写信。在《少年文艺》上看到您的地址那一刹那，我就想给您写信了。这个想法在脑中固执地停留着，终于，我铺开了纸，提起了笔。我现在很需要一个倾诉对象，很需要一个素不相识、彼此不了解的人好好谈谈。人有时很需要这种朋友，尤其像你们这样的。

当我们有了属于自己的秘密后，就开始有了自己的苦恼、困惑和迷茫，心情就会变得沉重，变得矛盾，总有一种沉沉的压抑感。这种感觉很无奈，却又挥之不去，抹之不掉。我们很像处在十字路口的小羊羔，不知身往何处。这时候，我们很需要周围的人来帮我们一把，来指点一下，好让我们尽快找到答案。不知所措的小羊羔，最容易被周围的环境影响，也最容易被周围一些人所左右，因为这时的我们最敏感、最脆弱，又最迷信。我们很自负，有很强的自尊，却非常非常地幼稚，分辨能力也相当差。所以，我总以为16岁是个危险的年龄。我身边的不少同学，就是从地摊小说和社会上一些不良少年那里得到答案，而走上另外一条路的。

每个青少年都有做不完的梦，都有一首长长的幻想曲。每个青少年都想拥有世界上一切辉煌与灿烂。我们满脑子装着美好的梦幻，却又不肯付诸行动。我们这代年轻人缺少耐力，缺少一种肯吃苦的精神。

其实，处在青春期的少男少女心态很微妙，很难说清楚。所以，我认为，许多作家的作品都没能描绘出少男少女深层的心灵。但话说回来，有时我自己也觉得很难了解自己，自己也无法用笔记下自己复杂的心路历程……

应当说，吴铭泥的上述分析是真实而深刻的，可以说既准确又形象，这表明她的头脑是清醒的。这一点对少男少女来说是难能可贵的，因为，不能正确地认识自己是相当多中学生的根本弱点之一。在他们的心目中，要么把自己看作天下超一流的英雄，要么把自己视为世上最不幸的人，似乎人人都对不起自己，其结果必然是在无情的现实面前碰壁。

吴铭泥自然有她的追求，她在信的后面写道：

很喜欢跟那些年长之人交朋友，因为他们在生活中经历了风风雨雨，对命运都有一番深刻体味。跟他们交谈，往往有一种"听君一席话，胜读十年书"的感慨。

当我有一天，能真正面对世界、面对现实、面对自己时，才知道世界太大太大，而自己太小太小，但我仍保持着一份强烈的求知欲。

我不想名垂青史，却想显赫一时。很希望能引人注目，以满足我可怜的虚荣心，填充我勃勃的野心。可怜我至今还是一只丑得一塌糊涂的丑小鸭，常常在梦幻与现实中徘徊挣扎。

很想出去闯闯，不管外面的世界是否精彩，是否无奈，只想出去感受一下，体味一番，好让自己更富有。

我发现，16岁的少男少女心特别容易相通，纵然远隔天南地北，他们的思索也惊人地相似。譬如，甘肃省正宁县一中张剑雄的来信与吴铭泥的如出一辙。

这个刚过了16岁生日的少女写道：

关于16岁，人们已经说了许多。我想，没必要再大谈特谈16岁的莫名其妙，16岁的朦朦胧胧。我们该说另一些新的内容，16岁毕竟不是一色花。

16岁的少男少女们，有时坚强得令人吃惊，有时又脆弱得不堪一击。他们敏感、好奇心强，往往表现出超常的毅力或忍耐力。他们想象丰富，容易陷入梦幻中，同时，由于自我意识的提高，他们能果断地决定自己要干的事。所以，16岁是个对事业、前途、生活道路有深刻影响的年龄，是少年时代与青年时代的转折点。所有16岁的朋友，应好好把握这个年龄，明确自己的理想，去奋斗，去拼搏。

诚然，16岁是个多梦的年龄。我们说青春不能没有梦，并不是梦越多越好的意思。有价值的梦能给我们启迪和力量，而虚幻的梦只能浪费感情和时间。我们谁都不愿意给自己留下一页写满恩恩怨怨、悲悲凄凄的记忆。有许多比"一个清纯的女孩款款走来""一个潇洒的男孩走进梦乡"更重要的事摆在我们的面前。我们应该抛弃"一份莫名的惆怅和烦恼"，轻松洒脱地学习、生活。真正的浪漫是不经意的，更不需要神经兮兮。我们大呼"理解万岁"，却在呼喊中忘了理解别人。多少心灵已筑起高墙，多少心灵已陷入困惑，因为我们16岁！

16岁是这个样子吗？不！16岁一样需要阳光和蓝天，16岁一样需要勾股定理。只是，16岁学会了思索，16岁学会了不能算成熟的成熟。16岁的我们，应该自然地拥有这段美好的时光。

孙老师，这就是我的看法。我特别欣赏您文章中"16岁是开始学会思索的年龄"这句话。尽管，我有时也会做一些莫名其妙的事，但我总能把握住自己，因为我学会了思索……

从一封封来信的比较中可以看出，不同的感受产生于不同的经历。前面四名少男少女虽然也感到某些困惑，但生活还算顺利，那种淡淡的惆怅与痛苦染着美丽的色彩。然而，遭了失学之苦的杨勇军和袁建兰，他们的不幸犹如砸了脑袋的石头一样，既实实在在又坚硬难消，其感受也就不再飘逸了。

河北省肥乡县（现为肥乡区）的杨勇军在来信中称我"云晓大哥"，他说：

今年我正16岁，是个初三毕业生，中考被刷下来的一个失败者。我不但失败了，而且败得很惨。在我们这里，大多数人读书是为了考中专，在考不上中专的情况下，才勉强上高中。父母对我抱着很大的希望，希望我考上中专，而我却很不争气，连高中也没考上。这对父母的打击太大了，他们整天阴沉着脸，我也成天惶惶不安。16岁是个什么样的年龄呢？在我的心目中，16岁是沉重的。在16岁这个年纪，我感到了生活的沉重……

与杨勇军命运相似的袁建兰，是新疆鄯善县七克台乡的16岁少女，目前正在家待业。她在来信中悲叹道：

16岁理当拥有很多，还有七彩的梦。但是，一旦梦失去，留下的只有痛苦和彷徨。人生到处是绊脚石，烦恼有增无减。我觉得，16岁是一个一不小心就会顺坡滑的年龄。你说对吗？

啊，说不尽的16岁，说不尽的青春！

我常常在想：少男少女们为什么如此偏爱16岁呢？不要说人生的长河了，仅就青春期而言，难道只有16岁最重要吗？众所周知，标志着青春期来临的，开始承担刑事责任的14岁，以及开始拥有公民选举权和被选举权的18岁等，都比16岁更具有实质性的意义。然而，少男少女们依然感慨万分地谈论16岁，一往情深地赞美16岁。

我忽然明白了，就像早春并不能充分展示春天的魅力，青春期初来之际，巨变中的少男少女手忙脚乱，也难以从容地表现出青春的风采。当他们走向16岁或经历了16岁时，好似雨过天晴，鸟语花香，诗意犹如春潮奔涌。尽管，各种坎坷与磨难仍时时缠绕，这又恰好给了他们锋芒初试的机会，去认识社会与人生。16岁是诗的年龄，是开始悟出生命意义的年龄。

16岁的建议

特别令人感动的，是少男少女们直言不讳的态度。他们对我是相当尊重的，但评论起作品来却一针见血，毫不留情，并郑重地提出各自的建议。

杭州市第十四中学高中一年级的女生陆海蓉，是风帆文学社的社长。她刚刚在植物园里度过自己的16岁生日，便给我写来长达五页的信。

她开门见山地说：

> 看了《16岁的思索》后，我觉得您还并没有真正走进这个年龄的世界。尽管您的作品所反映的都是真实的，但我认为都太特殊。哪怕是您把笔对准那些按理来说是极为普通的、易被人们忽视的所谓"第三世界"的同学的内心时，我觉得还是太特殊。您难道不觉得该用您的笔，用您对当代少男少女的那一份挚爱，去写一写这个年龄中最多，但也最平凡的普普通通的真实的孩子？
>
> 说真的，无数的16岁孩子都平平凡凡地过着合情合理的生活。在大人们眼里，这也许是个天真烂漫、无忧无虑的年龄，是个好好学习、不断充实的年龄，然而这都是一些表面现象。如果您能真正走进去，您会发现许多值得写的东西，它们沉睡在这个年龄的底层。为了适应社会，无数少年将它们埋进了心底，而让自己尽力去成为社会所期待的16岁孩子。可这些不为人知的想法或疑虑，正是我们刚刚开始成熟时迸发出的火花，也是最真实的。我想，您应该到普普通通的中学生中去走一走，去挖掘一下，其实每个人心里都有一本已经不薄的书了。
>
> 您瞧，我不知胡说了些什么，总觉得自己要表达的意思和写在纸上的相距太远，但愿您能领会。《16岁的思索》一书，我的一些同学都抢着要看，看后都说好，但又都觉得离我们还有一段距离……
>
> 我16岁了，似乎才明白"适者生存"。达尔文的进化论对我来说，犹如一双有力而残酷的大手，将我放进了这个社会，不让我超越，直至叫我不再做无用的抗争去努力在这个社会里创造自己全部的价值。也就是说，我不得不适应社会，而不能叫社会来适应我，这便

是我现在的结论……

上海的女高中生鹿鸣，写来十页之长的来信，简直像一篇当代中学生题材文学作品的述评，批评之尖锐，是我在正式出版物上从未见过的。

她在信的最后说：

> 写中学生的作家们，脚下是一条艰难的道路。但是，总得有人去闯，你说呢？数风流人物，还看今朝啊！要写就要写成功。不是先写，而是先去了解，先去体会——这样才能成功！

我捧着一封封来信，就像捧着一颗颗滚烫的心，充满了神圣感和责任感。接着，我就坐卧不安了，仿佛随时都看见一双双期望的眼睛。

多少个夜晚，我伏案疾书，给各地的少男少女们复信。在全家人的帮助下，复信量超过了1500封！但是，我的内心并不安宁，我深知读者们盼望的并非只是一封回信，而他们关心的诸多问题，也不可能在一封信里回答清楚。

蓦然，一个重大的计划浮现了：开始一次文学旅行，去各地寻访那些肯向我诉说内心秘密的少男少女朋友，写一部刻画当代中学生群像的纪实文学作品，力求真正进入少男少女的神秘世界。

从此，孤身长旅的计划一天比一天强烈地吸引着我。之所以如此，是因为我在反复阅读那些挑选出的来信时，发现了大量的心理健康问题。联合国世界卫生组织对健康所下的定义是：健康不仅仅指身体健康，还包括心理健康和社会适应良好。然而，十年采写少男少女生活的经验告诉我，影响他们正常发展的关键障碍，恰恰是心理健康方面的缺陷。我想，下一番大功夫，调查和采写清楚少男少女在青春期里的心理健康状况，既是文学表现的一个新领域，又是有益于少男少女和谐发展的新探索。

外面的世界很新鲜

 一

> 别人不喜欢我,我自己喜欢我,我觉得我比周围的人高尚多了。可是,每当看见一群群同龄人有说有笑地走着,而我却孤身一人游荡时……我的心便如刀绞一般疼痛。
>
> ——徐牧云日记

在准备文学旅行的时候,我无意中翻出了一封信。信是北京一个名叫徐牧云的女中学生写来的,诉说她走出孤独的新鲜感受,并附了一篇过去的日记。记得我已经复信给她,却记不清说了些什么,只在她的原信上留下"严重孤独可面访"几个字。是什么惊人的事牵动过我的心?我开始重读徐牧云14岁生日的那篇日记。

她写道:

14年前的今天,上帝赐予我生命,使我降生到这纷乱的人世。我孤独地度过了14年,其间尝尽了没朋友的痛苦。我曾经努力地追寻过,可总是失败,以至于对失败的感觉由伤心变成麻木了。我曾放声

痛哭：上帝啊，你既然已经赐给了我生命，为何不再赐给我幸福？别人都说你是世间最公正的，为何你对我如此不公？你既然能预知我的命运，为何还要创造我？你开了一个多么残酷的玩笑！

今天，是我14周岁的生日。人人都说生日是最快乐的，为什么在我的脸上却找不到一丝笑意。桌上摆着蛋糕，点着蜡烛，却没有人为我唱祝福歌，更没有人对我说"Happy Birthday（生日快乐）"，连父母都到外地出差去了。桌上的蜡烛一闪一闪的，我却没有勇气把它们吹灭。我有一种莫名的恐惧感，仿佛如果把它们吹灭了，就会有灾难降临到我的头上。真的，我真的害怕，怕14岁的孤独。我宁愿永远这样坐着看蜡烛燃烧，也不愿意跨进14岁的门槛。

有人说，十三四岁是充满欢乐的年龄，但我觉得十三四岁是残忍的年龄，它扼杀了我那颗纯真的心。在13岁时，我考取了重点中学，却也因此失去了唯一的朋友。我几乎成了机器人，每天就是起床、吃饭、上学、放学、赶写作业，除此之外便是忍受孤独和寂寞。我厌倦了这痛苦难熬的岁月，厌倦了枯燥乏味的读书生活，厌倦了那虚伪的人际关系。现在，唯有文学作品和音乐尚能给我一点慰藉，不然，我真不知还活着干吗。

我不愿乞求别人给我友谊，我要去寻找和争取。一天又一天过去了，我还是没有找到。每天，看着同学们互相利用，看着他们那硬挤出来的干笑，我的心里有一种痛楚，又有一丝得意，仿佛不花钱白看戏。这也许是幸灾乐祸吧，或许还是一种变态心理。由于我长期在一旁看别人做事，我养成了对任何事都冷眼旁观，而不愿意介入的习惯。于是，我更加孤独了。

虽然如此，我渐渐地并不那么厌世了，大概是习以为常了吧，有时还发现生活中有许多美好的东西。别人不喜欢我，我自己喜欢我，我觉得我比周围的人高尚多了。可是，每当看见一群群同龄人有说有笑地走着，而我却孤身一人游荡时，每当课间休息，同学们三个一群五个一伙热热闹闹谈天说地，而我却独自站在一边时，我的心便如刀绞一般疼痛。我不知该怎么办，只感到活在世界上太累了，尽管我并未干什么了不起的大事。

14岁会怎么样呢？我不知道。

仔细读完徐牧云的14岁日记，我决定马上采访她。我注意到写日记的时间是三年前，这就是说，她已经17岁，该上高二了。三年多的时间，对变化迅速的中学生来说是漫长的。了解一下她的变化，不是很有价值吗？这或许可以为我的文学旅行提供一些经验。

在少男少女们的大量来信中，诉说孤独之苦的内容占了相当高的比重，可见这成为一个普遍性的问题。海南一名男中学生来信，称自己生活在"孤独的冰山下"，"心已结了冰，厚厚的冰难以融化"。那么，这种四季不化的"冰"来自何处呢？难道它永远都四季不化吗？

我欣喜地发现，徐牧云在信中说她已开始走出孤独的迷宫，已开始进入快乐的世界。这好似严冬过后枯枝上萌发的一抹新绿，给人带来春的消息。

当天晚上，我就按照徐牧云留的电话号码，给她家打电话了。接电话的是个中年女子，显然是徐牧云的母亲。与有些母亲不同，她对我未做任何"审查"，便喊道："牧云，你的电话。"程控电话的话筒传音十分清晰。我听见一阵走近的脚步声，还伴着口哨和响指，接着就出现一个平静的女孩声音："喂，我是徐牧云。您是谁？"我报了姓名之后，她惊叫了起来："噢！是孙老师啊！想不到您还真给我打电话呀！"

我简略地谈了一下想法，提出了采访的要求。她"哦"了一声，表示同意。我看看表，已经18点20分了，于是商量道："我如果现在就去，行吗？""行！"她完全有权决定自己的事情，一口答应下来。

徐牧云的家在北京东郊，那是一座17层高的塔楼，而她家恰恰在第17层上，这使我不知怎么联想到了"高处不胜寒"。

我停好自行车，刚走进楼道，一个胖乎乎的小姑娘迎了过来，迟疑地问："您是孙老师吗？"我一愣，马上明白了，反问："你是徐牧云吧？"我们一齐笑了起来。她晃了晃手中的《16岁的思索》，补充说："这里有您的照片，我早就认识您啦，可又怕万一认错了人，怪难堪的。"

小姑娘带我乘电梯，比腾云驾雾还快，转眼进到了她的家。此时，她的父母早已备好了水果，还有国产的云垦咖啡，像迎接贵宾一样迎接我的到来。她的父亲40多岁的样子，宽宽的额头，戴一副宽边的黑眼镜，给人一种稳重深沉的印象。她的母亲面相和善，言谈举止随和亲切。寒暄中得知，他们都在一家新技术开发所工作。

话题自然从徐牧云开始。妈妈一张口便叹气，眉头皱得很深，说："这丫头从小就是倔性子，本指望大一些能改一改，谁知越来越倔，真让人担心！她吃了不少苦头哇，不知到何时算一站。"说罢，瞥了女儿一眼，女儿不服地噘了噘嘴巴，把头扭向一边。爸爸提起女儿倒宽容地笑了，说："孩子嘛，磕磕碰碰有好处，如今这竞争激烈的社会，经不起挫折怎么生存？所以，我不怎么管她，自己的路自己去闯嘛！"我发觉，一听爸爸开口，牧云的头自动转回来了。

只聊了几分钟，牧云的爸爸便站了起来，主动提议说："我们别喧宾夺主，你们谈吧！作家的话可比家长的话有影响力啊！"这一下，牧云开心了，端起客厅的水果和咖啡向自己的王国走去。

这是一间12平方米的南屋，除了一张单人床、一张写字台和两个书柜外，居然还有一张琴桌，上面放着如出土文物般的七弦古琴。那琴盖是开着的，显然，琴的主人今天还弹过它。

我饶有兴致地问：

"你会弹古琴？"

牧云自豪地回答：

"会一些，您想欣赏一下吗？"

见我点头，她正色道：

"弹古琴要保持圣洁之心，我得去洗洗手，静静心。请您稍等一会儿。"

片刻，牧云回来了。她先把古琴端详了一遍，然后稳稳地坐下，神色

庄重地准备抚琴。她转过头来,轻轻地说:

"好啦,我开始弹,您用心去听,捕捉一下感觉。"

说罢,她全神贯注地抚动七弦。古琴顿时活了起来,如涓涓小溪流动,又似大珠小珠落玉盘,它让我想起了去浙江绍兴参观过的越王台,想起了淡泊一生的诸葛亮……真微妙,一支古琴曲,竟让现代人发思古之幽情。牧云琴艺娴熟,一会儿像溪边漫步,一会儿势如奔马,热烈如炽,给人以难得的享受。

她演奏完毕,定了定神,微笑着问我的感觉。我把上述感觉大致说了一遍,她听得两眼发亮,兴奋地叫道:

"太棒了!孙老师,咱们是知音呀!您知道我弹的是什么曲子吗?"

见我摇头,她连声说:

"《流水》!《流水》!这是非常古老也非常有名的古琴曲。"

我也兴奋起来,想不到一曲古老的《流水》,一个美丽的传说,如此巧妙地拉近了我们之间的距离。

牧云告诉我说:

"《流水》是世界名曲。1977年8月20日,美国发射了两艘'航行者'太空船,科学家们希望它们有一天能遇到地球以外的'人类'。为此,太空船上带有一张喷金的铜唱片,上面录有27段世界著名的乐曲,其中就有中国的《流水》。据说,这张铜唱片即便过10亿年也依然会铮亮如新呢。"

我陷入了沉思:孤独的徐牧云,为什么特别喜欢《流水》这支古琴曲呢?这是否传递出了她渴望寻求知音的心声呢?

我问道:

"牧云,在我来之前,你是否也在弹《流水》呢?"

她默默地点头,回答:"三毛死了,我是弹给她听的。"

我这才发现,写字台上摆着台湾女作家三毛的遗像,那相片上的三毛长发披肩,一脸愁容,正在亲吻一只玩具熊猫。在遗像的边上,是这位自杀身亡的女作家的一摞著作:《撒哈拉的故事》《雨季不再来》《哭泣的骆驼》《千山万水走遍》等等。

三天前，即1991年1月4日清晨，享誉海内外华人世界的女作家三毛，用一条咖啡色长筒丝袜将自己吊死在台北荣民医院，从而结束了年仅48岁的生命。我知道，三毛自杀会对少男少女产生很强的刺激，但未料到，徐牧云会以如此深情的方式去怀念她。我意识到，我们很有必要讨论一下三毛之死，可是，今天晚上时机并不成熟。因此，我与她约定改日专谈三毛之后，便把话题转了回来。

与少男少女交往的多年经验告诉我，与他们打交道不可绕弯子，而要动真格的，以真诚换取真诚。所以，我开门见山地说：

"牧云，你的信和日记我看了多遍，很受感动。在我看来，你的困惑与痛苦实质上是这一代中学生所共有的，只是你也许更典型一些，因此很值得仔细解剖一下，做出深刻的思考。这样做的结果，对你和对广大中学生都是有益的。你愿意配合我做这件事吗？"

她静静地听完，思索了好一阵子，说：

"孙老师，我是很信任您的，也愿意配合您的采访。不过，虽然我现在已经是首都中学生通讯社的社长了，采访我的人却往往失败，就连一位名记者采访我之后，都摇头说没法写呢。您不怕白耽误工夫吗？"

"那位名记者为什么说没法写呢？"我也忍不住好奇，脱口问道。牧云告诉我："她觉得我太怪，不符合好学生的标准呗，即便写了也难以发表，谁还去讨没趣？"

听到这里，我放下心来，说：

"我不怕你怪，就怕你不讲真话不道实情。只要你敢于坦露自己的内心世界，这研究便成功了一半。即使不能发表，研究成果也自有其价值呀，况且，事情还不至于糟到那一步吧！"

"那好吧，咱们一言为定！"

牧云一激动，竟伸出了手。就在握手的那一刻，我感到了成功的希望：一扇神秘的心灵之门，向我打开了。

这天晚上，我们像久别重逢的知己一样，聊了许多许多。临别的时

候,牧云打开了上锁的抽屉,取出一包文稿交给我,说:

"这是我走过的一段路,全是真实的记录,您带回去看吧,看后咱们再聊。"

二

> 其间包含了多么动人的追求啊!然而,试想一下,像她这样为人处世,能不在现实中撞得头破血流吗?理想的未必现实,现实的未必理想。那么,到底是她错了,还是社会错了?谁能断个明明白白呢?
> ——作者对徐牧云的评论

1月的北京,夜晚并不算冷,也许是受地球变暖的影响,北方寒风凛冽的严冬滋味几乎尝不到了,今年连大雪都还不曾下过一场,让人心里不免多了几分疑虑和不安。

我骑着自行车,沿着宽敞的三环公路向西北方向驶去。已将近晚上11点了,呼吸着清新的空气,回想着刚才的倾心交谈,我不但毫无困意,反而格外清醒和兴奋。联想到海湾地区剑拔弩张的形势,那些在沙漠中战战兢兢的将军与士兵,包括度日如年的布什和萨达姆,他们真好比在火山上过日子。在这同一时刻,我们却在探索最微妙的情感世界,探索少男少女的心理健康和社会适应问题。

灯光辉煌的长城饭店和亮马河大厦,从身边闪了过去。我的车轮已跃上如巨龙舒展的三元桥。再上安贞桥,已望见北郊的五洲大酒店的大型霓虹灯在闪耀,而喧闹了一天的亚运村静静地进入了梦乡。我这才猛然反应过来:哦,到家了!

妻子和女儿都早已睡熟了,家里弥漫着诱人的温馨气氛。可是,我依然毫无睡意。我坐在门厅的长沙发上,拧亮了带天蓝色罩子的落地台灯,开始急切地阅读徐牧云的"秘密世界"。这是用普通白纸订成的一个大本子，上面抄录着她14岁以来写的作品，题为《徐牧云第一作品集》。封皮上赫然写着："未经许可，请勿偷阅，一旦偷阅，即为盗贼。"为表警示，封皮正中还画了一双大大的眼睛。望着这双大眼睛，我吓了一跳，随即又定下心来，因为我是经过特许的，是读者，不是盗贼。

她用大大的字体写了一篇富有浪漫情调的自序，其中写道：

黄昏，一个背着画满小画的书包的小女孩，吹着口哨漫步夕阳里。太阳周围有一圈五彩小鸟环绕，而她仍是一个人用鞋底与地面交谈。那语言，只有影子明白。这就是我了。

徐牧云，女，14岁发表第一篇文章。对《红楼梦》及曹雪芹甚有兴趣。爱鲁迅、泰戈尔、三毛、席慕蓉的作品。喜行游、吃零食、打网球、听苏芮的歌。极欣赏箜篌、大提琴、古琴独奏和古朴粗犷富于色彩的美术作品。喜欢"生命之源""感觉"这两个词。白天常戴着耳机，坐在充满遐想美的空间里幻想，夜里有做不完的梦。最大的快乐是大考后洗个痛快澡，雨夜中弹琴或大跳一曲disco（迪斯科）。

幻想过当画家、演员，永远属于灵智与感情的世界。一个落花时节，我穿着无领长裙疯狂向外跑。我发现生命里铭刻着一句充满灵光的话：智慧的痛苦。在无人的地方狂叫、发呆，在地上画了一个大大的问号。凝视着不见尽头的路，泪滚了下来。那第一次冰冷的泪啊！

"不要说是孤独、寂寞，不要说是少女的消沉、伤感、迷茫、无助吧！我只是觉得梦醒了无路可走，只是找不到属于自己的永恒的蔚蓝。"

一阵风吹过，抬起含泪的双眼，那时我的耳机里正响着英文歌《昨日重现》，凡·高的向日葵又一次涌现在我的每一个细胞。

就这样，文学以一种优柔的执着，向我走来了。从此生命里又有了这么一片景象。

一盆淡花，一杯清茶，一轮皓月，一曲英文歌，一支纯蓝墨水的钢笔，一个女孩子蘸着蓝天的泪编织着她的梦想与蔷薇。

看到这里，我被一个女孩子的诗情感动了，这是她青春生命的真实体验啊！但是，直觉也顽强地告诉我，这篇自序是孤独少女的内心独白。

徐牧云曾陷入深深的孤独。

她向我追叙过这样一段往事与感受，那是她写下14岁生日日记的那个冬天里发生的。

一个大雪纷飞的下午，我站在教室的窗前，出神地望着静静飘落的雪。大地一片纯白，这是多么难得的景致啊。操场上，同学们在玩雪，有的堆雪人，有的打雪仗，有的滚雪球，仿佛玩雪是他们的专利。

他们红扑扑的脸蛋上荡着欢乐的笑。

他们互相追逐着，一点儿也不感到冷。

他们的笑声与教室里的寂静是鲜明的对比，一个活着，另一个死了。

我多么盼望，有一个人走到我身旁微笑着说："嘿，走啊，打雪仗去！"哪怕她用力击我一拳，然后我们手拉手跑下楼去，一起走进欢乐里，多开心哪！可是我不能，不能。想到一个人独自吃午饭，一个人独自走在放学的路上，我没有勇气跑到下面去。"诗人来作诗啦！""大作家来啦！"我仿佛又想起大家看到我孤零零一人的样子，他们那不可言喻的目光……也许会更糟，他们中有人会仇恨地瞥我一眼，说："哼，瞧见你，我们就不快活！"

我不愿把自己关在自我的王国里，我不愿这样守着静寂。我渴望去爱与被爱，渴望平等、真诚和理解。可是，我却跟着感觉走上了一条荆棘丛生的路。我何尝不想改变自己？何尝不想？为什么我昨天错了，今天又会错？一次次去碰壁，也无法教会我怎样生活。

从小长在溺爱里，老师的宠儿、父母的娇女、同学的太阳，周围铺满鲜花，而最终却成了个谁也不要的人。脱去荣誉，我是个没有朋友的人。

我想起了怪怪的三毛，她初二便不上学了。可父母爱她，台湾爱她，大陆爱她，世界各地的读者都爱她。虽然，她也曾有过迷失……

每个人都碰到过雪天。雪后，天转晴，还是走在了晴朗的天空下。我不敢下楼去玩雪，雪却跟上了我，黏上了我，不肯离去，也不肯融化。一层一层越来越厚，如果一开始掸还是能掸掉的，可现在已成了冰层！

厚厚的冰层包围着我，不仅我感到冷，别人也不愿接近我了。

那一天，我真恨下雪，它是那么悄然无声，那么洁白无瑕，让我的心不断地痉挛。

我赌气地回到座位上，拿起读了不知多少遍的《红楼梦》，企图走进潇湘馆欣赏一下林妹妹的诗作。我想超然一切，想变成一个什么都不在乎的快乐女孩，可泪水还是不争气地滑落下来……

听着徐牧云的悲伤回忆，我在想，这个颇有些才气的女孩子，是怎么走进了孤独的误区呢？细论起来，孤独与孤立是人际关系障碍中的两种类型。所谓孤独型的人，是指那些在人际交往中，既不被悦纳和选择，也不被排斥和疏远，同时自己也不排斥或选择亲近他人的一种人。而所谓孤立型的人，则是在人际关系中，选择和悦纳他（她）的人极少或没有，排斥他（她）的人却很多。显然，从严格的意义上分析，徐牧云属于孤立型的人。

心理学家认为，孤立型的学生一般在各方面表现都不突出，学习成绩平平，不爱抛头露面，参加集体活动不积极，只喜欢和一两个亲近的同学交往，他们有时感到孤独，经常处于游离状态，等等。

理论是灰色的，而生活之树常青。孤立型的徐牧云，学习成绩一向拔尖，多才多艺，出类拔萃。她的文章不仅有浓郁的才气，更难能可贵的是有一股惊人的锐气。

在她的《徐牧云第一作品集》里，我读到了《一个星期六的中午》。这是她发表的第一篇文章，发表在拥有几十万读者的《北京青年报》上。

她写道：

星期六，我们班考完了英语，十几个同学在教室里吃午饭。这时，走进了两个陌生小伙子，他们走到男生堆儿里说："借点钱。"我以为是男生的朋友。

"没有钱。"一名男生说。

"你有钱吗？""也没有。""没有？搜！"后面的"搜"字使我猛地一震，忙抬起头。

一个人戴着皮手套，另一个人持着亮闪闪的弹簧刀。

劫钱？！

我猛然意识到。饭吃不下了，坐也坐不住了。正义使我本能地站了起来。"找老师"在我心里反复呼喊着，马上就要走到门口了，一回头，看见那个平时很厉害的男生，这时却无可奈何地任陌生人摆布。陌生人不动手，这名男生自己像走私犯一样，把衣兜一一翻开，向陌生人表示自己的确没钱。

陌生人不甘心地走到另一名男生面前，没等"搜"字出口，那名男生已从上衣口袋里自动掏出一元五角钱。

我又看见了班长、体育委员、掷铅球的冠军和女生们麻木的面孔……

记不清陌生人是何时攥着钱走的。我只记得自己作为旁观者，眼睁睁地看着邪恶在嚣张。我们在自己家里，让人白白地抢走钱！

"我让你别说别动，傻了吧！让人劫走一块五。"此时，班长才放出一声，这会儿他可以显示班长的威力了。

"没事。才拿走了一块五，再说这不是我的钱，多亏裤兜里十来块没被抢走，不然，我非拼命不可！"

"我要有班长的个头儿，决不会一动不动的。咱们班的男生太孬！"女生也开始发言了。

我再也听不下去了，但我不能作为第三者来评判别人，我没有资格。我们同样可怜，不仅自私、胆小，还是现实生活中的阿Q。我们耳闻目睹的英雄事迹想来也不少，当时不也都被感染过、激动过吗？可这时有谁挺身而出了？事后我们都摇身一变，有的谴责别人，有的自我安慰，有的推卸责任，我们班丢掉的又何止是一个同学的一块五毛钱！

写这篇文章的时候，14岁的徐牧云尚在读初中二年级。我一边读着，一边在眼前幻化出一幅画面：神色冷峻的徐牧云，手执一把锋利的刀子，毫不手软地解剖自己和别人的灵魂，其状鲜血淋淋，足以使触目者胆战心惊。她呢，在一旁冷笑，而她的心在哭泣。自然，也不难想象，此文的公开发表会在班里和学校里引起怎样的风波。无怪乎，同学们嘲讽她为"大作家"，步调一致地疏远她。

类似的文章在作品集中还有不少。从这些文章里，更是从晚上的长谈中，我渐渐明白了她的性格走向，发现了她演变的过程。

徐牧云的很多性格特点是在小学形成的。

这个在西北黄土高坡上出生的小姑娘，刚随父母来到北京的时候，曾忍受过不少难忘的屈辱。别的孩子出去玩，都把多余的衣服扔在她身上，命令她抱着；两个男孩子比赛力气大小，方法是轮流打徐牧云，让徐牧云说谁打得痛谁就算赢。

八百里秦川，裸露的土地，强悍的民风，毕竟在徐牧云的血液里注入了某种不可改变的元素。因此，当她那倔强的性格逐渐苏醒过来的时候，她的举动让伙伴们吃了一惊。

徐牧云告诉我一件往事：

一天下午放学后，她和几个女生在校园里打乒乓球。那球台是极简陋的，水泥板的台面上已经出现许多小坑，常常使落球做不规则飞行。可在小学生眼里，能占住这球台打球，已是十分幸运了。因此，她们一拨接一拨地打着，玩得格外开心。

忽然，来了一群男孩子，为首的大个子一把扯下了球网，还把球扔到了一边，凶狠地说道："滚开！"其他女同学都敢怒不敢言，沮丧地离开了球台，只有徐牧云站着不动。她气愤地冲大个子男孩嚷："你们凭什么这样霸道？"那大个子一愣，说："少废话，走开！"徐牧云非但不走，反而一跃跳上了球台，双手抱着球拍稳稳地坐在上面，回答："该走开的是你们，不是我们！"

男孩子们没料到会碰上这样一个女孩，一时愣住了。那个大个子气急败坏地威胁道："看我怎么让你把嘴闭上！"徐牧云毫不理睬，讥讽说："说这个？你算什么男子汉！别以为你个头儿大就怕你，有理气才壮呢。"大个子男孩凶神恶煞般扑了过来。在那一瞬间，徐牧云心里真害怕了，但她逼着自己不能动：今天豁出去了，不蒸馒头也要蒸（争）口气。

奇迹发生了。眼看那铁锤一样的拳头就要落下的时候，大个子男孩突然眨眼笑了，温和地说："咱们一块儿打球，怎么样？"徐牧云回答："你们先把我们的网子支上，再把球捡回来。"男孩子们顺从地照着做了。徐牧云又说："你们要保证再不欺负女生，咱们才能在一起打球。"男孩子们为了赶紧打球，一齐嚷道："行啊，不欺负女生啦！"于是，她神气地跳下台子，与男孩子打起球来。那时，她觉得有一种胜利的快乐，因为她生命里最渴望的就是自由和友爱。

谁知，那些女生得知这一经过后，竟反过来议论她道：

"徐牧云太逞能了，跟男孩子闹什么？"

"她愿意与男孩子玩嘛！"

"嘻嘻，她大概以为大个子男生对她有意思呢。"

……

听到同伴们的议论，徐牧云木木地立在那里，脑子里一片空白。一种说不出的感觉，压迫得她喘不过气来。才12岁呀，就会想到那儿去吗？这就是她冒着挨打的危险换来的吗？这就是她的朋友们吗？

晚上，她把这件事对爸爸说了。爸爸拍拍她的脑袋，以哲人的口吻开导她说："不要嫌别人不理解你，你先去理解别人吧；不要哀叹爱的缺少，你就去做爱的传播者吧。"徐牧云很喜欢这两句话，抄在笔记本上，琢磨了一个晚上。可是，第二天见到那些女同学时，她的脸上依然是一片冰霜。

我知道，少年比成年人更渴望友谊。如果说，友谊对成年人来讲犹如生命的光彩，那么友谊对于少年来讲几乎等于生命！然而，对徐牧云来说，她宁肯失去生命，也不肯在屈辱中乞求友谊。于是，她从小小年纪起，便开始饱尝孤独之苦。同时，这孤独又影响着她那倔强的性格。

进入中学以后，尤其是在文学艺术的熏陶之下，她常常处于"世人皆浊我独清"的心境里，无法挣脱的孤独又加进了理性的成分。因此，她的孤独竟越来越臻于"完善"了。

她告诉我说：

"我一直喜欢鲁迅。原先喜欢泰戈尔，现在不如以前了。当然，最喜欢的还是曹雪芹，他绝不亚于老托尔斯泰。我不太喜欢琼瑶。买了她20多本书，都看了。她的作品有很多优点，但缺点也非常明显，人物心理大多有些畸形，初看很感人，海誓山盟，可细细品味一下并不实际。比较起来，我更爱三毛。

"我喜欢林黛玉和贾宝玉，不喜欢宝钗。但是，宝钗有人缘，在社会上受欢迎。她若从政，比王熙凤更有本领，贾政也不是她的对手，因为除了会耍手腕，她还披着一层温柔的面纱。很多中学生也喜欢宝钗。这是我的感觉。我喜欢'感觉'这个词。"

徐牧云爱黛玉憎宝钗，绝非随口一说，而是有其充分的理论依据。瞧，在她的作品集里，竟有题为《初探黛钗》的长篇论文呢！我把她的论文展开，一段一段地读起来。

她在其中写道：

> 黛玉要爱就爱，要恨就恨，口里说的正是心里想的，心未经任何世俗沾染，正如作家三毛的话"不负我心"。可是她没有想到，这样容易伤人，也易被伤害。是的，她有弱点，但正说明这是一个活生生的人。她的可爱正是在这里！正是这种高贵的气质，使宝玉灵魂"清醒、净化、升华"（王昆仑语），使我们偏爱她。
>
> 黛玉真诚，坦率，自尊自爱，充满诗情，风灵神秀，爱情又为她

的生命增添了玫瑰的光辉,而这样可爱的少女偏偏不能享受生活。泪水时刻淹蚀她高贵的心;多病的痛苦,寄人篱下的痛苦,智慧的痛苦,爱情的痛苦……"天尽头,何处有香丘"——多么悲愤的呐喊!她的真使我想起铁凝笔下的安然,她的自尊使我想起夏洛蒂笔下的简·爱,她的才华横溢使我想起李清照,她对爱情的忠贞使我想起朱丽叶,而在一个少女经受的这么多痛苦面前,我的联想忽然停滞了,化为了一种深沉的思索。

而论及宝钗时,徐牧云写道:

> 这个被当今许多中学生极力推崇的人物,理智得可怕,又要自己便宜,又要不得罪人。她对上讨好,对下笼络,显得多么高明啊!
> ……像宝钗这样活着,又要考虑讨好别人,又要考虑不损害自己,又要具备"三从四德"……岂不太累,也让别人累。与其这样,我宁去和黛玉吵架,也不去听她的"教导"!

想不到,当代的中学生对一部《红楼梦》满怀深情,并且有那么丰富而独特的见解。当然,严格地说,徐牧云这篇长长的文章,算不上什么学术论文,但它自始至终响彻作者的声音,是一个15岁少女对人生幼稚的思索。她的确是不成熟的,严肃的思考常常掺进天真的成分,以致被这天真弄得不得安宁。其间包含了多么动人的追求啊!然而,试想一下,像她这样为人处世,能不在现实中撞得头破血流吗?理想的未必现实,现实的未必理想。那么,到底是她错了,还是社会错了?谁能断个明明白白呢?

沿着徐牧云的这条思路发展下去,自然会得出"宁为玉碎,不为瓦全"的结论。这正是许多孤立型或孤独型中学生走过的路。遗憾的是,他们并未分清什么是玉什么是瓦,却把自己关进了象牙塔。

科学家在多次研究中早已证实,任何动物都需要同伴,孤独的动物在遭受刺激时易于产生疾病而死亡。人是高级动物,是万物之灵,在社会生活中更需要建立良好的人际关系。

人际关系如何是一个人心理健康状况好坏的重要标志之一。人际关系处理不好,这个人的心理发展必定受到影响,也容易出现心理障碍问题。

1986年,中国科学院心理研究所曾做过一项心理卫生调查,对象是北京等地初中二年级学生。调查表明,初二学生的人际关系不良情况是严重的:选择"有时不喜欢交往,没有好朋友"一栏的比例高达47%;而选择"有时自认为同学不喜欢自己"一栏的比例竟达到75%!徐牧云不正是一个典型的例子吗?

青少年成长的过程是社会化的过程,而社会化需要通过人际关系来实现。一个心理健康和社会适应良好的人,应该是热爱他人、尊重他人、能与大多数人和睦相处的人。相反,如果一个人在大多数人看来是一个古怪的人,是一个难以理解、难以相处的人,那么他(她)会是一个心理健康的人吗?

当然,孤独并不一定是消极的心态,也未必意味着对生活缺乏热情。自古以来,先驱者常常是孤独的,艺术家也常常与孤独相伴。海明威甚至说:"写作,在最成功的时候,是一种孤寂的生涯。"但是,一个成长中的少年,难以与伙伴们情同手足,甚至难以对话,这与先驱者的孤独是一回事吗?

我一夜无眠。

 三

> 9月17日那一天,是黑色的一天,那是我被人们抛弃的日子。这件事的实质,不在于能否当选社长,而是对我是否承认的问题。所以,我接受不了这个残酷的事实!
>
> ——徐牧云自述

第二天晚上，我又来到了徐牧云的家。我有太多太多的问题，需要她来回答。

和昨天晚上一样，胖乎乎的徐牧云穿着一件墨绿色的拉毛毛衣，外罩雪白的马甲，显得挺柔美也挺利落。毕竟是17岁的姑娘了，虽然不描眉不画眼，但也注意适当地修饰自己。

她为我冲了一杯浓浓的云垦咖啡，然后定定地望着我。我们忽然都笑了起来。仅仅一天时间，我们仿佛已经是老朋友了，"老"得可以随便开玩笑。不过，我也在心里纳闷儿：这样一个徐牧云，怎么会发生人际交往的障碍呢？

我问道："你为什么叫牧云？"

"我爸爸小时候是放羊的，长大了也忘不了那景象，就给我起了这个名字。"她有些得意地说，"我很欣赏这个名字，放牧白云的人，不是天上的仙女吗？嘻嘻。"

我一下子担心起来："你正大考临头，我连续来占用你的宝贵时间，会不会误了你的大事？"

她摇摇头，自信地回答："除了考大学以外，我不在乎分数。平时底子好，考（烤）不煳的。高二是中学时代最幸福的一年啊。"

我略略放了心，开始转入正题：

"昨天回家看你的大作，看了一个通宵，很有些收获，也很有些想法。我想知道，在那些孤立无援的时光里，你靠什么来保持内心的平衡呢？"

她渐渐严肃起来，说：

"我曾经是孤独的或者说是孤立的，但我并不寂寞。尤其是当了首都中学生通讯社的记者之后，我的生活有了很大的变化，可我还是我。关于孤独与痛苦，我曾写下两段话，表述自己的见解，您可以看一下。"

说罢，她又打开上锁的抽屉，取出另一摞文稿，上面写着"徐牧云第二作品集——记者生涯"。她翻开其中一页，递到我的面前。

她写道：

关于孤独——

冥冥之中，一直有一种力量缠绕着我——那就是孤独的侵蚀。多少个黄昏，它撕咬着我，令我一次次淌下泪水。个体的生命，拥有一颗不肯面对世俗的灵魂，在17岁还没有来临的生命里，而它却不孤独，这怎么可能呢？卢梭、陀思妥耶夫斯基、高更、尼采，有谁不是这样走过他们的人生？造成孤独的原因不只来自人类本身。重要的是立于孤独上而不被它压倒。我可以一个人吃饭，一个人走路，用鞋底与地面对话，让影子与太阳交流，而没有怨言，因为孤独使人深思，使人摆脱心灵的依附，孤独中的欢乐淋漓而又真实。孤独的心灵是蓝色的时空，它的丰腴就是天上闪烁的星星。

关于痛苦——

痛苦是美。司马迁云："此人皆有所郁结，不得通其道，故述往事，思来者。"有"郁结"的人发愤而成大器。智慧本身就是一种痛苦。而人之伟大于动物，乃是因为动物没有这圣洁的苦痛。痛苦是醇醇的酒，越烈越香。让它跟随着你，你才懂得生之快乐。

读了这两段文字，我有一种无话可说的感觉。我知道，这些话是她心血与泪水的凝结，是一个17岁少女的生命体验，自然是执拗而不肯轻易更改的。但是，一个人悟出来的道理一定是真理吗？她是否真正总结出了屡屡碰壁的教训？当然，人生的路是漫长的。有些道理是需要到一定阶段才会明白，才会接受的。秋天里的事情，夏天怎么做得好呢？

"用鞋底与地面对话是怎么回事？"我选了一个较小的话题，问道。

她微微地苦笑着说："太孤独了嘛，天天一个人独往独来，总得找点乐子呀！我发现走在路上，鞋底有规律地叩击着地面，就好像与地面交谈一样。于是，我就注意倾听，并产生许多许多幻想。这不是一种快乐吗？"

我的心一阵痛楚：天哪，这真是一种快乐吗？远离人群，怀着忧伤，闭上嘴唇,去用鞋底与地面交谈,这种单调而怪异的方式,对一个蓬勃生长的少女真有益处吗?

随着她的自述,我的脑海里浮现出一幅奇特的画面:

一个女孩子独自走在大街上,吧嗒吧嗒地用鞋子叩击着地面,脸上流露着自我陶醉的微笑。她穿着与男孩子同样的短裤,吹着不怎么熟练的口哨。路人惊奇地望着她,因为她不仅举止怪异,还在小腿上画着古老的教堂、寒月、眼睛和五色的太阳……

这使我想起了弗洛伊德的自恋说。在他看来,自恋是一种普遍的现象。正常人一生中都会保持适当的自恋,但是过分的自恋则会对儿童的认知能力和社会化有消极的影响。他们往往对自己有高度的赞赏和爱恋,表现为极端的自我崇拜。因此,他们常以自我的眼光和心理看待周围的事物,在认识世界时总是将自我的观念或情感投射到对象之上,总是过分地夸大自己的优点,并缩小或回避自己的弱点。

当我面对着一个活生生的极富情感的徐牧云,面对着一名从孤独之海挣扎出来的少女,我却感谢自恋现象给她的某些帮助,这使她在一定程度上能与孤独抗衡,从而保护了她渡过那重重危机。这就好比鸦片固然是毒品,但它作为某种药物的成分时,其功效是妙不可言的。可是,假若由此迷上了鸦片本身,事情就完全走向了反面。我为徐牧云的选择感到庆幸。

青春期的少男少女们,正是好做"白日梦"的年龄。他们在生活中碰到挫折的时候,很容易用做"白日梦"的方式,来摆脱现实的压力,缓解不愿承认的挫折感,用幻想中的满足来抚慰自己受冲击的心灵。"白日梦"的内容多是愉快的事情,常常使少男少女如醉如痴、精神恍惚,并且对那个梦中的玫瑰园恋恋不舍。

最好的教育莫过于生活。

我决定请徐牧云谈谈她的记者生活,因为我当过九年记者,深知其中的酸甜苦辣。她既然已经成为首都中学生通讯社的社长,其奋斗的道路能是平坦笔直的吗?

果然,一接触这个话题,徐牧云立即兴奋起来,可以明显感觉出记者生活给了她相当强烈的刺激。

实际上,徐牧云之所以报考"学通社"(中学生通讯社的简称),正是为了走出自我的小天地,去寻求广交朋友、施展才华的新世界。所以,自从初二的时候考上记者,她是憋足了劲头要一鸣惊人的。她虽然长久孤立无靠,却从无一日甘居人下。

就在那年的大年初一,她以中学生少有的果断和勇气,抓住了一个千载难逢的机会,成功地采访了著名歌星费翔。

正月初一那天,徐牧云没有朋友可以走动,听着楼外的鞭炮响,觉得格外烦闷无聊。爸爸妈妈去同事家喝酒,她又不愿去当陪衬,便歪在沙发里翻报纸。忽然,一条关于费翔的报道吸引了她。那里面有这位歌星的一段话:"我生在台北,长在台北,内心是绝对的中国。如果唱西洋歌曲,会越加使人认定自己是外国人的话,我宁可不唱。"这使她大为感动。

当时,在中学生尤其是女孩子们中,正疯狂地流行"费翔热"。费翔的歌曲磁带成了最俏的商品,就连不懂音乐的女孩也争着买,就为了那上面的费翔照片。她们研究这位男歌星的头发、眼神、身高和气派,那份细致认真超过了学习任何一门功课。对于这些,徐牧云自然是嗤之以鼻,认为俗不可耐。她虽然也欣赏费翔,但欣赏的是他潇洒的气质,是他于自然中流露的真情。

猛然间,她从沙发里跳了出来,一拍脑瓜说:"我是记者,干吗不去采访他呀?"一向天马行空独往独来的徐牧云,被一种闯关探险的强烈欲望迷住了。她奔向电话,照着电话号码簿,开始捕捉目标。电台、电视台、报社、演出公司、国际文化交流中心一一问遍,皆无消息。她想起了什么,狠拍了一下桌子,大叫:"饭店!"于是,首都各大饭店都响起了她拨去的电话。她头一回说了那么多甜言蜜语,仿佛每一个接电话的人都是上帝,并且正站在她的面前,察看自己是否虔诚。上帝终于被这个女孩子感动了,告诉她:费翔住在北京饭店8001房间,不幸的是,他再有一小时就要离开这座城市了。

徐牧云一看表,已是下午4点整,想想自己还在17层楼上,恨不能生双翅，驾彩云，一下子飞到北京饭店。下楼后，她冲上公路，拼命挥手截住了一辆出租车。司机是个鬈发的小伙子，眼睛瞪得如牛眼，大声喝道："大过年的，不要命啦！"满脸通红的徐牧云顾不上分辩，一头钻进车内，说："快，北京饭店！"

直到出租车行驶在长安街上，徐牧云这才发现自己的尴尬处境：掏遍了衣兜，只找出二元一角四分钱。她不由得出了一身冷汗：妈呀，我怎么下车呢？就跟个骗子一样！司机熟练地来了个右转弯，汽车画了一道弧线，无声地进入北京饭店前光洁的停车场。这时，后座上传来女孩的哭泣声。司机诧异地回过头，粗声粗气地问："你怎么啦？""叔叔，我不是骗子，我来采访费翔，一急忘带钱了。"满脸泪水的徐牧云哀求地说，"我把羽绒服押在这儿，等我采访结束回家，我一定给您双倍的钱，好吗？"鬈发小伙子打量了一下女中学生记者，吐了一口气，调侃地说："请吧，就算我学一回雷锋。"

徐牧云又感激又愧疚地下了车，赶紧擦干净泪水，装出一副泰然自若的样子，迎着门卫的微笑，走进了北京饭店的自动门。去年圣诞节的晚上，她跟妈妈来过这里，知道北京饭店虽然有保安人员站岗，却是可以自由出入的，只要你别鬼鬼祟祟或慌里慌张让人生疑就行。

4点半整，徐牧云敲响了8001房间的门。门开了，闪动着迷人微笑的费翔迎过来，伸出一双大手，亲切地说："你好，欢迎你。"

费翔穿着兔毛毛衣和蓝布长裤，说话很慢，有礼貌地注视着对方。望着这位红极一时的名歌星，徐牧云不知该问什么了，只是习惯地掏出了记者证。费翔侧过头来看了一眼，大概看见上面标着年龄14岁，惊奇地说："你这么小呢！"这句话，才唤醒了徐牧云，她略带自豪地说："我们通讯社里的记者，全都是中学生。"

他们聊了一阵子，屋里的人渐渐多了。徐牧云提出为费翔拍照，费翔点点头，提议到楼道里去。

一条天蓝色的地毯一直铺到楼道的尽头，窗外正夕阳西下，霞光染红了窗台。费翔倚着白墙，双手随意地插在兜里，虽然微笑着，嘴角却有一丝说不出的隐隐的凄凉，目光似海，那景象宛如一幅绝美的油画……

照完相，徐牧云情不自禁地说："您的眼睛有梦的色彩。"费翔"噢"了一声，柔和地笑了，说："梦是不现实的呀，而我却是现实存在的，你说对吗？"

他们又谈起了个人崇拜的现象。费翔听说女中学生闹"费翔热"，摇摇头说："崇拜我个人没有多大意思。录音、演出、拍片，这都是一个工作者的工作。只要听众喜爱我的歌，我的歌能给他们的生活增加些快乐，我就觉得做了我应该做的。比如一个正在开车的司机，顺便听听我的歌，可以使他稍微高兴一点，我就满意了。流行音乐只是一种陪伴而已。对演出人员的评价，应针对作品，作品好就值得欣赏，作品不好，就不用欣赏。个人色彩，应少一点。"

徐牧云听着听着，产生了一种从未有过的感觉，那就是名人不见了，剩下两个坦诚的人在用心交流着。这一刻多圣洁啊！她想再长长地谈下去，可是又不得不告别，因为费翔该飞翔了。

作为一个初出茅庐的中学生记者，徐牧云获得了成功。她采写的《正月初一访费翔》一稿发表后，产生了广泛的影响。就连许多大报的老记者也不得不承认，落在这个孩子后面了。徐牧云因此获得年度学通社"优秀记者"的称号，并当选社会新闻部部长。

这突然而来的成功，犹如一道闪电，让人们在异常的亮光照耀之下，看到了她身上许多珍贵的才华、勇气及潜力。但是，闪电毕竟不是太阳，在它闪过之后，依然是一片黑暗。偶然事件固然给人以重大影响，可真正起决定作用的，还是那些持之久远的东西。这就是我在听徐牧云叙述时产生的联想。

我曾采写过另一名学通社记者。她告诉我："学校和学通社完全是两个世界。学校纯学习空气，学通社简直是个小社会。我有一个强烈的感觉，社会好比一片神秘的森林，升入中学只是见到了森林，而参加学通社则走进了森林。在学校里，许多同学就像一个模子压出来似的。学通社可不是这样，统共百十号人，一人一个样。竞争得厉害，人际关系复杂，不应有的竞争也掺进来了——不仅仅是比本领。钩心斗角，不比大人逊色。所以，不多想不行。累，倒也挺开阔眼界的。"

徐牧云在这片"神秘的森林"中，适应力如何呢，还感到孤独吗？

她百感交集地说："是的，我仍然非常孤独。孤独久了，已成了习惯，我喜欢一个人静静地待着。可是，我既然当了社会新闻部部长，总一个人待着怎么行呢？学通社那帮家伙，个个都是'侃爷'，一见面不侃个天昏地暗不罢休。我置身在他们当中，真不自在，活生生的人变得很麻木，很机械。人家吃着瓜子，喝着茶，兴致勃勃地侃大山，不时爆发出大笑，可我一点儿也笑不出来。有时候，我也插插嘴，可过后脑子里一片空白。"

徐牧云还是那个徐牧云。

那时，学通社里正流行看卡耐基的《人性的弱点》，书里列出了被人喜爱的六个秘诀，诸如"做个忠实的听众"等。徐牧云话虽不多，有时也需要"忠实的听众"。

有一天，她与一名女记者重提起前几天谈过的话题，这名颇有人缘的女记者居然毫无所知。徐牧云深感纳闷，她记得清楚极了，前几天交谈时这名女记者听得特别认真，还不住地点头，怎么会一点也不记得了呢？当她发现这名女记者在看《人性的弱点》，才恍然大悟。徐牧云用蔑视的眼光盯着她，尖刻地问："你觉得自己活得不累吗？"

几个月之后，这名女记者大概忘了那件难堪的小事，在一次聊天中问徐牧云，说："咱们学通社里，你最不喜欢谁？"她万万没料到，徐牧云的回答是："我最不喜欢的就是你，因为你是个伪君子！"

时针已经指向21点，徐牧云还在滔滔不绝地叙述着，似乎蓄得太满太满的水库开了闸，那平静的水化为滚滚浪涛，一泻千里。

我暂时不想过多地评论什么，只希望她无拘无束地倾诉内心的一切。显然，耐心的积极配合式的"倾听"，对人的心理健康具有明显的益处。这也许与中医的理论相一致：病则不通，通则祛病。

我问道："你这样我行我素，痛快倒是痛快了，可是结果怎么样呢？"

"嘻！自己种的苦果子自己吃呗，那次竞选就让我吃了大苦果子！"徐牧云感触极深，不住地摇头、叹气。

学通社每年9月竞选，产生新一届领导班子。当代中学生哪个不渴望被承认？于是，百余名记者无不摩拳擦掌，跃跃欲试。

一向自视甚高的徐牧云岂肯无所作为？她分析了一下对手们的竞争实力，又回顾了一遍自己的赫赫战功，心中充满了自信。

的确，她的成绩是绝对出众的。在她的采访记录里，记着一长串被采访人的名单：著名作家三毛、琼瑶，著名歌星费翔、鲍立、华冠雄，墨西哥"电视剧女皇"维罗尼卡，著名漫画家方成，著名红学家蒋和森，著名音乐家王立平，体坛名将李宁、楼云，霹雳舞王子陶金……即使一个成年专业记者，也未必能采访到这么多新闻人物啊！为此，她年年被评为"十大名记者"之一。况且，这年9月，她刚刚升入高一，正是有充沛精力的时候，完全可以大显身手。

然而，徐牧云一进入竞选场，心里便打起鼓来。她做梦也没想到，别人为参加竞选准备是那样充分，简直像竞选总统。有的办起了光彩夺目的图片展览，有的忙着送个人小传，还有的竟放起了录像片！

空气紧张得像随时都可能爆炸似的。

卫琳上场了。她虽然瘦小，却因发表过中篇小说并且得奖，神态自若，带着胜利者的微笑。她在规定的五分钟演讲中，以幽默、机智和文采，赢得了热烈的掌声。

身材魁伟的男记者刘晓，上场时还带了一个竞选伙伴。那伙伴为他制造贴近记者们的气氛，问道："社长人人想当，你觉得你自己合适吗？"伙伴的话音刚落，刘晓立即答道："我认为我合适，我不但热心为记者们服务，也有让学通社进一步发展的能力，譬如三个月内大幅度提高学通社的社会知名度……"

与卫琳和刘晓的风格截然不同，从郊区来的男中学生陈奕根本没有上场，他就地站起来冷静地说："人贵有自知之明，当你意识到自己不是太阳时，就去做星星吧！"

哦,太阳、星星?年轻的记者们立即迷上了这个比喻,同时也被激怒了。附近一个戴眼镜的女记者生气地质问他:"我们都是弱智,不懂你的名言妙语。你的意思是自己是太阳,而别人都是星星喽?"

陈奕不慌不忙,他等的就是这句话,因为他早准备了精彩的答词。他说:"太阳只不过是一颗普通的恒星。在地球的附近,它是最亮的一颗,而在整个宇宙中,却有无数大于它、亮于它的恒星。就在学通社的范围内,我相信自己的能力,愿意燃烧自己,照亮别人。至于在更大的范围内,我相信一定会有更光辉的太阳!"

一阵长久不息的掌声,表达了听众对陈奕的敬佩。这段话用一种新的思维、优美的言辞、艺术的表现,拨动了一根根青春的心弦。

轮到徐牧云上场了,她满脸通红,两手是汗,竟不知说什么好了。记者们奇怪地望着她,先是出奇的寂静,一会儿便纷纷议论起来,那声音如一群群小虫子飞过来,咬着她的心:

"哼!她领导我们,永远没有晴天,没有笑声。咱们非得忧郁症不可。"

"当得了名记者,未必当得了社长!"

"让个小女孩领导咱们?跌份儿!"

……

徐牧云咬了咬牙,开口了:"我们国家正在搞现代化建设,现代化首先是人的现代化。为此,学通社的记者要认真提高自己的素质,避免世俗气的熏染,这就是我竞选社长的主要目的。"

她讲完了,居然没有一点掌声。在上百双眼睛的注视下,她静静地走回自己原来的位置,此刻的会场仿佛突然断片儿的电影一样。徐牧云在许多场合里,都是一个不和谐的音符,而这一次她体验到了一种近似羞辱的滋味,这使她内心充满了愤怒。

羞辱也罢,愤怒也罢,事情的发展远比徐牧云预想的还要糟糕。这次竞选的结果,她不仅没当上社长,也没进入社委会,甚至连社会新闻部部长的职位也弄丢了。

讲到这里，徐牧云忍不住掉下了眼泪，她凄凉地说："这次共有十个竞选者。他们大都是在我当上优秀记者之后，才进入学通社的，比我的资历浅多啦，可是十人中唯一的失败者竟然是我！去的时候，我想我不用自己说什么，成绩摆在那里，至少也得选我当个副社长吧。我却落选了，并且结局那么惨。9月17日那一天，是黑色的一天，那是我被人们抛弃的日子。这件事的实质，不在于能否当选社长，而是对我是否承认的问题。所以，我接受不了这个残酷的事实！"

从她的诉说里，我明白了徐牧云还是徐牧云。她渴望被承认，一旦受挫，心就会流血。可是，我忽然觉得，她太需要经受这种挫折了，这会逼着她想一想为什么。如果竞选成功，倒未必有助于她的发展。如古人言："塞翁失马，焉知非福？"

我问道："竞选失败已成为事实，你怎么走出困境的呢？"

她振作了一些，回答道："过了好一阵子，才回过味来，我需要不断地超越自己，才能在竞争中取胜。现在，我开始感谢那次落选，因为它使我清醒了。我一下子轻松了，觉得自己成了一个自由的人，可以自由地去奋斗。"

果然，她开始了新的奋斗。

她除了学好功课和完成学通社的任务，还兼任了《中外少年》杂志的特约记者，并应邀为中央人民广播电台制作节目，比落选之前还要繁忙。有人开玩笑说："徐牧云在学习美国原总统尼克松，想卷土重来呢。"

与以往最不同的是，她开始有了一些朋友。她说："我在努力改变自己，学得有涵养一些，说话委婉一些，对人谦让一些。新年联欢晚会上，我还在班里当节目主持人呢，与同学们一起跳霹雳舞和踢踏舞。后来，我又带大家去参观了长城饭店、中国电影资料库和航空博物馆等。这使我尝到了在群体中的快乐。"

徐牧云终于开始走出自己构筑多年的孤堡。蔚蓝的天空，广袤的大地，阳光有些刺眼，以至她不得不闭上眼睛适应一下。但是，她在暖融融的阳光里，毕竟感觉到从未有过的舒畅，对告别"高处不胜寒"的昨天暗自庆幸。"起舞弄清影,何似在人间。"苏东坡的名句在她心里回响着,使她感慨万分。因此,当友谊的种子悄悄萌发出新芽的时候,她护理之精心是超出常人的。

她在讲起与好朋友何玉蓉的友谊时,又打开上锁的抽屉,取出一个小本子递给我。这是用旧挂历裁订成的长条本子,是自1990年寒假开始使用的。扉页上写着冠小荷兄赠徐大侠弟的祝词:"希望你过一个快乐的寒假,愿你度过一个美好的春节。"

我笑了:"你什么时候变成徐大侠了?"她嘿嘿一乐,说:"何玉蓉喜欢看武侠书,就封我为徐大侠。我想起《四世同堂》剧中有个冠小荷,便送给她了。她长得不漂亮,但心地特别善良。"

在何玉蓉的祝词之下,是徐牧云的字迹:"我与小何的世界。"我翻开这两个少女的世界,立刻被她们呼唤友谊的挚情感动了。

"这世界为什么要你我相遇?因为它需要更美。我比你年龄小,可是平时你总是那么顺从我,让我一想起便要流泪,因为我是那样骄横。你懂得爱,宽容我,理解我,爱护我,帮助我。虽然你默默无语,却教会了我许多……受伤的心灵,苦难的路程,我的小何,让我怎样去抚慰你?别哭,别哭,好吗?笑一笑吧,我在你的身旁,把所有的真诚奉献……"

类似这样的语句,一行连着一行,密密麻麻,辨不清头尾。真不知这些东西凝聚了徐牧云多少灵气和心血啊!可我相信,在她心目中,这绝对是一件非常圣洁的事情。的确,这些东西没有多少艺术价值,却是她的泪,她的血,她的呼唤。她用自己真诚的心灵,编织成这友谊的花环,慷慨地戴在朋友的头上。

关于在升入高二时,她如何顺利地竞选为学通社的社长,徐牧云没怎么多谈,我也没有多问。有了上面这些经历,其结果不是水到渠成、瓜熟蒂落的事情吗?

谈起这些沉甸甸的往事,徐牧云自豪地对我说:"女诗人席慕蓉讲过,我不羡慕上智,因为没有挫折的他们,不发生错误的他们,尽管不会流泪,可是却也失去了一种得到补救机会时的快乐与安慰。回顾我17岁心灵走过的每一个季节，我活得很认真，没有投机取巧。纵然失去了很多，却也得到了并且真正懂得了——那就是爱。对于朋友，也许我太苛求了，不随便说谁是我的朋友。可正因为这样，我得到了真正的朋友。"

"你现在还那么锋芒毕露吗？"我问。

她沉思了一会儿，苦笑着回答："尽量不那样做，但有时也控制不住。有一回上街，我还骂了外国人一顿呢。"

她翻出一篇题为《流泪的臭香蕉》的文章请我看。她在文中写道：

中午，我和好朋友何玉蓉在永安里散步，看见一个男青年站在道前，穿着一身牛仔衣，左手用报纸托着三毛钱一撮堆的黑香蕉。他一边吃，一边将皮扔在地上，脚边已有一堆又黑又烂的香蕉皮了。

这时，路边的两个外国人立刻举起相机，按动了快门。那个男青年扬起右手，将食指和中指做成V形，受宠若惊地来了一声："哈啰（Hello）！"两个外国人相视，诡秘地一笑。男青年更得意了，他抖着腿，用袖子擦了擦嘴，指着相机用蹩脚的英语问："Good（好）！理光的？How much（多少钱）？"两个外国人狂笑起来，男青年也跟着咧开嘴笑。"He is a fool（他是个蠢货）！"外国人叫着，笑声更狂了。

看到这里，我感到浑身发烧。这两个外国人不仅在讥笑那个青年，而且也在讥笑周围的中国人，所有的中国人啊！我愤怒地对他们大喊："You are very bad（你们很坏）！"当时我身上定有什么可怕的东西，因为那两个外国人望了我一下，费力挤出个笑脸走掉了。

"哟，小胖子，你可以呀！还能跟老外'套磁'？"穿牛仔衣的青年又开口了，我知道自己可以不忍那两个外国人的卑鄙，但面对这个可怜的同胞，却不得不忍。我眼前的他永远不会知道自己失掉的国格、人格、尊严的价值有多大！

……

我感叹道："当代中学生啊，恨也疯狂，爱也疯狂，对吗？"她听了眼睛一亮,击掌叫道:"太好了!这是一句名言。"

她接着说:"我是天蝎星座的人。据星相书上说,这种人'宁为玉碎,不为瓦全'。对朋友可以掏心,若一旦被朋友背叛就忍受不了,会像蝎子一样蜇人。不过,我如今一般不会蜇人了。"

说到这儿,她充满善意地笑了,那笑的光辉使寒冬里的这间小屋子暖暖的。这一瞬间的微笑,使我突然意识到:哦,徐牧云悄悄地长大了。

 四

> 三毛亲口对我说过,要热爱生命,要不断战胜自己,不断创造新的生活。她怎么会突然结束了自己的生命?她是我的青春偶像啊!就这样破碎了,让人怎么接受得了?
> ——徐牧云的话

冬日的北海公园是一个冰的世界。往日碧波荡漾、荷花摇曳的湖面,变成了笑语飞扬的天然溜冰场。五龙亭北面的植物园内,在邻近热带植物馆温室的西南侧,竟办起"冰雕艺术展览"。因此,这儿的游客比平常多了几倍。

我和徐牧云背着冰鞋,沿着白玉般的永安桥向西北行进。她穿着红羽绒服,头戴红绒帽,像一团火在移动,在冰的王国里格外艳丽。

从阅古楼前上冰面,我们都换上了高帮冰鞋。其实,我虽然早买了冰鞋,却没怎么滑过,一上场便张着双手连连摔跤。徐牧云笑出了眼泪,主动当我的教练。这活儿是会者不难,难者不会。我练了好一阵子,还是不得要领,照样摔了一跤又一跤。于是,我干脆摆摆手,提议说:"徐教练就放开滑吧,我今天主要观摩观摩。"

果然,徐牧云功力不凡。她右脚抬起来,靠近左脚内侧,接着左腿弯曲,左脚内刃用力蹬冰,右腿随之用外刃滑出。几乎在这同时,身体顺着

那股蹬冰的劲儿向前冲去，起滑的速度越来越快。她右臂在前，左臂在后，动作规范而优美。一会儿，她便滑出很远了，蓝莹莹的冰面上留着两道优美的白线。

看到她身轻如燕，技艺娴熟，我羡慕得都有几分嫉妒了。这一代中学生不仅善于思考，而且会玩。相比之下，我们那个年代的中学生就惨了，稍讲究一点的体育项目几乎一样没学，游泳也是自学成才。只是在观察社会与人生时，似乎比当代中学生多了一双眼睛。

"孙老师，滑呀！"在我愣神儿之间，徐牧云已经滑了回来，她的脸红红的，头上冒着热气儿，热情地催促我上场。兴许是受了她的感染，我一咬牙，勇敢地滑了起来。摔跤是免不了的，但总不停地滑着，慢慢地便摸着了门道儿，能够做较长距离的滑行了。这个进步令我欣喜，也使我勇气大增。

约莫一个多小时后，我们都出了一身汗，决定休息一下。我建议去植物园，那里有北方冬天里极难见到的热带植物。几乎每次来北海，我都要光顾一下那个并不引人注目的角落。

北海植物园温室在一座高大的玻璃房内，一走进去便满目青翠，花香袭人。主干如大象腿一般粗壮的皇后葵，足有几人高，竟顶到了天窗的玻璃，而它的叶子却又细又长。西南角上的粉蕉似乎在与皇后葵争高低，它的主干像绿色的炮筒，叶子宽大舒展，仿佛一只只斜挂的小船，还有一串串香蕉挂在枝头上。

我们像穿行在热带丛林间，不由得被这壮观的景象震撼了：绿色的生命何等顽强啊！

"咦？怎么没有橄榄树呢？我记得这儿有一棵啊！"

听我提起橄榄树，徐牧云也来了兴趣，边找边说：

"三毛最喜欢橄榄树了，称它为'梦中的橄榄树'，还专门写了一首歌词。"

说罢，她轻轻地唱起了《橄榄树》。

她唱道：

不要问我从哪里来，
我的故乡在远方。
为什么流浪？流浪远方，流浪。
为了天空飞翔的小鸟，
为了山间轻流的小溪，
为了宽阔的草原，
到处流浪，流浪，
还有，还有，
为了梦中的橄榄树，橄榄树。
不要问我从哪里来，
我的故乡在远方。
……

她唱的声音虽轻，却很用心，饱含深情。显然，是橄榄树引发了她对三毛的怀念。

"牧云，你什么时候采访过三毛？"我忽然想起了一个很有价值的话题，问道。

她想了一下，回答："去年春天的一个星期五，我是逃学去见她的。"一提起三毛，徐牧云眼睛又亮了起来，啧啧赞叹："三毛到底是三毛，真潇洒！穿着宽松式夹克、牛仔裤、旅游鞋，好像随时要浪迹天涯。"

我问："你们谈了些什么？"

徐牧云停住了脚，从一片仙人掌后转过身来，说："我问她对许多作家写中学生恋爱怎么看。她认为这样不好，说如今一些中学生依然有少年维特式的烦恼，作家应引导他们走出困境，走向更广阔的世界，而不要老在情和爱的小圈子里纠缠不清。"

我点点头，颇有同感地说："三毛的作品正具有清朗、勇敢和真诚的特色，让人感到世界的博大和生命的辉煌。"

"是啊。三毛还批评了中学生追求高消费、高享受的倾向。"徐牧云回忆说,"她忧心忡忡地讲,她担心一二十年之后,可能会发生不堪设想的事,那就是一代人的精神失落。"

我预感到话题越来越沉重了,约徐牧云走出了温室,在一片人工制成的冰挂下走着。北京的冬天真有趣,明明到处是冰,却并不感觉多么寒冷。徐牧云折下一小段冰挂,在手里玩着。

"我真不明白,她怎么会自杀呢?"徐牧云痛苦地自言自语道,手中的冰挂也扔到了一边。她像质问我似的,说:"三毛亲口对我说过,要热爱生命,要不断战胜自己,不断创造新的生活。她怎么会突然结束了自己的生命?她是我的青春偶像啊!就这样破碎了,让人怎么接受得了?本来,我觉得自己特别理解三毛,因为我们在某些气质上是相似的,可她这一死,变得不可思议了。也许,这正是她幸福的归宿,正是她非凡的表现。您说呢?"

我怎么说?

三毛在其生命的最后几天,还写文章告诉读者:"对于这全新的公元一九九一年,我的心里充满着迎接的喜悦。但愿各位朋友也能有同样的心情。"在台湾元月号最新一期的《讲义》中,在"亲爱的三毛"专栏,她还发表了《跳一支舞也是好的》一文。文章最后说:"生命真是美丽,让我们珍爱每一个朝阳再起的明天。"结果,谁放弃了明天呢?

和许多少男少女一样,徐牧云把三毛当作青春偶像,这说明了什么呢?说明他们对浪漫人生的憧憬,也说明了他们的不成熟。因为一个成熟的人绝对了解,这世界上只有自己是可以寄托的人,怎么会因别人垮掉呢?

我告诉她:"据一位台湾的心理学教授分析,人们在辅导别人时,可以跳开自己,给别人很多激励,但是面对自己时,反而不能解决自己的困扰。因此,不能期望辅导别人的人像神那样完美。三毛是这样,我们大家也同样如此。不过,我决不认为,三毛自杀是幸福的归宿,或是什么非凡的表现,而是弱者的悲剧,是心理障碍严重的结果。"

"三毛是弱者？她有严重的心理障碍？"徐牧云吃惊地反问着，口吻里充溢着怀疑和不满，"您了解她的经历吗？她是世界上最坚强、最勇敢的女人！"

我也反问道："既然是最坚强、最勇敢的女人，那她为什么会自杀？"

"为了心灵的安宁与超越，也为了抗议世俗的不公正。"她一边琢磨词句，一边回答。

"怎么叫不公正呢？不就是她编剧的影片《滚滚红尘》失败了吗？"与徐牧云的争论是不可避免了，我继续说，"且不论她的影片是否美化了汉奸，即使一部优秀作品被打入了冷宫，就非要自杀不可吗？卧薪尝胆，以图东山再起，不是更伟大的精神吗？三毛才48岁，正是作家的黄金年龄。如果她顽强地活下来，不断地升华自己，完全有希望写出更杰出更成熟的作品。你说呢？"

徐牧云没有回答，也没有点头，两眼盯着亮晶晶的冰挂愣神儿。我知道，她并未接受我的观点。在与少男少女们的交往中，时常可以发现自己与他们的观念差异。在我们看来，他们是激进的、片面的、幼稚的；在他们看来，我们也许是保守的、中庸的、不可爱的、成熟的。这大概就叫"代际差"吧。我不怕争论，因为争论有一种特效，可以使思想变得清晰深刻，从而更有力量。

我说："牧云，关于你的经历，你已经坦诚地告诉我了，你是否想听一听我的评论呢？"她一下子转过了头，像什么也不曾发生过一样，咧开嘴憨憨地笑着，急切地说："那当然喽！您瞧，一信任您，嘴上就没有把门的了。您快说说您的看法吧。"

我们朝妙相亭的方向走去，在三棵白皮松前面的深绿色长椅上坐下。徐牧云用手托着下巴，专心地听我说话，像等候我裁决一样。

"牧云，在当代少男少女中间，你可以算是优秀的。就一个17岁的少女的创造力来说，你甚至可以称得上出类拔萃。但存在这些优点的同时，你也存在着不可忽视的危机，而这危机，你并未充分地意识到。"

听我这么说，徐牧云有些紧张起来，脸微微涨红了，迟疑地问："您指的是什么?"

"常常在幻想中生活!明明在人际交往中失败了,却不肯承认这失败,像蜗牛一样躲进孤独的躯壳里,孤芳自赏。久而久之,形成了忧郁的情绪,对别人总不信任和怀疑,甚至过多地批评。结果,在一段时间里,你成为一个难以与大家相处的人。对不对呢?"

我一口气讲完这些不讨人喜欢的话,注意观察徐牧云的反应,只见她脸色由红变白,嘴唇颤动,反驳说:"难道要我放弃独立的人格,去向世俗低头吗?"

"不要孤立,并不意味着不要独立。在人际交往中当然要保持自己的个性,要自信、自尊、自重、自爱。但是,这一定要以孤立为代价吗?如今,人们把地球叫作地球村,说明人们之间的交往与合作越来越密切。在这样的现代社会里,一个孤立的人能干成什么呢?"

徐牧云并不完全信服这番道理,说:"我也在尽量多交朋友。但我决不做违心的事。我爱真理胜于一切。这难道也不对?"

非此即彼,在思维方式上就错了,话怎么讲得通呢?我叹口气,说:"周恩来以原则性强闻名于世,可他常常用灵活性实现原则性,这一点连他的敌人都不能不敬佩。由此可见,一个心理健康的人,必须善于同绝大多数人交往,包括与自己脾气不投、观念不同甚至反对自己的人。这样,既有助于干成事业,又会真正体验到人生的快乐。"看徐牧云在用心听,我接着说:"咱们再来看三毛之死,她为什么经不起电影处女作《滚滚红尘》失败的挫折呢?这与她心灵深处的孤立无援极有关系。她表示过'重建自己'的渴望,却未能实现,太令人遗憾了!"

"重建自己!重建自己!"徐牧云念叨着三毛的遗言,泪水涌了出来。

远处传来一阵流行音乐的曲调,偶然可以听清"女人爱潇洒,男人爱漂亮"之类的歌词。我们一齐望去,竟是一群白发老太太在随着音乐跳舞,那么和谐,那么忘情。

我和徐牧云不觉地互相对视,那无声的语言中,传递了生活的春潮猛涨的信息。她忽然大叫起来:"呀,咱们还没去看冰雕展览呢,走哇!"

在那座冰雪宫殿的门口，有一座大冰砖砌成的冰滑梯。一群群身着鲜艳服装的孩子，正在那里爬上滑下，而年轻的父母则兴致勃勃地抓拍照片。长这么大，还从未坐过冰滑梯呢，我也忽然童心萌发，鼓动徐牧云说："怎么样？来一个！"

徐牧云早按捺不住了，她挥着双臂，咚咚咚蹿上绿莹莹的冰阶梯，跑到小朋友身后排队去了。一会儿，轮到她了，她兴奋得满脸放光，"嗷嗷"地叫着，一屁股滑了下来，就像一道红色的闪电。

春天的脚步总是从冬天的门口开始的，我仿佛听到了那种轻快的节拍。

写作狂悲歌

> 我走在无尽的荆棘丛中,明知痛苦久长,却偏要跋涉那苦行的长途,去寻找快慰的瞬间。我的一生都在为出几本书而奋斗。虽然环境极其恶劣,生活极其困难,但我始终有一股动力,我就是为了写出大作品而活着的。
>
> ——余宝善写给作者的信

1991年1月14日13时30分,我乘第35次特快列车,由北京向西安进发。

也许是出差次数太多的缘故,车上的一切都不再新鲜,甚至连同车厢乘客的面孔也似曾相识。因此,列车刚刚开动,我泡上一杯银球茶,便开始看材料。

这次文学旅行之所以选择西安为第一站,并不是因为这座古都的中学生吸引了我,而是它附近礼泉县的一个农村男孩子引起了我的注意。

上个星期采访北京女中学生徐牧云的时候,她那大雾般浓重的孤独气质,曾使我深为震动。在许多人的眼里,如今的中学生穿着耐克鞋,喝着可乐和雪碧，还有资格谈论痛苦吗？那不是无病呻吟吗？徐牧云的经历却不能不让人相信，当代中学生的痛苦感是真实的，也是深刻的，它源自时代的痛苦和成长的烦恼。尽管如此，当我一想起陕西省礼泉县那名男中学生，徐牧云的痛苦就变成了天上的云朵，美丽而轻盈。

他叫余宝善，家住陕西省礼泉县一个偏僻的山村，是地地道道的黄土高坡上长大的孩子。令我吃惊的是，生活在20世纪90年代，他家居然仍有断粮的危险，生活的极度困难，迫使这个酷爱文学的年轻人辍学，卷起铺盖进城当民工……对大城市的同龄人来说，这大概是不可思议的事情，而他却从头至尾地体验着，在生活的底层挣扎着。

其实，早在一年多以前，我们就有过通信联系了。那时候，他来信诉说了自己的坎坷经历，恳望我送他一本《怎样做小记者》。我给他寄了样书，并在扉页上题写了两句赠言："苦难可以毁灭一个人，也可以造就一个人。"从此，他便十分频繁地来信，并将他几年来的日记和习作寄来。我把他的东西装在一个大塑料口袋里，仔细地保存着，也不止一次地打开来翻阅。每当这个时候，我的心就变得沉甸甸的，并不完全因为悲惨景象比比皆是，还由于这大量的文字尚不成熟，难以向报刊推荐。一个无比虔诚的文学爱好者的心血，就这样默默地付之东流吗？

余宝善有着惊人的毅力，顽强地坚持写作，大有不成功便成仁的劲头。

在我的手边，有他这样一封来信：

在这金秋九月，大地将它的硕果赐给人类。我踏着碎碎的夕阳，走在回家的路上，心情极为失落。我给人类的奉献是什么？一幕幕令我反思。

这次，我因在西安医科大学附属医院治病，耽误了中考（我本应考取中专的），现在竟落到了极为悲惨的境地——失学了。

我去了西北大学，校长要看我的文学作品，而我身旁却所剩无几了。也许是人家看不到我的东西，没什么感触，入大学的美梦也就破灭了。

　　我又和本县一所中学联系，人家仅看了我的证件和少量日记，终因无更多材料向教育局汇报，未能进成。普通高中我也不大愿意去上，觉得无多大出息。我决定专走文学道路，在文学方面创（闯）出自己的一条路。

　　云晓老师，何时才是我的出头之日呢？我生活在一片无尽的黑暗中。您是最了解我的人，我要干一番惊天动地、轰轰烈烈的事业，向人类奉献无尽的精神食粮。

　　人生是残酷的，而我的道路又坎坷不平。达尔文的进化论揭开了这个秘密——优胜劣态（汰）。我决定在我的一生中出一些书，这就是我的追求、奋斗。虽然，我走在无尽的荆棘丛中，明知痛苦久长，却偏要跋涉那苦行的长途，去寻找快慰的瞬间。我的一生都在为出几本书而奋斗。虽然环境极其恶劣，生活极其困难，但我始终有一股动力，我就是为了写出大作品而活着的。

　　……

　　此刻，车厢里渐渐热闹起来，有的人在打扑克，有的人在嗑瓜子聊天，大谈一触即发的海湾战争。坐在我对面铺位的是一名大学生，白白胖胖的脸上架着一副水晶眼镜，神情显得有几分傲慢。他冷冷地说："美国国会前天已授权布什可以动武了，有萨达姆好瞧的，他哪是美国人的对手？"靠车窗坐的一个黑脸汉子，看样子像穿便装的军人，他用鼻子"哼"了一下，反驳说："萨达姆怎么啦？他是一条好汉！除了他，谁敢跟美国人较量？再说，鹿死谁手还难说呢。"中铺一个织毛衣的姑娘，也忍不住探下身来插嘴说道："萨达姆再怎么英雄，他侵占科威特总是理亏的吧？谁都不向着他，他还想胜利?!"正在打扑克的另一名大学生"嘻"了一声，转过头来劝大家："你们瞎操什么心呀？仗又不在咱这儿打。这年头难得有战争，不然世界也太寂寞了，等着瞧热闹吧！"

　　明天——1月15日，是联合国责令伊拉克从科威特撤军的最后期限，而直到现在——1月14日下午,伊拉克仍毫无撤军的迹象。这不意味着一场毁灭性的现代化战争即将来临吗?全世界的眼睛无不注视着海湾地区。我自然也时时注意最新消息,可掂一掂手中的信,又禁不住一丝悲哀袭上心头:任凭这场战争如何发展,与改变余宝善的不幸命运有什么联系呢?

我泡的银球茶,此时已经叶儿舒展,清香四溢,喝起来口感极佳。我一边慢悠悠地品着,一边继续翻着余宝善的信和习作。

他不但爱写作,也爱唱歌,由着性子唱,把歌词改了唱。在他自编的《稚嫩集》第二期里,记录着他改写的《黄土高坡》。

他写道:

我家住在黄土高坡,
美丽的姑娘,英俊的小伙,
追求爱情,追求欢乐,
幸福的生活属于我。

我家住在黄土高坡,
坡上坡下都是苹果,
手扶四轮,还有卡车,
嘀嘀嘟嘟坡上过。

我家住在黄土高坡,
扭着屁股跳着迪斯科,
录音机正在陪伴着我,
歌声飘过门前的山坡。

这里有故土,
这里有亲人,
这里有欢乐,

大山黄河哺育了我,
还有门前那土坡。

哎——哎——
我家住在黄土高坡,
大山就是我的脉搏,
山清水秀花万朵,
请君来做客。
哎——

很显然,改这首歌词时,他正在中学里读书,并且是活跃人物。据他自己介绍,他改完歌词就在班里唱。那些有录音机的同学听着有趣,硬逼他用洪亮的声音演唱,录了下来,到处播放,成了那所偏僻的乡镇中学的流行歌曲。

动身之前,为了对余宝善生活的环境有所了解,我曾查阅了一些资料。这才知道,他的家乡原来是一个很有名的地方。昭陵是关中唐十八陵中面积最大、陪葬墓最多的一座。中国历史上最有作为的皇帝之一——唐太宗李世民,于公元649年葬在这里。

据《西安旅游指南》介绍:

"昭陵是以山为陵的典型,所在的九峻山距京都长安约80公里,海拔1180米,为周围诸山最高峰。其地处渭水之阳,泾河之阴。陵寝及陵园包括唐太宗的主要家族和文臣武将的墓冢,气势极为壮观,构成一个规模宏大的墓群。太宗在世时,曾三次下令允许功臣勋爵陪葬,以示'生死不忘'。为太宗陪葬的皇亲国戚和三品以上的文武臣僚墓冢约200座。"

余宝善几次来信邀我去游昭陵,也愿接受我的采访,他还热心地为我画了一张家乡的地图。从图上看,他家在唐王陵以北稍偏东的方向,相距甚近,以至让人怀疑其祖上是否与守陵人有关。据我在北京明十三陵采访的经验,大型皇陵附近的居民祖辈,大都是为守陵养陵而被朝廷迁来的。

皇帝活着要让天下人民供养，死了也要让老百姓为其服务。况且，新皇帝往往借此来为自己脸上贴金，以稳固自己的宝座。

在山区里长大的余宝善，自然对大山有一种特殊的情感。

他写道：

> 不错，山的外边是一个繁华而广阔的世界。但是在我的感觉中，平原地区，尤其是城里人，都围绕着钱这个东西而旋转着。这是一个金钱社会！记得一句俗语："贫处闹市无人问，富居深山有远亲。"这多么形象而生动地说明，在这个金钱社会里人与人的关系。
>
> 我们都是山里人。自古以来，平原人、城里人都认为山里人是呆痴与傻瓜的象征。平原人说："山里人个个都傻乎乎的，没见过大世面，真可谓是'山狼娃'。你瞧，山里人走路都跟平原人不一样。"
>
> 但是，他们想错了。其实，山里边的人是最有出息的人。山里人中有许多优秀的青年，他们年轻有为，富有才华，且天赋般的聪明机灵通遍全身。小伙们英俊潇洒，姑娘们亭亭玉立。青年人是山里人希望的曙光。
>
> 山里山外是两个截然不同的世界。外边的文化和交通事业非常发达，人们的知识面很广，可以经受许多山里人未经受的事情。也正由于这些，平原人对别人才更加冷漠，甚至对亲人也残酷无情。这是山里人无法忍受的，平原人却可以做出来。尽管有大山的阻挡，我们山里人则给人一种温暖，一种热情，一种火一般的感觉，让你在冬天不会冷，在夏天不会热。但平原人总给人一种冷酷的如冰如霜的感觉，让人全身变得僵硬……

在给一位平原的朋友回信时，他的笔下同样充满了自信与激情。

他写道：

> 你来信讲："从平原往山上看时，满目陡峭的山崖，沟壑纵横，

山脉相连。人若立在那儿,好像随时都有被风刮入山沟之险。你们山里边也这样吧?"

我曰:不尽然。大山的深处是广阔无垠的黄土高原。有的地方那平毯(坦)、空旷的原野,使人惊叹世间造物的神化……

随着轰轰的开山炮响,曲折蜿蜒的攀(盘)山公路,正向山里延伸。封闭了几千年的大山之门将被打开。昏沉的人们犹如睡狮般猛醒,山里将会变成一个开放、思想解放的世界。山里人会变得更加活跃,更加聪明,山里的特产将会源源不断地运到山的外边……

到那时,山里将会成为物质文明与精神文明并进的好山区、好黄土高原。到那时,请你来做客吧。

然而,他的美好理想似乎渐渐被痛苦吞噬了。在他的眼里,那苦难就像巍峨的九峻山一样,压在自己严重营养不良的躯体上,不仅喘不过气来,就连生存下去都异常困难了。

于是,这个年轻人大声呐喊起来:

是谁断送了我的青春?
是谁把我推入汹涌的波涛?
是谁把我掀下悬崖?
是谁扭断了我的乾坤?
是谁毁掉了我的前程?
谁是我前进的路障?
谁是我脚下的拌(绊)石?
是谁让我虚度了光阴?
是谁将我沉入了沙泥?
是谁举起了巨石?
是谁在我的头顶大发响雷?
是谁让闪电正对我的眼睛?

是谁把匕首刺进我的心肺?
是谁发射了中子弹?
欲将我变成气体!
是谁束缚着我的手足?
是谁打开了暴雨?
在我的头顶猛击!
是谁打开了闸门?
山洪向我示威!
是谁开动轧(压)路机?
欲将我砸(碾)成肉浆(酱)!
是谁开动风门?
呼呼将我刮倒撞击!
呵!
山洪暴发,雷鸣电闪,
倾盆大雨,天地皆灰。
我被冲击,我被埋葬,
我被肢解,我被抛弃。
呵!
大自然,你狠劲吧,猛烈吧!
发动你全部的神威,
让我的僵尸在宇宙之中,
化成灰烬,
成为气体,
消(销)声匿迹,
……

真难以相信,处在青春好年华的余宝善,竟会作出这种撕心裂肺的悲愤诗来。正如中国大多数人在农村做农民一般,中国的少男少女中大多数也生活在农村。他们都会感受到生活的春潮涌动，同时感受到生活的艰辛与痛苦，这使他们懂得了人生。可是，为什么余宝善却如此苦关难过，甚至到了死去活来的地步呢？

他是一个谜。

我也正是为了解开这个谜，才千里迢迢来寻访他的。

晚餐后，乘客们一边听着《新闻联播》，一边又谈起了海湾危机。打了一下午扑克的那名大学生，站起来伸了个懒腰，感慨地说：

"胜者王侯，败者寇啊。布什和萨达姆谁胜了，谁当民族英雄，谁败了，谁就是千古罪人。"

"可是，要死多少人呀！萨达姆不是扬言，要让美国人血流成河吗？美国人又那么怕死，一个人质就嚷嚷个没完。"织毛衣的姑娘已经从中铺下来，边削苹果，边问戴水晶眼镜的大学生。

大学生漠然一笑，似乎嫌这个问题过于幼稚，说：

"你以为美国人去与伊拉克人拼刺刀吗？不！美国人用这个。"

说着，他抬起右手，在空中比画了一下，目标对着姑娘那好看的鼻子。他接着说：

"美国人靠飞机。虽然，他们撤了空军参谋长杜根的职，但杜根透露的先进行巨大的空中打击，是不会改变的。先把伊拉克炸个乱七八糟，让他们兵力大损，指挥失灵，再来地面进攻嘛！"

黑脸汉子仍不服气，说：

"朝鲜战争怎么样？越南战争又怎么样？关键不在空中，而在地面。只要战争一拖下去，美国人准玩儿完！"

不知为什么，大学生虽然屡遭黑脸汉子反驳，却不肯与之交锋。他戴上耳机，优哉游哉地听起音乐来。

那姑娘似乎天生是个爱提问题的人，她转过头来问我：

"你说，他们到底为什么发动战争？真是为了和平吗？"

我只能被卷入争论的旋涡了，回答：

"和平从来都是战争的旗帜，但实质上，这是一次石油战争。中东石油是世界经济的命脉,美国岂甘心让石油落入萨达姆的控制?"

姑娘满脸疑惑地点点头,又与他人讨论去了。我则又惦念起了余宝善:他也会关心海湾危机吗?

近一个时期来,有三件事情冲击着中学生:第一件自然是海湾危机了;第二件是三毛自杀;第三件是去年11月22日,执政11年的撒切尔夫人辞去英国首相职务。少男们喜欢谈论战争,少女们则喜欢谈论她们崇拜的三毛和撒切尔夫人。一时间,校园又难以平静了。在我看来,这恰好是了解当代少男少女心态的良机,我为选择这一良机进行文学旅行颇感庆幸。

我打算,在可能的情况下,与被采访的中学生朋友聊聊这三件事。当然先从余宝善开始。可是,他会说些什么呢?

二

> 有一天,我们被派往西北大学的校园里盖楼。蓬头垢面、衣衫破烂的我们,与潇洒漂亮的男女大学生形成鲜明的对照。我第一次真正懂得了,什么是地狱和天堂的区别。
> ——余宝善的自述

1月15日的早晨是平静的。尽管人人都在翘首以待,海湾战争并未爆发。

乘客们不禁又议论起来:"看来,萨达姆是死硬到底了,你联合国命令撤军我也不撤,看你怎么办?布什本想炫耀武力把萨达姆吓回去,不费一枪一弹赚个大胜利,如今反倒骑虎难下。不然,为什么不立即发动进攻呢?……"

黑脸汉子倒不以为然,说:

"即使布什真想打,也不会选择15日,而会另选个时间。谁不懂要出其不意，攻其不备呢？只要布什心不虚就行。"

上午10点54分，列车驶抵西安火车站。不论海湾是战是和，我们该下车的还是下车，朝各自的既定目标奔去。

为了抓紧时间，我下车后直奔长途汽车站。恰巧，有一辆从西安开往礼泉县的客车正准备出发。我赶紧跳上去，补了一张票，在折叠的边座上坐了下来。

与在列车的卧铺车厢里截然不同，这个车厢虽然坐满了乘客，却无一人谈论海湾战争。红脸膛的汉子抽着烟斗，与熟人说着西安的物价，处处透出乡下人的精明。扎花头巾的妇女们，则互相欣赏着采买的布料和其他日用品。车厢里还堆着几个大包裹，显然是个体商贩的东西。售票员是个身材瘦小的年轻小伙子，态度格外好。就在我占了最后一个座位之后，他居然又开门迎上来一名乘客，并把自己的位子让了出来。我忽然明白了，这是辆个体客车。

客车开动了，出玉祥门一直向西开去。

我的肚子有些饿了，心里也纳闷儿：怎么会中午发车呢？不前不后，让乘客怎么吃午饭？莫非陕西人习惯一天只吃两餐吗？可是，瞧瞧周围乘客安然自若的样子，真让人莫名其妙。我只好先摸出两根香蕉充饥。

答案一会儿便有了。客车开出仅半个多小时，便在一家饭店门前停住了。年轻售票员热情地招呼道：

"停车40分钟，大家吃饭！"

乘客们像一群温顺的绵羊，听话地按顺序下车，朝饭店走去。有些不肯花钱的乘客，则待在车上吃馒馒和咸菜，喝着售票员留下的开水。此时，饭店跑出一个头戴白帽、身着白工作服的俊俏姑娘，来恭敬地迎接司机和售票员，并一直把他俩送进客人免进的工作间。我顿时大悟，原来这是一笔交易：司机送乘客来吃饭，让饭店有钱可赚；饭店招待司机和售票员，让他们有利可图。我走过许多地方，发现这种交易在长途汽车司机中已经蔚然成风。

螳螂捕蝉，黄雀在后。当我们吃完那顿不想再吃的午饭，当吃得满嘴油光光的司机心满意足地跃上驾驶台将客车开上公路的时候,一件意想不到的事情发生了。一个穿着破旧蓝上衣的骑着车的中年农民,像演戏一样摔倒在客车前轮前,一动也不动了。司机大惊失色,赶紧刹车,腾地跳下来,一把扶起了农民。那农民滴血不见,却连声惨叫起来:

"啊呀,撞死我啦!我可怎么办呀!我上有老下有小,今后怎么活啊!"

叫着叫着,他连站也站不住了,干脆躺在客车前面,身子不断抽搐。车上一个白胡子老汉,对着司机喊道:

"胡师傅,甭理他!他是装的,已经好几次了,就为了讹诈点儿钱。"

另几个乘客也嚷起来:

"开车吧,真开车,他准爬起来就跑!"

这时候,售票员与司机耳语几句,司机皱着眉点点头。只见售票员蹲下身子,与那农民讲起价钱来,最后掏出几张十元的票子。说来也真灵,那农民接过钱,立即站了起来,推着自行车走了。

乘客们纷纷为司机和售票员叫屈不迭。售票员苦笑着说:

"我也知道他在装呀!可这种赖皮软缠硬磨,引来交通队一通调查,罚款更多不说,大家今天就甭想到礼泉了。"

一席话,说得大伙儿人人感激,又感慨万分。

客车终于上了公路。憋了一肚子气的司机把车开得飞快,一碰上抢路的人便大按喇叭,惊得路上鸡飞狗跳人奔跑。这种愣劲儿,哪种类型的泼皮无赖也不敢凑上来了。

过三桥镇,经沣河和渭河,再穿过咸阳市,最后抵达了礼泉县的一个乡镇车站。

已是夕阳西下时分,稀稀落落的人群中站着一个年轻小伙子,他戴着一副近视眼镜,上衣左胸口袋上别着两支钢笔,双手举一张旧报纸,上面写着"接孙云晓老师"。

"宝善,你好!"

我快步迎上去,与他紧紧握手。他的手冰冰凉的,显然是等候时间太长冻的,在这样一个滴水成冰的季节!

他有些难为情地搓着手,说:

"家里穷,只好用自行车接您了。"

在他想象中,也许我在北京天天坐小汽车呢,殊不知,我们绝大多数作家,至今都属于骑自行车阶层。我笑着对他讲起这些,他听了直眨眼睛,似乎难以置信。

我提议道:

"来吧,我带你,你指路就行了。"

开始他说什么也不肯,我告诉他:

"我只习惯骑车带人,不习惯被别人带。因此,从来都是带人的,保证安全。"

他没办法了,将沾满泥土的自行车推给我,又赶紧接过我的旅行包。我熟练地骑上车子,他也轻巧地跳上来,我们一起朝他的家驶去。这使我们之间的距离一下子拉近了。

我们行进在黄土高原上,自行车吱吱地响着,越发显得空旷和单调。这黄土高原是一望无际的,有的地方呈现出沟谷分割的穹状,有些地方则是馒头状的黄土丘陵。据说,这里的黄土的厚度达一二百米。从丘陵的一道道粗犷刻痕来判断,这大片的黄土高原是经流水侵蚀而成的,可这需要多么惊人的洪水量啊!在大自然的造化面前,人显得渺小极了。

在余宝善的指引下,我们左拐右转,进入一道深长的山谷里。接着,便望见了一个小小的村落。披着羊皮袄的老汉,慢悠悠回家的鸡群,还有袅袅升腾的炊烟……在这一刻,寒风离去了,人情的暖意迎面扑来。

又爬上一道小坡,在一片厚实的黄土峭壁下,出现了三孔宽敞的窑洞。余宝善活跃起来,接过自行车推着小跑起来,冲着有亮光的一孔窑洞喊:

"大(当地人称'爸'为'大'),妈,孙老师来啦!"

随着一阵窸窸窣窣的声音,一对年过六旬的农民夫妇迎了出来,后面跟着一对中年夫妇,还有一男一女两个娃娃。前面的显然是宝善的父母,这后面的一小家子人，大概便是宝善的大哥大嫂和他们的孩子了。

宝善的父亲左眼几乎失明，右眼微眯着，视力也一定极弱。他伸出瘦骨嶙峋的大手拉住我的手，热情却又语无伦次地说着：

"远道而来的贵客，北京到咱这山沟沟里，不易啊！娃他妈，快备饭！"

脸上刻满皱纹的老农妇，冲我慈祥地一笑，转身回屋子。大儿媳也随之而去。宝善的大哥毕竟有些文化，人也精明，提议道：

"外面冷，快进屋吧！"

一句话提醒了余老汉，他"哎"了一声，赶忙把我往东边那间窑洞里让。宝善已经点燃了油灯。借着微弱的灯光，我发现土炕上已经摆好饭桌。洞内有十几平方米，临窗处放了一张桌子，上面堆放着几摞书。不用问，这孔窑洞自然是宝善的了。他大哥诚挚地说：

"宝善多亏碰上您这样热心的作家，不然，谁肯理咱这山里的娃？您是第一个来我们村的作家啊！"

"我没做什么，只不过想来见见他。"

我支吾着。的确，自己不就送了他一本书吗？面对他那重重厄运，我给过他什么帮助呢？受到他全家的隆重迎接，心中真是有几分愧疚了。

一会儿工夫，饭菜全齐了。八个菜中竟然有一盘鸡肉。我心里一阵酸楚：一盘鸡肉对城里人来说算不了什么，对富裕起来的农民来说也不算什么，可对一个连饭也吃不饱的农家来说，实在是太奢侈了。而这不都是为了我吗？用开水烫过的白酒也端了上来。可是，该喝酒吃饭了，女人和孩子都离开了。余老汉解释说：

"这是规矩，都习惯了，别在意。"

农村的白酒以辣出名，让我这个小有酒量的山东人也望而生畏。他们却喝得津津有味，脸上放出光来。

酒有奇效。它比山珍海味更能增进人们之间的亲近感，也能使平时怯懦的人变得一时勇敢豪爽起来。在边饮边谈中，我对余老汉一家有了一个大致的了解。

余家的祖上是否与为唐太宗守陵有关，一时说不清楚，但随着岁月流逝，朝代更迭，后来就完全靠务农为生了。余老汉夫妇共生了四个儿子，除了今天见到的老大和老四外，还有已经30岁了，却因无钱订婚而至今仍打光棍的老二，老三当兵去了，也尚未订婚。虽说商品经济的发展，给人们带来许多致富的门路和机会，怎奈余老汉本分惯了，只认得下地干活挣饭吃，始终富不起来。加上三个儿子将陆续结婚，这沉重的压力几乎把老两口儿压垮了。

在饭桌上，我也吃惊地获悉，刚刚失学的中学生宝善，已经快20周岁了！在城市里，像这样一个年龄，该上大学二年级了，而他怎么才初中毕业呢？

宝善伤心地告诉我：

"本来，我1983年就上初中了。可是，因为家里太困难了，1986年3月我被迫辍学，在家里干活。1987年又去西安当民工。没想到，当民工后我更渴望读书。好不容易，1988年10月复学，进了另一个乡办的初级中学。谁知道，如今又失学了！"

听到这里，余老汉布满血丝的眼睛，闪动着懊悔的泪水。他长叹一声，说：

"都怪我无能啊！当时饿极了，心想：命都难保了，还上什么学呀！所以，就狠着心让娃娃退了学，我知道四娃最爱读书。现在想补都来不及了。"

这天夜里，我和宝善住在他的窑洞里。余大妈默默地忙碌了半天，把土炕烧得暖烘烘的，比北京有暖气的屋子还热呢。我极简单地洗漱了一下，就上炕了。

窑洞内灯光如豆，仿佛在挣扎着，稍不注意就会沉入黑暗的深渊。尽管自昨日中午一直乘车，身体非常疲惫，可我却舍不得闭上眼睛，生怕一觉就睡到明天。我说：

"宝善，能先给我讲讲当民工的经历吗？我真想象不出，你当民工会是什么样子。"

他沉默了一会儿，缓缓地说：

"我原想忘掉这段经历，也从不对别人提起。您既然从首都跑来采访，我什么都告诉您，让您了解我们农村中学生是怎么生活的。"

他看了我一眼，提议说：

"咱把灯吹灭了谈吧，反正您想记也看不清。"

我们终于沉入了黑暗的深渊里，仿佛落在一段石壁上。宝善大概已经十分习惯这种两眼漆黑的环境，以无比感叹的语调，向我诉说起那段不堪回首的经历。

下面是他的自述。

我这人真倒霉！1986年3月，我本该读初三，可是家中几乎要断粮了，这学还怎么上呢？上学需要钱啊，这钱向谁要呢？我不但交不起学费，就连每天带的干粮也没有。再说，我当时的学习成绩并不理想，有些科目还要补习，这就需要更多的钱。实在走投无路了，只好暂时退学。

当时，正是青黄不接的季节。怎么挣钱呢？我开始学泥瓦匠，帮人家盖房子，同时上山挖药材。类似我这种经历的不止我一个人。有一个上山挖药材的女孩子摔死了，连村子都没进就被埋掉了。我听着她母亲的悲号声，也禁不住流下了泪。我们农村的女孩子，命就这么不值钱吗，就应该遭受这种折磨吗？

可是，那些来收购药材的商贩心狠手毒，拼命压价不说，还常常在秤上捣鬼。没办法，我每天都紧盯着秤杆，并学会算账。他赚我们的血汗钱，不怕天打雷劈吗？这人生太残酷了吧！

每天，我穿着破旧的衣衫，穿着露出脚指头的布鞋，到处找活儿干。一碰见同龄人，我的心就怦怦跳。有一天下午，我正走在山路上，猛看见一个女孩子骑自行车迎面过来。我一眼就认出来了，那么熟悉的苗条身影，那么黑亮浓密的披肩发，她不就是我的同班同学宋秋红吗？我们曾经那样友好。但是，我像野兔一样逃走了，躲在一个山包的后面，不敢让她瞧见我。我怎么能让她看见我这个寒酸的模样呢？尽管我很想她，很想跟她谈谈学校里的事……

也许，跟这次逃跑有关吧，当有人介绍我去西安当民工时，我立即就答应了。那一年，我16岁。这是我第一次踏上出门谋生的路。带着一床薄薄的旧棉被和一条破褥子，带着家中仅有的十元钱，也带着我的几本书和一个日记本。

大概与您来的路线差不多，乘长途客车从黄土高原上驶去。汽车拐弯的时候，九峻山主峰——唐王陵，映入了我的眼帘。不知怎的，我的泪一下子涌了出来：再见了，唐王陵！再见了，黄土高坡！再见了，辛劳的大、妈！

说真的，对于西安这座大城市，我既向往又隐隐有些怕。听人们说，城里坏人多，会欺负农村孩子，等等。

客车一直开进玉祥门车站。我一下车，马上就惶惑起来：我该向哪里走呢？只见处处是人头晃动，车多得犹如一条湍急的河流，高楼大厦的玻璃在阳光的照耀下闪闪发光，而大厦前的喷水池里，正飞扬起美丽规则的水花……

一个穿绿色羽绒服的年轻人碰了我一下，问我怎么了。我吓了一跳，忙说：

"我要去阿加斯仪器厂，怎么走？"

"可难找了！你们农村人半天也摸不着门呢。这么着吧，你给我五块钱，我送你去。"

五块钱？我心里一震：光问个路就这么贵吗？正在犹豫中，一对紧挽着胳膊的恋人路过这里。男的瞥了一眼，停下脚步，问：

"怎么啦？"

没等我讲完经过，穿绿色羽绒服的年轻人骑上自行车就窜了。这对恋人好心地告诉我：

"他敲你的竹杠。你坐前面的那辆电车，到垂柳路下，就是阿加斯仪器厂门口了。"

我感激得摸出两个苹果，递给这对幸福而富有正义感的恋人。他们对视一笑，潇洒地一扬手，又挽起胳膊走了。他们的形象，我至今难以忘怀。

我坐上了电车，感到疲倦极了，背着铺盖卷又招人讨厌。忽然，发现车门边上有个座位空着，我赶忙挤过去坐下。周围的乘客莫名其妙地笑起来，我看看自身，以为是嘲笑我一身土气，便偃偃地闭上了眼睛，想歇一会儿。

"下来！"

突然，响起一个女人尖厉的吼声，接着我脑袋被票夹子击了一下。我猛睁开眼睛，只见漂亮年轻化着浓妆的售票员，双目圆睁，似要喷出火来：

"让你上车就不错了，还来抢售票员的位子，懂不懂规矩？"

我才恍然大悟，原来这电车与长途客车不一样，这个位子只能留给售票员坐。可是，她犯得上那么凶吗？我一下子跳离那座位，把铺盖卷放在脚下，心想：让人们踩去吧，人都被踩过了还在乎东西？

就这样，我终于来到了尘土飞扬的阿加斯仪器厂建筑工地。

在那里干活的民工，有50多人。每天早晨6点多钟，包工头就把我们喊起来干活，说是趁凉快多干点。可是，到太阳很毒的时候，也不让大家休息。我的任务是把水泥与石子拌在一起，然后再用小车推到工地上去。那水泥与石子都是沉东西，一旦没劲了，想搅拌均匀是很困难的。但是，包工头不发话，我只能像机器人那样不停地干下去。胳膊麻木了，手上磨起一层层血泡，背上被太阳晒脱了皮，脑子昏沉沉的。有一回，竟累得倒在地上睡着了。包工头发现后，用铁锹把狠命地抽我，抽得我几乎走不动路。他凶巴巴地说：

"不想干就滚！像你这样的臭小子有的是。想偷懒，甭挣这份钱！"

我知道找活儿不容易，如果离开这里，连吃住都解决不了，只好把泪咽进肚子里。其实，那儿生活也差。干那么重的活儿，每顿饭除了两个馒头,就是咸菜和炒青菜,都是市场上最便宜的菜。如果加一点大肥肉,就是改善生活了。晚上,50多人分别住在两间大工棚里,又闷又热,脏就更没法说了。

民工生活单调乏味,又随时受着城里生活的刺激。我除了过度疲劳这第一痛苦之外,又患上了精神折磨的第二痛苦。

有一段时间,不知包工头打起什么主意,把我们安排到厂外去干活。

有一天,我们被派往西北大学的校园里盖楼。蓬头垢面、衣衫破烂的我们,与潇洒漂亮的男女大学生形成鲜明的对照。我第一次真正懂得了,什么是地狱和天堂的区别。

盛夏的夜晚,西北大学显出她的另一番魅力。图书馆里灯火通明,静若无人,大学生们专注地伏案攻读。舞厅里则大不相同,男大学生西服革履,女大学生身着色彩迷人的短裙,他们亲密地拥在一起,随着动人的旋律起舞……

我突然明白了,自己朝朝暮暮盼望的,不就是这样的生活吗?这不正是我未实现的梦想吗?他们当中也有曾和我一样的农村孩子,一样的贫穷,一样的倒霉,可一旦进入大学,就像脱下一件脏衣服似的,那么容易地告别了过去。

最令我惊奇的是,我见到几个十二三岁的少年,也坦然自若地进出图书馆。我原以为,他们是教工的孩子,在享受什么特权。可仔细一看,嘿,他们的胸前也戴着校徽,原来是少年大学生!惊奇、羡慕之余,我又不禁悲哀起来:我比他们大三四岁,却连初中都没毕业,这一生还会有出息吗?

不过,尽管处境悲惨,我却不肯向生活低头。我相信,只要肯吃别人吃不了的苦,那么,成功的大门一定会为我打开的。

也许,就因为在西北大学受到的心灵冲击,我越来越不安心当民工了,甚至敢与包工头争辩。一次,包工头嫌我干活慢,又要动手打我。我再也忍受不了了,指着他的鼻子,吼道:

"你敢动我一指头,我就到法院去告你,告你这个吸血鬼!"

他惊呆了!因为在我之前,还没有一个民工敢这样对他讲话。但他一听"法院"二字,心虚了,果然未敢动手,只扬言解雇我。哼,谁用他解雇?我已经决定离开这里了。

于是,我提前结束了民工生活,独自一人,又返回了家乡。

他讲完了当民工的经历,忽然问道:

"孙老师,您睡了吗?"

我翻了个身,叹口气,回答:

"怎么能睡着呢?我在想,你既然感受这么深,又酷爱写作,为什么不写篇报告文学呢?这可是真正来自生活底层的东西啊!"

他也叹口气,感慨地说:

"这只是我生活中的一个小插曲。故事多了,酸甜苦辣样样有,明天再讲给您听吧。"

我点点头,忽然悟出一句话:生活是文学的母亲啊!

三

> 我为什么要来见她呢?难道我真是在追求和狂恋着她吗?她居然将我驱赶出门!我的心在颤抖,我的泪在流淌。扪心自问,对天发誓,我没有一点点出格的想法。她怎么会变得那样呢?
> ——余宝善的心声

早晨醒来,窑洞外完全变了一副模样。昨天虽然寒冷,只是静静地冷,并且还有阳光。现在却狂风大作,飞沙走石,天地混沌,整个儿一片黄土世界。小小的村庄,仿佛被细灰一样的黄土淹没了。

宝善的大哥一家昨晚已回自己家了。剩下我们四个人在一起吃早饭。

玉米面粥、玉米面窝头、咸菜，还有那盘几乎未动过的鸡肉。昨晚，我一点儿也没动鸡肉，因为心里有一种说不出的滋味，这会儿看见它，又勾起我的这种感觉。于是，我随口说道：

"你们吃鸡啊，我这些天胃口不好，吃点素的比较舒服。"

的确，这些年来，玉米面窝头已成了北京人调剂口味的食品。因此，吃起来味道格外鲜美。可是，他们硬是不信，推来推去，还是谁也没动筷子。

吃罢早饭，我和宝善继续长谈。昨夜长谈如同将他的生活内幕撩开一个角，它像磁铁一样吸引我一步步走近，从而看清一个山村少年世界的真实面貌。

从西安返回家乡之后，尽管宝善还是穷小子一个，他却觉得自己变成了另外一个人。套用一句时髦的话说，即"迎来一个崭新的自我"。是的，他变了，变得充满自信，变得精神焕发，变得意志坚强，因为他重新找到了生活的目标与希望，那就是复学，在知识的海洋里乘长风破万里浪。

体力日渐衰弱的父母亲，听了儿子一番高谈阔论，皱起眉头，连连叹气，以为他走了趟西安不知中了什么邪。不过，做父母的哪个不想让孩子有出息呢？因此，他们又开始艰辛地为儿子攒钱。宝善作为一个农民的孩子，自然晓得钱是来之不易的，也比原先勤快了一些，尽量多找些活儿做。

为了挣几个现钱，宝善跟着村里的泥瓦匠，到外村帮人家盖房子。现在，他已经不怕碰上过去的同学了，因为他不再觉得出外谋生丢人了。他的眼前经常晃动着俄国大文豪高尔基的影子：高尔基不正是流浪儿出身吗？到处流浪，艰难谋生，不正为他成为作家提供了丰富的创作素材吗？他想，只要我肯吃苦，难道就成不了伟大的作家吗？我还上过七八年学，比高尔基还幸运一些呢。

他迷上了读书，迷上了写作。有时候，正帮人家干活呢，他会突然扔下手中的工具，跑进屋里伏案疾书，或者匆匆翻开书本全神贯注地读起来。人们先是惊奇，继而讽刺他是"精神病"，又演变为斥责他"懒惰"。宝善也不在意，他信奉但丁的格言："走你的路，让别人说去吧！"

在那些日子里，他格外怀念起初中时代的生活，怀念起老师，自然也怀念起他的同学——宋秋红。

说来也怪，与宋秋红同学期间，似乎每一天都是充满快乐的。每当他走进教室，走向自己的座位，就像走进了一片圣洁的春光明媚的乐园，顿时心旷神怡、耳聪目明。他以语文见长，每当邻桌的宋秋红焦急地问他一个词的含义，或者问某篇作文该怎样开头时，他都非常热情而负责地给予解答，也获得了一种让人陶醉的幸福感和满足感。宋秋红以数学见长，宝善也乐意向她请教，让她像公主一般骄傲，他同样感到快乐。同学们见他俩如此亲密，渐渐嫉妒起来，称他们"青梅竹马"，暗地里叫他们"小两口儿"。他俩是再清白不过了，既没交换过"情书"，更未花前月下约会。听了这些攻击之词，宋秋红羞得脸色如桃花，宝善心里也怦怦如鼓，倒生出几分希冀之心。如今想起来，那经历犹如梦境一般美好，怎能轻易忘却？

莫非真有缘吗？

一天下午，他正要去一个村子干活，一辆解放牌卡车从街上驶过。他一眼便认出了坐在驾驶室里的宋秋红，她白皙的苹果形脸蛋上戴着一副红边的近视眼镜，头上还扎着一只鹅黄色的蝴蝶结。对于同样近视的宝善来说，偶尔一瞥，能观察得如此之细，简直是个奇迹！老天爷似乎有心成全他，那辆车驶出不久，戛然而停，从车厢里跳下几个男青年。车立即开走了。宝善急忙迎上去，问：

"请问驾驶室里那个姑娘是宋秋红吗？"

男青年先打量了他一眼，用酸溜溜的语气问道：

"是又怎么样？你癞蛤蟆想吃天鹅肉？连味儿也闻不着吧？"

说罢，一阵大笑，扬长而去。

宝善胆小，敢怒不敢言，默默地走开了。在汽车驶去的地方，只有卷起的尘土在空中弥漫，让人看不清前方越来越远的车影。从这一刻起，一个强烈的欲望占据了宝善的心：去见见她，见见她！

自从1986年春天，在山路上偶然相遇却逃跑那天起，他足有两年多未见过宋秋红了。这800多个日日夜夜，他经历了多少坎坷磨难啊，而宋秋红又是怎样度过的呢？他们之间该有多少话可以尽情诉说啊！他埋怨自己不像个男子汉。为什么没有勇气去见她？难道要等着人家女生上门来见自己吗？也许，宋秋红早就在抱怨自己的冷漠无情了，那该产生多大的误解啊！这么一想，他马上变得坐立不安了，恨不能一步奔到宋秋红的面前。

这天一吃过早饭，宝善骑上自行车就出发了。毕竟两年多不见了，不敢断定宋秋红住在哪里，只能多打听几个地方。

宋秋红本不是礼泉人，她的家在遥远的新疆阿克苏。小学四年级时，她才被送来此地上学，吃住在亲戚们家里。在同学们的印象里，她家包括亲戚们都是富人家，所以，她始终像公主一样地生活着，大有鹤立鸡群之势。

宝善分析：她目前肯定在读高中，那么，住在她舅舅家的可能性最大。因此，他选择的第一个目标，便是15里外的高陵村。

这是一个秋天的早晨，天空中飘着蒙蒙细雨，路上沟沟坎坎，又陡又滑。宝善顽强地行进在羊肠小道上，仿佛在经受着老天爷的考验。他一次次摔倒，连车带人滚入山沟里。他挣扎着爬起来，重新跳上车子再骑。似乎宋秋红就在山坡上注视着这一切，与自己经受过的苦难相比，这点挫折又算得了什么？他勇敢地前进着。碰到实在无法骑车也难以推车的路段，干脆把车子扛在肩上。他的头上汗水与雨水流在一起，他的身上溅满黄泥与脏水，他的腿上磕出了血痕……哪个女孩子见了这副形象能不动心呢？宝善显然意识到了这一点，居然不仅不感到沮丧，反倒激情满怀。

好不容易到了高陵村，七拐八拐地找到宋秋红的舅舅家，他的形象果然让人家大吃一惊，以为发生了什么意想不到的祸事。等宝善吃力地讲明来因，他们才松了一口气，说：

"秋红很久没来了，大概住在哪个姨家吧，说不清是大姨还是二姨。"

宝善这才感到麻烦。宋秋红有好几个姨，相距甚远，怎么找呢？他思忖了良久，决定由近及远，逐一找去。这叫作不到黄河不罢休。但他却身无分文，实在饿得忍受不住了，就停下车子，从果园里摘几个苹果充饥解渴。

直到太阳偏西的时候，狼狈不堪的宝善来到了陵南头，这儿是宋秋红的二姨家。他一路打听，来到了村中央那座气势非凡的院落。他暗暗惊讶，一向以为礼泉县贫穷不堪，竟也有这等豪华的私人住宅啊！

正当他感慨之时，一只毛色油亮的大黑狗猛蹿过来，威风凛凛地拦住去路，汪汪地狂叫着。猝不及防的宝善，差点儿被吓掉了魂儿，拔腿就跑。就在这时，一个熟悉的甜嫩声音飘过来：

"黑子，回来！"

听她在唤狗，宝善也不由得转回身来，两眼定定地望去。一点儿不错，是她，是那张白皙如雪的苹果形脸蛋，是那一副迷人的红边近视眼镜，是那一头黑色瀑布般的披肩发。宋秋红正在吃着一个青香蕉苹果，一见门口那个脏极了的小伙子，也不由得呆住了。一脸灿烂的微笑迅速退去。

"秋红，真是你呀！"

"你？"

两人都一时不知所措了。在那一瞬间，宝善似乎惊恐地发现了什么变化，只是匆忙中来不及品味判断。这时，一个衣着华丽的中年女子走过来，笑容可掬地说道：

"哎哟，来客人啦，快屋里请啊！"

宝善记不清自己是怎么进入了客厅，只记得看见一圈纤尘不染的沙发，没敢坐，坐在门口的一个方凳子上。那妇人随即走开了。

沉默。令人窒息的沉默。

在这无语的一刻，宝善感到了一种从未有过的悲哀，就像亲眼看着美丽的偶像在倒下和破碎，而慢慢立起来的形象是那么狰狞可怖。他不敢也不愿相信这是真的，因为找不出理由，连过程都无从发现。他突然后悔至极，后悔自己做了一个荒唐的决定，致使自己处于如此尴尬的境地。

宋秋红斜靠在沙发上。的确，她变得更美了，红毛衣外罩一件白色的夹克衫，下身穿一条健美裤，清晰地勾勒出青春少女的优美曲线。她低着头，跷着白嫩的手指，熟练地削着苹果，似乎不是接待老同学来访，而是在进行表演。圈圈相连的果皮掉在地上，散出淡淡的清香。她用手指举起苹果，文雅地咬了一口，一边嚼着，一边问：

"你怎么知道我住这儿？"

宝善委屈地小声回答：

"我怎么能不知道呢？"

宋秋红轻轻地"哼"了一声，耸了耸鼻子，劈头问道：

"你现在在干啥呢？"

在她目光的逼视之下，宝善骤然惶惑起来，本来，他想诉说一下自己人生的悲剧。自己的才华与天赋，都被不幸的命运断送了，被无尽的贫困束缚了。目睹囤粮渐尽，他怎能安然读书？他想告诉宋秋红，自己在外流浪时对她的思念；他更想诉说一下自己的勃勃雄心，忍受胯下之辱，不坠青云之志。来此之前，宝善曾美美地设想过，自己这一番悲壮的经历和蓝图，一定会博得这个心地善良的姑娘的敬慕之情。然而，眼下他有些绝望了。人家是高中生，自己却是个辍学的初中生；人家长在蜜罐里，自己泡在苦水里，还有什么可说的呢？内心的折磨，使这个满腹辛酸的少年发起呆来了。

宋秋红不耐烦了，催道：

"问你呢！"

"哦，我现在在家里干活。"

宝善张口结舌地回答着。宋秋红气恼地又"哼"了一声，竟一边咬着苹果，一边朝门外走去了。

宽敞的客厅里，只剩下宝善一个人，没有水喝，没有苹果吃。口干舌燥的少年似乎成了囚犯，留不住也走不成，坐在那儿受罪。

一会儿，那个中年女子进来了。显然，这是宋秋红的二姨。她俨然换

了一个人,一脸愠色,责怪道:

"你是个男的,她是女的,你怎么能随随便便来找她呢?让别人议论起来怎么办?你快走吧,我们该去摘苹果了。"

听了这话,宝善的脑袋嗡的一下,浑身的热血涌动起来:我为什么要来见她呢?难道我真是在追求和狂恋着她吗?她居然将我驱赶出门!我的心在颤抖,我的泪在流淌。扪心自问,对天发誓,我没有一点点出格的想法。她怎么会变得那样呢?

宝善像一头发怒的狮子,腾地站起来,咚咚咚几步冲出客厅。可是,当他刚刚跨出院门口,几句剜心割肺的粗话又钻进他的耳朵:

"什么玩意儿?也不撒泡尿照照自己,我与你有何相干!"

这就是宋秋红留给他的临别赠言!

讲述到这里,余宝善早已是泪流满面,泣不成声了。这段挫折在他的心灵上刻下一道深深的伤痕,至今都难以愈合。他哆嗦着,从柜子里摸出一个塑料封皮的本子,说:

"这是我当时的日记。您看吧。"

我一边劝他想开一些,一边翻开了厚厚的日记本。关于这件事的经过及反思,他记得详而又详,可见对其情感的重挫。

他在事情发生的第二天,即1988年10月4日的日记里写道:

宋小姐,你是个什么东西?你有什么可骄傲和自豪的呢?对于你的冷漠和愤恨,我深感谢谢。我明白了自己在堕落,自己是个极为可悲的人,因为我虚度了人世间最美好的青春光阴。你做得对极了!当时,你为什么不打我一记响亮的耳光?为什么不呢?

宋小姐,我不明白自己为什么那样热情地去见你。我认清了自己,原来竟是这样无血、无脸、无骨气。你那竖立的柳眉,使人寒栗!

宋小姐,你生在豪门贵家,我生在柴门寒家;小姐重似泰山,而我轻如鸿毛;小姐身价亿金,而我贱如灰尘;小姐的前程是灿烂而美好的，而我的前途只是灰暗漆黑一片。小姐，我祝你成功，祝你幸福！我是个流氓、坏蛋、无赖，而小姐是玫瑰、牡丹。我亵渎了花的美，无怪花见我则黯然。但是，坏蛋往往也会默默地在心中为别人祝福的，他也有一颗善良而诚挚的心。

宋小姐，你以为我是来追求你，热恋你。小姐的认识对极了，因为我将小姐当成了心中崇拜的偶像，当成了疯狂追求的恋人。我是个道貌岸然披着人皮的狼。大概如小姐以为的："追求我的人多了，你算老几？"是的，我算老几？我有资格吗？我有地位吗？我一无所有，贫困潦倒，怎怪小姐那乖巧的嘴讥讽？小姐一表人才，我丑陋不堪，如猪八戒一样。小姐天生丽质，美丽绝伦，撼动宇宙。如有机会选世界美女，我肯定投小姐一票……

宝善是矛盾的。就在写完上面这篇日记后，他便开始责备自己，并为宋秋红辩解了。他说："此封挖苦、嘲笑、讥讽的信实在不该发出。因为人家见我突然登门，一时不理解。再说，她二姨在场，能不怀疑吗？况且，我目前是农民，而人家是高中生。"

在10月5日的日记里，他先是进行了一番自我解剖，紧接着写了一封致宋秋红的忏悔信，题为《永别了，心中曾深深爱慕的人！》。

他写道：

在这里，我流着泪给你写一封忏悔的信，也是永别的信！是的，你是不愿意让我给你写信的，但是，作为我们的永别，难道不能叫你一声：宋秋红，永别了！

隔膜最大的老同学啊，也许我连"老同学"这个称号也不配。在这永别的时刻，我的心中充满了痛苦。尽管，你对我是那么冷漠，我仍要对自己过去对不起你的地方，表示深深的悔恨和反省。在泪雨中，我祝你在人生的道路上多保重自己。

你是不理解贫困的，不，更确切地说，你对贫困是没有体验的，连一点儿感触也不曾有。你是命运的宠儿,而我却是悲与哀的化身,我是苦的汇聚。我的人生就是一首悲歌……

虽然,命运与我开了这么大的玩笑,我会振作起来的,去弥补失去的人生。两年的流浪和做工生涯,毕竟使我变得坚强了,成熟了。我再一次明白了知识的重要,我也明白了人生的路该怎么走。

……

此后的日记里,他并未与宋秋红真正永别。他一次次地提及这个让他痛楚的名字,咀嚼着这段酸甜苦辣咸五味俱全的故事。

他一直在盼着宋秋红的回信。可是,这始终是一片空白。

空白是多么丰富的一种反应啊!

四

> 我终于复学了!村里人在议论,说我又"踢脸"去了。是的,我一定要将这个脸"踢"下去。为什么非要顺着别人的议论转向和投降呢?我应当走自己的路。这次重新入学将是我人生的一个转折点。
> ——摘自余宝善日记

谈起1988年10月复学的事,宝善仍禁不住激动。一个从未离开学校的学生,是很难体会出学习生活的幸福的,而失学两年半的宝善,却对重返校园梦寐以求。

经过好一番折腾,终于感动了上苍。礼泉县某乡一所初级中学,向这名已经17岁的求学者敞开了温暖的怀抱。

乡间的中学,条件自然比较简陋一些,但在余宝善眼里,这里魅力无穷。为了纪念这次难得的复学,他特地在校门的影壁前拍了一张彩照:一个戴近视眼镜的小伙子,夹着一摞厚厚的笔记本,而那雪白的影壁上写着

"志存高远"等字样，还有一丛密密的冬青树。

与以往的读书生活不同，这里到底不是他家所在的乡，这里到处都是陌生的面孔，让他略略有一种孤独感。不过，经过在社会上闯荡磨炼的宝善，不仅已经不惧怕这些，而且跃跃欲试，准备大显身手干一场呢。

他心里明白，自己已经不是一名普通的初中生了，而是比别人落后了一大截儿，必须做出突出的成绩，才会搏出自己的地位。为此，他经常暗暗地分析自己的优势与劣势，寻找突破口。最后，他还是与以前一样，毫不犹豫地选择了文学写作和新闻写作。一些默默无闻的年轻人，骤然间声名鹊起，成为著名的作家。这些信息的冲击波，每每使他热血沸腾，羡慕不已。他时时都在梦想着这一天。

宝善一时充满了信心，他新买了一个粉红色塑料封皮的日记本，在开篇写下《不要叹息》一文。文中写道：

立在湖边，湖水温柔，恬静得像一个少女，而我心中羞愧的感觉却越来越大地弥漫开来。我为什么要整日让叹息缠绕我呢？实际上，我是多么幸福啊！我并没有被关在监狱里失去自由，用不着像囚徒手扶铁窗，发出渴望自由的叹息；我并没有生病，健全的四肢可以使我自由跑跳，用不着像白发苍苍的老人回忆过去那样，发出渴望青春的叹息；我并不孤独，无数亲人围绕在我身旁，关心着我，保护着我，用不着像被生活抛弃了的人那样，发出渴望温暖的叹息……

我为什么要叹息呢？噢，好可怜的我呀！眼前的湖水尽管平静，却总有微微的涟漪。是呀，再平静的湖水，也会有波动；再平坦的道路，亦总会有坎坷。期望生活一帆风顺的人，永远不会幸福！

像悟到了生活的真谛，我忽然感到异常的轻松。我深深地吸了一口气，又轻轻地呼出来。啊，生活就是这样，永远不必叹息。湖水变得更加清澈，映出一个清晰的我。

……

他像获得了新的生命,他像披甲上阵的士兵。为了纪念这个光荣难忘的时刻,更为了时时激励自己奋发不屈,他还为自己起了一系列笔名,如"山野俊夫""高陵宝"等等。

入学不久,他偶然读到一份《中学生导报》,看到该报招聘小记者的消息,顿时激动起来。自己不是一直盼望当记者吗?现在机会来了,岂能不全力一争?

当天晚上,他就给中学生导报社写了一封长长的信,其中,既有他的报名信,有《聘用后的工作计划与设想》,还有对该报的长篇建议。

他写道:

如果被聘用了,我将满怀激情地去完成编辑部交给的采访任务,将当地的新闻和读者对贵报的意见,及时地、准确地、实事求是地向编辑部通报。

从现在开始不断地钻研有关书籍,如《写作》《采访技巧》《心理学》《唐诗三百首》《列夫·托尔斯泰文选》《鲁迅论写作》《新闻学》,"走向世界丛书",以及达尔文的《物种起源》、李时珍的《本草纲目》等。古今中外无不涉猎,风土人情无所不读,从濡(茹)毛饮血到今之社会主义国家,从无垠的宇宙到原子核,努力使自己的写作知识与本领与日俱增。

同时,我要积极锻炼组织才能和社交能力。充分利用节假日,采访当地的先进人物和知明(名)人士,并向周围的同学宣传贵报,引导他们都来关心支持贵报。

总之,不懈地采访与写作是我的宗旨,勤奋、刻苦、努力、顽强搏击是我的座右铭!

我坚信自己:一定能胜任并超额完成编辑部交给的各项任务。

是的,充满必胜的信心!

……

这封长而热情如火的信，署名即"高陵宝"。试想，哪家报刊接到此类信件，能不欣然接纳？果然，《中学生导报》回信了，聘请高陵宝为本报小记者，让他寄三元钱办理手续。

三元钱对宝善来说，可不是小数字，但为了实现自己的理想，他硬从微薄的生活费里挤了出来。从此，他常常拿着小记者证到处采访，那份认真、那份自豪，仿佛真是一名专业新闻工作者。他甚至刻蜡版，为自己油印了小记者专用稿纸。

他成了一个真正的写作狂！

他的信念是：以山里人的顽强，创作山里人的巨著；以山里人的激情，描绘山的清秀和水的柔静；以山里人的豪情，歌唱山的雄伟壮丽。

他买来一摞摞最便宜的灰白纸，订成了一个个文稿本，抄写下自己的一篇篇作品，并命名为《稚嫩集》。两年时光，竟然写满了整整13本！

在校园里，他写下师生们开垦荒地栽果树的报道，写下描写乡村中学生用起花伞的特写《悬游的花朵》，写下赞颂花园晨读的《校园中最美的一角》，也写下《如此的补习班，持政者应归家卖红薯》的批评文章。

在农忙季节里，他写下系列文章《看场记》《碾场记》《扬场记》，写下民工为开辟旅游专线修筑公路的新闻，写下描写家乡苹果丰收的抒情散文。

在更开阔的范围里，他还写下一批访问记，如《孜孜不倦采风人——访陕西农民诗人吕进》《祝你腾飞——访渭南铁路廿局在南庄乡设的经济部门经理》《热情大方的交谈是打开被采访者心扉的金钥匙——访西安仪表厂干部高志良》《梦幻与现实——访西北大学历史系学生高天云》等等。其中，尤其引人注意的，是他来到自己曾当过民工的西北大学，采写了《张岂之谈成才——访中国思想文化研究所所长、西北大学校长张岂之》。从民工到记者，这个变化怎能不叫宝善感到骄傲呢？

一天，宝善又外出采访。当他骑车路过镇上一个小书店时，便走了进去。如唐僧逢寺庙必拜一样，他是逢书店必进。

书店里只有一个姑娘，正趴在柜台上看书。宝善一眼即发现，她看的是一本文学书，脱口赞道：

"看来，你不光开书店，还是文学爱好者啊！"

那姑娘一愣，抬起了头，聪慧的大眼睛里闪动着询问的神情，脸上露出了微笑。宝善习惯性地掏出采访证，放在姑娘面前。姑娘认真地看后，询问的神情变成了惊喜：

"噢，你是中学生记者呀！"

姑娘那满是羡慕的话语，让宝善感到舒服。听姑娘问自己是怎样当上记者的，他竟不知不觉地口若悬河起来，将如何家贫、如何辍学以及如何重新树立生活的勇气、如何磨炼文学表现力，从头道来，犹如登台演讲一般。那姑娘听得如醉如痴，一会儿替他悲伤，一会儿替他高兴。宝善似乎第一次发现自己的魅力，格外活跃。

交谈中得知，那姑娘名叫贾秀梅，在高中读二年级，是一名诗歌爱好者，每日中午会来这里帮忙。宝善一时兴起，从采访夹中抽出一纸条，写下一句赠言："愿你成为文学园地里一颗璀璨的明珠！"礼尚往来，贾秀梅也回赠他一段话："人生的道路坎坷不平，它虽然使你受尽苦难，但它也造就了你。祝你成为一位诗人！"姑娘还答应帮他进急需的书。

从这一天起，宝善的日记和《稚嫩集》里，时常出现贾秀梅的名字，称她"具有一颗美的心灵"。

一年的紧张忙碌过去了。余宝善的辛苦没有白费，他已经成为中学里的名人，全校几乎没有一个人不知道他。就连乡里的富翁写信，有时也慕名来求他帮忙。学校有的班级，甚至邀请他去谈写作的体会。

看到自己的文章变成了铅字，听着周围人的悄悄赞叹，宝善自然是深感欣慰，但他并没有盲目陶醉。相反，由于成功的艰难，他的自卑心理常常复萌，这使他不得不分出精力来与之搏斗。

他在日记里写道：

> 我要当真正的大记者、大作家，可是，我的写作技巧、知识水平和思想深度还不够。写作的失败、挫折、痛苦和迷茫已经够多了。

每个作家的开始都是极度痛苦的、苦恼的，因为他们最初寄出的稿件往往石沉大海。因此，我要苦苦地追求，使自己成为一名作家。它是荆棘，我要开辟；它是悬崖，我要跳下。我要凭着自己的毅力，在苦海中奋斗。不急于成名，但也要不停地用功，做一个不虚度年华的人。由于过去的辍学，我有沉重的失落感，但我再不能沉沦了。留在我脚下的是一串歪歪斜斜的脚印，但自信是事业的立脚点，是成功的强大支柱。信念的火炬永远燃烧。

我无时不在做着当真正大记者的梦，也许我的梦会破灭，彻底破灭。我望着碧空如洗的蓝天，心情极其沉重。也许，我对成为记者和作家的追求，具有过于浪漫的色彩，幻想的成分太多了，但我不甘心认输，我仍在追求。

……

一天的交谈里，我发现宝善的心被自信与自卑撕扯着，这使他时而兴奋不已，时而又垂头丧气，心绪总处于一种焦虑不安的状态中。

晚饭过后，风停了，天地间的空气仿佛突然凝固了一般。再在窑洞里闷着，实在忍受不了了，我提议道：

"咱们去看看唐王陵，怎么样？"

他也讲累了，爽快地答应了，去推那辆吱吱乱叫的自行车。这一次，他执意要载我，说路途危险怕摔进暗沟里，我也只好客随主便。

我们沿着弯弯曲曲的小路，一直向九峻山的北峰驶去。大约半小时后，借着朦胧的月光，已经可以看见唐王陵那庞大的轮廓。

这唐王陵随着距离的远近，给人视觉上的变化差异是巨大的。从遥远处看，它像一个弱小的婴儿，向游客晃动着胖胖的小手；稍近一些看，它像一口大钟，似乎时时撞击着人们的心；再近些看，它变成一垛高高的城墙，是一座皇宫的大门；最后，走到它的跟前，又会感到这是一座坚不可摧的黑色堡垒，又像一个巨大的黛黑色大斗，激起人丰富的想象力和强烈的诱惑感。

"嘿，这唐太宗生不寻常，死也惊人！"

听我发此感叹，宝善也无限感慨，说：

"我从这里走了不知多少遍，每次的感觉都不一样。我愧对古人啊！"

我不知该如何劝他，一时语塞。唐太宗已经埋在这里1300多年了，他的影响还会存在多少年呢？一代更比一代强，固然是历史发展的大趋势，但古人的杰出创造，今人若不励精图治，就一定能超越吗？就不会有某些退化现象吗？当然，敢与唐太宗相比，也表明宝善自视甚高。

又起风了，唐王陵发出令人恐怖的声音，似乎李世民的幽灵醒过来了。我们注视着这特殊的帝王之陵，一时毛骨悚然。

五

> 我是一棵不屈的小草，在石隙里挣扎盘绕。虽然常发出痛苦的呻吟，仍时时昂起头颅，长出新芽，向身上的巨石抗争，不愿承受它的重压。即使永远在这重压之下，我也要表现出青春生命的顽强与辉煌。
>
> ——摘自余宝善的日记

1月18日，早晨醒来，窑洞外已成为冰雪的世界，白茫茫的一片将昔日的黄土全覆盖住了。

我站在窑洞口，被眼前这神奇的变化惊呆了：由黄变白，只一夜的工夫！难怪农民们崇拜大自然的伟力啊！雪地上的空气是新鲜的，让人心旷神怡。

蓦然，我又惦记起那剑拔弩张的海湾：事态如何发展了呢？这几天，完全陷入了宝善的世界里，不但没与他讨论此事，居然连想都没想起它来。此刻，正是电台早间的新闻广播时间，我急忙返回洞里，取出十波段收音机打开听着。果然，一个震惊世界的消息，在这茫茫雪原上响起。

据报道，昨天，即1月17日，以美国为首的多国部队，出动各型飞机1000多架次，对伊拉克和科威特境内的伊军目标，进行了三轮共七次轰炸。伊拉克的整个空军和空军基地以及六个"飞毛腿"导弹基地、核设施、生物和化学武器库几乎都遭到轰炸，萨达姆的精锐部队——共和国卫队也受到打击。

美国有线新闻电视网记者约翰·霍利曼，当时正住在巴格达市中心的拉希德大饭店。隆隆的炮声使他一屁股从柔软的床上坐起来。他顾不上穿好衣服，抄起放在桌上的麦克风，站在窗前，将麦克风伸出窗外，录下枪炮声和爆炸声，激动地向全球几十亿听众进行现场报道。他说：

"现在，夜空被照耀得如同白昼，仿佛百万只萤火虫在我们所在的西南方闪耀。

"离我们大约16公里远的地方发生了爆炸。玫瑰色的火光冲天，再次把天空照亮。

"炸弹爆炸声像浪潮一样每15分钟左右席卷一次，飞机把炸弹投下来，然后就离去，你可以感到爆炸的热浪一阵阵地扑面而来……"

"沙漠风暴"行动终于开始了！天晓得，这场现代化战争会给世界带来什么影响！我怀着不安的心情跑进窑洞，把收音机递到正穿衣的宝善耳边，说：

"快听，海湾战争打起来了！"

他默默地听了一会儿，继续穿着衣服，脸上的表情依然是平静的，问道：

"伊拉克离咱这儿有多远呢？"

我回答：

"隔着喜马拉雅山，又隔着南亚，算是比较远吧。"

他似乎更松了一口气，说：

"愿意打就打吧，只要不打到中国来就行。真要在中国打，也没什么可怕的，大不了一个死呗！"

看来，海湾战争引不起他什么兴趣，他还顾不上为此伤脑筋。因此，与其讨论海湾战争，纯粹是一厢情愿的事。

这几天，我一直想约余老汉聊聊，趁今日大雪封门，他恰好闲坐在家，我们便聊上了。余老汉中等身材，饱经风霜的脸又黑又红，左眼大概已看不清了，右眼吃力地微睁着。他执意为我沏茶，那茶叶末子有些苦涩的味道。

老汉不会客套，抬起右眼望着我，说：

"这四娃心高啊，总不肯认从土里刨食吃的命。我们也不愿意娃娃和我们一样，可有什么法子呢？"

"他酷爱写作，也有一定的水平，这在乡里也算把好手，是吧？"

我总觉得，在宝善的身上有某些极可贵的东西，便这样说道。老汉摇摇头，回答：

"虽然，我不识什么字，可我知道这娃娃的水平不上不下，顶不了饭吃。他又不肯学点儿挣钱的手艺，将来怎么过日子都不知道，真让人揪心啊！"

知子莫如父。老汉这一番话言简意赅，正道出了我隐隐的忧虑。在当代少男少女之中，立志献身文学事业的人成千上万，这固然显示出文学的希望，但同时也显示了某种危机。许多年轻人已经成了"写作狂"，他们对文学的挚爱达到惊人的程度。这本是极难得的一种境界，可是，他们太轻视其他学科了，太轻视其他事业了，以致过早地与之疏远乃至分手，为文学背水一战，破釜沉舟。然而，文学是一颗非常具有诱惑力的"魔果"，它常常使人感到近在咫尺，伸手可摘，张口可吃，实际上，多数摘果人只是水中捞月、梦中吃果。等这些误入仙界的童男童女迷途知返，也往往因蹉跎岁月，抱憾终身。之所以落此结果，是因为年轻人往往过于自信，过高地估计自己的力量，而过低地估计了奋斗的艰难。

余宝善是不是这样呢？我实在不忍心下这样一个结论，而深深的忧虑却时隐时现，难以让我安宁。

当我感慨万千地结束与余老汉的交谈，再去倾听宝善的叙述时，这种忧虑加重了。

宝善复学之后，曾以咄咄逼人之势，显示了他的才华，成为一名优秀的中学生记者。可是，尽管他心怀勃勃雄心，却没有实现新的重要突破。

这让人想起心理学讲的练习曲线的道理：事物运动按波浪前进与螺旋上升的规律发展，在一定阶段上升较快，迅速接近和到达一定高度，然后一定时期内就在这个高度似平行地滑动而没有大的上升趋势，相当于进入了一个迟滞发展时期，事物在这个高度上的运动趋势，通常被称为"平台效应"或"高原现象"。宝善当时无疑处于这样的平台时期。

麻烦的是，他觉得自己连这种平台状态也似乎保不住，相反，师生们由对他飞快进步的惊讶和赞许，渐渐变得不以为然，并且对他的一些举动表示出冷漠和反感。

譬如，他非常渴望友情，有了好书好报总爱借给别人。有一天，他读完了《郁达夫日记集》，胸中涌起千语万言，无处倾诉，颇想与邻座的女生探讨一些问题。于是，他把《郁达夫日记集》递过去，热情地问：

"看吗？这本书很精彩！"

谁知，那女生只瞥了一眼，便冷冷地拒绝了，似乎宝善央求她施舍一样，回答：

"不！"

宝善极好心肠，放下书，又取出四份新出的《语文报》递过去，介绍说：

"这上面有几篇好文章，值得一读。"

那女生像被娇宠坏了的小姐，脾气大了起来，嚷道：

"不看就不看，你怎么这样烦人？讨厌死了！"

宝善这才反应过来，顿时羞得满脸通红，内心痛苦万分。天哪！她莫非也以为我在追求她吗？如今这女孩子怎么变得这般敏感而多疑？这世界岂不太复杂了吗？

课间的时候，他特意等候在教室门外，见那女生出来，忙迎上去谦恭地说：

"跟你说个话,行吗?"

"说啥?"女生防身有术,百倍警惕。

宝善不由得叹了口气,问:

"刚才你是不是误会了?"

"啥误会?你那些东西我不喜欢看!"

女生扔下这两句话,气昂昂地走了,像打了一个胜仗。这让过分热心的宝善,呆呆地立在那里,犹如一个闷葫芦。

坦率地说,已经19岁的宝善早进入了骚动的青春期。他时常感到浑身的燥热和冲动,时时都在盼望着什么,得到的却是失落感,从而造成更深的压抑。他喜欢的女孩子,一个个都离他而去,并且很少有人承认也喜欢过他。于是,他伤心复伤心,在日记里写下大段大段的诗行。

他写道:

> 人生给予我的不会有什么幸福
> 只是苦苦的思念,痛苦的单相思
> 在爱情与事业上我都是乞丐
> 在命运与机遇上我都是不幸儿
> 我简直一无所有,空空如也
> 我望见的只是空中那飘忽不定的云雾
> 只有我的心脏还在跳动
> 是的,我的躯体还有恒温
> 但我的灵魂早已麻木和死去
> 我认不清自己到底是谁
> 从什么地方来到地球,又要干什么去
> 我活着不知道有什么目的
> 不懂得活着的意义
> 我追求爱情,但爱情总在我面前逃遁
> 我追求事业,但事业总在我面前萎缩

我追求七彩的生活，但早已失去光色
我终于还是变得没有追求，没有拓进

在另一首诗里，他向一个姑娘倾诉了自己情感经受的折磨。他写道：

我不敢回想起那初恋的苦涩
每一嚼起都是那么的涩、酸、辣
姑娘都是那样朝三暮四，见异思迁
将我的感情玩弄和欺骗
我对你倾泻了全部的情感
犹如发出的电波
但笨重的雷达旋转着，耳朵却不能回收
我诚挚地对你说
我献给你的是初吻
你说我冲动，说我野蛮
这我承认
但当我知道我将永远不能得到你
我的感情被击炸
我的头脑乱哄哄
我岂能不冲动
为什么你不理解我，为什么
空中的雨如诉如泣
那是我泄不尽的泪
我的魂随着它的坠落而失落
留下一个孤单、寂寞、凄凉、思念的
可怜的我
……

关于恋爱的经过,宝善不愿详谈,但从这两段诗里,也可以略知一二。由此,我们也可理解,那个女生为什么对他拒之千里。

宝善虽然内心苦不堪言,表面上却充满快乐。每次文娱晚会,他都格外活跃,什么男高音独唱,什么诗朗诵,同学们一鼓动,他保准上台。只是有时候同学们明明喝倒彩,他也听不出来,照样尽情表演,以至班主任老师都替他难过,暗暗提醒他:"别当了人家的耍娃娃!"

像是应了"墙倒众人推"这句老话,拿宝善寻开心的事儿不断发生。

一天傍晚,有个男同学抢走了宝善的"命根子"——小记者采访证,跑到一个废弃的地窖口上,吓唬道:

"还想不想要?我往下扔啦!"

宝善虽然心悬了起来,知道这不过是开个玩笑。谁想,另一个同学凑近了,催促说:

"快扔呀,磨蹭什么!"

说罢,去摇晃那只拿着采访证的手,那手一阵颤抖,他俩同时猛然惊呼起来:

"哎呀,真掉下去了!"

这一声惊呼可真要了宝善的命,他的脸变了色,慌忙奔过来,扶着近视眼镜向废窖里望去,只见漆黑一片,什么也看不清。他绝望地看着两个同学,几乎要哭出来了。

一个同学找来一根绳子,建议道:

"我们把你吊着放下去找找吧。"

宝善一心想找回采访证,不假思索地点头答应。于是,他被拦腰捆住,开始往黑乎乎的废窖里放。不料,他正吊在半空中时,绳子竟断了,他重重地摔落在废窖里的垃圾堆上。两个同学又捡来一根大树枝,让宝善抓住,将他慢慢地拖上来。也许是废窖内异常气味的袭击,宝善憋得大口大口喘气,渐渐呼吸急促,突然不省人事了。

两个同学这才大惊失色,连忙向老师们呼救。生物老师迅速俯下身子,为昏迷窒息的宝善做人工呼吸。宝善终于得救了,而那两个已经脸色蜡黄的同学，却把采访证递到他的手里，道歉说：

"采访证没扔下去，只想开个玩笑……"

宝善无力地望着自己的同学，脸上什么表情也没有。

宝善不甘心平庸下去。为了重建自己的形象，也为了形成全校文学爱好者的核心，他决定创办一份小报，报名就叫《石隙草》。

他在日记中写道：

> 我是一棵不屈的小草，在石隙里挣扎盘绕。虽然常发出痛苦的呻吟，仍时时昂起头颅，长出新芽，向身上的巨石抗争，不愿承受它的重压。即使永远在这重压之下，我也要表现出青春生命的顽强与辉煌。

说干就干！

就在做出办报决定的当天下午，余宝善便与同学唐铁志一起，出版了《石隙草》创刊号。至于职务安排嘛，宝善当仁不让，做了主编，唐铁志做了副主编。

其实，这张油印的小报，跟一张普通的试卷相差无几，字迹歪歪斜斜，印得模模糊糊。可在宝善心目中，这是件了不起的创举。语文教研组老师们办的《月季花》小报，不也就这样的水平吗？

他以主编的身份，在《石隙草》第一期上，发表了热情而自信的发刊词。

他写道：

> 《石隙草》自创刊以来，在校园里立即引起了强烈反响，激起了波澜。（读到这里我好奇怪，问宝善："你在创刊号上写文章，怎么能把反应都写出来了？这不是弄虚作假吗？"他顿时愣住了，好像也是才意识到这个毛病的存在。——作者注）许多同学问我：你创办的刊物名字是什么意思？你是怎样想起创办刊物的？刊物的宗旨是

什么？你们计划如何办？如果你们升入高一级学校，这个刊物怎么继续办下去？……鉴于这许多问题，我代表编辑部做出回答，以飨读者。

在谈了筹备经过——几个小时的经过之后，主编切入正题，介绍说：

刊物起什么名字好呢？由于急着让她早些面世，我也就随口而出："石隙草。"这也许是自己的苦难历程的映射和反照吧。注意过石隙中那顽强成长的小草吗？虽然它上面有巨重的负荷，但它还是表现了不可扼杀的生命活力。

我们这刊物的宗旨是：刊登优秀的学生习作，让她成为范文，在同学们之间广泛流传，交流经验，互相切磋，提高我们的读写能力。

我们将利用课余时间创作，尽量在星期天不影响学习的情况下，编辑，刻印，出版。

如果，我们升入高一级学校，我们就在母校物色自己的接班人。我们相信，同学之中人才济济，远超我们。

亲爱的中学生朋友们，我们是祖国的小草，是社会主义现代化建设的接班人。现在正是打基础的时候，我们应力求全面发展。现在，我们是小小的《石隙草》的编辑，明天欲做社会的栋梁。即使成不了栋梁，我们亦甘愿做这石隙草绿驻大地！

然而，由于心中的天平失去了平衡，宝善并没有按照他许诺的原则去办，他身不由己地走上了狭窄的小路，最终饱尝了苦头。

从他的日记里，我看到如下记载。

创刊的第三天，他立即着手出版第二期《石隙草》，忙得"连化学课也没上"。"等到印毕，中午饭早已过，饥饿得厉害，可车胎又破了，回来已快天黑"。最后，他写下两个字："值得！"

创刊的第四天，当他拿着新出版的《石隙草》，向老师们分发的时候，某某老师那冷漠的态度，使他"热乎乎的心一下子跌入了冰窖"。

创刊的第五天，他因睡懒觉误了出早操，被老师命令当众检讨。他心里明白，受此惩罚与办《石隙草》密切相关。因为忙乱，第二期《石隙草》上，将一女生文章中的"关心爱护"一词，印成了"关心爱情"，引起师生们的议论。又听说班主任向校领导反映："学习没搞好，还办什么《石隙草》!"他觉得自己已成了老师的"眼中钉、肉中刺"，恨得"真乃咬牙切齿"。两个主编讨论《石隙草》是否还办下去时，宝善仍主张办下去，不过"最好三星期或四星期办一次"。当天下午开班会时，班主任宣布了考试成绩。宝善记道："我惨哉悲哉，落魄第二十三名。班主任说我很危险，希望我反思。"

创刊的第六天，他痛苦地写下了一篇自我总结，题为《扭歪的车辙》。这是他自复学以来，第一次剖析自己的得与失，可以看出他的心灵深深地受到了触动。

他这样写道：

望着这漆黑苍茫的夜晚，我的思绪飘驰得很远很远。手捧着期中考试的成绩单，我的泪水顺着两颊扑簌地滚落下来。我一尝自己的泪水，啊，是苦的，咸的，辣的，酸的。我难以相信自己的眼睛，难以相信这是事实。我摇了摇头使自己清醒，我揉了揉眼睛使自己明目。啊！千真万确，这是自己的成绩。好痛苦的我呀！我的记忆立刻拉回到了开学初。

刚开学的时候，我念书不念书还是两回事，即使念书，上高中还是上初中也举棋不定。因为我的内心痛苦呀！我的家由于贫穷而与别人不同呀！最后，我想我还是要上学，我还要成就一番大的事业。刚开始我心想：好好写作吧，也许在这方面自己还能成大器呢。于是，我就不停地写呀写呀，苦和累是在所不惜的。谁料，我只将语文搞上去了，而其他科目却一落千丈。我顿时瞪大了自己那恍惚的双眼：是呀,这难道不值得我深思吗?

　　我终于醒悟过来了,只攻写作这一门是绝对不行的,因为自己的基础还没有打好,而学好初中的课程是当记者当作家最起码的基础,我却白白放弃了。好糊涂的我呀!眼下,我只有振作起来,全面发展,才会有希望!

　　本来,这可以成为宝善的一个重要转机,因为他认清自己的弱点,认清了正确的方向,也有能力实现这一转机。遗憾的是,他苦恼了一阵子,又疯狂地卷入文学写作的旋涡,结果便可想而知了。

　　贫困这一潜伏的恶魔又张狂起来。宝善家一碰到冬季,便常常面临断粮的危险。这给他带来的直接威胁,就是上学无粮可带。19岁的小伙子,正是精力旺盛之时,岂能饿着肚子学习和写作呢?因此,在他的日记里,频繁地出现了借债的记录。今天向张某借二两粮票,明天向李某借三两粮票。他要写作和投稿,不能不多费纸墨和邮费,不能不订报买书,而这些开支只能从自己嘴里往外抠!

　　终于,一切该爆发的危机都爆发了。

　　他得了重病。

　　他失去了升学的机会。

　　他也并没有成为梦寐以求的记者和作家。

　　……

　　宝善长长的叙述告一段落,剩下来的是长长的沉默。

　　严峻的现实常常显出语言的苍白。是啊,我该对他说些什么呢?

　　窑洞里实在太憋人了,我提议到窑洞外的雪野里走走。也许,大自然能给我们某些意外的启迪。

　　黄土高原上的雪野,的确有"千里冰封,万里雪飘"之壮观景象,让人的心胸顿时开阔舒展起来。

　　"宝善,你现在放弃对文学的追求了吗?"我转过身来问道。

　　小伙子瓮声瓮气地回答,那愤激的声音像是与我争辩:

"这怎么能呢？文学是我的生命，我一辈子都不会放弃文学！"

他严肃地望着我，问：

"孙老师，您是作家，您说我爱文学难道错了吗？"

我避开他的问题，说：

"我们等会儿再讨论这个问题。请告诉我，你目前的计划是什么，好吗？"

他低下了头，回答：

"本来，我计划升高中，再进大学新闻系或中文系。现在看来，这只是梦想。如今，我争取当个民办学校的老师，一边体验生活和照顾父母亲，一边发展文学事业。"

我一听，与他的想法不谋而合，兴奋地猛击他一掌，称赞道：

"这个主意不错嘛，干吗耷拉着头呢？"

见他抬起头，我说：

"热爱文学就是热爱人生，这怎么会有错呢？问题是怎么个爱法，爱就意味着热一些，这是必要的，但正像有位作家讲的那样，太热了也容易烧坏自己。你的教训还不够吗？"

望着这个自称"缪斯之奴"的文学青年，我不由得回想起自己走过的创作道路，感触极深地与他谈起心来。我说：

"刚迷上文学的时候，谁都想拼它几年，写出一本名著来。时间长了你就会明白，名著和名作家不是这样诞生的。你以一颗恒心爱着文学，更以一颗恒心去工作，去生活，去发现，去积累，也许有一天，这两颗赤诚的心碰撞到一起了，那碰撞出的火花便是作品。因此，依我之见，对于爱好文学的少男少女来说，重要的不是狂热地创作，而是体验和准备。否则，你会得不偿失的，这用你的教训完全可以证明。"

他认真地点点头，说：

"我太傻了！"

"不，你对文学太痴情了！对不对？"

我们一齐笑了起来。可是，笑过之后，我们不由得又陷入了沉默。

出路找到了，就一定能走出去吗？

宝善寻路的代价太昂贵了！然而，当代中国多少中学生正在继续付出这种代价，而后来者也似乎源源不断……

"野鸽子"与"潜水艇"

> 我想,每个人都要经过青春期,为什么一定让成年人来理解属于我们的青春期的孤寂?何必!就像我会永远爱我的父母,但并不觉得他们的理解有多么重要。有时,我们这一代的早熟,会让大人们吃惊的。
>
> ——摘自"野鸽子"的来信

告别了余宝善一家,我踏上了赴重庆的路。临走的时候,我悄悄留下100元钱,既是支付这些天的费用,也算是对这个贫困农家的一点心意。

返回西安,我才发现自己犯了一个错误,这采访路线设计得有些毛病。从西安至重庆直线距离虽不算十分遥远,可由于秦岭的阻隔,乘火车东绕陇海线或西绕宝成线都太费周折。没办法,为节省时间,只好多花钱乘飞机了。

飞重庆的班机10点10分起飞,可还不到8点40分,民航的客车便把乘客送到了机场。坐在候机大厅的沙发上,我才渐渐走出了余宝善那黄土弥漫的世界,开始思考起重庆之行。

好几个月以前，我收到一个重庆少女的来信，她讲了些颇为坦率诚挚的话，勾勒出当代中学生多彩生活的一角，从而深深地吸引了我。此刻，我忍不住又取出她的信读起来。

她在信的开头画了一个长方形的框框，并加了冒号，然后写道：

您好！不知道该怎么称呼您。叔叔，同志，还是先生？不过，我希望那个方框中是"朋友"，行吗？能吗？我还没看《16岁的思索》，不能够提出任何批评或意见，我只是想找个理解我们的人，真正地以朋友的方式交谈，行吗？能吗？

《十六岁的花季》是我看到的迄今为止最好的青春片，可还是不能反映出真实的我们。为什么我们要把"小虎队"作为偶像？为什么喜欢到拥挤的地方打游戏机？为什么要变着法儿气老师和父母？为什么喜欢与众不同？只是因为真的没人理解我们！

应该说我自己了，我15岁，将要进入16岁了，开学上高一。我的朋友很多很多，知心朋友也有，所以在同龄人中我并不孤独。朋友们喜欢叫我"野鸽子"，因为我既活泼好动又难以驯服。

如果您需要，以后我会告诉您许许多多的例子，让您相信十五六岁不是单纯的年龄。我们的早熟远远超过你们的想象，我们懂的远远超过了你们的想象。那些你们认为的大人的事，我们都在不知不觉中感受到了。该怎么跟您说呢？我真的不认为你们能真正地理解我们。我们最大的问题并不是像《十六岁的花季》中所说的：早恋、家庭不和，还有寄人篱下。虽然，那也反映了大人们对我们的不理解，不过实在太少。我们最大的问题是不被大人们接受和承认，还有考试和出路。

知道吗？并不是像《十六岁的花季》中入了白榜哭一下或是把红白榜撕了就可以了事，可以摆脱困扰的。学不好就没有出路，这一点我们非常清楚。但是，学好并不是容易的事，而是一件需要花大力气的事。总有人要差一些。从小就以一张考卷定终身，从小就让我们你死我活地在书堆中挣扎,这对吗?我们没有能力推翻这一切,所以只有在严酷的制度下,当个漫无目的爬行的乌龟,背上了一个重重的壳,甩也甩不下。除此之外,怎么办?

我所在的是一个快班、好班,同学们可说是一流的。这次中考满分640分,我们班平均分568,而590分和600分以上的不下十人。以我们班的平均分,每人都可以考上市重点,离全国重点也只差4分。可是,这些尖子学生(包括我)在谈到各自的理想时,只是开玩笑地说要做清洁工、个体户或是军人。我们太茫然了!当然也有一些理想远大、目标坚定的学生,我会专门向您介绍一个这样的人。我们真的需要人来指点一下该往哪儿去。

我们当中不少人看过的书,大概比你们大人都多,我就是这样,书看得太多太杂。从童话到老子、庄子,到历史人物传记,从世界名著到科幻小说、侦探小说、武侠小说、军事小说等等,甚至连菜谱我都看得起劲。也许正因为没人指点,我有一阵想归隐山林,然后又想做福尔摩斯,真可笑!我常想,大人们到底比我们大在哪儿?

我有个邻居,是个16岁的女孩,她在外面认识许多男孩子,来往密切。可是,她妈妈却以为自己管教有方,管得女儿不敢同任何男孩说话。这就是不信任,有大人对我们的不信任,也有我们对大人的不信任。信任是双方的事,一厢情愿是不可能的,而我们却又常常是一厢情愿的那方。16岁有人变好,也有人变坏,大人们知道是什么原因吗?

我给您写信时正是37摄氏度的高温天,真是挥汗如雨,您能感到信中热辣辣的成分吗?您能同样地向我敞开心怀吗?我的椅子已经坐得发烫了,我要去游泳了,再见!

野鸽子
1990年8月14日下午4点27分

她给我留了地址,却未署真名,只写"野鸽子",以致我无法回信。

难道可以在信封上写"野鸽子"收吗？但是，正是这样一封信，促使我下了决心，要来山城重庆寻访她。

　　终于到了该起飞的时间。飞机既非波音747，也非"空中仙女"麦道，而是新型的图-154。飞机一上天，两耳便轰鸣起来，好一阵子才恢复正常。由于做过九年记者，多次乘坐飞机，飞广州、飞昆明、飞普洱、飞上海、飞延安等等，每一次我都愿意透过舷窗往外看，欣赏像棋盘一样的大地，欣赏变幻奇妙的云朵。这次我恰恰临窗，可以尽情地欣赏。

　　飞机在不断拔高，穿越了第一道云层。大地不见了，只有茫茫无边的云海，在轻轻地翻腾着。那情景犹如下过七七四十九天大雪，依然人迹罕至，无丝毫破坏。洁白的雪原上，雪峰耸立，千姿百态，有的像棉花垛，有的像北极熊，有的像圣诞老人，也有的像猛虎下山。飞机无声地穿行着，似乎随时降落在雪原上，也激不起什么声音，而只会被厚厚的蓬松的雪覆盖。这绝美的景色，真使人想让飞机停下，走出机舱来一场滑雪比赛，哪怕打几个滚也无比惬意。

　　飞行员好像胃口更大，驾着飞机继续向上挺进，穿越了第二道云层。啊！一个崭新的壮美景色出现了。一望无际的晶莹白雪之上，是湛蓝湛蓝的天空，博大如海洋，碧净似水晶，那金灿灿的阳光让人感到整个世界都是透明的，闪动着耀眼的光芒。原来，这才是真正的晴空万里，阳光普照，而大地上见到的天空，尚盖着两道厚厚的云层呢。

　　约莫一小时过后，飞机开始降低高度，那棋盘一样的大地又出现了。不过，与西北高原上那一片黄土萧瑟的严冬情景截然相反，这里是一片碧绿，好似生机盎然的春天。我甚至看见一个挑担子的农民，挽着裤腿走在绿油油的菜田中，身上仅穿一件薄薄的褂子。而我们这些北方来客，一个个穿着羽绒服或棉大衣，仿佛从极寒地带回来一般。北方、南方，对比竟是如此鲜明！

　　飞机在跑道上一阵飞驰和剧烈颠簸之后，渐渐地停稳了。面带微笑的空姐，与乘客们一一告别。机场出口处，是一张张欢迎的面孔。我略略有几分怅然，因为这座中国西部人口最多的城市，并无一人知道我的到来，自然不会有人来接我。自从当记者以来,这还是头一回自由漂泊。这样思忖了一会儿,我又慢慢愉快起来:如此旅行不更像个自由人吗?我一放松,轻轻地吹起了口哨,脱下羽绒服,只穿一件绿毛衣,潇洒地跳上一辆进城的民航班车。

十年前,我曾来这个城市采访过。旧地重游,我发现重庆的街道变宽敞了,干净了,而这儿的人也变得更文明了,甚至变漂亮了,让人有一种万物有序的舒适感。

我从民航售票处换乘一辆中巴,一会儿便来到了大坪,住进了一家单位的招待所。其实,在这座城市里有我不少朋友。但是,为了保持自由和安静,我想做个陌生人。我之所以选择住在这里,是因为"野鸽子"给我留的地址,恰好是大坪一带。

吃过午饭又美美地睡了一会儿,起床后,我一身轻装,去访问"野鸽子"。为了避免引起她家长的误解,我带了身份证、中国作家协会会员证以及"野鸽子"的两封来信。

大坪虽然地势较高,但由于交通方便,成了这一带的商业中心,叫卖声不绝于耳。昂贵的猕猴桃居然不到一块钱一斤,若在北方早该排成长队,这儿的买主却稀稀落落。

在紧挨着一家商店的四层居民楼上,我找到了"野鸽子"的家。屋里正传出一阵流行音乐的旋律声,像是香港女歌星徐小凤的《心恋》。莫非是她在听?我竟有些紧张了。

我只敲了两下门,门便开了,一个身材健美的少女出现在面前,肩宽,腰直,大眼睛里闪动着光芒,她热情地询问:"您找谁?"我有些困难地措着词儿,问:

"有个自称野……"

少女突然惊叫起来:

"您是孙云晓老师?我的妈呀!快请进来,快请进!"

她慌乱地把我请到客厅沙发上坐下,又赶紧把组合音响关掉,惊喜地问:

"您怎么真来了？"

见到了"野鸽子"，我放下心来，因为最怕她不知飞到哪里去。我逗她说：

"难道你欢迎我来重庆是假的喽？"

"不不！我说错了，是说您还真跑这么远的路，就为我那两封破信？"她解释道。

我点点头。这时，她才想起忘了倒水，急忙从沙发对面的酒柜里取出一瓶雀巢咖啡，为我冲了浓浓的一大杯，调皮地说：

"请喝吧！味道好极了！"

我环视了一下屋里的布置，这沙发是围成圈的，显然常有客人在此聚谈。背后一面墙上是一幅巨大照片，画面是茁壮的绿色竹林，让人有一种驻足山林之感。"野鸽子"见我有欣赏之意，带我去看了其他两个房间，一个充满少女诗情的屋子里，挂满了琳琅满目的贺年卡，香气沁人心脾；另一个房间摆了一排书柜和一张高级席梦思床，可只有一个枕头，我心里咯噔一下。我问：

"谁住这里呢？"

"我姑姑。"

"那你爸爸妈妈呢？"

"他们在美国搞贸易工作，走了一年多了。姑姑照顾我。"

我不由得重新打量了她一眼，赞扬说：

"看来，你已经习惯了独立的生活。平时感到寂寞吗？"

她摇摇头，回答：

"我忙着呢！没时间寂寞。不过，与姑姑常闹别扭，她眼光太旧。"

见她皱起了眉，我问：

"还挺严重？"

"野鸽子"叹口气，说：

"她是'老处女'，人心眼儿很好，就是有些变态，总觉得男的没一个好人，天天怕我吃男人的亏，絮絮叨叨烦死人。"

她看了我一眼，庆幸地说：

"您来得巧，她上班去了。如果她见男人来找我，又是外地人，非审查您半天不可，真让人难堪！想和她吵吧，又怕她犯心脏病。"

回到沙发上，望着这一圈舒适讲究的罗马尼亚棕色沙发，我问：

"家里常有人来吗？"

"姑姑闲着无聊，常请厂里的女工们来搓麻将呗。"

提起这些，"野鸽子"变得忧郁了一些。我安慰她说：

"你父母不在国内，姑姑觉得责任重大，她啰唆几句，你听着就是了，犯不上真生气。做长辈的，哪个不为孩子牵肠挂肚？"

"野鸽子"不以为然，回答：

"我自学过心理学，还学过相面呢，好人坏人分得清！再说，我不光练体操，也练过防身术，别人想欺负我，没那么容易！"

瞧她那自信的样子，我禁不住哈哈大笑起来。她也莫名其妙地笑了起来，笑得很甜。

我忽然想起还不知她的名字，忙问：

"你怎么不在信上署真名？"

她解释说：

"我喜欢'野鸽子'这个名，符合我的性格。当时以为您肯定不回信，作家哪会理一个普通中学生呀，写了也没用。"

"那你真名叫什么？"

"胡明明。"

"是不如叫'野鸽子'传神啊！"

我也感慨起来。这时，我才发现她的眼圈有些黑，用手指着问：

"考试累的？"

"野鸽子"长吐一口气，说：

"重点班里谁敢不拼命？为了多考几分，每天晚上12点以后上床，早晨6点爬起来，背呀，写呀。来了例假，再难受也得忍着。所以，女生们一个个全成了国宝——大熊猫！"

我一听又乐了，多精彩的形容啊。

聊了一个多小时之后，我们已经像老朋友一样了。她谈吐越来越主动，似乎想尽一份主人的责任，郑重其事地说：

"从现在起，我不叫您老师了，叫您孙哥，行吗？"

"我愿意，可请告诉我为什么？"

她神态认真地说：

"一种感觉吧，哥哥和妹妹更容易平等地交谈。再说，我希望有哥哥。"

"那好吧，小妹妹，你还想告诉我什么？"

"孙哥，还记得我信中说，要向您推荐一个人吗？"

见我点头，她继续说：

"您这么远来一趟，我很感动，不忍心让您失望。我这人胡说一气还可以，真谈起来没啥精彩的。我向您推荐一个男孩子，名叫李天柱，绝对的当代中学生的楷模，我们没人不佩服他的。"

"他有什么专长？"

"野鸽子"见我反应一般，不满地瞅了我一眼，说：

"听我报给您听听吧：1989年获全国中学生程序设计比赛一等奖；1990年在美国《计算机世界》杂志发表论文，他的设计方案被美国航天部门选中；同一年，他还通过了高级程序员专业技术资格考试，还只是一个高二的学生呀，科技干部局已承认他为工程师了！他的故事多着呢，难道这还不够吗？"

"的确不简单！好吧，见见李天柱。"

我决定将他列入采访名单，看看一个高二的男孩子，能达到多高的水平，这不也是少男少女们感兴趣的事吗？想到"野鸽子"舍己让贤，我感动地说：

"女孩子难得如此心胸坦荡，谢谢！"

她开心起来，说：

"谢什么？我想当一当伯乐呢。再说，我不是您的妹妹嘛！"

她眨眨眼睛，盘算了一下，说：

"这么办吧，今晚我去安排，明天你们谈，怎么样？现在快5点了，您先回招待所休息。我姑姑该下班了。"

我不愿意背着她的姑姑做事，再说，我们之间的事哪一件不是光明正大的呢？谁知，"野鸽子"听说我要见她姑姑，竟瞪了我一眼，大声说：

"我跟着姑姑长大的，还不了解她吗？您就听我的吧！"

没办法，我只好返回了招待所，那情景就像刚刚完成了一次地下接头。

好一只"野鸽子"！

 二

> 他也是独生子女，但独生子女容易犯的毛病，在他身上几乎找不到影子。他惜时如金，浪费一分钟都会感到痛苦。他谦虚、朴实，花钱从不潇洒，衣着从不华丽，意志力却格外坚强。
>
> ——"野鸽子"评"潜水艇"

早晨8点刚过，"野鸽子"便来敲我的门了。可是，开门之后，我见到的却是一张沮丧的脸。我忙问：

"怎么蔫儿啦，小妹妹？"

她见房间里没人睡觉，走了进来，嘟嘟囔囔地说：

"李天柱也太自私了，非要今天完成一项新的设计。我跟他说了半天，他就是不答应，说今天谁也不见！"

我松了口气，拍拍"野鸽子"的马尾辫，劝道：

"这有什么关系？搞设计跟我们搞创作差不多，灵感一来得赶紧写，怎么好中断呢？"

听我这么一说，她才稍稍缓过气来，补充道：

"他愿意见您，只是希望安排在明天下午2点以后，请您去枇杷山玩。"

"为什么选择那儿？"我有些不解地问道。

"野鸽子"先"嘻"了一声，然后说：

"他惜时如金呀！说您来重庆应陪您转一转，去那儿，既看了，又谈了，这样可以一举两得。"

未见其人，先闻其声。李天柱的精打细算，让我从心底里叹服。但是，我并未流露出什么。多年的采访给我不少教训，有些中学生为了借作家的笔出名，故意将一些假象传递给作家，让作家去描绘其光彩的那一面，而掩盖其真实的面貌。谁知道这李天柱到底是哪一类呢！

我平静地问：

"小妹妹，那咱们今天怎么安排呢？"

她愉快地拍拍书包，说：

"受李天柱的启发，我也冒出一个新主意，咱们去南温泉游泳怎么样？"

"游泳？"

我吃了一惊：重庆纵然暖和一些，可在这最寒冷的一月，能游泳吗？我追问了一句：

"是室内还是室外？冷吗？"

她听了嘻嘻地乐了，似乎笑我的孤陋寡闻，说：

"哎呀，我的孙哥，我们这里一年四季全能泡温泉，室内室外都可以游，一点儿也不冷，连小娃娃都敢下水呢！"

我虽然走遍大半个中国，冬天在室外泡温泉却从未体验过，顿时兴趣大增，跃跃欲试。

她又说：

"反正我们已放寒假了，也该尽情玩玩。咱们一边泡温泉，一边聊李天柱的故事，这对您的创作肯定有用处。"

当即，我们便上路了。

南温泉在长江南岸距重庆市区约20公里的花溪畔。这里到处是高山峡谷,奇峰叠翠,让人临此有入仙境之感。我们乘大坪至南温泉的专线中巴,9点多就抵达了目的地。

"野鸽子"显然常光顾这里,带我径直进入一排大房子,让我在服务台挑选游泳裤。然后,交了款,领了存衣箱的铁锁和钥匙,我们分别进各自的更衣室更衣。

等我换上天蓝色游泳裤,走出更衣室的时候,"野鸽子"已经在等我了。她变得更美了,红白两色相间的尼龙游泳衣,清晰地勾勒出少女青春的线条轮廓,加上习惯了的体操步,真可谓光彩照人。在这一刹那,我似乎才意识到,她已经不是小孩子了。她一瞧见我,脸立刻生动起来,兴奋地招呼道:

"孙哥,走哇!"

我跟着她来到了室外的温泉游泳池。这是一座真正的露天游泳池,大约长100米,宽10米,里面已经有不少人在浸泡着,脸上显出舒适的表情。游泳池一侧是花园的栅栏,一群群游客朝这里投来好奇的目光。

"野鸽子"走到池边,很在行地活动了一下躯体关节,也嘱我照她的样子做。一会儿,她抓着扶手进入水里,迅速游动起来,就像一条美人鱼。我紧随其后,也用力游了起来。她说的不错,这温泉水虽然如豆浆一般混沌不清,却极温暖人的身子,因其丰富的特殊矿物成分,还具有保健功效。为逗一逗"野鸽子",我来了一个潜泳,蓦然从她前方的水中钻了出来。果然,她一阵惊讶:

"嘿,这么棒!孙哥,您受过训练?"

我用手胡噜了一把脸上的水,摇摇头说:

"没那么幸运!我是海边长大的,无师自通的野路子。"

"那咱俩比赛?来!"

她眼睛一亮,被激出一股挑战的冲动。我们从人少的一头开始,规定用蛙式和自由式两种姿势,游完往返的距离。她到底受过正规训练,虽然刚开始有些落后,渐渐地追了上来,并在最后超过了我。她得意极了,喊着：

"胜利喽！胜利喽！"

我大口喘气，感叹说：

"真是后生可畏啊！你怎么还有精力学游泳呢？"

她骄傲地笑着回答：

"我总不能被分数困死吧！做一个现代人，应该兴趣广泛，多才多艺。所以，我学体操，学游泳，学绘画，学电脑，练打字，等等。不过都是一般水平，玩玩呗！"

我们聊了一阵子，话题转到了李天柱身上。她提议道：

"孙哥，咱们到室内温泉池去谈吧，那里水热，泡着更舒服。"

果然，室内温泉池内热气蒸腾，一下水，全身立即热了起来。她告诉我：

"来南温泉游泳，一般都是先室外后室内，先凉后暖，好适应。"

我们背靠着马赛克砖砌成的池边斜坐着，将下巴以下全浸在水里。我感觉血液在涌动，全身热烘烘的。平时生活在大都市的人们，习惯了紧张的节奏，也适应了狭小的天地，如今的体验竟使人恍若隔世。

"野鸽子"将长发披散开了，犹如黑色的飞瀑自由地泻入水池里。她将五彩的圆皮筋套在手腕上，又晃了晃，冲我微微一笑。这一笑使我想起她的姑姑。身边有这么一个光彩照人的姑娘，怎么能不多担一些心事呢？本来，我想问问她姑姑的事，又恐怕让她败兴，就把话压在了喉咙里。

"在我们学校里，我最敬佩的同学就是李天柱，这不仅因为他成绩突出，更因为他的素质过硬。"

看来，"野鸽子"要详谈一下她的偶像了。她说：

"我们这一代城市孩子大都是独生子女，他也是独生子女，但独生子女容易犯的毛病，在他身上几乎找不到影子。他惜时如金，浪费一分钟都会感到痛苦。他谦虚、朴实，花钱从不潇洒，衣着从不华丽，意志力却格外坚强。"

我问：

"李天柱生活在什么样的家庭？"

"野鸽子"神色黯然了，说：

"他父亲原来是葛洲坝水电站的高级工程师，在一次意外事故中去世了。他的母亲又改嫁去了成都，现在只剩下他一个人了。他母亲要带他走，他不肯去。"

"那他靠什么生活呢？"我为李天柱忧虑起来。

"野鸽子"也叹口气，说：

"靠助学金，靠父亲的一点积蓄，也靠自己打工挣钱。他这人倔，不肯接受别人的施舍。爸爸妈妈出国前，给了我一个三千元的存折，我想给他一千，他说什么也不要，这人真讨厌！"

"他打什么工挣钱？"

我这一问，"野鸽子"的大眼睛里竟溢出了泪水，说：

"什么都干！到嘉陵江边给运输船拉纤，当装卸工，到大宾馆停车场擦汽车，在街头卖报，替人家看仓库……"

我的心被震动了。在我的眼前仿佛出现了一幅油画：千帆竞发的嘉陵江边，一个身穿破旧单衣的少年，在拼命地拉着纤绳，与那些青筋暴突的老纤夫一起喊着悲壮的号子。那粗硬沉重的纤绳，几乎勒进他的肌肤里，他仍然像牛犊一样低头奋力拉着。在当代少男少女里，有哪个科技尖子吃过这种苦？而吃这种苦的少年中，有哪个能成为科技尖子？

"现在，他还去打工吗？"

"好像不怎么去了。自从迷上程序设计之后，他开始付出高级劳动了，帮助企业做一些设计任务。"

"这么说，他是个挺严肃的人啦，或者说生活得很累，像个学究一样？"

听我这么猜测，"野鸽子"破涕为笑，扬起白白的胳膊撩动一串水珠，说：

"猜错了！他爱玩，也会玩，排球、射击、交谊舞和卡拉OK，样样都行呢。他最初认识我就是从跳舞开始的，还闹了场笑话。"

在我的请求下，她讲述了事情的经过：

"不是吹牛，我跳舞在全校是颇有些名气的，无论是交谊舞还是霹雳舞，都是一流水平，因此，在舞会上有'皇后'之称，来邀我跳舞的同学特别多。

"李天柱虽然比我高一年级，跳舞的水平却无法与我相比。在一次舞会上，男同学起哄地说：'天柱，有没有胆量，请"野鸽子"跳一曲？那才叫水平呢！'

"一向不服输的李天柱回答：'这算什么？看我的！'

"估摸一支新曲子将奏响的时候，他在众目睽睽之下，自信地朝我走来。他这人就是特别自信，什么都想试一试，也敢试一试。当时，已经有几个男生在等我，互相推推让让不好意思争先。他却旁若无人地径直走到我面前，落落大方地伸出右臂，做了一个标准的邀请动作。说真的，请我跳舞的人虽多，行邀请礼的人却极少。因此，他这绅士风度，让大家感到很滑稽可笑。我毫不犹豫地接受了邀请，这不仅为了遵守舞会的规矩，更为了照顾他的自尊心。

"谁知，当时奏响的曲子是《多瑙河之波》，按节奏该跳快三步，也叫快华尔兹，这恰恰是他不熟练的舞步。这种舞的特点是旋转速度快，因此步法不宜太多，并步不并步均可，旋转可以用足跟。应该说，李天柱是个尽职的舞伴，很有礼貌，也很有风度，可是步子太乱，跳了一头大汗。男的领舞不好，女的难以发挥，您想我心里怎么能不恨他？料想不到的是，当难以忍受的曲子终于结束，他刚向我道了一声歉，说练好了再来请我，忽然摔倒在地上。大概是转晕了吧，他刚爬起来又倒下去，惹得全场哄堂大笑。我知道，这是很伤男子汉尊严的，特意去扶他起来。那一瞬间，我发现了他眼中的泪，心里不由得为之一颤。令我难忘的是，尽管当众出了丑，他并不逃跑，还尽职地把我送回了起舞的原位。这是我遇到的一个很特别的舞伴，从此开始了我们的友谊。也就从那次起，我逐步了解了他的坎坷经历。

"人都说，'一朝被蛇咬，十年怕井绳'。李天柱偏偏是个例外。在校庆的日子里,学生会组织了更大规模的联谊舞会,还请来一支水平不低的乐队伴奏。我真不敢想,第一个来邀请我的又是李天柱!

"同学都深感诧异,心想:这小子疯啦,还是成心跟'野鸽子'过不去?说心里话,我一见他走来,也有些发慌,怕再一次合作失败。可是,一上舞场,我的感觉全变了。仅仅一个月的工夫,他的舞步变得稳健、潇洒多了,尤其是西班牙一步舞,动作舒展,富有青春活力,我们跳得痛快极了,那么自然,那么默契,就像一对老搭档。我们一连跳了几支曲子,他还是不肯离去,直到又跳了一曲曾失败过的快华尔兹,才把我让给其他邀请者。这一次跳快华尔兹,他也风格大变,虽然旋转又多又快,却并不费力。我随着他手势的示意,尽情地旋转,心里满是感激和骄傲,因为我们的合作终于成功了。当我们下场时,同学们都报以热烈的掌声,这种情况在舞会上是不多见的。

"根据我的经验,李天柱一定是专门学过了,否则,是跳不出那种水平的。后来,我知道他有一个外号叫'潜水艇',是同班同学送他的,形容他一旦确定了目标,便会默默地前进,不达目的不罢休。他跳舞尚且如此,学习方面就更不用说了。"

……

听着"野鸽子"的叙述,我开始对"潜水艇"有了新的认识。也许,李天柱属于那种不放过任何机会发展自己的人,这常常是自我超越的重要心理素质。在这同时,我对"野鸽子"也有了较深的了解。尽管,她的成绩不及"潜水艇"优异,实际上,他们的类型是相近的,都将自己的选择与发展放在广阔的天地里。这不令人感到欣慰吗?

大约12点的时候,我们在温泉里泡得肚子都有些饿了,这才依依不舍地出了池子。她告诉我到哪儿用温泉水冲澡之后,便向女浴室走去。

她步态优雅地走着,如一只美丽的小天鹅,再次引起众人的注目。这使我又想起她的姑姑,似乎看见了那双并不明亮却充满戒备的目光。

突然,迎面走过一个大块头的男青年,目光贪婪地盯着"野鸽子",趁擦肩而过的机会,还故意地撞了她一下。"野鸽子"侧转身子,严肃地瞥了那人一眼，回头大声地喊道：

"哥，你在门口等我！"

我明白了她的用意，也高声回答：

"行，你去吧！"

那个男青年装作没事似的，咚地跳进温泉池里，像条大鳄鱼一样游起来。我知道，他在用眼睛的余光，偷偷地注视着我。

吃午饭的时候，我问"野鸽子"：

"刚才这种事常发生吗？"

她没说话，只是点点头。

"那你怕吗？"

"怕当然怕了，光怕是没有用的，许多时候怕常常会坏事。"她神情凶悍地说，"他们如果欺人太甚，我也就不客气了！"

我笑了，问：

"你有什么绝招呢？"

她压低声音，又凑近我面前说：

"做这种坏事的人心都虚，我就偏往人多的地方去，嚷个天下都知道，自有人治他。假如没有人，我就趁其不备，猛击他的要害部位，然后飞快地逃跑。"

她举起盛满雪碧的杯子，在低于我杯口的地方碰了一下，一饮而尽。她用餐巾纸轻轻擦了擦红红的嘴唇，感慨地说：

"当个漂亮女孩真难啊！"

"可是，哪一个女孩不希望自己漂亮呢？麻烦谁都有，关键是怎么处理。"

"我的麻烦太多了！"

"怎么？"

"我愿意与男孩子交往，喜欢他们那种刚毅、豪爽和幽默风趣。可是，时间长了，关系就微妙起来了，竞争呀，暗示呀，表白呀，您说烦不烦人？"

我忽然想起李天柱，问：

"你说'潜水艇'有这种事吗？譬如说，有没有女孩子追他，或他喜欢某个女孩子？"

面对这个问题，"野鸽子"的脸有些涨红了，吞吞吐吐地说：

"追他的女孩子差不多有一打呢！可'潜水艇'像个机器人，反应迟钝，谁知他是怎么回事！说不清。"

我顿时醒悟过来，这是一个敏感的话题，"野鸽子"也许正在旋涡之中呢。我放下筷子，低声问：

"我不是你的哥哥吗？实话告诉我，你是不是喜欢'潜水艇'呢？"

"野鸽子"脸更红了，喃喃地回答：

"孙哥，我这可是头一回告诉别人：我喜欢他，喜欢他的一切！"

沉默了一会儿，她又悲伤起来，说：

"他的心是石头做的，又冷又硬！"

"那你怎么办？你向他表白过吗？"

"这事儿还用表白吗？一切尽在不言中。我知道他全力以赴攻电脑程序。谁不在为自己的前途奔命呢？我也不是谈恋爱的年龄，我只是傻傻地等着石头开花！"

我的天哪，"野鸽子"竟存了这样一份苦心。

这天下午，"野鸽子"又陪我参观了嘉陵江西岸的红岩村。我们聊起了撒切尔夫人的辞职和三毛之死。

没想到，"野鸽子"并不欣赏那位铁娘子，说：

"女人一沾上铁就完了。铁是什么？铁是男人，女人为什么非要像男人那样铁呢？女人有自己的办法，有自己的魅力，应发挥自己的优势。"

我说：

"她身为英国首相，还耐心照顾家庭，难道还不算是杰出女性吗？"

"野鸽子"连连摇头，反驳道：

"那仅仅是表面现象。她的根本弱点是僵硬，或者说铁太多，蛮不讲理，还有什么可爱的？当今的时代，是以理服人的时代，是以爱感人的时代,而这才是女人的优势。"

"你有体验?"

我见她滔滔不绝的样子,惊奇地问。她得意地一笑,说:

"我是学校学生会宣传部部长,兼'野鸽子'文学社社长,就是通过以理服人、以爱感人,使我们的事业越来越兴旺,人心越来越齐。"

谈起三毛之死,她反倒充满同情,说:

"三毛自杀太可惜了!不过,我能理解她。一个人太寂寞了,跟死了差不多,她还活着干吗?"

我不赞成她的结论,说:

"人太寂寞了,就去自杀吗?走进了误区,为什么不可以再走出来呢?"

"野鸽子"固执起来,回答:

"您有您的生活逻辑,三毛有三毛的生活逻辑,谁也不能强迫谁呀!"

"那你呢?"

"我?""野鸽子"滑稽地指指自己的高鼻梁,顽皮地说,"当然不会自杀喽,我还没玩够呢!"

三

> 献身于科学是幸福的。活着就要去探索自然的奥秘,不然还有什么意思?现在全球竞争太厉害了!我们中学生作为新一代的中国人,要以新的风采进入未来世界的竞技场!
> ——"潜水艇"的话

李天柱是个时间观念挺强的人。一分钟都没提前或推后,恰好下午2点整,他敲响了我的门。

"野鸽子"冲我会意地一笑,飞快地跑去开门,一把拽住李天柱的胳膊,介绍说:

"这就是'潜水艇'!"

李天柱个头儿中等，相貌平平，只是一双眼睛炯炯有神。他握住我的手，说：

"其实，我这人没啥可采访的。让您等我，真不好意思。"

"你那个程序设计好了吗？"

我想起他的时间表，问道。他点点头，又叹口气，回答："今天中午才基本弄完，还有点小问题没解决。"

他看了"野鸽子"一眼，对我提议说：

"咱们走吧！从现在起，我当导游，陪您好好逛逛枇杷山，欣赏一下山城全貌。"

上了公路，"野鸽子"见一辆中巴驶来，刚要招手让其停下，手却被天柱压住了。只听他低声说：

"阔小姐，别太奢侈了！就这么几步路，坐公共汽车还不行吗？"

"野鸽子"一吐舌头，"哼"了一声。

枇杷山公园就在城内，我们乘9路公共汽车，一会儿便到了那里。难怪重庆又叫山城，整座城市由一道道山岭组成，而枇杷山则是其中较高的一座。

刚进公园，"野鸽子"就开始给导游出题了，问：

"导游先生，这里为什么叫枇杷山呢？"

"据说，很久以前，这里种了许多枇杷树，所以起名枇杷山。你看，这儿不到处都是枇杷树吗？"

果然，举目四望，山坡上长满了碧绿的枇杷树。长椭圆形的叶子舒展自如，尤其可爱的是，那些枝叶之间开出密密的小花，黄白色的花冠，散发出一阵阵芳香。

"枇杷树冬天开花？"

我有些惊奇地问。天柱点点头，说：

"正是。这种树原产地就是我们川东一带，湖北西部也有，它适应这里的气候。"

"野鸽子"佩服地望着天柱，又问：

"我从小爱吃枇杷果。可你知道枇杷还有什么用途吗？"

天柱胸有成竹地从头道来：

"这枇杷可是好东西！你看到许多蜜蜂飞来飞去吗？枇杷的花是良好的蜜源。枇杷的枝干可以制作手杖和梳子。再说这叶子，可以入中药，有清肺下气、和胃降逆的功能，主治肺热咳嗽、呕吐呃逆等病症。"

"野鸽子"眼睛变亮了，惊叹道：

"叫你'潜水艇'真叫对了！你什么时候又练了这一手？"

我也兴致勃勃地等着他的回答，他却摇摇头，淡淡地说："这算什么？我这人看的书杂，对什么都有兴趣，只不过略知一二罢了。"

我们在绿荫下拾级而上，渐渐登上了山顶，一座古塔式的高大八角亭矗立在眼前。天柱忽然兴奋起来，说：

"咱们上吧，上到最高一层，就是山城的制高点了，可以俯瞰全市的景色！"

我和"野鸽子"欣然表示赞成。我比画着要去购票，可天柱和刚才入园一样，说什么也不肯让我花钱，理由是今天他做主人。他拗着，又花了六元钱，买了三张票。

当我们终于登上八角亭的最高一层，伏在栏杆上远眺时，真的把整个重庆尽收眼底，连心胸也顿时博大起来。"野鸽子"情不自禁吟诵起"欲穷千里目，更上一层楼"和"会当凌绝顶，一览众山小"等诗句。

天柱凝神望着北面的江水，望着那一艘艘过往的船只，心里显然有些不平静。过了一会儿，他才走到我的身边，问：

"孙老师，分得清景点吗？"

虽然，十年前我来过重庆，但来去匆匆，怎么记得住呢？见我摇摇头，他伸出左手边指点边介绍：

"北面是嘉陵江，南边是长江，重庆就在它们的汇合处。红岩村在嘉陵江西岸。靠近嘉陵江大桥东岸的地方，就是著名的桂园。1945年，毛泽东来重庆与蒋介石谈判，就住在那个地方。再往南一点是周公馆。"

"野鸽子"指着南面，说：

"孙哥，咱们去的南温泉在长江南岸。江上那座大桥，就是咱们穿过的重庆长江大桥。"

我问：

"歌乐山在哪里？"

天柱朝西边指去，说：

"在红岩村方向。西郊的歌乐山麓、白公馆、渣滓洞都在那里。小说《红岩》写的故事就发生在那儿。"

我们在八角亭谈昔论今，大发豪情，近一个小时才下来。这时，天柱将我和"野鸽子"引入湖边的长廊，坐下歇息。

旅游是友情的促进剂。

"野鸽子"自不必说了，"潜水艇"也熟悉起来，可以谈一些深层的问题。

我问道：

"天柱，据说你的一项设计方案被美国航天部门选中，这对于一个中学生来说，真不简单！你的设计是怎么搞出来的？"

没想到，李天柱听了这话像服下一剂苦药，皱起了眉头，回答：

"好多人都问我这个问题，似乎这是一项了不起的发明创造。其实，这是个非常简单的设计，连昨天设计的那个程序都不如。当时，计算机爱好者俱乐部征集设计方案，我为了交差，送了那个设计方案。谁知会引出这么多事！"

"这毕竟是件好事，难道你不高兴？"

"我怎么会不高兴呢？谁都渴望被承认嘛！可是，不管外国人怎么吹捧，我心里有数，那东西没什么了不起的。"他目不转睛地盯着我，继续说下去，"这就好比您搞文学创作，有一篇很一般的作品得了奖，并且得到热烈的称赞，您心里的滋味好受吗？"

"野鸽子"在一旁不服气了，插嘴道：

"你也太谦虚了！人家美国航天部门的专家是弱智儿童吗？难道连个

好坏都分不清？也许你觉得很简单，其实挺深奥呢，干吗这么作践自己！"

天柱一副忍受不了的悲苦模样，说：

"美国专家怎么啦？再高明的专家也有犯迷糊的时候。选中我那个设计，如果不是犯迷糊，就是他们太需要了！我敢说，比我高明的设计有成百上千，只不过被漏掉了而已，或干脆就无缘见到。你说，在这种情况下，我难道能自我感觉良好吗？难道好意思以此为招牌去唬人吗？"

的确出乎我的意料，李天柱会把这个成绩看得那么淡！谁不知道，这些年来，不要说中小学生，就连许多成人学者或艺术家，也总把在国外得到的荣誉当作最高的荣誉，甚至把外国人随便一句什么评价，都当成千真万确的科学的国际测定。而山城这个未出茅庐的中学生李天柱，怎么就如此特别？

他见我在沉默，以为我不赞成他的见解，试图进一步说服我，他说：

"您注意海湾战争的消息了吧？这绝对是一场现代化的高技术战争！美国为什么发了疯似的狂轰滥炸伊拉克，既是想打击伊拉克的军事力量，也是为摧毁它的通信指挥系统。美军投下的第一颗炸弹，目标就是伊拉克最重要的通信中心——美国电话和电报公司驻巴格达的办事处。"

"军用'爱国者'导弹拦截伊拉克的'飞毛腿'导弹，真精彩！""野鸽子"眉飞色舞地插话道。

天柱连连点头，说：

"这就叫技高一筹气死人嘛！'飞毛腿'刚刚升空，'爱国者'便会发觉，并以高于它的速度迎头拦截。伊拉克还有什么咒可念？所以，现代技术之争是生与死之争！相比之下，我们的设计水平简直没法提了，不下苦功夫追赶能行吗？"

我问：

"你知道外国中学生在计算机技术方面水平如何吗？他们可是你们真正的竞争者。"

"真叫您问着了，'潜水艇'在全校做过讲演，讲的就是这个内容，很受欢迎呢！""野鸽子"快人快语，向我传递了信息。

天柱不慌不忙，讲起两个真实的当代美国中学生的故事：

"1983年9月22日清晨，美国洛杉矶圣莫尼卡静静的街道上，驰来了一辆小汽车，车里出来几个目光机警的男人。其中，两人是加州大学的校警，三人是洛杉矶地方检察官，还有一人是联邦调查局的刑警。霎时间，2号大街2444号的一座民宅，被包围得水泄不通。

"响起敲门声的时候，捷茜·欧斯钦夫人正准备喝早上的第一杯咖啡。她的丈夫阿鲁是个技师，已经上班去了。他们的独生子伦·欧斯钦还在自己的房间里睡觉。

"伦既不酗酒，也不吸毒，甚至连烟都不抽，这在美国当代少年中是十分难得的。几个月前，伦以优异成绩毕业于圣莫尼卡中学，考入加州大学物理系，可以说是一个出色的少年。只是自从七周前，伦用150美元买回一台家用微型计算机终端机后，他的生活变得有些令人费解起来。他每天睡到中午才起床。吃过饭后，便到圣莫尼卡海滨散步。从海滨回来，就独自关在屋里，一待就是十几个小时。

"'起床！快起床！'警察们亮出了证件，冲进伦的房间。

"在电子计算机时代的这座海滨城市，伦的房间没有什么特殊的地方。房间里有旱冰鞋、飞碟、网球拍和录像机以及一些电子零件，桌上摆着一台YIC20型家用计算机终端机和编码器，还有一个连接终端机和电话线的接续器调试装置。

"欧斯钦夫人完全不明白究竟发生了什么事。

"同一天早晨，在好莱坞城的一座公寓里，一个名叫卡宾·波鲁森的17岁少年的家，也受到了同样的搜查。

"伦和卡宾被逮捕了，被指控为利用计算机进行犯罪活动。犯罪的事实是：这两个少年用了整整一个暑假，向美国的大型计算机挑战。结果，他们不仅打入了许多大学和一些智囊团的计算机，还打入了国防产业和军事设施的计算机。

"这件事震动了整个美国。为什么呢？美国的这个大型计算机网络——阿帕网络，联结着欧美的257所大学，以及一些智囊团、国防产业、军事设施等,是世界上第一个大型计算机网络。通过这个网络,科学家们可以自由通话和交换情报。更惊人的是,只要打入阿帕网络,就意味着可以直接向位于怀特桑兹的导弹发射场和新墨西哥州的秘密核试验场等处的计算机直接发布指令。"

……

"天哪!这两个美国少年是怎么打入阿帕网络的?难道世界上第一个大型计算机网络就这么容易被攻破?""野鸽子"说道。

我虽然不懂计算机,听到这里,也禁不住想问个明白。天柱皱了眉头,说:

"这件事讲起来很复杂。卡宾13岁开始玩计算机,后来,渐渐掌握入侵技术,将自己的计算机终端机连接在阿帕网络上,从此便折腾起来了。"

"野鸽子"问:

"卡宾和伦是怎么搞到一起的?"

"他俩从未见过面。三年前,他俩在分别入侵别人的计算机时,曾在会话回路里相遇过。"天柱解释说,"对于熟悉了计算机的人来说,会话回路就像布告牌、个人启事、无线电一样普通。他们在荧光屏上谈论人生和世界,为自己和长辈的隔膜而叹息。再后来,他俩就联合起来共同入侵。说来也有趣,他俩的入侵曾被专家们怀疑是苏联的克格勃在捣鬼。"

"卡宾和伦受到什么处罚了呢?"

见我惦记着那两个异国小精灵的命运,天柱回答说:

"他们被送上了法庭。伦坚持说他没有犯罪动机,因此否认自己有罪。他的根据是,如果有意犯罪,完全可以使整个阿帕网络陷入大混乱,可他并没有这样做。他的辩护律师甚至认为:'只有这位少年,才是使美国成为伟大国家的天才之一。'虽然如此,他们仍被认定有罪,说他们确实侵犯了别人的计算机,侵犯了人权。具体如何处罚了,没见到介绍。"

"你从哪里看到这个故事的?"

"从《未来的竞争对手——国外中学生蒙太奇》一书中看来的,那里面介绍的全是外国中学生的生活。"

"你们俩怎么看这个故事？"

听我发问，"野鸽子"与"潜水艇"对视了一下，自然是"野鸽子"先开口：

"依我说，美国不但不应处罚卡宾和伦，而应奖励他们的天才行为，他俩的伟大挑战会促进计算机网络的完善。"

"你这种见解太幼稚了！照此逻辑推论，所有的侵略行为都该奖励，因为这些行为都会促进被侵略方面的完善。对不对？""潜水艇"冷静地盯着"野鸽子"反驳道，见她未予反击，又说，"当然，尽管如此，卡宾和伦能达到这样高超的水平，尤其是他们敢于与权威较量的精神，我非常钦佩！"

"野鸽子"转怨为喜，拍了一下廊柱，笑着评论道：

"后边几句嘛，还有点儿'潜水艇'味道，也是真心话。前边说了些什么？像个训人的老夫子！"

说着，她跳了起来，调皮地弓起腰，背起双手，努起嘴巴，模仿起老夫子之态，又伸出右手比画着，拖腔拉调地说：

"你这种见解太——幼——稚——了！"

她这一举动，把我和"潜水艇"逗得哈哈大笑，前仰后合。

等喘匀了气，我问"潜水艇"：

"你总在钻研程序设计，不觉得枯燥无味吗？或者说，你感到疲倦吗？"

他忽然笑了，反问道：

"我想，这与您搞文学创作的感觉差不多吧。苦便是乐，乐就是苦。在我看来，献身于科学是幸福的。活着就要去探索自然的奥秘，不然还有什么意思？现在全球竞争太厉害了！我们中学生作为新一代的中国人，要以新的风采进入未来世界的竞技场！'野鸽子'，你同意吗？"

"我？""野鸽子"指指自己的鼻尖，吐了吐舌头，说，"我可吃不了你那苦。不过，每人头上一方天，干吗都得跟你一样？"

"潜水艇"没与她争执，低头看了看手表，提醒道：

"'野鸽子',该飞回去了,不然你姑姑又该着急了。"

他又问起我的安排。我说打算走一走长江三峡,中途在巫山见一个中学生读者,然后去宜昌等。他听了振奋起来,说:

"明天上船行吗?"

我愣住了:

"怎么回事,你?"

"我明天乘船去宜昌,帮葛洲坝电站干点事情,票已经买好了。我可以帮您补张票,咱一起走!"

听他兴冲冲地计划着,"野鸽子"又努起了嘴巴,不满地问:

"那我呢?我还想游三峡呢!"

"这次你不能去!"

"潜水艇"毫不犹豫地拒绝了"野鸽子",仿佛是她的亲哥哥那么专断,不容商量。奇怪的是,他一严厉起来,"野鸽子"纵然一脸不高兴,倒也没嚷嚷什么。

我对这个计划倒非常满意,这既抓紧了时间,又得以在船上与"潜水艇"再谈,岂不又是一举两得吗?于是,我们开始返回,做第二天清早登船的准备。

伤心的"野鸽子",也只有让她伤心了。

四

> 少年们常常对成年人的一些精神病态愤恨不已,殊不知,这恰恰是从少年时代开始萌发的东西……
> ——作者感言

回到招待所的时候,天已经快黑到地了,我正要去餐厅吃饭,忽然响起了敲门声。

我一边应着，一边去开门，发现门外站着一个穿白上衣的中年男服务员、一个中年女人，居然还有一个警察！从他们高度警惕的目光里，可以看出已把我视为重要的可疑分子。在对视的刹那间，我的心里一半好笑一半紧张，不知碰上什么莫名其妙的荒唐事了。

中年男服务员是个胖子，身材如北方长疯了的大冬瓜，他打量了我一眼，问：

"您是北京来的孙云晓吧？派出所的民警和这位妇女想找您了解些情况。"

说罢，招呼大家进了屋。那个年轻的民警靠门坐着，大概是为了防备我夺路而逃吧。

我诧异地问：

"了解什么情况？"

服务员谦卑地让了让民警，似乎做了一件十分荣光的事情。那年轻的民警立刻板起了脸，威严地命令道：

"请出示您的证件。"

我盯了他一眼，反驳道：

"根据刑事诉讼法的规定，搜查时应向被搜查人出示搜查证，以证明搜查的合法性。所以，应当是您先出示证件，民警同志！"

年轻的民警刚要发作，又克制住了，掏出工作证，说：

"这是我的工作证，请看吧。"

我们彼此看了证件后，我说：

"请问吧，有什么紧急情况？"

"您认识女中学生胡明明吧？"

我点点头。

"您今天与她在一起了吗？"

我又点点头。民警来神了，那个中年女人也探过身子，急切地问：

"她现在在哪儿呢？"

我明白了，这场闹剧是这个中年女人闹出来的，而她正是"野鸽子"

的姑姑。她瘦削冷漠的脸上,满是怀疑的表情,身上那件黑色呢子外套,则给人一种沉重的压抑感。她见我在观察她,恼怒地催促道:

"你这个骗子!把我的明明骗到哪儿去了?快说!"我并不生她的气,因为凭直觉判断,她是一个精神病患者。所以,我温和地说:

"您是胡明明同学的姑姑吧?胡大姐,明明这会儿准在家里等您呢。"

听我讲完下午的活动经过,民警和服务员露出迷惑不解的神情,一会儿看看我,一会儿看看中年女人。那女人死死地盯着我,目光里充满了仇恨,说:

"你们这些臭男人,嘴上花言巧语,背地里什么坏事干不出来?你想来个调虎离山呀,休想!"

民警似乎明白过来了,劝道:

"你先回家看看也好嘛,不看怎么知道真假?我们在这儿等您就是了。"

中年女人又盯了一阵子民警,愣愣地点点头,回答:

"好,我听民警的。不过,您可千万别让这个骗子跑了!"

她又盯了我一会儿,才匆匆往家赶。我长叹一口气,无奈地坐在床上,心里也好生奇怪:她怎么会知道我住在这儿呢?是"野鸽子"决定不把我来访的事告诉她的姑姑的呀!

屋里的紧张气氛松弛了一些。服务员晃着冬瓜脑袋,好奇地问:

"孙同志,到底是怎么回事啊?"

我瞥了一眼年轻的民警,讥讽道:

"派出所最清楚这是个什么案子,不然,怎么会如此兴师动众,让我连晚饭都没法吃。"

民警依然保持着一定的警惕性,说:

"居民紧急报案,说她家少女失踪,又提供可疑对象住址,我们当然要立即查明喽。"

他忽然换了温和的口气,让我讲讲详细经过。我讲了,那服务员显得挺失望,因为这个经过毫无刺激,连点"儿童不宜"的边都沾不上。民警也不怎么感兴趣,说了句"查清就行",便没话了。

约莫过了半个小时，门外响起纷乱的脚步声，好像还在纠缠摔打，断断续续传来争吵的声音：

"明明，你听不听话？快回去！"

"不听不听！你太卑鄙了！"

"你敢肯定他一定是好人？"

"我敢！"

……

终于，砰的一声，房门被撞开了。泪流满面的"野鸽子"一见民警，"哇"地大哭起来，抽抽噎噎地说：

"你们吃饱了没事干啦？我姑姑胡说八道，你们还真信！那好吧，咱们走，去医院检查。如果没问题，你们就是诬陷罪！"

"明明！"

中年女人尖厉地吼了一声，只见她脸色煞白，面目狰狞，全身颤抖不已。我过来想扶她坐下，她一扬干硬的胳膊，固执地对民警说：

"你记下他的身份证号码。哼，跑了和尚跑不了庙，有事再找他算账！"

"我非到法院告你不可！你捏造事实，有意陷害，侵犯了公民人身权利！""野鸽子"大声嚷着。

我冲她摆摆手，低声劝道：

"你姑姑有病，忘啦？咱们又没做亏心事，怕什么？就算留个通信地址吧。"

我取出身份证交给民警。民警犹豫了一阵子，又抬头望了我一眼，胡乱地记了下来。他严肃地对中年女人说：

"行啦，都回去吧。有问题我们会认真处理的！"

他头一个走出了房间。"野鸽子"想留下来与我说些什么，但被她姑姑死活拽走了。服务员临走提醒我说：

"你快去餐厅吧，估计还有点儿剩饭。"

我疲倦地仰倒在床上，不仅一点食欲也没有，竟觉得有些恶心。

清晨，我还在睡梦里呢，便被李天柱的敲门声吵醒了。他穿着一件薄薄的咖啡色羽绒服，双肩旅行背包驮在身后，一副上征程的精干架势。他说：

"票已买好，7点半开船，快走吧！"

我一看表，已经6点，提起包匆匆出门。幸好昨夜已结账，免了早晨的啰唆。我们先乘车到火车站，换乘12路公共汽车，直奔朝天门码头。

冬季里的山城清晨，天色阴暗，雾气浓重，格外冷清。奔驰的公共汽车靠着路标的荧光，放心地朝前开去。那铺在公路中央的一块块金属路标，平时在夜里黯然失色，可一被汽车的灯照耀，立刻放出明亮的光，好似流星的轨迹。这一项实用的设计，竟使乏味单调的公路添了一份诗情画意。

李天柱把手伸到窗外试了试，然后收回来攥了攥拳，皱着眉头说：

"糟糕！雾重了，搞不好今天走不了。"

"待会儿，雾还能不能散？"

他还是摇头。

7点钟，我们抵达了朝天门码头。这儿也是重庆港客运站所在地。在通向四码头的陡坡小道两旁，立着一排排年轻的挑夫。他们大约20岁的年纪，手持一根鸡蛋粗的竹竿和几根绳子，低眉顺眼地迎着过往的旅客，却又很少壮起胆子揽活儿，只等着客人赏赐似的派活儿。可是，眼下他们个个空手无事。

"怎么没人雇用他们？"

我问天柱，他缓缓地回答：

"船扎雾了，没人上船，哪有活儿干？"

"扎雾？"

我一愣，生平还头一回听说这个词儿，以为是船在雾里航行沉没了呢。他解释道：

"扎雾就是船扎在雾里，没法子航行。重庆不是雾都吗？"

"那怎么办？"

"等呗！雾不散，船不会开的。"

一向惜时如金的李天柱，此时也束手无策。今晨的雾果然厉害，站在岸边的高坡上，居然看不清船的轮廓，只隐隐可见船上黄澄澄的灯光。

"啊呀，你们在这儿哪！"

身后突然响起一个熟悉的声音，回头一看，竟是"野鸽子"！她一改昨晚泪流满面的悲伤模样，又恢复了明朗可爱带点儿调皮的神态。我吃惊地问：

"天这么早，你怎么来的？"

"坐车呗！我去招待所，知道你们走了，就赶到这儿了。"

"你姑姑知道吗？"

"她还在睡觉，我悄悄溜出来的，不过，给她留了一张条子。"

天柱盘算了一下，说：

"估计四小时之内开不了船，我去办点事，您和'野鸽子'谈吧。"

我们把行李寄存之后，天柱就走了。有这样一个天赐良机，单独与"野鸽子"谈谈她姑姑，正是我暗暗希冀的。

"肚子饿了吧？我请你吃馄饨怎么样？"

"好！"

绕过客运站，避开小商品市场，在一排民房当中，恰好有个卖馄饨的摊点，十分清静。我买了四碗馄饨——四川人叫"抄手"，与"野鸽子"慢慢地吃着。

"昨晚的事儿都怨我，中午离家时忘了锁抽屉，日记被姑姑偷看了！"

"你日记里写了我？"

"这么重要的事儿，能不写吗？写得详细着呢，连招待所的房间号也写了。"

我恍然大悟，问：

"你真的要去法院告姑姑吗？"

"野鸽子"一听，差点儿把嘴里的馄饨喷出来，笑着说：

"当时我气昏了。我怎么可能起诉她呢？其实，她够惨的了。年轻的时候遭遇过挫折，受了严重的打击。姑姑恨透了男人，认定男人都是骗女人的，自然不会结婚，也没人娶她。说真的，假若我是个男人，也绝不会娶姑姑做妻子的，她哪有半点儿女人味呀！"

……

和"野鸽子"聊着，馄饨都凉透了。开店的大妈好心肠，替我们热了热又端上来，我们边吃边沉思着。

我说："怪不得，昨天一见面，我就觉得她精神有问题，她受的伤害太深了！可以说，整个人已经扭曲了，做事也就常常不合逻辑。"

我们吃完这顿马拉松早餐，在雾气中一边散步，一边继续刚才的话题。

"您说我姑姑有精神病吗？""野鸽子"担心地问。

我点点头，宽慰她说：

"精神病与神经病是不同的。神经病主要指有器质性损害，属于躯体疾病的范畴。精神病则表现为思维、情感、意志、智力和个性等方面心理活动失常。一般来说，1000人里至少有几十个严重的精神病患者呢，而有心理障碍的人则更多。"

"我姑姑总爱怀疑别人，这大概就是精神病的表现吧？"

"对！由多疑到偏执，正是你姑姑的不幸变化。她还患有迫害妄想症，即毫无根据地坚信自己或亲人遭到事实上不存在的迫害。昨晚不就是很典型的说明吗？"

"野鸽子"赞同地点点头，又颇多感触地叹了口气，说："这样说来，我的同龄人中间也有不少精神病患者喽？真可怕！"

"其实，精神病同许多病一样，都是普通的病，经过及时治疗，是可以恢复正常的，不必惊慌失措。真正可怕的是，明明患有精神病，却不加重视，甚至以保持个性为由一错再错，病入膏肓就难办了。我们一些少男少女朋友正面临这种危险！"

这些话，我是对"野鸽子"说的，也是对自己说的，因为在与少男少女们的广泛接触中，我切实地感到了这一危机正悄悄袭来。少年们常常对成年人的一些精神病态愤恨不已，殊不知，这恰恰是从少年时代开始萌发的东西，是生米煮成了熟饭。试想，不从萌芽状态开始防微杜渐，这隐患何以消除呢？

路旁一家商店挂着"公用电话"的招牌，"野鸽子"一见，脱口说道：

"孙哥，您等一会儿，我去给姑姑打个电话，免得她又以为我失踪了。"

我瞧着她走进商店，对着话筒比比画画地说着，甚至还不时笑起来，也就放下心了。

11点30分，李天柱赶回来了，并带来一个让人欣慰的消息：13点40分开船。

还有两个多小时的空闲，可以踏踏实实地吃顿饭了。天柱对"野鸽子"说：

"咱们请孙老师吃重庆火锅，怎么样？"

我急忙表示：

"咱三人相比，我是富翁，该我来请！"

谁料，"野鸽子"宣布：

"如果不是我请客，我就罢宴！"

天柱思忖片刻，爽快地仲裁道：

"好吧，就满足'野鸽子'一回。"

"野鸽子"得意起来，立刻去张罗开了。转眼回来报信，已选中一家火锅店，并订好了座位。

冬天吃火锅最有味道。围坐在沸腾的火锅前，不仅江边的寒意尽消，热汗还一片片地涌出来。那火锅色重味浓营养丰富，又吸取了分餐的优点，用铁挡板隔成几格，供客人选用。这对我还有一个好处，可以在自己这一格不放辣椒，因为我实在不敢与重庆人比吃辣。

瞧着"野鸽子"将红粉状的辣椒末倒入自己那一格内，我问：

"重庆女孩火辣辣，一定跟吃辣椒很有关系吧？"

她歪着脑袋朝天柱努努嘴，说：

"男孩怎么说呢？"

"男孩辣在内,女孩辣在外,对不对?"

天柱正在哧溜哧溜吃鸭肠,没法子开口,笑着点点头。

这时,服务员又送上一些涮的食品,有豆腐,有泥鳅,还有带鱼。那带鱼足有四指宽一指厚。我怀疑道:

"这么厚的带鱼涮得熟吗?"

"野鸽子"夹起一块带鱼,豪爽地说:

"来吧,保您吃了还想吃,我们重庆人敢吃天下先!"

我试着涮了一块,果然味道鲜美,比起北方的红烧胜过一筹,于是,也夸奖起重庆人来。

"'野鸽子',你将来准备飞向何处?"我问。

她幽默地探头望了望天空,回答:

"先飞向北方读大学,然后飞向撒哈拉,寻找亲爱的三毛留下的足迹。"

五

> 沉默和无名是打好学问基础的重要条件。当然,我不反对出名,甚至渴望成为一个大名人,成为来过三峡的历代名人中最有名的一个!可是眼下,我需要的是安安静静地学习,让准备飞翔的翅膀长得结实一些。
>
> ——李天柱在三峡谈话录

我们终于登上了"江渝115"客轮。

"野鸽子"站在江岸上,姿态优雅地挥着手,却显得十分孤单的样子。李天柱与她打着手势,神情有些发呆。通过昨晚的事情,我明白了他为什么拒绝与"野鸽子"同行。

本来,我想跟天柱谈谈昨晚发生的事,看看他会如何分析。可是,

"野鸽子"已表示不希望他知道那场闹剧,我也就克制了这念头。

"江渝115"客轮是一艘中型客轮,分上下两层。我们住在上层临江的一间客舱里,视野开阔,凉风习习,让人精神抖擞起来。

随着几声沉闷的长鸣,客轮缓缓地开动了,从长江与嘉陵江交汇的朝天门,一直朝东北方向驶去。船艏如神工挥剪,裁开千顷碧波;船艉似仙女扬臂,撒下万朵浪花。

站在甲板上,手扶栏杆望着满是礁石的岸边,我忽然想起天柱拉纤的经历,问:

"你当纤夫的时候多大?"

"15岁。"

"一定很苦吧?"

"那还用说!"

"你当时最深的感受是什么?"

天柱望着翻卷的江水,说:

"生活是艰难的,想吃饱饭,就得拼命干。有时候看见大船被我们拉动了,加上雄壮的号子,心里也挺自豪的。"

"现在回忆起来,有什么新的感受吗?"

"有时候,我还去拉纤。我觉得,这活儿虽然很原始,很累人,倒挺有象征意义的。譬如,纤夫的脚步是最坚实的。尽管如今这社会花花绿绿、浮浮躁躁的,但真想干成一件正事,脚步不坚实也是不行的。您说呢?"

我点点头,告诉他,"野鸽子"讲起他的纤夫生活时流了泪。小伙子感慨地叹了口气,说道:

"'野鸽子'才华出众,心肠又好!"

"你喜欢她吗?"

我明知故问,想试一下他敢不敢承认这一点。不料,小伙子倒很坦率,回答道:

"当然喜欢喽!全校女孩子里面,我看她是最可爱的一个。"

天哪！假若"野鸽子"听到这句评语，还不幸福得热泪长流吗？

我告诉他：

"你知道吗？'野鸽子'也很喜欢你，好像还挺主动的，对吗？"

小伙子忽然脸红了，像是想起了什么，喃喃地回答：

"我知道，我知道。不过，我们不是那种关系。不是。"他大概怕我再问下去，主动岔开了话题：

"孙老师，您在巫山采访几天呢？"

"两三天吧，怎么啦？"我问。

他摇摇头，说：

"没事儿。我已经换了票，可以陪着您。"

"不耽误你的事吗？"

他笑了，回答：

"您去采访时，我在招待所照样可以干事情，反正由您管吃管喝呗！"

阴沉沉的江面上，飘起了细雨，甲板上格外凉了。我们回到了船舱里，继续聊着。有机会与他同行，我深感幸运。据我多年的体验，人在旅途中最有聊天的欲望，而且还会多几分从容和真诚，因为每个人其实都想倾诉一番，宣泄一番，旅途恰恰提供了最佳的时空条件。

"天柱，你怎么会想到为航天飞机设计程序呢？"

听我又问起那项给他带来荣誉的设计，小伙子条件反射似的皱了皱眉头，说：

"1986年1月，美国'挑战者'号航天飞机爆炸，男女宇航员们全部丧生。这件事给了我极大的刺激。虽然那一年我才12岁，但也非常激动。我还给美国总统里根写了封信呢。"

"信的内容是什么？"我饶有兴趣地问。

他笑了，说：

"嗐！受我们那位年轻班主任的影响，说航天事业是人类共同的伟大事业，需要前仆后继的勇敢精神，等等。我还报名参加下一次太空探险。"

"有回音吗？"

"没有。也许信就在班主任手里呢。不过,从那以后,我很关心航天飞机,所以有时试着设计一点东西。"

说到这儿,他又皱紧了眉,讲道:

"特别奇怪,美国航天部门选中我的设计方案之后,许多同学对我的看法和态度都变了。他们给我分析出好多好多优点,甚至连过去认为是缺点的,也当成优点大谈特谈。仿佛一夜之间,我变成了伟人奇才。嘻,真让人莫名其妙。"

他举了一个例子:

刚学微积分的时候,他雄心勃勃,想推导曲率。有时,他又想通过自己的探讨,给三点求出圆心的坐标,结果写出来的式子大得惊人。有些同学见了,讥讽他野心太大,方法太笨。可是,现在这些同学又说,当时就觉得他了不起,从小敢想敢试。

他疑惑地说:

"假如,我的设计没被洋人选中呢?他们也会来这180度的大转弯吗?难道被洋人肯定就能证明我过去的一切都是对的吗?其实,现在我倒相信那些同学的话了,开列那么大的式子是蠢笨的。科学的方法既要严密准确,又要简便易做。"

接着,他又举出另外一个例子。

他的设计被选中后,许多人夸他是最勤奋用功的学生,把别人玩乐的时间都用来搞研究。实际上呢,过去班里早有公论,李天柱既勤奋用功,又爱玩会玩。对于这个评价,他认为是客观公正的,甚至发表观点说,只会用功不会玩,一个人很难有大作为。他还建议,学校最好把课安排得松一些,要求也放宽一些,让学生基本掌握就行了。然而,现在,在一些人眼里,似乎不说他把别人玩乐的时间也用来搞科研,就无法解释他的方案为什么能被洋人选中。这不让人哭笑不得吗?他至今不明白,一讲某人取得了优异成绩,这人必定是废寝忘食。喜欢娱乐与科学研究,怎么就那样水火不容?科学家个个都要像陈景润那样生活吗?

刚才泡的银球茶已透出黄铜般的亮色,味道正佳,清香诱人。我一边

示意天柱喝,一边问:

"你也不能怪人家,一个中学生的设计方案竟然被美国航天部门选中,他们能不羡慕吗?你想想看,你之所以数学水平和设计能力高一些,真实的经验是什么呢?"

小伙子呷了一大口茶水,倒在自己的床铺上,双手抱着脑袋,出了一会儿神,回答:

"大概有四条吧:一是加强基础能力良性循环而不是恶性循环;二是经常与同学争论问题;三是课前要自学;四是勇于实践,形成开阔敏捷的思路。"

"可是,这并不是我一个人的做法呀!"他激动地一骨碌爬起来,与我脸对着脸说,"实际上,哪个喜欢学习和设计的同学不是这样做的呢?怎么就因为洋人选中我的一项设计,这些方法就成了我一个人的专利呢?这太幼稚了!太不公正了!"说完,他一松气又仰卧在床上,显出很不平的样子,嘴里吐着粗气。

我被他的清醒,被他敢于正视现实的勇气,被他毫不掩饰自己真实感觉的赤诚,深深地打动了。

我们说累了,听听外边雨声也紧了,精神一放松,渐渐入了梦乡。醒来时,已是傍晚时分,船快到忠县了。

晚饭后,天柱开始专心致志地读哈默博士的传记小说,我则转入下一个采访目标的准备工作。与前面采访的四名中学生不同,我在巫山镇将要见面的那名职业高中学生,虽然在事业方面尚未显出什么作为,却已经坠入爱河,并且难以自拔。我是几个月之前收到她的来信的,也不知这期间会有多少变化。

刚刚22点,天柱便合上了书,提醒道:

"孙老师,早点睡吧,明天早晨船到奉节,紧接着就进入三峡第一峡——瞿塘峡,非常壮观的,今晚要好好养养神才行啊!"

看他这个长江边长大的男孩子都如此动情,多少次梦游三峡的我,岂能无动于衷?我痛快地答应着,匆匆洗漱一番,头枕着波涛又入梦乡。

一夜无话。

第二天早晨，天刚蒙蒙亮的时候，已经穿戴整齐的天柱把我摇晃醒了，原来奉节已到。我急忙跳下床，披上羽绒服，就冲上了甲板。天柱带我悄悄登上客轮顶部的观察台，这里可以居高环视四方，是观景的好位置。

雨虽然已停，江上和岸边依然一片朦胧，淡淡的晨雾静静地升腾着。鳞次栉比的奉节城，修筑在陡峭的江岸上。由于坡过陡，有些楼房外侧的基石足有七八米深，而小城中间隐隐可以见到上下的轨道。这里显然产煤，江边堆的煤如山似海。一大群挑夫正忙着往一艘货轮上挑煤。那忙碌的身影犹如劳作的蚂蚁群，那么匆忙，那么齐心，又是那么平凡！

奉节是个很有名的地方。西周和春秋时，这里是夔子国的国都，战国时属楚。汉代设鱼复县；蜀汉章武二年，刘备伐吴败归白帝，改称为永安县；到了唐朝，这里才改为奉节。

靠近奉节城，还有一种令人肃然起敬的感觉，那是因为彭咏梧烈士牺牲在这里。我似乎看到，在雾气弥漫的早晨，江姐来这里进行秘密的革命活动，蓦然发现丈夫那高昂的头颅竟被悬挂在城门之上！少年时代读过《红岩》，这个情景让我终生难忘。

我与天柱谈起《红岩》，他也有很深的感受，说：

"我读《红岩》时落泪了，它的人格力量和信仰的力量，征服了我。"

他朝城内指了指，说：

"彭咏梧烈士的墓就在那里。"

客轮缓缓地向东驶去。天柱示意我看向江边一条河的出口处，那里有一个自然形成的沙洲碛坝。他眉飞色舞地说：

"知道吗？诸葛亮当年在这里摆下八阵图，让东吴名将陆逊误入圈套，兵马慌乱，束手无策，差点儿把命丢了！"

"是演义呢还是考证过？"

"我爸爸告诉我，诸葛亮率张飞领兵溯江而上入川，又到白帝城受刘备托孤遗诏，曾两次来到这里，这都是史书上有记载的。再说，在奉节住过两年多的大诗人杜甫,也为此留下诗句:'功盖三分国,名成八阵图。江流石不转,遗恨失吞吴。'"

此时,可以明显地感觉出来,江水汹涌激荡,两岸山势陡峻,客轮已经减速,可顺流而下的感觉似乎更快了。

船至八阵图下游的夔门峡口时,天柱告诉我说:

"别看如今平静,以前这儿可是一大险关——滟滪堆!您想,一块长30米、宽20米、高40米的巨大礁石,像只出水猛兽横卧江心,该有多危险!1959年的时候,航道工人奋战七天,终于把这个拦路虎炸掉了。"

"滟滪大如马,瞿塘不可下;滟滪大如象,瞿塘不可上……"

听我吟起那首著名的民谣,他点点头,说那是分上水下水讲的,我们是下水,如在当年,就害怕"滟滪大如马"。

"看,三峡门户——'夔门'到了!"

随着天柱一声喊,我立即精神百倍。只见南岸的白盐山拔地而起,江北的赤甲山从天而落,似两座擎天柱石,如一对镇江巨人,各拉开一扇关天之门,让汹汹江水通过。那赤甲山上,山石赭红,不生树木,像战将袒胸披甲挺立着。而与之夹江对峙的白盐山,则是一座白色高峰,与赤甲山相辉映。

叩开夔门继续东行,我们便进入了长江三峡中的第一大峡——瞿塘峡。

到了这儿,任何人都不能不惊叹大自然的伟力。纵目远望,三峡一带本是像东岳泰山一样,形成莽莽苍苍的峰峰相连的群山,谁也别想将其撼动,谁也别想将其拆开。然而,勇不可当的长江,却如一把神斧,一斧便劈开了巫山山脉,在万山丛中夺路而下,形成这万代惊叹的长江三峡。

长江这一神斧,在瞿塘峡劈得尤其狠。两岸悬崖绝壁,其势岌岌欲坠。峡内急流澎湃,涛如雷鸣,江水穿谷过涧,好似千军万马呼啸上阵。这里不仅景色奇特,还发生过许多中外闻名的历史故事,更增添了它的魅力。

在瞿塘峡口的大江北岸,草堂河边,有一座青葱苍郁、坠翡滴翠的白帝山。天柱指着山巅上一座红墙彩亭的庙宇，说：

"喏，那儿就是白帝庙，刘备托孤的地方，古今闻名的白帝城啊！"

相传三国时，蜀汉皇帝刘备为义弟关羽起兵报仇，结果却被东吴大将陆逊"火烧连营七百里"，大败而回，兵退白帝城，郁闷而死。临死前，刘备在白帝庙里把国事和儿子刘禅托与诸葛亮。后来，李自成、张献忠以及太平天国将领等许多历史名人，也都在这里留下过战斗的足迹。此外，历代许多大文豪都曾慕名来此游历，如李白、杜甫、白居易、陆游、刘禹锡、范成大等人，都相继登上白帝山望景赋诗，留下许多动人的诗篇。

其中，李白的七绝流传最广："朝辞白帝彩云间，千里江陵一日还。两岸猿声啼不住，轻舟已过万重山。"1958年春天，毛泽东游长江三峡时，船至白帝城下，也曾兴致甚浓地吟诵了李白的这首诗。

谈论起这些，天柱激情满怀地说：

"我几乎每年都要走几次三峡，每走一次就仿佛升华一次。这么狭小的地方，留下那么多历史名人的足迹，真让人感到英雄相会试比高。今天，我来了，我站在这些巨人的肩膀上，我站在新世纪的门槛上，怎么能愧对古人呢？"

身在长江三峡，深重的历史感油然而生。人的伟大与渺小，生命的辉煌与黯然，滚滚长江见得太多太多。他像一位饱经沧桑的老人，抚今追昔，感慨万分。长江三峡是中国文化的必经之路，自然也成了中国文化人的必经之路。在这一刻，我思绪纷飞，也产生了一种升华感，所以对天柱的话颇有共鸣。

"每一代人都有自己的历史使命。你已经在为此进行着有效的奋斗，难道不满意吗？"我问道。

他慢慢地摇摇头，说：

"相比之下，我们似乎失去了古人那种英雄气，思维的博大性也退化了。我们太小气，太懦弱！"

"为什么呢？"

"生活安逸，享乐主义盛行，缺乏危机感，谁还肯吃大苦呢？"

想不到，这名17岁的中学生如此忧国忧民。我曾在一篇文章中分析说，这一代少年思维虽活跃，"骨头"却比较软，亟须多增加一些钙质。看来，我们是知音了。

我诚恳地说：

"天柱，我决定把你的经历与想法写出来，写出你这艘'潜水艇'的追求，好吗？"

他一愣，好像这才想起来我是个作家，是为了写作而与之长谈的，脸上现出了极复杂的表情：惊讶中有疑问，赞同中有反对，放心中有担心，等等。这种表情在他这样的年龄，应是很少出现的。

"我觉得，学生毕竟是学生。在学生时代，不宜断言某某是个人才，更不宜断言某某成功了，因为这还很难说。"他挺费劲地继续说下去，"有人问我信奉的格言是什么。我说我最喜欢一位老师的话：种子若想发芽，必须深深地埋在地下，根深才能叶茂，叶茂才能果实硕大。所以，我目前希望的是沉默，是无名。"

"为什么？"我有些奇怪地问。

他望着我说：

"沉默和无名是打好学问基础的重要条件。当然，我不反对出名，甚至渴望成为一个大名人，成为来过三峡的历代名人中最有名的一个！可是眼下，我需要的是安安静静地学习，让准备飞翔的翅膀长得结实一些。"

船在稳稳地前进着。沿途的铁锁关、孟良梯、风箱峡、圣姥泉、黄金洞、犀牛望月等名胜一一闪过，都顾不上评论了，我们陷入了深深的思考中。

在人生的航道上，少男少女多么需要"潜水艇"精神啊，而实际上，这种精神又是多么缺乏！

"青苹果"的烦恼

> 看我的日记吧,真实的经过都在里面,一句假话也没有。您给评评理,看我是个坏女孩吗?我被爸爸妈妈软禁了,他们不让我出门,也不许我再讲述那件事。我恨他们,恨他们不讲道理!
> ——栗巫巫的话

万峰磅礴一江通,
锁钥荆襄气势雄。
四野纵横千嶂里,
人烟错杂半山中。

客轮驶过黛溪,便出了壮丽的瞿塘峡,眼前立刻映现出上面四句诗中描绘的画面,这就是处于巫峡头的巫山县城。

这时,刚过上午10点,我和天柱下了船,沿一条高高的土坡向城里走去。

我曾查过资料,这山中小城倒也有悠久的历史,战国时期为楚国的巫郡，秦朝时为巫县，隋朝时因地处大巴山麓重峦叠嶂的巫山之中，故改名为巫山县。

虽说县城不大，人也不多，临街店铺里的商品却琳琅满目，就连城里姑娘流行的刺绣花边文胸，也在极显眼的地方挂了一片。至于卖粉蒸排骨等小吃的，卖各种蔬菜、山珍和鲜鱼的，更是不计其数。刚出水的大鲤鱼，才卖两元多钱一斤。从人们悠然自得的神情里，可以看懂什么叫安居乐业。

我和天柱边看边走，绕过这片闹市，在稍清静的一家旅馆住下。安顿下来，已经快11点钟，不宜登门采访，我便仰靠在床上，想把思路理一理。天柱自然有他的事，掏出纸、笔、计算器和尺子，准备设计有关水电站的某些程序。

大约是去年10月的一天，我收到巫山县一名女中学生寄来的挂号信。她的名字很特别，叫栗巫巫，我一下子就记住了。是她的这封信把我引到了这里。

现在，我又取出她的信，仔仔细细地展开，慢慢地读起来。

她写道：

有人说，心里有事别闷在心里，对别人说说，即使解决不了，也会舒服一些。于是，我就想到了您，因为您是我们中学生的知心朋友。我决定把憋在心里憋得我快发疯了的秘密，一点不漏地告诉您，请您尽快帮我分析分析。您回信时一定要寄挂号信，我怕有人截信，那可就糟了！所以，我也给您寄挂号信。

我本是个克制力挺强的女孩子，但不知从哪儿来了一股邪劲儿，刚刚进入职业高中一年级没几天，我发觉我喜欢上了一个男孩子。他叫任刚，初中时我们是同学。还同桌过一个月呢。不过，那时我们虽然也挺友好的，却绝对没有现在这种感觉。真是怪极了！

开始时，我骂自己傻，骂自己胡思乱想，可平时脑子总开小差，总盼着能有机会见到他。

我上回是在岭南职业高中见到他的。他学烹饪专业，我学服装专业。我们是到他们学校观看职高学生技术比武的。休息的时候，我去服务台喝水，没想到，供水服务员竟是他！几个月不见，他变得开朗多了，身材也更魁伟了。他一见我吃了一惊，但马上就热情地递过一杯凉白开，说："老同学来啦，太欢迎了！太欢迎了！"当时，来喝水的人多，服务员没几个，忙得够呛。可他还抽空过来跟我说话。说的许多话，我都记不清了，只记得他问了一句："喂，老同学，想我吗？"其实，他的声音很低很低，我却觉得如雷声轰鸣，仿佛人人都听见了似的，脸唰地红了。天哪！他怎么这样大胆呢？让我一时什么也说不出来了。我的心怦怦乱跳，慌慌地说了声"再见"，就飞快地逃走了。

这件事搅得我心神不宁。说心里话，我感到从未有过的幸福。长这么大，还头一回有男孩子这样对我讲话，又是他。我好像忽然发觉，我一直在爱着他，一直盼着与他在一起。从此，我天天都在思念他，那份痴情越来越深。有时，整整一节课就耗在呆想之中。我恨我控制不住自己，有时拼命掐自己的腿，掐出了血也不管用。

孙叔叔，救救我吧，我真怕沉没在这无声的深渊里。我矛盾极了，有时候觉得自己变坏了，可又不甘心，因为我是那么善良，那么热爱生活，从没想做什么坏事呀！您若能来一趟就好了，我会把一切都告诉您的。我们巫山有小三峡，比大三峡还秀美呢！

……

记得当时我回了一封信，劝她另寻一件开心的事儿，把注意力转移一下。她又回了信，却更悲观了。

在这次文学旅行之前，我向每一个要访问的人都发了信（"野鸽子"因未留真实姓名，没办法通信），不知栗巫巫有无收到我的信？

吃过午饭后，天柱继续忙他的程序设计，我向栗巫巫家走去。城小人好找，一问都知道。两个中学生模样的小姑娘，似乎有些惊讶地打量了我一眼，说：

"栗巫巫啊，拐一个弯，那排平房的第一家就是。"

我谢了她们，向前走去，听见那两个小姑娘在咬耳朵议论：

"栗巫巫都被家长软禁起来了，还有人来找她！"

"哼！那个骚货！"

"人家都是男的主动，她倒比男的还主动，主动送上门！"

"她是丑八怪嘛！不主动谁要？主动了人家还不肯要哩！嘻嘻。"

我故意放慢了脚步，想多听一会儿，两个小姑娘却进了商店。我在商店门口等着，等她俩出来，刚想招手问话，她俩一愣，撒腿跑掉了。我预感到，栗巫巫一定遇上麻烦了，不然怎么会有这些刻毒的议论呢？

吸取了"野鸽子"的姑姑闹事的教训，我决定先找栗巫巫的家长。因此，敲开门之后，我问道：

"栗巫巫的父亲在吗？"

开门的人很瘦，约四十岁出头，没有胡须，慈眉善目。他警惕地问：

"您是？"

听完我的自我介绍，他面无笑容，像敌对国外交谈判似的一抬手，说：

"请进！"

他不失礼节地为我沏了茶，又取来烟，我说不会吸，他也不劝。交谈中得知，他是位中学教师，而他的妻子是小学教师，我暗暗欣慰起来，因为与这些人容易有共同语言。然而，再谈下去，我才发觉自己只是空欢喜。

他开门见山地说：

"很抱歉，巫巫从上海邮购了您的《16岁的思索》，被我给没收了。"

我诧异地问：

"为什么？这是国家教委和新闻出版总署的推荐书啊！"

"这我不管，我认为这本书不适合女儿看，就不许她看！"

"您能指出这本书哪些地方不适合您的女儿看吗？"

他瞥了我一眼，说：

"这您还不清楚？什么约会喽，接吻喽，例假纸喽，发生性关系喽，这些适合十六七岁的女娃娃看吗？您让她们'思索'什么？"

天哪！这是一个中学老师讲的话吗？不错，我在作品中是提到了约会、接吻、例假纸和性关系，可是，那是怎样提到的呢？目的又是什么呢？难道作家写了自杀，就一定有诱惑人们自杀的嫌疑吗？

我愕然了，半天没讲话。

"您的信我也看了，并交给了女儿。"他似乎很大度地说下去，"您信中的观点很好。'早恋，是一些青少年在缺乏理智的情况下，任凭情爱的幼芽疯长，贫瘠的土壤将使枝叶瘦弱，花朵凋零。早春气候的异常升温，会使许多幼芽抽出枝叶，但短暂升温之后却是寒冷，将使这些枝叶冻伤，甚至枯萎。这就是为什么早恋给自己带来的往往不是幸福，而更多的是痛苦的折磨……'"

到底是教师出身，居然能一字不漏地背诵下来。可这段话从他嘴里出来，味道全变了。我冷冷地说：

"这不是我的创造，是北京'青春期教育展览'中的一段讲解词。"

我本想告诉他：在中国科技馆举办的这个展览里，不仅详细地介绍了性知识，还展出了男女生殖器的标本呢。但我不打算让他难堪，也许，他根本就不会难堪。我只希望早些见到栗巫巫。

我想起了关于"软禁"的议论，试探地问道：

"栗巫巫最近怎么样？放假了干些什么？"

他脸色阴郁，缓慢地说：

"前些时候，在学校里闹了点乱子，我们正设法扭转她的心思呢。喏，那些书都被我没收了，给她换了些有意义的。"果然，在临窗的写字台上，堆着一摞琼瑶、三毛、岑凯伦、席慕蓉以及肖复兴、孟晓云、汪国真的书。我那本《16岁的思索》，也混于其中。它们静伏在那儿一动不动，就像被降服的一群怪物。

"她闹了什么乱子？"

听我问起具体事情，栗巫巫的父亲皱起了眉头，不耐烦地回答：

"嗐！同学中间的事儿哪个讲得清？她也不愿说，我们怎么明白？"

"巫巫不在家？"

"在另一间屋里，她妈妈跟她在一起。"

"我想见见她，好吗？"

我知道他不愿意，还是鼓起勇气，提出了这个关键性的要求。他一怔，重新看了我一眼，近乎自言自语地问：

"她情绪那么浮躁，见了面谈些什么呢？您看……"

显然，他希望我收回请求。我笑了笑，尽量缓和气氛，说：

"我从几千里之外赶来，就为了帮中学生们把思想理个清楚。巫巫和我通信的内容，您不是很清楚吗？我想，谈一谈会有益处的。我一直相信，巫巫是个真诚的女孩子，只要振作起来，她会有出息的。"

这番话也许他听着顺耳，点点头，像下了很大决心似的，说：

"好吧！您跟我来。"

他把我引到隔壁一间小屋，有节奏地敲敲门。开门出来一位胖胖的中年女子，戴一副近视眼镜，一看就知是巫巫的妈妈。听丈夫低声说了一遍情况，她露出了笑容，说：

"感谢您关心巫巫，她常念叨起您呢，您讲话比我们灵！"

"你们谈吧，我去干点别的事。"

想不到，巫巫的父亲竟会放心，我原以为他会时时处处坚守岗位呢。

"巫巫，你看谁来啦？"她妈妈转身冲屋里喊道。

"谁呀？"

与妈妈欣喜的语气相反，屋里那个女孩发出的声音懒懒的，甚至有些厌烦的调儿，人也没出来迎接。

"这娃娃！"

她妈妈唠叨着进了屋。我跟在后面进去，见一个头发凌乱的胖女孩，正歪靠在床上看《卓娅和舒拉的故事》。她看见我一愣，赶快坐了起来，却什么也没说。

我笑了，半开玩笑地说道：

"怎么？光在信上欢迎我来巫山，真来了又不欢迎啦？"

"孙叔叔!"

她的眼睛骤然亮了,大叫一声,接着便泪如泉涌,呜呜咽咽地哭了起来。我知道,她感到委屈,更感到难言的痛苦,便劝她平静一些。仔细看去,她的确不美,胖且不说,眼皮还有些耷拉着,鼻子又比较小,嘴巴偏大。但她的眼睛黑亮清澈,牙齿整齐而洁白,这是她与丑抗衡着的仅有的美。不过,一哭起来,越发难看了。

"哭什么?自己不害臊去招惹男娃娃,还有脸哭!"妈妈变了脸,厉声呵斥道。她见自己的威严已奏效,又以笑脸对我说:

"如今这世道真没办法!刚多大的娃娃呀,就整天讲情呀爱呀,怎么还有心思读书?北京的娃娃也这个样子吗?"

我点点头,说:

"这种现象全国很普遍。中学生本来就早熟,又加上社会的影响,发生这一类事情是正常的,否则才奇怪呢。"

巫巫这时已停止了哭泣,注意地听我讲话。她提醒妈妈:"妈妈,还没给孙叔叔沏茶呢!"

妈妈一愣,马上笑着说:

"让娃娃气糊涂了,怎么让远客干坐着呢?"

说罢,她站起来准备沏茶。巫巫拦住了,说她来沏,又做了个吸烟动作,示意妈妈去取香烟。我刚要表示不吸烟,巫巫故意碰了我一下,说:

"孙叔叔客气啥,当作家的有几个不吸烟呀?"

她妈妈一出门,巫巫竟像紧急集合一样行动起来,迅速打开抽屉上的锁,取出一本带绿色塑料皮的本子,不容分说地塞进我的挎包里。她呼吸急促地说:

"看我的日记吧,真实的经过都在里面,一句假话也没有。您给评评理,看我是个坏女孩吗?我被爸爸妈妈软禁了,他们不让我出门,也不许我再讲述那件事。我恨他们,恨他们不讲道理!"

这时,门外脚步声响了,巫巫赶紧拿起茶叶筒和杯子,手忙脚乱地准备沏茶。妈妈进来后,先向我递了香烟,见女儿还没沏好茶,怀疑地责问道：

"干啥子啦？沏个茶要这好半天？"

"洗杯子了嘛，招待贵客首先要讲卫生，这不对呀！"

刚才一通紧张，我的心咚咚直跳。想不到，16岁的巫巫却像阿庆嫂那样沉着冷静，滴水不漏。父母与女儿的关系到了这种地步，还有什么教育效果可言呢？

为了不让巫巫失望，我点燃了手中的香烟，装模作样地吸了起来。

这真是一个戏剧性的场面。三人相对，各怀一番心事。我想向巫巫问个明白：到底发生了什么事？然后与其一起探讨是非曲直，可有她母亲在场，无法涉及这一话题。巫巫在"软禁"中，心灵受到折磨，应当帮她减轻一些不该有的痛苦。但是，这话儿必须讲得让她妈妈能够接受，不然就等于关上了见面交谈的大门。她妈妈既想借我之力教育巫巫，又提防着我会把不良影响带给巫巫。怎么办呢？

蓦然，著名作家刘厚明生前讲的一段真实故事，给了我灵感。在这个如诗如画的故事里，可以表达我的真实思想。巫巫如果聪明，也会从中得到正确答案。

于是，我说：

"其实，关于少男少女爱的情感萌动，外国比中国还要明显。因为它的确对少年人的健康成长影响甚大，所以就连许多父母也注意研究这一难题。儿童文学作家刘厚明去法国访问的时候，就碰上一件令人回味的事。"

"法国人那么浪漫，能帮子女解决好这种问题吗？"巫巫的妈妈怀疑地问。

巫巫也好奇地说：

"孙叔叔，您讲讲那件事。"

我一边回忆，一边讲起来。

1988年某月，时任文化部少儿司司长的著名作家刘厚明，率领一个中国少年艺术团去法国访问。中国孩子的精彩演出，受到法国孩子的热烈欢迎。

艺术团在巴黎演出时，有位汉斯先生带全家来观看，其中有他12岁的女儿阿达莎。阿达莎被中国孩子的表演迷住了，她尤其喜欢表演武术的中国男孩卡奇。

演出结束后，阿达莎画了许多画儿，分别赠送给中国客人。她送给艺术团团长刘厚明的画儿，画面上是一面中国国旗和一面法国国旗，即五星红旗和蓝白红三色旗辉映在一起。可是，她送给卡奇的画儿，画面上是两颗桃形的红心，紧紧地贴在一起。

14岁的卡奇接到这幅画儿，一时想不明白它的含意。于是，他来请刘厚明团长指点。刘厚明一见两颗红心的画儿，心里咯噔一下，有了一种异样的感觉，但是，又一时难以断定。他怕卡奇产生误解，说："阿达莎为我画中法国旗，表示两国友好；她为你画两颗心，不同样表示中法人民友好吗？"卡奇恍然大悟，高高兴兴地走了。

谁知，当中国少年艺术团到几百里外一座城市演出时，汉斯一家也驱车前往，跟踪观赏。中国团员对此大为感动。

然而，真正意外的事儿发生了。阿达莎又送给卡奇一幅画儿，她画了一个中国男孩，又画了一个哭泣的法国女孩，中间是一道高高的黑墙。她怕卡奇还看不明白自己的用意，干脆在画上写道：

"卡奇：我爱你！阿达莎。"

这一来，卡奇不会再不明白了，他不知所措地又来找刘厚明团长，因为他头一回碰上这种事，实在不知道该怎么办。

刘厚明也感到这件事挺难办：12岁的法国女孩，爱上了14岁的中国男孩，这种少男少女的异国之恋该如何对待呢？他决定先与汉斯先生开诚布公地谈一谈。

汉斯先生是个性格开朗的人，听刘厚明提起此事，哈哈大笑，说："早在巴黎的时候，我的阿达莎就爱上了你们的卡奇！"刘厚明不解地问："既然如此，您干吗不劝告女儿呢？他们这么小的年纪，又是异国之恋，怎么会成功呢？"汉斯先生说："我知道这是不现实的梦，但阿达莎正是做梦的年龄，让她自然地把梦做完，再从梦中醒来，这样会更好一些。"刘厚明这才明白过来,汉斯先生驱车几百里跟着艺术团,正是为了满足女儿的心愿。

最后,终于到了分别的时候,汉斯一家请求与中国艺术团合影留念。为了充分满足女儿的心愿,汉斯先生提议,让阿达莎和卡奇靠在一起。合影之后,阿达莎和卡奇互相留下了通信地址,准备着鸿雁传情呢。

……

"那后来呢?"

巫巫听得热泪盈眶,急切地问。可以看出,她太羡慕阿达莎的好运了。

我告诉她:

"刘厚明向我讲过这个故事不久就去世了,所以不太清楚后来的结果。不过,可以相信,阿达莎长大一些,会变得成熟和冷静的,这个梦终会做完的。"

"那不一定!"巫巫激动地反驳说,"也许他们长大了会更珍惜那段浪漫的初恋,真正成为一对理想的夫妻呢!"

"哼,你又想入非非了吧?那是在人家法国!你忘了自己生在哪儿吗?"

妈妈的教训驱使女儿回到现实中来。显然,不符合中国国情的观念,使她拒绝接受这个浪漫故事。

我也没料到,巫巫会做出那种判断,这与她的整个思想轨迹大概是一致的。我说:

"当然,不完全排除这种可能性,但是它的概率太小了!少男少女处于由不成熟走向成熟的时期。常常有这样的情况,少年时代你喜欢的人,长大了却不喜欢了,甚至你会怀疑自己:我当时没长眼睛吗?怎么会喜欢那么一个人!人在不断否定自己中长大成熟嘛。"

巫巫费解地听着,眉头微皱起来。她的妈妈却拍手赞成,说:

"孙叔叔这话对头。我们上中学时,班里也有谈恋爱的。后来怎么样?没有一对成功的!小孩子懂什么爱情?"

接着,她又提起了刚才的故事:

"您讲的那位汉斯先生，教育方法是错误的。明知女儿有了那种想法，应防微杜渐尽快引导过来，怎么能放任自流呢？都让娃娃们去做美梦，还要我们教师和家长干啥子？"

我苦笑起来，心想：阿达莎长大了很可能是个心理健康的人，因为她渡过了青春期的危机。而巫巫呢，则难以预测，因为父母的"软禁"已在她心灵投下阴影，这不加剧了她的青春期危机吗？可这些话怎么对她妈妈讲呢？

"汉斯先生的做法，不也是一种引导吗？大禹治水靠了疏导的办法得以成功，思想教育同样是这个道理吧！您说呢？"

我们的观点相左，我尽量用探讨的语气。她敷衍道：

"各有各的道理吧，法国毕竟是法国。"

看看无法深谈，又到了下午4点多钟，我起身告辞了。巫巫送我到门口，神情慌乱，欲言又止，因为妈妈寸步不离。

 二

> 虽然，我掉进过爱情的陷阱，但我仍相信爱情是美好的。曾有人给我算过命，说我在爱情上有坎坷，会有第二次恋爱。我真希望这就是第一次，我不愿再有一个破碎的玫瑰梦了！
>
> ——栗巫巫的自述

晚饭后，我们连电视都顾不上看，又各自忙了起来。天柱还在搞他的程序设计，我则取出栗巫巫的绿色日记本，急不可待地读起来。

到底是女孩子，总爱在扉页上多涂些色彩。她在正中央画了一颗桃形的心，心上却挂了一把锁，而在四个角上分别标着"喜""怒""哀""乐"四个字。

翻过来有她的一段话：

当我苦闷时，我觉得它是我最亲密的朋友，比"知心"的还要"知心"。每当我和它在一起，在它身上诉说着我的真心话，我就感到无比快慰，心中似有千言万语。哦，日记，我爱你！

上面这几行字是用蓝色圆珠笔写的，而下面用碳素墨水竖着写道：

重重心事无人知。

以下便是栗巫巫的日记。她的日记并非天天都记，而是有事则记。为方便读者阅读，我略加删节，但绝不改动。

1990年10月4日　星期四　晴

　　早就想有一个别人不能闯进的内心世界，可现在的"心灵小偷"实在太多，便一直不敢建立所幻想的"心灵宫殿"。

　　我还是没办法不想任刚。初中与他同桌的经历，就像电视连续剧似的一集集在脑子里播出。记得，有时课上得没意思，又不能讲话，我们俩就用笔交谈，他写一句，我写一句。我们既评论前一晚的电视节目，也分析作品中的人物，交流生活中的感受。这种笔谈使我受益很多，比听老师讲课强多了。可有一回不小心，笔谈录被老师当"情书"没收了，其实我们从未谈论过爱情。不过，就在那一天，他悄悄地抓住了我的手。他的劲真大，攥得紧紧的，像一股电流传遍我的全身。我感到很害怕，不知会发生什么事，因为这是在课堂上呀！但我忍着没有喊叫，我不能出卖他。虽然，那时还说不上爱，可伤害他的事我是做不出来的。那天，他什么也没说，可是我觉得，我们说了许多许多。语言可以是有声的，也可以是无声的，无声的语言往往更真切！

　　上次见到他，他长得像个大人了，声音粗粗的，嘴上毛茸茸的，一举一动更有男子汉风度。可他为什么说出那样一句话呢？为什么呢？我理解他的心，我喜欢他这个人。真后悔，同桌时怎么没跟他多谈谈心里话。时间真无情，一逝不复返。不然，只倒转五分钟，让我们再来一次笔谈，那该多好啊！

这日记本一定要锁好，钥匙随时带在身上。同学们说我家是"名古屋"，一点儿不错，爸爸妈妈都是封建脑瓜。如果他们看了这日记，非气疯了不可！

10月5日　星期五　晴

今天听许春凤说："于芳红跳舞棒极了！"我心里好不服气。据内部消息，胡老师准备让她当文娱委员，我更有点儿嫉妒。不过，仔细想想，也难怪。于芳红本来就身材苗条，现在又穿得好看，越发显得水灵了，一瞧就知道她会跳舞。而我却真是越长越丑了，越长越胖了。原来的长脸，如今变成了圆脸，好胖啊！骨盆越来越大，原来的长腿也不再长了，倒向粗里发展，害得我都不敢穿裙子。再说，爸爸妈妈都是穷教师，也没钱供我打扮，外表一点儿显不出艺术味道。这样，怎么能竞争过于芳红呢？

其实，论起跳舞，我的水平比于芳红强多了。谁不知，在小学时我是学校舞蹈队的主力，在初中也表演过独舞。好吧，让我们在舞台上见高低。

10月6日　星期六　阴

我决心把舞跳好，争取在职高学校文艺会演时演出，为了我自己，也为了他——任刚。哪个男孩子不希望自己喜欢的女孩子美呢？

下午，我们来到会议室练舞。一会儿，班主任胡老师来了。"你们谁是舞蹈尖子？"他靠着风琴问。"于芳红是一个，还有……""还有栗巫巫！"几个同学叫起来，其中也有于芳红，她是知道我水平的。胡老师愣住了，惊讶地说："栗巫巫也是呀？嘿嘿……"

听着胡老师莫名其妙的笑声，我心里的无名火一下子蹿上来。哼！不就瞅着我的外表不行吗？犯不着你这么侮辱我。我气恼极了，心里一个劲儿骂他。若不是为了任刚，我早退出高一（2）班舞蹈队了。要知道，我是一个自尊心很强的女孩子呀！

于芳红是舞蹈队长。她有点儿自知之明，凡事儿与我和许春凤商量。我们决定编两个舞——《铃儿响叮当》和《花仙子》，把《花仙子》编成迪斯科。我们正在练着，胡老师又来了。他听了我们的计划后，说："跳现代舞最好是男女生一起跳。"我的心顿时猛烈地跳动起来，一下子就想到了任刚，他来跳多带劲儿！

说真的，我真想和男生一起跳迪斯科。真恨不得老师思想再开放些，也再专制些，硬逼几个男生来跳。可是，不知为什么，胡老师又犹豫了起来。真扫兴，我的心仿佛被掏空了！

10月7日　星期日　大雨

今天下大雨，没办法出去玩，我只好在家看书。昨晚上，许春凤鬼头鬼脑地塞给我一本书——《青春期漫话》，说很值得一看。可昨晚姐姐回来了，与我睡在一起，这种秘密的书怎么看呢？

这本书太吸引人了，我一上午就看完了。前些天，许春凤还悄悄跟我商量买乳罩的事儿，我还不好意思。看了书才知道，戴乳罩可以使乳房得到扶托，使它血液循环通畅，不但有利于乳房发育，避免下垂，还可以防止各种乳房疾病。不过，要选松紧合适的。我的乳房较大，应当买大些的，不要不好意思，这是科学嘛！我想，戴上乳罩跳舞也会好看的。

从书上我也明白了，孩子到底是怎么来的。根本不是父母说的"从长江边捡的"，而是成熟的男女发生性交，精子进入，向输卵管方向运动，当精子和卵子相遇时，一个精子就会进入卵子内。于是，一个新生命就诞生了。母亲经过十月怀胎，用自己的营养把胎儿养大，才一朝分娩生出孩子。这才叫科学解释。不过，想一想也怪可怕的，母亲该受多少罪啊！照这个样子，我将来真不想结婚了。

可是，任刚怎么办呢？我们到底算是友情还是爱情呢？书中说："友情和爱情同属于一个精神世界。两者之间并不存在一条不可逾越的鸿沟，但毕竟是两回事。首先是交往形式不同，友情广泛而不排他（她），爱情专一、排他（她）；其次，基础和目的不同，友情以共同理想、爱好为基础，以不断进步为目的，爱情则以性爱为基础，以结婚为目的。"这让我怎么分得清呢？我对他的感情是专一的、排她的，却根本没想结婚呀！按照书中的分析，我大概属于少女怀春，如德国诗人歌德说的："哪个青年男子不善钟情，哪个妙龄少女不善怀春，这是人性的至真至纯。"对嘛！这是异性间自然吸引为基础的最纯洁、最真挚的感情。我感谢这本书，也感谢许春凤，她使我明白了许多事情。

10月16日　星期二　晴

经过一个多星期的努力，我们班的两个舞蹈获得了成功。学校舞蹈老师看了以后评价很高，还让我们再出一个独舞。

回来后，我一直跃跃欲试，因为我曾表演印度舞独舞《拍球》。许春凤真好心肠，当即向胡老师提议：

"让栗巫巫上吧。咱们班就她一个人跳过独舞！"

不出所料，胡老师又沉了脸，说：

"不行，栗巫巫太胖了！"

我忍无可忍，一摔门就走了。

回到家里，我对着镜子端详起来。我的确太胖了，太胖了！我气得扬起手，狠狠地抽自己的脸，连疼痛也不顾了，似乎这样就能抽掉脸上的肉。

我禁不住泪流满面了。我怎么会变得这么胖，这么丑呢？我真想不吃肉，不吃油，顿顿少吃，或者干脆生一场大病，让我瘦下去！

忽然，我又想起了任刚，我这么胖，这么丑，他会真心喜欢我吗？学校里那么多漂亮的女孩子，他就不动心吗？

10月20日　星期六　阴

　　近来，我发觉我变了，不单是相貌变了，连性格也变了。望着小学时的照片，想想童年的我，那是一个多么文静秀气的女孩呀！从不爱与男生打闹说笑，好像一朵悬崖上的花那么骄傲——这是妈妈表扬我的话，说好女孩就该那个样子。

　　可是，如今我16岁了，身上有一股热气，一天到晚爱与男生说笑，嘻嘻哈哈地发疯，有时连嘴也不干净起来。不过，如果见了任刚我绝对会文静起来，像个害羞的女孩。可以说，我比以前活泼多了。但我也常常迷惑不解：一个少女是活泼些可爱呢，还是文静些更可爱？

10月23日　星期二　晴

　　晚上，爸爸妈妈盘问了我半天，跟审查坏人似的，问我最近是不是胡思乱想了，跟哪些男生有来往。吓得我全身直出汗，不知发生了什么严重的事。当然，秘密是不能告诉他们的，他们根本就不理解女儿的心。

　　原来，是北京的作家孙云晓叔叔来信了，胡老师收到后就交给了我爸爸。爸爸是个多疑的人，自然把信扣下先研究了一番。幸亏孙叔叔没提具体事，只讲了一些道理，劝我"兴趣广泛一些，充分体验少女时代的快乐，而不要被某一件情感纠葛所困扰"，等等。

　　不过，今后做事要小心一些，让爸爸妈妈抓住把柄可麻烦了。其实，我多想把心中的秘密说出来，那样会轻松多了，可是敢吗？爸爸连孙叔叔的《16岁的思索》都没收了。那里面是写了一些我们关心的问题，但远远不够。我们想知道得更多一些，更真实一些，这有什么错？

10月27日　星期六　晴

今天，我得知一个惊人的消息：许春凤有男朋友了！下午没有课，我们舞蹈队正在会议室里排练。忽然，外面传来几个男孩子的喊叫声："许春凤！""许春凤！"许春凤脸红了，跟于芳红请了假就跑了。于芳红一脸不高兴，嘟嘟囔囔说："才多大就交男朋友！"我一惊，问："哪儿的？""岭南职高的呗！"她随口一说，却让我全身一震，急忙趴到窗口去看。天哪！在那几个男生中间，居然有任刚的身影！难道，许春凤的男朋友是他吗？我的心急剧地跳动，脸上像被火烤着一般热，身上一点劲儿也没了……

一会儿，练习重新开始。我的脑子一片空白，手和脚机械僵硬，一点跳舞的味道也没有。于芳红开始还提醒我注意，见我总也不改，说："你认真些好不好？到底想不想练？"我的火气正没处撒呢，她恰好撞在我的枪口上，我便声嘶力竭地嚷道："我就不认真怎么啦？连你也敢来教训我？你巴结老师去吧，给他当儿媳妇，我一点儿都不嫉妒！"我一气，把同学们私下议论的话说了出来，什么后果也没想。于芳红蒙住了，瞪着大眼呆呆的，突然放声大哭起来。

胡老师闻声赶来，问明了情况，脸色铁青，严厉地说："栗巫巫，让你参加舞蹈队，你还不知好歹，净胡说八道。好吧，从现在起，请你离开舞蹈队！"

"离开就离开，有什么了不起的！"我毫不屈服，昂着头走了。但走在回家的路上，我却忍不住哭了，我觉得这世界太残酷了！

10月28日　星期日　阴

我的心情坏透了，跟今天的天气一样阴沉沉的，憋死人！我预感到，会有一场暴风雨。

下午，许春凤来了，也是一脸愁云的样子。对这种笑里藏刀的人，谁还理她？我"哼"了一声，扭转了身子，把后背冲着她。不料，她反倒厉害起来了，说："栗巫巫，你不理我没关系，咱得把话讲明白。我有男朋友碍你什么事啦？你干吗跟于芳红过不去？"显然，于芳红已向她告过状了。她一硬，我也不想软，当面鼓对面锣敲打响了也好。我身子没动，问："请问你男朋友尊姓大名？"她迟疑了一会儿，回答："宿云鹏。""真的？""这还有假？"我激动地一下子爬起来，再一次问道："别骗我。真的不是任刚？"她愣了一会儿，狡猾地笑了，说："全明白了！全明白了！"

　　在她的逼问下，我只好坦白交代了。我忽然觉得，有了这种心思，非常需要有人参谋参谋。许春凤真够朋友，她点点头，说："你放心吧，我会帮你探探底的。"我仍不太放心，说："既然他喜欢我，为什么昨天来了不找我呢？"提起昨天的事，我心里还是酸溜溜的。许春凤却不以为然，说："昨天有急事，不怪他。"

　　从现在起，我感到有了一线希望，我等着许春凤带来好消息。

10月31日　星期三　晴

　　我已经与于芳红和好了，因为我心情变了，就主动向她道了歉。她希望我回到舞蹈队，我却没答应。这不是冲着她，而是冲着胡老师。我要让他知道，栗巫巫是有志气的。上午的时候，我又痴痴地想起任刚来了。"想我吗？""想我吗？"他那句话总在我耳边响着。这是一般关系的人讲不出来的话呀！"任刚！任刚！"我默念着这具有特殊魅力的名字，什么都忘记了。感情这东西，有时候跟鸦片似的，明明知道陷进去不好，却又难以克制。我的学习成绩下降了许多，爸爸妈妈常为此大发雷霆，我也忧心如焚，但没办法。

　　放学的时候，我找个借口去于芳红家一趟，其实真正的目的是希望碰到任刚，因为他住在于芳红家附近。许春凤答应替我保密，所以于芳红并不知内幕。我在街上磨磨蹭蹭地走着，幻想着被任刚碰上的情景。我连当时的表情也想好了，要显得自然而不拘束，优美而不落俗套。可我也有些害怕：我丑，他真会喜欢我吗？

　　也许，他并不喜欢我。县城里那么多漂亮的少女，他能不看上一个吗？我又算得了什么？想到这里，我又匆匆地走了，怕万一被他撞见。

11月2日　星期五　大雨

　　昨夜我做了一个梦，梦见任刚来找我，我们一起去游小三峡。那儿的水格外清，山格外绿。在滴翠峡，他采了一大堆野花，为我编了一个花冠……

　　清晨醒来，我仔细地回忆梦中的经过。可我也隐隐记得，听婆婆说过，上半夜的梦是真的，下半夜的梦是假的。我梦见任刚是后半夜，这一定是假的了，真悲哀！我现在想他想得如痴如狂。也许，这就是我的初恋？我对他已不是原来的喜欢，而是爱了。

　　我变坏了吗？也许我真变坏了。我现在特别爱看描写青春期的书。记得有本书上，把十五六岁的女孩子称为"青苹果"，意思是虽然绿莹莹，充满生机，却不成熟，提倡建立"青苹果乐园"，而不要去自寻烦恼。我却觉得，"青苹果"烦恼多，因为这个年龄想爱不敢爱，想恨也不敢恨。

11月5日　星期一　晴

　　课间的时候，许春凤悄悄把我拉到教学楼后面，得意扬扬地说："我给你办成了一件大事，你该怎么感谢我？"我的心立刻嗵嗵地跳起来：天哪！她会给我带来什么消息呀？

　　原来，昨天他们那个秘密组织又出去玩了。于是，许春凤就找了个机会，向任刚转达了我对他的感情。我急忙问："他说什么？"许春凤卖起关子，不紧不慢地说："他嘛，当然是又惊讶又兴奋喽，还有些手舞足蹈呢。你说这是什么反应呀？"啊，任刚，我到底没看错你，咱们是心心相印的呀！我立刻感到一股幸福的电流涌遍全身。我感激地望着许春凤，泪都掉了下来。她又说："我还警告他，栗巫巫是我的好朋友，你要变心，我们就掐死你，让宿云鹏他们揍扁了你。"

许春凤太过分了,她不该这么逼人家。这样,任刚会怎么看我呢?以为我托人向他求爱?以为我逼他就范?他会不会认为我是个不要脸的女孩?这不就好事变成坏事了吗?唉,这件事也不能全怪许春凤,她这个人总冒冒失失的。不过,她是为了我好。

11月11日　星期日　晴

　　一个星期过去了,我一直在盼着任刚的消息,却什么也没盼到。本想找许春凤问一问,可她这些天脸色难看,常常恶心,请假也挺多。我也就不好意思麻烦她。

　　这些天,我特别喜欢唱《思念》这首歌。特别是最后几句:
　　　　"为何你一去便无消息,
　　　　只把思念积压在我心底。
　　　　难道你又要匆匆离去,
　　　　只把聚会当作一次分离。"
　　这首歌太动人了!爸爸却说是鬼哭狼嚎,真是一点艺术欣赏力都没有。"你从哪里来,我的朋友,我们已经分别得太久太久……"唱这首歌最能表达我的感情。可是,唱完了心情更悲伤。不敢再唱下去了,我真担心自己会疯了。

11月14日　星期三　阴

　　我实在忍不住了,见许春凤精神稍好了一些,约她到教学楼后谈那件事。谁知,她反过来问我:"怎么?你们还没见面?昨天下午他还来咱学校了呢!"

　　据许春凤说,任刚跟宿云鹏等人一起来的,他以为我还在舞蹈队训练呢。许春凤的大嘴巴夸张地闪动着说:"他到处找你,找不到,哭丧着脸走了。看样子,他被你给迷住了!"我怀疑许春凤的话里有水分,但听到这些还是令我愉快,我要永远记着这些话。

　　晚上,我再也等不下去了!我流着热泪,给任刚写了一封长信,毫不掩饰地倾诉了我对他的爱。我敢说，长到16岁，我还从未写过这么热烈、坦诚、勇敢的信，因为我捧出了一颗少女的心。我决定明天亲手交给他。我懂了，没有像许春凤那样的勇敢精神，是不可能获得幸福的。

11月15日　星期四　大雨

早晨醒来，天空正下着大雨。我想，这一定是老天爷在考验我的诚意了。我匆匆地吃过早饭，把那封信装入一个塑料袋里，撑起雨伞就上路了。妈妈说："你疯啦？还不到7点，去干啥子？"我随口撒了个谎："早自习去！"

我选择了在翠屏街的拐弯处停下来。这儿是他上学的必经之路，现在等他万无一失。雨越下越大了，伞挡不住全部的雨，我的裤脚湿了，身上冰凉，肚子一阵阵疼。今天是我来月经的第二天，血正多，最怕凉，本不该自讨苦吃的。可我决心既定，不达目的不罢休。

过了二十多分钟后，街上的学生渐渐多了起来，我紧张地瞪大了眼睛，像哨兵一样全神贯注地观察着。"巫巫，等谁呀？"一声悦耳的呼喊飘过来，有人碰了我一下，原来是于芳红。她穿一身红色雨衣雨裙，再加一双红雨靴，简直像雨中的凤凰花，美极了！我慌乱地搪塞说："等我舅舅呢，你先走吧。""你鞋湿了多难受，我给你换双鞋去。"她说罢，不容我推辞转身跑回家，取来一双绿雨靴，非逼我换上，这才放心地走了。老天爷，幸亏任刚没在这一刻出现，不然该多尴尬啊！

穿着干爽温热的绿雨靴，两脚舒服多了，就连肚子也不那么疼了。自上次吵架以来，我越来越喜欢于芳红了，她不仅人漂亮，心眼儿也好。

直到差10分8点，任刚的身影才出现。他举着一把黑伞向这边跑来，大概是起来晚了吧。我激动极了，迎着他走过去，轻轻叫道："任刚！"他一愣，表情怪极了，说热不是热，说冷不是冷，似乎有些不耐烦地问："快迟到了！有什么事吗？"我的心一抖，仿佛预感到一种不祥之兆，但又恐怕是错觉，于是，还是掏出了那封塑料袋裹着的信，递给他说："你带去看了再说吧。"他接过去往兜里一揣，说："好吧，再见！"就那么平静地离去了，剩下我一个人呆呆地立在雨中。

我当然迟到了，但胡老师并未批评，原来于芳红已为我请了假。上课的时候，我的脑子还在翻腾这件事：任刚怎么会那么冷淡呢？莫非他真是嫌我丑了吗？既然如此，他干吗来学校找我呢？老师讲了些什么，我一概未听见。

11月20日　星期二　阴

五天过去了，任刚没给我一个字，人也没露面。他是没考虑好呢，还是根本就不去考虑呢？对于他，我的疑心愈来愈重了，甚至开始恨他，是他搅得我六神无主。

下午，职高学校文艺会演在岭南职高礼堂举行。于芳红就像一颗新升起的明星一样光彩夺目。两个集体舞效果也不错。我的角色由魏萍接替了，想不到她跳得像模像样。于芳红的独舞是自编的，表现一个少女为失明老人上山采药的情节，内容感人且不说，舞蹈功底深也一眼就看得出来。光那折腰的动作，我肯定做不出来。我一边给她鼓掌，一边感到伤心：世上没有我，这地球照样转，并且转得更好。许春凤跳得一般，动作比以前笨了，不知怎么回事。

今天，我专心致志看节目，哪儿也没去。我现在不想见到任刚。我甚至后悔了，真不该把那封信给他，这几乎成了我的心病。

12月3日　星期一　晴

整整20天了，任刚还是根本不理我，我的心早就凉透了。

现在，我、许春凤和于芳红已经无话不谈，亲如姐妹，这给我许多安慰。许春凤老大，我老二，于芳红老三。我的事当然不再对于芳红保密。最让人吃惊的还是大姐春凤,前些时候她竟怀孕了!为了遮人耳目,她借口去奉节看生病的外婆,去那儿打了胎。我和芳红都鼓动她去法院起诉宿云鹏,她却流着泪摇头,说:"这又不是强奸,能告出什么结果?还不是身败名裂!你们都吸取我的教训吧。"

她对我说:"巫巫,我告诉你个消息,你要哭就在我这儿哭一场。"原来,她又碰见过任刚,提起我的那封信,任刚竟说:"谁稀罕那个丑八怪?白给我都不要,我只不过要耍她罢了,她倒认真了。"春凤见我并未哭,又说:"女人的第六感官最灵。我早就觉得任刚心不在你身上,可见你太痴情,不忍心叫你失望。好在你现在回头也不迟,比我幸运多了。"说完,她又落泪了。真让人不明白,她那么机灵的女孩子,也会吃男人的亏!我说:"被任刚迷惑了这么久,算我瞎了眼,总有一天我会教训他的!"春凤不赞成我的态度,说:"还记得那本《青春期漫话》吗?害人之心不可有,防人之心不可无。女孩子要学会做有刺的玫瑰,要学会保护自己。"芳红说她身上有刺,已经刺过几个男生了。

我身上的刺呢?

12月14日　星期五　阴

任刚果真是个无赖的家伙,居然给芳红写了几封情书,说他几次来我们学校,就是为了看芳红,上次看了她的舞蹈,更是崇拜至极!

芳红每次收到信,都让春凤和我看,一起商量对策。春凤说:"你告诉他,你是栗巫巫的好朋友,让他解释一下是怎么对待巫巫的。看他还好意思说别的。"芳红答应给任刚回一封信,教训教训他。我想,这是他该遭的报应。

12月27日　星期四　晴

最近,有一个奇怪的现象,许多同学都用异样的目光瞧我,并且还叽叽喳喳地在背后议论我。原来,他们知道了我给任刚写信的事,甚至还能背出其中的某些句子。有的男生公然在班里怪声怪调地念道:"怀春少女夜不能寐,钟情男子何故无音?此信寄去爱心一片,只盼蓝天比翼齐飞……"我的脸烧得发烫,恨不能化作一阵烟飘走。我实在无法想象,我曾痴痴迷恋的"白马王子",竟忍心以利剑刺中我尚在流血的伤口。

中午放学的时候,胡老师留下我谈话。他拿出一摞信的复印件,我的脑袋顿时轰的一下,天地都旋转起来。天哪!任刚这个伪君子到底想干什么?他复印了多少份呢?他不把我的名声搞臭不甘心吗?胡老师一直看不上我,这次抓住了把柄,自然大做文章,说:"怪不得你这一段时间学习成绩直线下降,原来你的心思在耍朋友啊!你怎么对得起你的父母?"他这一说,提醒了我:此事如果传到父母耳朵里,他们还不气疯了吗?胡老师在说什么,我也听不进去了,只想着怎么办,怎么办……我突然变得心狠起来,想去杀死任刚,然后纵身投入小三峡的清清激流……

我昏沉沉地走在大街上,早已等候在那儿的许春凤和于芳红迎上来,陪着我在僻静的地方说话。我咬着牙说了自己的计划,她俩吓坏了,连忙劝我冷静一些,别干傻事。芳红自责地说:"都怪我不好,我的回信可能使任刚误会了,以为是你在破坏他的美梦,这才狗急跳墙。"

春凤脸色阴沉凶狠,说:"看来不治一次任刚,他不知天高地厚!我已经对宿云鹏说了,他若想不让我告他,必须带人狠狠揍任刚一顿,让他交出你那封信,并保证永远闭上那张臭嘴!"说完,她搂住了我,一边抚摸我的头,一边安慰道:"你还没真正尝到生活的乐趣,就寻了短见,多么可惜呀!一封信算什么?我吃那么大亏都不想死呢。坚强点,让任刚那小子瞧瞧,看谁生活得更快乐!"

我哭了,为我的不幸而哭,也为我们姐妹深厚的情谊而哭。

12月31日　星期一　阴

上午,刚下了第一节课,春凤就把我拉到一边,悄悄地说:"打任刚的事已经准备好了,宿云鹏找了六个人,今晚上动手。他们设了一个计谋,先把任刚引到小三峡码头。"我一惊:"要杀死他吗?"春凤一撇嘴,说:"杀人要偿命,谁干这傻事?他们很会打人,打得那小子腰直不起来,医生还查不出伤来呢。"她又问:"你要不要也去出口气?或者等他们打得差不多了,去做个人情说声'别打了',他们就住手。"我马上摇头拒绝了,因为那样做太卑鄙了,我做不出来。

　　整整一上午,我都在想这件事,心里翻腾得很厉害。我仿佛亲眼看到,任刚被打得站不起来,正在江边艰难地爬着,他身后是长长的血迹。他一定以为是我请人来害他的,在他心目中,我成了黑社会里的坏女孩。

　　放学的时候,我对春凤说:"别打任刚了,只让他交出那封信,并保证不再乱说就行了。"春凤瞪大了眼睛,生气地责问道:"怎么?你忘了他对你的侮辱?""不,我永远不会忘记!但是,他做小人,我不去做小人。""哼,你还爱着他吧?"我马上否认了,可心里却说不清。也许有一天,他会醒悟过来,明白什么是真正的爱情。春凤终于同意不打任刚,但要用别的方式教训他。

　　这一夜,我失眠了,我真担心小三峡码头那儿发生意外。想不到,1990年的最后一天,我竟是这样度过的。

1991年1月1日　星期二　晴

　　一直等到下午,春凤才得到昨晚的消息,并详细地告诉了我。

　　昨晚8点,宿云鹏他们去了江边,任刚不知是计也去了。他们把任刚捆绑起来,问他要命还是要那封信,问他还敢不敢败坏我的名誉。任刚吓坏了,成了一个软皮蛋,结果,别人说什么他就答应什么。今天一早就交出了我那封信,还有一份永不造谣的保证书。

　　春凤把信和保证书交给了我。我当然感谢了她,可心里说不清是什么滋味儿。

1月6日　星期日　阴

　　任刚虽然被制伏了，可他散布的流言还在传播。最糟糕的是爸爸妈妈也知道了这件事。显然是胡老师找他们了，因为他们手里有一份复印件。

　　昨天吃过晚饭，爸爸妈妈已经训了我一夜。从今天开始，关我的禁闭，不经许可，不准离开家门。为了严密监视我，妈妈天天晚上与我睡一起。爸爸把我看过的许多好书都没收了，又送来《卓娅和舒拉的故事》《钢铁是怎样炼成的》《居里夫人传》等书。

　　我还从未惹父母生这么大的气呢。他们都是教师，特别爱面子，当然无法容忍自己的女儿出这种事了，因此，开始对我实行全面专政。其实，我的心早平静下来了，他们却又来折腾我。

　　看《居里夫人传》也不错。她十八九岁去当家庭教师时，不也闹了一场恋爱风波吗？从此，她才变得坚强起来，我也会这样的。虽然，我掉进过爱情的陷阱，但我仍相信爱情是美好的。曾有人给我算过命，说我在爱情上有坎坷，会有第二次恋爱。我真希望这就是第一次，我不愿再有一个破碎的玫瑰梦了！

　　妈妈和爸爸去见客人了，我才有机会写下这篇日记。她还不知道我有日记呢，不然，这日记也不安全了。

　　我一口气读完了栗巫巫的日记。这日记虽然仅仅21篇，却真实地记下了一个少女的心路历程。我想，她的父母和老师多么有必要看到这些啊！因为治心病更需对症下药，一把钥匙开一把锁嘛。可是，栗巫巫最不能容忍的，恰恰是父母和老师看她的日记。这个隔阂是怎样形成的呢？据悉，在一项中学生信任对象的调查中发现，他们最信任的是同龄人，而最不信任的却是父母和老师。这说明了什么呢？

　　李天柱早已进入梦乡，发出香甜的鼾声。他脑门亮亮的，神态安然，显得十分踏实而没有心事。若与栗巫巫相比，他无疑属于真正幸福的人。

　　我又翻起巫巫的日记，忽然发觉底下有些鼓胀，一看，原来塑料包皮内夹着几张纸。其中一张上面写了好多话。

她写道：

  苦闷，十分地苦闷，
  耳边响着老师漠然的语调，
  眼前却是一片苍茫，
  只觉得心中已被铅水灌满，
  沉重地透不过气来。
  为什么我会这般苦恼？
  从一本台历的心理测验中，
  我知道自己的心理已中度衰老。
  我活在这世上好累，
  没有人能真正了解我，
  就连我都难以了解我自己，
  我到底怎么啦？
  我到底怎么啦？

三

> 我最欣赏汉代名将霍去病的格言："匈奴未灭，何以家为？"我们这些跨世纪的少男少女，学业未成，事业未就，忙着谈什么恋爱？就是真谈了也不会充实的，反倒会空虚。
>
> ——李天柱的话

等我一觉醒来，天已大亮，天柱正在伏案工作。

"嘻！怎么不叫我？"我一边穿衣，一边说道。

他转过身来，说：

"我叫不醒您，知道您累坏了，干脆让您放开睡得了。"

我们照例上街吃了早餐，又分头行动。我走到栗巫巫家门口犹豫了一阵子就离开了，因为纵有满腹话儿也难以直言。

我决定去找许春凤。

到县城采访的最大好处，就是找人方便。只问了几个女中学生，便找到许春凤的家。这是一栋三层楼房，墙上的颜色比雪还白，白得有几分傻愣劲儿。

许春凤不在家，一位头发花白的老太太接待了我。她耳不聋，眼不花，还挺有警惕性，要我的工作证看了，这才点点头说：

"现如今骗子多噢，来找女娃娃的事儿不得不防，您可莫怪哟！"

我笑着点点头，说：

"您做得对，不能上当啊。"

我知道她并未完全放心。她这个当外婆的，经历了外孙女打胎的难堪事之后，怎么会轻易放心呢？于是，我装作毫无所知的样子，详细讲明此行目的是采访栗巫巫，而见许春凤是因为她很关心巫巫。老太太变得轻松了一些，说：

"您喝着茶，我去喊凤娃儿回来。"

说罢，一颠一颠地去了。我坐在竹椅子上，打量着屋里的布局。这是一套三室一厅的住房，客厅不太大，一张八仙桌上放着麻将牌，而另一张小桌上，则摆着一排陶瓷的泡菜坛子，显出川渝人的特点。

"谁呀？"

门外随着脚步声，先响起一个女孩子清脆的嗓音，紧接着她就走了进来。不用猜，准是许春凤了，大眼、大嘴、大嗓门，快人、快语、快脚步。她也警惕地望着我，热情地问：

"您是？"

我做了自我介绍，一提到与栗巫巫通过信，她的大眼睛放出惊喜的光辉，豪爽地说：

"啊，孙叔叔，自己人！"

仅这后面三个字，我们顿时亲近起来。春风的元气早已恢复，脸上充满光泽和红润，给人一种青春健美的印象。她问：

"见到巫巫了吗？"

我点点头，又摇摇头，叹了口气。她明白了，感慨地说：

"能让您见她就不错了，我们都与她失去联系了，她家变成了监狱！"

外婆在门口摆弄一串通红的干辣椒，显然也在听着我们的交谈。春风意识到了这一点，微皱起了眉头，问起我在巫山的安排。听说我想去小三峡，她快活起来，叫道：

"不游小三峡，等于没来巫山。走吧，我陪您去！"

"现在快9点了，去行吗？"

见我犹豫，她说：

"没啥子问题。去那儿不怕天亮，就怕天黑。"

外婆站了起来，一时不知所措。春风扶她坐下，说：

"好婆婆，我陪北京的客人出去一下，回头您跟我爸妈说一声。"

说着，她亲热地贴着外婆的耳朵小声说：

"放心吧，他不是坏人！"

路过旅馆时，我把天柱喊下来，因为他也想去游小三峡。为了不影响春风的谈吐，我把天柱好一通介绍，春风却显出并不在意的样子。

从县城到小三峡码头有好长一段路，却不通公共汽车。据春风说，平时去小三峡的客人，都是由旅馆的车接送的。

"那我们怎么办？"

天柱有些着急，因为我们住的那家旅馆没别的客人去小三峡，所以不肯出车。

春风爽朗一笑，说：

"活人还能让尿憋死呀！想办法呗。"

她领我们在街上走着，大眼睛来回搜寻着过往的车辆。突然，她叫住了一辆拖拉机，对身裹黑棉袄的红脸青年司机眉开眼笑地说：

"蔡大哥，是您哪！碰到您算我有福气。您帮帮忙，把我们家两个亲戚送到小三峡码头，好吗？"

红脸青年看了我们一眼，又看看漂漂亮亮的春凤，略迟疑了一会儿。春凤嗔怪道：

"怎么啦？舍不得那点柴油？"

"快上来吧！你那张嘴越来越厉害了。"司机只好答应下来。春凤这才重新有了笑模样，与他谈这聊那。原来，这司机是她初中一个同学的哥哥。

小三峡码头在县城东面的大宁河口。大宁河古称巫溪，发源于川陕鄂交界的大巴山南麓，全长200余公里。从此向南纵贯巫溪县和巫山县境，于巫峡西口注入长江。其间从巫山至巫溪的120余公里，众峰巉绝，似刀削斧砍，加上河道蜿蜒，山奇水秀，构成独特的大宁河风光。古人曾对此景赞曰"峡郡桃源"。著名的小三峡，则是大宁河风光的精华。

1月是这里的旅游淡季。码头上虽有七八只游艇，坐上客人的却仅有一只。这些虔诚的游客来了快一小时了，一个劲儿催着开船，而精瘦精瘦的船老大却毫不着急，稳稳地等待着零散到来的客人上船。因此，我们三人的到来，自然成了他们的福音。见此情景，我不由得赞叹春凤料事如神。

也许为了加快航速，这游艇细长得如一片柳叶。艇身涂了白蓝两色的漆，给人一种清凉静远的感觉。

船老大朝县城方向的高坡望了最后一眼，见没有客人继续到来，这才招呼伙计们开船。他开始逐个向客人收钱，每人十二元五角。问他要船票，回答："下船时给。"

船开动了，如飞鱼般跃进。我发现小三峡的水清极了，透过几米深的河水，居然能看清水底的鹅卵石。尤其惬意的是，由于艇身浅，游客伸手即可碰着河水，激起一簇簇浪花。

河道宽敞起来。游船在两座对峙的大山中穿行。那山峰峭壁如刀削，就像一道门。

春凤向我们介绍说：

"咱们马上进入小三峡的第一峡——龙门峡了，这是峡口，也叫'小夔门'。"

我一下想起了长江三峡的夔门。相比之下，大夔门有拔地擎天之势，小夔门则以奇秀灵巧显胜。这一大一小，一雄一秀，使三峡一带更增添了魅力。

"快看，古栈道！"

春凤手指西岸绝壁，招呼我们观看。果然，在光秃秃的悬崖绝壁上，有一个又一个拳头大小的方形小洞，显然是修古栈道时插木桩用的。现在，木桩已荡然无存，仅剩下这些绝壁上的小洞。

游客们顿时兴趣大增，纷纷探讨起这些古栈道遗迹：

"好家伙！上不够顶，下不够底，古人怎么爬在石壁中间凿洞呢？"

"嘿！瞧那些洞，一个个全都四四方方，有棱有角，真是鬼斧神工，靠人力怎么能完成？"

"也许这就是《三国演义》里说的'明修栈道，暗度陈仓'的故事吧，栈道可以运兵嘛！"

……

我问天柱：

"'潜水艇'，你怎么解释呢？"

他疑惑地说：

"也许，这是外星人搞的什么名堂吧？"

春凤一听就乐了，说：

"外星人那么先进，处处都是电子呀飞行器呀，修这破栈道干吗？"

"叫它古栈道只是后人的解释。它到底是干啥用的，尚无定论。外星人自有外星人的考虑。"天柱固执地解释道。

我问春凤：

"这条古栈道通向何处？"

她说：

"从龙门峡沿着大宁河一直到巫溪的檀木坪,全长160公里。据说,这是我国最长的古栈道遗迹。"

出龙门峡进入小三峡的第二个峡——巴雾峡,奇峰连绵,景致变幻无穷,什么马钻山、龙出洞形象逼真,随你想象。

看得有些累了,我们不再东张西望,老老实实坐在舱里。

我问春凤:

"栗巫巫与任刚之间到底是怎么回事?是恋爱引起了矛盾还是一场误会?"

见她沉默,我知道事出有因,便解释说:

"巫巫把她的日记送我看了,所以对那件事的前后经过,我已经比较熟悉。她对你很信任,而你的确也像姐姐一样关心她。"

她马上摇头否认道:

"我不是个好姐姐。当初,我向任刚转达巫巫的意思时,他根本就漫不经心,还嬉皮笑脸地装出惊喜的样子。我明明看出他无情,却又不忍心让巫巫伤心,就对她说了假话。没想到,闹出这样的结果!"

"巫巫为什么喜欢任刚,你知道吗?"

"知道,我甚至知道任刚在耍弄她。漂亮女孩被人追,丑女孩追别人。巫巫痴心太重,不但察觉不了任刚的薄情,反倒倍加珍惜、念念不忘。假若现在任刚道了歉并且表示爱意,她还会跟任刚走的。唉!"

"你说任刚是坏孩子吗?"

"也不能这样说。喜欢不喜欢一个人,是自己的权利,他不违心地爱别人是对的。但他的手段不好,把巫巫的情书复印散发,不就为了表示自己的清白吗?可他这样做多伤一个女孩子的心啊!"

"任刚还在追于芳红吗?"

"追!追得芳红都有些动心了,因为任刚说他小姨在省歌舞团,将来可以招收她当专业舞蹈演员。芳红跟我商量了好几次,怕对不起巫巫。我说,这事儿关键不在于对不起巫巫,而是这个人怎么样。反正我信不过任刚。"

"听你们谈话的口气,似乎十六七岁谈恋爱很正常,对吗?"

她白净的脸微微红了,辩解说:

"和大城市不一样,在我们这里,十六七岁的女孩是大姑娘了!"

我正要说什么,突然,船老大喊道:

"请看悬棺!"

游客们一阵欢呼后,全都顺着船老大指的方向,朝东岸的高峰望去。可惜,山太高了,又难以辨认,越急越看不到。春凤指着一处峰顶,说:

"看那个像老鹰脑袋的峰顶,它的嘴巴那儿有个洞,悬棺就放在那里面。喏,能看见,跟鹰嘴里的舌头似的。"

多亏她这一点拨,我们终于在几百米高的悬崖绝壁上,辨出了船形的黑色悬棺。难怪有人说,中国的悬棺无异于埃及金字塔那样令人惊奇不已。古时候,人们为什么选择这种安葬的方式呢?藏族人的天葬,鄂温克和鄂伦春等民族的树葬,古代契丹人的风葬等,虽然让人不好理解,至少不存在什么技术难题。悬棺则截然不同,这么高的悬崖绝壁,人都难以爬上去,怎么把沉重的棺材运上去呢?

比我还要性急的天柱,早去缠着船老大刨根问底了。船老大约有50岁年纪,古铜色的脸上皱纹很深,他见游客们都伸长了脖子做洗耳聆听状,得意地干咳几声,讲道:

"别看我是个粗人,儿子却是大学生,干考古的,所以我知道一些悬棺的门道。过去,悬棺一直是个谜。清朝有个人写文章说,这是'仙船',跟《圣经》里说的诺亚方舟一样,是从盘古时代留下来的。听老人们讲啊,民国初年的时候,有两个农民要解开这个谜。他俩用竹签一根根插在崖缝上,然后就一前一后向上爬呀。可是,还没爬上50米高,就从半空跌下来摔死了!悬棺之谜当然也就没揭开了。

"前些年,考古人员终于揭开了这个千古之谜。我儿子也参加了这项工作。他们从巴雾峡和滴翠峡的悬崖绝壁上,取下了几只悬棺,发现棺内尸骨完整,还有随葬的柳叶箭等文物。据专家们考证,这是春秋时期的棺椁,离现在已有2400多年的历史。其实,我们《巫山县志》早有记载,说古代人死之后，'于临江高山半肋凿龛以葬之，自山上悬索下柩，弥高者以为至孝'。比我们这儿的悬棺时间更早的还有呢，考古人员在福建九曲溪发现的悬棺，据考证有3800年的历史，棺内有石器时代的殉葬品。"

……

船老大讲完后，游客们自动地鼓起掌来。有个游客建议说：

"您的游艇上可以挂个牌子，说船老大兼导游，解说沿途历史掌故。这样，保证会招徕更多的游客。"

大家又一次鼓起掌来。这时，一直在用一根长竹竿撑船的伙计抬头笑道：

"这是我们老大的拿手戏了！他不识几个字，硬是靠儿子的帮助，把那些事记下来了。"

天柱又开口了：

"船老大，现代考古人员上这么高的悬崖绝壁不难，可是两三千年前的古人，凭什么技术把棺材送上去又悬进山洞呢？"

船老大因刚才的掌声激动不已，自信心大为增强，从容地回答：

"我刚才讲考古人员揭开了千古之谜，只是说证明了悬棺不是'仙船'或什么'方舟'，证明了悬棺的年代和特点。但悬棺如何送上悬崖绝壁之谜并未揭开。

"不过，考古人员在考察的时候，有过几种分析。有人说是从山下垒石架木而上的；有人说是从半山开栈道上去的；还有人说，古时候常在老人未死之时就选择了葬地，命人营造。营造者采用'放虹'的办法，就是在崖顶用葛麻加细篾和皮绳搓成的绳子荡入洞穴，再将棺材化整为零，分别送进洞穴，造成既是墓又是棺的预葬地。待人死后，就把尸体和随葬品分别用同样方式安放进棺材里。当然喽，这些都只是一些猜测，不是定论。哪位同志如果有兴趣，可以来揭开这个谜。到那时，您坐我的船，我不但不收钱，还管饭管酒！"

船老大豪爽幽默的谈吐，自然又博得了游客们的掌声。这船儿一下子变了，变成了一只友谊之船，人人亲密无间，个个怡然自得。

船出巴雾峡，山势渐渐低落，以至有了田野人家。这时，一个意想不到的情景出现了：

一群衣着褴褛的农家孩子，沿着河东岸的沙滩追赶我们的船。他们中大的十几岁，小的只有七八岁，却个个蓬头跣足，边跑边喊边拼命招手……

见我们愣住了，春风解释说：

"这些孩子是讨东西的，一点儿文明都不懂，别理他们！"游客中不少人却一时动了恻隐之心，纷纷慷慨解囊，把一包包水果、鸡蛋、面包、巧克力奋力抛向岸边。于是，那群孩子如群鸟争食，争先恐后，你夺我抢，互不相让。结果，有的抢到了好几样食品，而有的则依然两手空空，继续眼巴巴地望着我们的船。

有个女游客朝抢到好几样食品的男孩子挥手，示意他分一点给毫无所得的小姑娘，那男孩子像耳聋一样动也不动。一会儿，见船远了一些，孩子们继续追跑起来。前面是一片礁石，可他们并不畏惧，赤着脚丫照样飞奔，怀着那一线可怜的希望。

天柱不忍心了，掏出了我们的午餐食品面包夹火腿，一边招呼那个毫无所得的小姑娘，一边运足了气朝她那儿投去。他投得很准。那个八九岁的女孩终于拿到了，并一直用双手紧紧地捧着。船上一阵欢呼庆贺，游客们的心理稍稍得到一点点平衡。

船老大却看不下去了，他威严地立在船头，大声吼道："好没羞的娃儿，还不快回家，滚！"

那些山猴子一样的娃娃，知道这老汉只不过空喊几句，没有真正厉害的手段，所以并不退缩。他们继续"啊啊"地叫着。话虽听不懂，要东西的意思却是明白的。

游客们感到无能为力了，谁料到会碰上这些不速之客呢？吃的扔光了，再扔什么呢？有的干脆把旅游纪念章之类的小玩意儿扔上岸，孩子们照样争夺一场。

刚才朝男孩挥手的那个女游客流泪了，她可能是一名人民教师，只听她费力地喊道：

"喂，你们上学了吗？上学了吗？"

此时，船已进入山谷之中，群峰重复了这个善良女性的深情呼唤：

"喂，你们上学了吗？上学了吗？"

可是，那群孩子面无表情，呆呆的，没有一个人回答，连个手势也没有。他们徒劳地冲过了礁石滩，不能前进了，因为一道山峰挡住了去路。转眼间，一道道山峦隔断了我们的视线，这世界又骤然宁静起来。

然而，刚才这严峻冷酷的一幕，毕竟给小三峡之行增添了极不和谐的一笔，使一幅本来俏丽明艳的水彩画变得色调黯淡起来。游客们皱着眉，苦着脸，一个个都在为这些山村娃娃的命运神伤。

大自然常常像个爱偏袒儿女的母亲，用美丽的装束把丑小鸭装扮成小天鹅。可是，贫穷和丑陋是装束能改变的吗？

游艇的航速大大放慢了，几乎开不动的样子，虽然柴油机砰砰地轰响着。游客们慌了，纷纷问船老大怎么回事。船老大沉下了脸，低声回答：

"现在是枯水季节，水太浅，咱们又是上水，走不动噢！"大家低头一看，这才发现河水浅得伸手可触及河底似的，连鹅卵石的花纹都看得清清楚楚。

在这关键时刻，船老大使出了自己的绝活儿。只见他在船头撑住长长的竹篙，深深地插入河底，整个身子由蹲到仰，差点儿就躺下了，却又迅速从头开始重复那套动作。在游艇尾部掌舵管机器的年轻伙计也非常紧张，小心翼翼地配合师傅的辛苦劳作。船老大到底上了年纪，撑了二十几下竹篙，早已是大汗淋漓，气喘吁吁。游客们见此情景，心中很是不忍。

突然，天柱脱去了羽绒服，跑过去要替换船老大。船老大摸了把脸上的汗，怀疑地问：

"城里的娃娃会干这个？"

"您放心吧，我当过纤夫，比这苦的活儿也干过嘞！"

天柱说着，执拗地接过了竹篙。他叉开双手，紧握竹篙，斜着将其插入船头一侧的河底，然后身子由躬到蹲再到仰，几乎仰倒时一跃而起，重来一遍。船老大目不转睛地观察了几个回合，满意地舒了一口气，坐在一旁抽起旱烟来。游客们也十分意外，像观赏体育明星表演一样，不断地为天柱喝彩鼓掌。

春凤两眼都直了，喃喃地说：

"真正的男子汉！男子汉！"

我也庆幸有这么一个偶然的机会，从一个新的角度来观察李天柱。难怪春凤动心，天柱的动作不仅熟练，而且潇洒，仿佛是在体操垫子上练滚翻动作。这也得益于他的年轻力壮，撑了三四十下，居然不喘粗气。

我们的游艇终于冲过了浅滩，进入了深水的河道。游客们围住天柱，好奇地问这问那，一片赞扬声：

"如今这中学生都练嘴了，像他这样实干会干的真不多见！"

"这样的娃娃到哪里都受欢迎！"

春凤待大家散开了，掏出一条绣花白手绢递给天柱，低声说：

"瞧你脖子上都是汗，快擦擦！"

天柱憨憨地一笑，谢绝了。他从书包里扯出一条已经发灰的蓝毛巾，自嘲地说：

"喏，纤夫习惯用这个，出一身臭汗，用大毛巾擦起来痛快。"

说罢，他沾着冰凉的河水擦起来，把脸和脖子都擦红了。春凤有些失望，却也不便说什么，只望着河水愣神儿。

游艇进入了小三峡的最后一峡——滴翠峡，犹如亲临仙境一般。这里绝壁摩天，水色黛碧，峡中有峡，处处洋溢诗情画意，不愧为小三峡秀丽之首。

船老大见12点已过，又恰巧靠近一个镇子，便宣布靠岸吃饭。本来，我已说定要请客的，可天柱被船老大拽走了，只剩下我和春凤。

这个依山傍水的小镇上，人很少，摊点自然也不多。我们只采购到了烧鸡、蛋饼、啤酒、汽水和几根黄瓜，回到船上吃起来。

忽然，岸上传来一位老汉的吆喝声，春凤一下子乐了，说：

"孙老师，我请您尝尝我们巫山特产！"

她一阵风似的去了，又一阵风似的回来，抱着一丛干巴巴的树枝。我愣了：

"树枝可以吃吗？"

她一听，笑弯了腰，说：

"您仔细瞧瞧，这枝子上是什么？"

我这才发现，枝枝杈杈上结了一些褐色的果子，形状颇像核桃仁。她告诉我：

"这叫金钩梨，味道香甜可口，您吃了一定忘不了。"

我尝了几口，味道果然不一般，便大吃起来。她笑着拦住了，说：

"还有别人呢。"

她心里还在惦着天柱，留出了一大枝子，把剩余的全给了我。

"你说，我再去见巫巫好吗？"

"不知道。"

"嘻！我去还不是为了巫巫好，她父母怎么就想不开呢？"

"哼，'名古屋'嘛！"

我一听，几乎把饭喷出来，顺了一会儿气，说：

"名古屋是日本重要的港口城市，也是世界大港之一，挺开放的呀！怎么比到他们的头上了？"

春凤摇摇头，回答：

"我们不管那些，随便叫的。她父亲特讲名声，净看古书，封建脑壳，是这个意义上的'名古屋'。"

她想了一下，又说：

"您有什么话，我设法转告她就行了。她父母再怎么专制，也不能不让她上学吧？"

"你告诉她，日记我带回北京了，方便时再用挂号信寄还她。我理解她，相信她，她不是坏女孩！"我斟酌着说道。

春凤点点头，感慨地说：

"她是不漂亮，可也太自卑了，难道丑女孩就不能获得爱情？"

"陌生男女谈恋爱讲究外貌美丽，熟悉的男女相爱更注重品行。一个人如果气质好，会比容貌美更具有吸引力。"

"对极了！我把这些话也告诉巫巫！"春风激动地说道。

该返航的时候，我和春风才发现，天柱竟喝醉了！脸红红的，大喘着气，躺在河滩上。船老大却嘻嘻地笑着说：

"没啥子，多喝了两杯。我喜欢这娃儿！"

我和春风把天柱抬入舱内，躺在椅子上。春风又掏出手绢，在河里浸湿了拧干叠齐，为他轻轻擦了一遍脸，说这可以醒酒，然后，就守在一边悉心照料着。

游艇下水快如箭，转眼又到了巴雾峡。船老大让游客们上河滩上捡20分钟石头。原来，这儿的三峡石颇有名气。春风催我去了，独自一人照顾着天柱。

开船时，游客们个个加了分量，并且都成了石头收藏家。大家珍爱地取出各自的宝贝互相比较着，审美情趣与角度的差异立刻便显示出来。有的选色泽晶莹如玉的，有的则不管其如何粗糙，只要形状有象征意义即视为佳品。譬如，一长者拾了块极普通的石头，说它像熊猫脸。大家一看，果然很像，并且越看越像。这一来，长者的"熊猫脸"身价倍增，无人可比，令大家遗憾不已。这一幕让我眼界大开。不过，我仍相信我的眼光，我捡了块足有一公斤重的大鹅卵石，那上面刻下数不清的弧线，仿佛被河水冲刷了上千年。我觉得，它象征着地球，象征着人类和人生。

船到码头时，天柱醒来了，茫然不知所在，见春风靠自己那么近，这才真醒了。

"我醉了，真抱歉！"他坐起来。

我说：

"这一路上多亏春风照顾你，还不快谢谢人家！"

他顿时慌乱起来，直冲春风点头，说了好几声"谢谢"。船老大给了我和春风船票，却将票款退给了天柱。天柱犯倔不收，船老大更倔，吼道：

"你这娃儿要敢不收，咱们可真生分了！"

天柱只好收下，与船老大告别。

既然见不成巫巫，我和天柱决定明早上船去宜昌。回到旅馆，春风帮我们把票买好，又再三叮嘱天柱少喝酒，便告辞回家了。看得出，她有些依依不舍，见天柱并不挽留，也只好作罢。一夜无话，次日起程。春风准时赶来，说联系好了车，送我们去巫山码头，原来是到一家大旅馆乘班车。她一直送我们到码头，却很少讲话。

当"川东12号"轮船载着我和天柱渐渐远去时，她似乎流泪了，手在挥动，长发在飘舞。

我猛然想起了金钩梨，从包中取出递给天柱，说：

"这是春风特意留给你的。"

他吃了几颗，连声夸好吃，感叹道：

"山里的姑娘心地善良啊！"

我注视着小伙子，问道：

"你就察觉不出来吗？春风有些喜欢上你了，你好像无动于衷？"

"怎么？孙老师要当红娘？"

他尖刻而冷静地问道，脸上却微笑着。

我说：

"也许巫山水秀人自多情吧，我有一种无心插柳柳成行的感觉。你注意春风那双火辣辣的眼睛了吗？"

他点点头，回答：

"我已经熟悉了这种目光，不过，我这儿是无反应区。坦率地说，我鄙视这种感情。难道爱一个人就这么简单？一个人过早地陷进感情的泥潭里，非把事情弄糟不可！"

望着开阔的江面，他的精神抖擞起来，充满豪情地说：

"我最欣赏汉代名将霍去病的格言：'匈奴未灭，何以家为？'我们这些跨世纪的少男少女，学业未成，事业未就，忙着谈什么恋爱？就是真谈了也不会充实的，反倒会空虚。"

"那么，你不理'野鸽子'，也是这个原因喽？"我见时机成熟，追问了一句。

他马上看了我一眼，神色慌乱地说：

"你们当作家的眼睛真厉害！我知道这事儿瞒不过您。"

他注视着巫山群峰，定了定神，也鼓了鼓勇气，说：

"照实说吧，我喜欢'野鸽子'——这是我第一次向别人承认这一点。但是，近几年内我不会怎么理她的。她当然也很自由，愿意飞就飞。如果我们一直在等待，一直都感觉良好，那么，将来我愿娶她做妻子的。怎么样，够坦白了吧？"

"男子汉，加十分！"

我给了他一拳。

据史料记载，唐代大诗人刘禹锡曾来巫山采风，并以当地民歌为素材炼出了著名的《竹枝词》，其中一首是：

>杨柳青青江水平，
>闻郎江上唱歌声。
>东边日出西边雨，
>道是无晴却有晴。

此诗以"晴"谐"情"，语意双关，表达出热恋中的姑娘对恋人那种若即若离、捉摸不定的态度的担心。我想，此诗不正恰切地表现了"野鸽子"的心情吗？而栗巫巫、许春凤却由此步入了神秘的误区。

少男少女是多梦时节，这梦好比巫山云海，既美丽又玄妙。

从梦中醒来需要时间。

从梦中醒来更需要勇气！

青春名利场

> 太早的炫耀、太急切的追求,虽然可以在眼前给我们一种陶醉的幻境,但是,没有根柢的陶醉毕竟也只能是短促的幻境而已。
> ——席慕蓉《荷叶》摘句

自巫山上船,我们便在巫峡中穿行了。

当地人说,巴东三峡巫峡长。巫峡从四川省巫山县(现巫山县属重庆市)的大宁河到湖北巴东的官渡口,绵延40公里峰峦不断,是三峡中的大峡,也是最为秀丽幽深的一个峡。

我们是1月26日上船的,这是一个阴沉的早晨。峡内高山深谷之间,白云雾气飘游于峰顶山腰,一会儿峡雨蒙蒙,更添了深沉肃穆的气氛,显得"巫山巫峡气萧森"。

天柱为我吟了两句诗:

"放舟下巫峡,心在十二峰。"

客轮驶入十二峰一带时,风雨交加,甲板上站不住人。但是,游客们仍纷纷从舱里探出头来观看,因为巫山十二峰太有诱惑力了。

十二峰中，神女峰最为著名，她位于长江北岸。在群山簇拥、挺拔云霄的山峰顶端，有一酷似少女的石柱，在烟雨朦胧中亭亭玉立，俯视着滚滚东去的长江。这就是传说中美丽的"神女"，这座山峰就叫"神女峰"。由于她立于群峰之巅，每天第一个迎来朝霞，又是最后一个目送晚霞归去，所以又叫"望霞峰"。

"十二峰一定有许多故事吧？"

"那当然！常从这里走的人，谁都能讲出一串来。"

"那你讲讲神女峰，好吗？"

天柱答应了我的请求，慢悠悠地讲道：

"据说，王母娘娘的小女儿瑶姬，聪明美丽，很有个性。王母娘娘命她管理瑶池，她过不惯天宫那种刻板寂寞的日子，非常羡慕人间的劳动和生活。于是，她悄悄地邀约11个姐妹离开玉池琼楼，腾云驾雾，飘飘荡荡飞下凡间。

"当时，洪水泛滥，民不聊生，她来到大禹治水的工地，授予他天书一卷。瑶姬用雷劈死12条蛟龙后，就和众姊妹一道，帮助大禹勘测地形，开凿河道，引排积水，终于凿开了三峡，消除了水患。

"从此，瑶姬爱上了巫山，定居下来，为樵夫驱虎豹，为农民保丰收，为病人种灵芝，为行船谋安全。人民怀念她，为她修了一座叫'凝真观'的庙宇供奉她，尊称她为'妙用真人'。而瑶姬呢，为了报答人民的深情就化作美丽的神女峰，为来往的船只导航引路，叫作'神女导航'。她的11个姊妹也化作另外11座高峰，用她们的青春为三峡增添迷人的传奇色彩……"

"多么美丽的传说啊！这12个仙女大概也都十六七岁吧，跟如今高一、高二的学生年龄差不多。"

我猜想着，感叹着。天柱见船上环境纷乱，料定难以办事，索性与我聊起天来。他问：

"孙老师，您去宜昌又有什么精彩的故事在等着您呢？"

我摇摇头，说：

"故事并不精彩,倒蛮复杂的,能否搞得清,还很难说呢。"

"什么问题?"

"中学生社团内部勾心斗角、坑蒙拐骗、争名夺利等,乱七八糟的事儿多着呢。"

天柱会意地望着我,说:

"我们学校也有这种事情,不过,他们年纪虽小,手段颇高,外人挺难摸到真底的。"

我取出几封信递给他,说:

"如果有兴趣,可以看一看。"

他选了两封中学生的信看起来,我则重新展开一名县城中学语文教师的来信。这名教师名叫顾秀芝,显然是女性,从信中口气判断有40多岁。

她写道:

孙云晓同志:

  从《少男少女》杂志上读到您的文章《扬起呼啸的鞭子》,颇有同感。作为一个中学语文教师,我自然关心学生文学社团的发展,可他们中间发生的那些令人难以置信的事情,又让我经常感到震惊,感到无法容忍。既然,您是热心为中学生写作的作家,我愿意与您探讨一些问题。

  有些爱好文学的学生,原先的文笔虽然稚拙一些,但勤奋好学,谦虚求师,我们语文老师当然喜欢他们,愿意做一些牺牲,把他们尽可能地扶植起来。谁料想,他们中间有的在小报上发了几篇文章之后,便自以为翅膀硬了,文坛就非他莫属了。这也罢了,小娃娃不懂事,张狂点就张狂点吧,迟早会醒悟的。

  然而,事情绝非这么简单。他们成立了中国中学生诺贝尔文学社,印发几千份发展会员的通知,每个会员收20元钱。没几天,因为争名夺利,勾心斗角,那几人又分裂了。分裂出来的人也不甘示弱,又成立全国中学生记者协会,还办起了《中学生记者报》。好像经他们几个人一折腾，中国的文化中心一下子移到B县来了。而他们也俨然成了"文化闯将"，成了身份颇高的"大名人"。真是中学生文坛上的荒诞剧，一场吹泡泡比赛。

您在《扬起呼啸的鞭子》中分析说："春天既是百花盛开的季节，也是虫蝇繁衍的良机。人们只好既当护花神，又当灭蝇手。然而，在少男少女文学领域里，却找不到几个'灭蝇手'。"这话有道理。我们这儿竟有几个名人吹捧那几个中学生，更把他们捧昏了头。其实，我们这些过了不惑之年的普通教师，怎么不希望学生成才呢？可是，成才是吹泡泡比赛吗？成才是比派头吗？

这些年，出了一些描写当代中学生生活的好作品，但也存在着吹捧多批评少的倾向。因此，您说："而今，我在反思：这种'爱的瀑布'是否把少男少女们冲昏了头？作家和艺术家们的头脑本身是否有欠清醒的方面？"这一反思是完全必要的，不能再耽搁了。

您的《青春社会场——当代中学生社团生活纪实》，我已拜读了，的确不愧是获奖作品。但是，我赞成江苏那位柳女士的建议，您最好再写一部《青春名利场》，给某些中学生发烫的脑门上，贴一帖清醒剂！

……

这封信是我临离开北京那一天收到的，它决定了我的宜昌之行。

我和天柱把信交换了一下，他接着读顾老师的信，我开始重读一名外地中学生邓超的来信。之所以带上这封信，是为了更真实地了解中学生文坛内幕。

邓超写道：

我是一个19岁的男孩子。由于爱好文学，也下了些功夫，近年来已在《语文报》《中国校园文学》等报刊上，发表了几十篇东西。随着对中学生文坛逐渐深入了解，我的心越发变得沉重、困惑、失望、愤怒起来。中学生文坛早已不是一片净土。随着时代的飞速发展，随着中学生的早熟，我们这个社会所拥有的各种复杂现象，在中学生身上体现出来了。不错，近几年来是涌现了韩晓征、钱芳、何鲤、阎妮、任寰、王蕤等一批少年作家，但同时存在着许多严重问题。有些中学生把文学当成了捞名捞钱的手段。为了出名，可以剽窃别人的文章，可以靠关系弄假的获奖证书。发表1篇文章可以吹成10篇，发表10篇可以吹成100篇。更有甚者，为了骗钱，组织什么"大奖赛"或"文学协会"，只要寄钱来就可参加，从此永无消息。

据悉，河南某普通中学文学社，举办"文学创作培训班"，向全国发出一万份启事，要求报名者每人交培训费15元，"保证发稿一篇"，并办理"特约记者证"，云云。结果，一些在文学漫长拥挤的道路上艰难跋涉的少男少女便如遇知己，纷纷汇款报名。直到身临其境，才大呼上当——破破烂烂的教室，歪歪斜斜的桌子，而授课人则是该校语文老师和学生社长，"知名作家"除了在启事上亮过一次相之后便杳如黄鹤。培训班结业，文学社还真"不失诚信"，每个学员都在油印粗糙的自编《太阳雨》杂志上发表了作品。

有些社团在招兵买马赚钱的启事里，信誓旦旦地说保送会员上大学，而这些社团头头却正为升学无门，急得抓耳挠腮……

面对这一切，我简直不能理解：文学本是一项多么神圣、多么伟大、多么崇高的事业，可在这片阳光明媚的花园里，为什么竟有那么多枯枝败叶和垃圾。我不能不感到悲哀，一种深深的悲哀。

很长一段时间了，我想写一篇文章，题为"未来的中国文坛属于谁？"，是属于我们这些少年得志的幸运儿吗？不知怎的，也许是我杞人忧天，我总有一种不祥的预感。我常常想起席慕蓉在她的散文《荷叶》中的一段话："太早的炫耀、太急切的追求，虽然可以在眼前给我们一种陶醉的幻境，但是，没有根柢的陶醉毕竟也只能是短促的幻境而已。"

怎么样才能知道，哪一时刻才是我们应该尽量施展我们一生抱负的时刻呢？怎样才能感受那极高处、极高处阳光的呼唤呢？我真担心，有一些文学少年会像那池塘中的荷叶一样，被后来的真正的充满了生命力的荷叶静静地覆盖住。

……

信读完了，我和天柱都一时沉默起来，似乎忘了这是在长江上，在美丽的三峡中。

"文学是迷魂阵，是陷阱。"他平静地下着断语。

我笑了，问：

"是怕掉进陷阱，你才选择了理科？"

"不。我喜欢科学的严密、透彻、坚不可摧，而文学太缠绵，太随意，这与我太不投缘了。"

"你怎么看信中的问题？"

"我想，中学生那些毛病固然可恶，但不应全归罪于我们，我们还不是跟大人们学的？"

想不到，天柱会为中学生的弱点辩护。我点点头，说：

"是啊，与成年人做的坏事相比，少男少女真是小巫见大巫。但是，正因为你们的生活是青春的芳草地，才容不得蚊蝇滋生、垃圾遍布。否则，我们的未来还有希望吗？"

"这倒也是。不过，您可能太天真了吧？现在哪儿还会有净土！"

"也许，这只是我的梦想。"

……

船上的乘客们又骚动起来，原来是到了湖北的秭归县城。这里是战国时期大诗人屈原的故乡，因而成为一座名城。县城在江北岸，四周城墙围绕，形似斜的葫芦。

雨已经停了。镀上一道金光的甲板上，有个戴斗笠的老人在为众人讲故事：

"据史书上说噢，屈原有个很贤惠的姐姐，名叫女媭。她听说弟弟被流放，就特地赶回来安慰屈原，所以这个地方叫'秭归'嘛。

"瞧那里，距秭归县城约一公里的地方，有个屈原沱，岸上有个屈原庙。传说屈原在江南流放20年，已经62岁了，听说秦兵攻破楚国都城，便投入汨罗江以身殉国。他的姐姐女媭梦见弟弟乘龙舟而归。第二天，女媭就到江边去等候，只见一条头似艨艟、背鳍如帆的大红鱼溯江而上，游到这个沱湾里。大红鱼向女媭点头三下，巨口一张，将屈原的尸体吐出浮在江面上，容貌跟活着的时候一样。女媭和乡亲们就把屈原埋在这个沱湾岸边，为他筑坟修庙，这个沱就取名'屈原沱'……"

我感慨地对天柱说：

"这三峡所以中外闻名，是因为它汇积了中国古代文化、军事、科技的精华。全国有那么多江河湖泊，却哪儿也无法与三峡相比，这儿江水流，文化流，几乎成了中国历史文化的缩影！"

"咱们只看了长江的一小部分，前面还有王昭君的故乡香溪，三峡的最后一峡——西陵峡，以及三游洞等名胜古迹呢！"

"中国人若不走一趟三峡，还能算得上文化人吗？这是一本没有字的经典巨著啊！"

"对极了！去别处我总嫌耽误时间，走三峡啥也不干也觉得获益匪浅！"

"是啊，不然古人为什么纷纷往这儿跑呢？当时翻山越岭该有多困难！"

"少年时代若游历了三峡，必定会终身受益的。可是，我的绝大部分同学，都没来过三峡。"

"为什么？"

"家长不放心呗！"

"嗐！"

我们伏在甲板的栏杆上高谈阔论着，为少男少女缺乏自主自立能力悲哀着。

从看见香溪那座王昭君的白色塑像起，船开始进入了以滩多流急著称的西陵峡。这是三峡最长的一个峡，约74公里。白居易从这里走时，留下了"滩如竹节稠"的描绘。李白船行西陵峡时,夸张地写道:"三朝上黄牛,三暮行太迟。三朝又三暮,不觉鬓成丝。"没到过三峡的人,不容易读懂这首诗。黄牛山是西陵峡中的一座山峰,李白说他早晨逆水行舟过黄牛山,晚上仍然在黄牛山,不觉头发都白了,船还没有走出黄牛山。

到晚上9点钟,"川东12号"轮船终于驶出长长的西陵峡。南津关,雄踞在西陵峡的出口。两岸矗立的陡壁,恰如一个细颈的瓶口,扼住滔滔江水,俯视茫茫平野,形成与夔门首尾呼应的又一道天然门户。而船一冲出南津关,即进入"极目楚天舒"的江汉平原。江面豁然开朗,水流顿时悠缓,展示出一幅长江一泻千里浩瀚无垠的壮丽画卷。

"嘿,葛洲坝就要到了!"

天柱兴奋起来,在甲板上来回走着。果然,前方隐隐出现了灯光闪烁的山峦。那儿就是长江三峡的明珠城市——宜昌。

由于父亲在这里长期工作过,天柱对宜昌十分熟悉。他向我介绍道:

"宜昌是座现代化城市,可历史也相当长,古称夷陵。公元前278年,秦将白起大败楚军,宜昌在战火中被夷为平地,楚先王墓也被毁掉,夷陵之名即由此而来。三国时,在吴蜀夷陵之战中,刘备欲复夺荆州,亲率大军伐吴。东吴孙权命大将陆逊为都督,领兵五万'守峡口以备蜀'。这陆逊非寻常之辈,他以逸待劳,大火烧了刘备40多座营寨。蜀军大败,刘备连夜退入白帝城。这就是陆逊火烧连营七百里的故事,由此引出刘备白帝城托孤等故事。您说,这宜昌是个了不得的地方吧?"

说话间,船已进入市区,逼进了葛洲坝。船速渐渐放慢,在宏伟的巨坝前完全停了下来。两千多米宽的江面,被长龙般的巨坝锁住了,只留下十几米宽的船闸,让船儿过往。天柱指点着巨坝说:

"江上有葛洲坝和西坝两个小岛,把长江分割成大江、二江和三江三条水道,葛洲坝水利枢纽工程就在这里横切长江建起来的。那里靠南边的地方是发电站,发电总装机容量为271万瓦,这两年年平均发电160亿度左右,相当于1949年全国总发电量的三倍还多……"

我一边听着,一边被船闸吸引住了。这船闸主要由两道几十米高的大铁门组成，前一道关闭之后，后一道缓缓敞开，迎进我们的船和另几艘船，然后则关闭了后一道门。一切一切都极其平稳，却忽然发现船体在下降又下降，竟然如沉入地下一般，下降了一二十米！刚才还与闸顶平视，转眼却须仰视才可见闸顶，仿佛我们将沉入长江江底，去做一次令人恐怖的旅行。然而，前一道闸门不慌不忙地打开了，放我们的船儿东去。我们这才发现，天哪！刚才明明感觉降下了一二十米，出闸后竟与江面的水平线恰好相等。因此，船身稳健前行，连一丝震颤或摇晃都不曾有过。蓦然回首时，闸门已关，把秘密藏在了里面。

"看明白了吧？水力发电就这个道理。水的力量很惊人哩！"

天柱见我还在注视船闸，继续说道：

"我爸爸说过，长江滚滚向东流，流的都是煤和油。这意思是讲，如果把三峡工程真正建设好，整个华东地区的用电就不成问题了。这是一项前无古人的伟大事业啊！"

他的眸子亮亮的。我知道，这小伙子的胸中充满了壮志豪情，他早已把祖国现代化的建设视为己任了。

船到码头的时候，已经快22点钟了。客轮广播里说："欢迎乘客在船上住宿。"为了省事，我决定在船上凑合一夜。可是，天柱却执意赶到水电站。

我们在船上分别了。说真的，我有些舍不得这么快分离。他却像老朋友似的，高高地挥挥手上路了。

二

我不能容忍一个学生自吹什么"文坛新星"、什么"中国文学的希望"。于是，我批评他说："你如果这样去干，不会有什么希望的！"我希望他永远记住这句话。

——顾老师谈单胜江

27日一早，我便下了船。码头上已经热闹起来，卖蜜橘的排成了串儿，也有些卖小吃的。有个老太太正忙着炸一种半月形的食品，色香味诱人。我一问，原来是萝卜饺子，乃宜昌的名小吃，便买了四个作早餐。

从码头搭一辆客车，一个多小时即抵达B县县城。县城的商业活动比大城市还红火，数不清的摊点，几乎把每条街都占满了。农民们的脸上放着光，显然都得了些好处，个个神气十足。

我一路打听，来到B县中学，向值班的老大爷问明了顾秀芝老师家的地址，又顺着门牌号码寻去。

顾老师住在城西的一栋六层楼上。也许是勉强够了分房资格，她的家在最高一层，也是最靠西北的那一幢。站在她家门口的那一瞬间，我还在琢磨这件事儿。

敲门后，响起咚咚咚一阵脚步响，是个十几岁的男孩子来开门，瘦瘦的，一副文弱的样子，怯怯地问：

"您找我妈妈？"

我一愣，他怎么知道呢？便试着问：

"顾秀芝老师住这儿吗？"

男孩子回头喊了一声：

"妈，又有人来找您了！"

"哪个？等一下。"一个柔和的女人声音传出来。一会儿，一个穿着绣花棉马甲扎着围裙的中年女人迎出来，她瘦弱却端庄，劳累而不失精神，两只手上还沾着洗衣粉的泡沫。见是陌生人，她有些诧异，温和地问：

"您是？"

我做了自我介绍，她立刻呆住了，两眼放出异常明亮的光，连声问：

"就为了那封信？关于中学生社团的事？"

"对呀！"

"从北京专程赶来？"

她以为我专为这一件事而来的。于是，我简略解释了文学旅行的大体计划。她连忙招呼我到里屋客厅的沙发上坐下，又沏茶又剥蜜橘，生怕冷落了远道来的客人。

"您在洗衣服啊?"

我寒暄着。她扬扬手,苦笑道:

"星期天洗衣服,是我的传统节目喽!他爸爸跟您一样搞创作,哪有心思照顾家?"

"他搞什么东西?"

"搞戏,演给老百姓看的,没得钱也没得名,好累人哟!"说完,她招呼儿子过来,把我介绍了一通,说:

"你不是喜欢看《赖宁的世界》吗?那就是这个叔叔写的。你想不想让作者为你签个名呀?这可是难得的哟!"

儿子羞涩地点点头,跑去拿来已经有些旧了的《赖宁的世界》和一支钢笔,双手递给我。我问了他的名字,在书的扉页上写道:

像赖宁哥哥那样
做一个胸怀宽广的人
————赠屈宇飞小朋友

然后,签了名和日期。这时,顾老师亲热地抱住儿子的脑袋,低声说:

"乖儿子,妈妈招待客人,你帮妈妈把衣服洗出来,好吗?"

儿子答应着去了。顾老师冲我得意地一笑,还是低声地说:

"儿子懂事了,是我的好帮手!"

我赞许地点点头,问:

"来找您的人很多吗?"

"多噢!还不都为了学生的作文?也有些是写文学作品的学生。不过,我都有点儿伤心喽!"

"还是为社团的事?"

"现在,不仅仅是社团本身的事喽,还牵扯到学校、教育局、文化局和县里的一些领导呢。这些中学生还真有能量！"

"怎么回事？"

"我给您看一张名片吧。"

她从沙发对面的书柜里，取出几份油印小报和一张白香片纸的名片。那名片上写着：

中国中学生诺贝尔文学社主席
当代中学生文学创作学会会长
中国青年作家创作协会会员
《长江春雷文学报》主编
单胜江
通信地址：湖北省B县中学
邮政编码：××××××

我见过此类名片多了，仅中学生本人送我的就不下20张。在这些不知天高地厚的少年人眼里，似乎有了这些搜刮来的或杜撰出来的"身份"和"头衔"，便有了相应的才华和胆量，于是可以在文坛上驰骋一番了。

"背面还有呢。"顾老师见我一直看着名片的正面，提醒道。

我随手翻转过来，见背面印了满满一段散文诗式的字句。

那上面写道：

十八年前的一个暴雨之夜，他来到了这个世界上，本想做一个大自然的顽童，不料缪斯女神使他神魂颠倒，从此开始了苦苦的追求。纵观神州文坛，居然无一人问津诺贝尔，他这位长江之子甚以为羞，决意为此一搏……

"蛮有气魄的单胜江啊，那头衔看起来比我们中国作家协会主席巴金还威风！"

我笑着问道：

"这单胜江是怎样一个学生？"

"他从农村考进我校高中，父母都是老实巴交的农民。单胜江现在读高三，人挺聪明，有点文采，嘴巴善说，投机钻营的能力绝对出类拔萃，所以颇能迷惑一些中学生哟！"

"他怎样投机钻营呢？"

"花花点子多啦！县里各方面领导的子女，在我们学校读书的多哟。他发展会员，安排职位，首先从干部子弟中物色，再通过他们拉来县领导为自己捧场！为了提高自己的知名度，他还写了一批吹捧自己的文章，分别以别人或文学社的名义到处寄发。结果呢，有些报刊真给他发表出来了，其中还有一家全国性的报纸呢。这一来，更不得了了，他复印了不知多少份。见人就送，成了一块金字招牌。我是他的语文老师，难道看不出这文章谁写的吗？我这人可能保守了一点，我不能容忍一个学生自吹什么'文坛新星'、什么'中国文学的希望'。于是，我批评他说：'你如果这样去干，不会有什么希望的！'"

"他听了您的批评，有什么反应？"

听我往深处问，顾老师愈加悲哀起来，长长地叹一口气，说：

"当时他态度蛮诚恳的，说只有我是真心爱护他的，是最难得的良师诤友。谁知，当有人来为他写报告文学的时候，为了表现他成长的艰难曲折，竟把我说成了旧势力的代表，对我进行人身攻击！"

"这篇东西发表了吗？"

我有些吃惊地问。

"不发表出来，我怎么会见到？"

她说着，又从书柜里抽出一本小小的杂志，翻到其中一页，让我看。这时，她看看表，已经10点半了，执意留我吃午饭，与她丈夫喝两杯。我爽快地答应了，因为共进午餐之中，我会了解到许多事情的。

她采购去了，她的儿子也早洗完衣服出了门，只剩我一个人在客厅里看杂志。这篇报告文学大约4000字，题为《十八岁的诺贝尔之梦——记中学生作家单胜江》，作者名叫蓝野。

在这篇作品里，蓝野把单胜江比喻成披荆斩棘冲杀出来的少年英雄，一个满脑子新观念的社团领袖，并把他视为在改革开放的大潮中冉冉升起的新星，等等。

其中，涉及顾老师的有这样两段：

任何一个新事物的诞生，都不可能是一帆风顺的。单胜江发起成立中国中学生诺贝尔文学社的时候，就遇到了旧势力的种种非难。

他去邀请颇有威望的语文老师做文学社指导老师时，那个瘦瘦的女权威板起了面孔，用充满嘲讽意味的口吻问："你们代表得了中国中学生吗？你们的水平离诺贝尔文学奖还差得远呢！不要徒有虚名，要脚踏实地！"单胜江反驳道："我们起名为中国中学生诺贝尔文学社，是为了激励大家去为这个伟大目标奋斗，怎么是徒有虚名呢？难道中国提出建设'四个现代化'，也是徒有虚名吗？"权威一时语塞，不再干涉文学社的诞生了。

我发现，顾老师自从"单胜江反驳道"起，画下长长的标记，并批道："这一段话完全是无中生有！报告文学的创作讲究真实性，作者如此编造是何居心？"

在另一段里，蓝野写道：

新与旧的斗争绝非一朝一夕的事。自从单胜江顶着压力，成立了文学社之后，旧势力仍然不甘心这株幼苗的顺利成长。那个女权威常常利用批阅作文的权力，对单胜江的文章横挑鼻子竖挑眼，从不选入范文之列。更有甚者，她还在考试的关键时刻，故意压低单胜江的分数。

尽管如此，单胜江仍以顽强的生命力蓬勃发展，文学社的影响越来越大。就连有名的《中国××报》，也专文介绍了单胜江的事迹。

眼看自己的压制已告失败，那个女权威气急败坏，直接威胁单胜江说："你如果这样去干，不会有什么希望的！"屡遭坎坷的单胜江，早就不惧怕冷讽热嘲了，他淡淡地一笑，离开了女权威的办公室。他毫不动摇伟大的信念，坚定地走自己的路……

顾老师在前一段批了四个字："胡言乱语！"在后一段批道："我是这样对单胜江说的，我希望他永远记住这句话。一个中学生光受人吹捧而无人批评，其结局必定不妙。吹捧学生的人，往往是最不负责任的人……"

作为一个比较熟悉中学生题材报告文学创作的作家，我为这篇作品感到不安。报告文学是一把利剑，倘若稍不用心，是极容易伤人的。这位蓝野先生怎么回事？他不仅用了"文革"的语言，而且用了"文革"的眼光。莫非，这里有什么复杂的内幕？我放下杂志，环视了一下客厅。这客厅实际是这对中年夫妇的卧室，除了一对沙发、一张木床和一排书柜，还有一张写字台，墙上挂着几幅字画，画是描绘大诗人李白三峡飞舟的风姿，而书法的内容则是唐代诗人王昌龄《芙蓉楼送辛渐》两首之一。那诗中写道：

　　寒雨连江夜入吴，
　　平明送客楚山孤。
　　洛阳亲友如相问，
　　一片冰心在玉壶。

一看这诗，便知主人心怀高洁不染俗尘的志向。可这俗尘偏偏在他们门前落满了，让他们不烦也得烦。

我正在欣赏着，门开了，顾老师和一个戴近视眼镜的中年男子进来，两人手里都提着东西。顾老师眉开眼笑，介绍说：

"这是我爱人老屈，可把他抓回来了，不然喝酒都没得伴。"

老屈放下东西，赶紧洗净了手，过来替我续了壶热水，招呼我坐下。

他约有45岁的样子，已开始发福。浅浅的一圈络腮胡子，使这个南方汉子添了股英豪之气。一聊，他老家正是河南洛阳。我指指王昌龄的诗，两人会意地乐了起来。

我问：

"王昌龄是洛阳人吗？"

老屈摇摇头，答道：

"王昌龄是陕西人，当时在南京做官。他的朋友辛渐要回洛阳，他便托朋友向在那儿的诗友亲朋致意。嗐！我是平庸之辈，不过是游子思乡呗！哪里比得上诗人情怀？"

我们聊了一阵子文学创作。话题渐渐转到蓝野身上。原来，此人是县委宣传部的一名报道员，年纪与老屈相仿，并与老屈素有积怨。细听起来，似乎老屈和蓝野年轻时都追过顾老师，矛盾便由此结下，成了一个死疙瘩。

老屈一提起那篇报告文学，火气就上来了，他瞪圆了眼睛，说：

"这哪是文学呀？这是诽谤！我当时就让秀芝向法院起诉，肯定一告一个准。"

"后来呢？"

"唉！女人成不了事！单胜江人小鬼大，再三向她道歉，秀芝就忍下来了。"

"单胜江知道你们与蓝野矛盾的内幕吗？"

老屈摇摇头，说：

"不清楚。单胜江是一心向上爬，不择手段。为了买通蓝野那支笔，光一级蜜橘就送了五筐。"

这时，厨房里响起叮叮当当的声音，顾老师一定在忙着做午饭了。我站起身去劝她不必太麻烦，她用毛巾擦一下脸上的汗，笑着说：

"简单！老屈说你们北方人爱吃水饺，我试着包鱼肉馅的，让您尝尝鲜。"

我瞧她用刀背剁鱼肉，让刺儿渐渐脱离出来，我赞扬道："您很懂行啊！"

　　一会儿，馅备好了，我拉着老屈洗了手，一起围着圆桌包起来。在北方长大的人，包饺子都不在话下，只是我包的个儿太大，足有顾老师包的两个大。

　　女人的魅力在生活中。我们三个人包饺子，中心人物绝对是顾老师，她不仅巧妙地指挥着我们，还不时引出开心的话题，使气氛自然和谐愉快。譬如，她谈起了两个多月前的"三峡艺术节"，谈起她的老家香溪附近的神农架原始森林……

　　我开玩笑道：

　　"怪不得顾老师风韵犹存，原来与王昭君一样，都是喝香溪水长大的呀！"

　　顾老师脸微微红了，瞥了丈夫一眼，说：

　　"我已经变成老太婆了！"

　　老屈倒学究一般认真，说：

　　"我去香溪采过风，那儿的水四季常清，碧绿透底。您说绝不绝？香溪水注入西陵峡西口，却与长江水清浊分明。传说，昭君出塞之前曾在香溪边洗脸梳妆，项链上的珍珠落入溪中，从此溪水就清馨馥郁，香气扑鼻，香溪也由此得名。"

　　"真是个呆子，卖弄什么呀？"

　　顾老师笑着讥讽了丈夫一句，但那讥讽中含着一种恩爱夫妻特有的亲昵。于是，老屈朝我憨憨地笑着，认认真真继续包着饺子。

　　我意识到，顾老师故意回避了关于中学生社团之类的话题。也许，作为家庭主妇，她不愿让那件事破坏这轻松的气氛。因此，我也不再提及。

　　这顿午餐别有味道。老屈取出一瓶存了几年的四川名酒五粮液，一开封即清香满室。菜虽简单一些，可那淡水鱼肉馅的饺子却极鲜美可口，让人为之动容。

　　"真想不到，在这南国水乡，我还第一次吃到淡水鱼肉馅的饺子！"我感激地说道。

顾老师说：

"老屈也是北方人嘛！为了满足他的口味，我得学会做北方饭噢。"

他们的儿子到姨家吃饭去了。我提议为他留些饺子。谁知，老屈回答：

"这臭儿子没口福，只认米饭，您说他傻不傻？"

饭后，又吃了一些上好的蜜橘，我准备告辞了。犹豫了一会儿，我还是硬着心肠问起单胜江的地址。顾老师丝毫无意外之态，她平静地告诉我：

"您来得巧极了！这几天，他们正举办文学创作培训班，就在学校后院的平房教室。我陪您去吧。"

老屈补了一句：

"您去开开眼也好，看他们是怎么赚钱的，净糊弄农村的学生！"

"你也别总攻击人家嘛！比较起来，他们诺贝尔文学社还就这件事办得稍微实在一点。"

顾老师为她的学生辩解道。老屈"喊"了一声，把头扭到了一边。

三

> 什么叫竞争？竞争就是你死我活之争，谁善良谁倒霉，谁手软谁完蛋。历史是胜利者写的，胜者王侯败者寇嘛。所以，每次竞争，我都看作未来竞争的演习，就要心狠手辣！
>
> ——单胜江的自白

走在县城的大街上，我想想一会儿便可见到单胜江，心里涌起一种复杂的情感。

我问：

"顾老师，您说单胜江到底是怎样一个学生呢？譬如，他真的热爱文学吗？"

"是的,他爱文学,做梦都想成为一个真正的作家!"顾老师抬手拢了拢头发,皱起眉头,说,"但是,他的心太急了,急到了不择手段的地步。前些时候,北京有家杂志给学校来信,说他抄袭了一个作家的作品,要求校领导对其批评教育。可是,校领导怕挫伤他的积极性,仅轻描淡写地说了他几句,根本没触动他的心。这样发展下去,很危险噢!"

"您给我的信中,好像还提到一个'全国中学生记者协会',如今怎么样啦?"

"早被单胜江挤垮了!"

"怎么回事?"

顾老师叹口气,说:

"您很难想得出,学生会有这么毒辣的手段!"

她见我欲知详情,便细细道来:

"单胜江有个同班同学,名叫崔楠,才气在单胜江之上。本来,他想在中国中学生诺贝尔文学社里坐第一把交椅,因为他曾在全省中学生作文比赛中获一等奖,是B县中学唯一获此殊荣的学生。可是,单胜江比他会耍手腕,一折腾,便稳稳地坐了第一把交椅,连第二把交椅都没给他,而让县委宣传部部长的千金坐了。

"崔楠一气之下,退出了诺贝尔文学社,随即发起成立了全国中学生记者协会,还办起《中学生记者报》。不用说,他当然是会长兼总编辑了。那咄咄逼人的阵势,让单胜江十分难堪。他对好朋友说:'天无二日,国无二主。不把全国中学生记者协会挤垮,就等于中国中学生诺贝尔文学社自动垮台。'终于,他设计了一个阴谋。

"话说,崔楠的队伍越来越壮大,就连单胜江的部下也有来'投诚'的。其中,有个叫刘文斌的'投诚'后,大讲单胜江的坏话,还常为崔楠出谋划策,颇得崔楠信任,视为知己。刘文斌不仅在事业上帮崔楠,并为他介绍撮合女朋友,挑的那些女孩子一个比一个水灵。这崔楠是县城里长大的,也闯过上海、武汉,思想很开放,特别愿与女孩子打情骂俏。于是,他把这些女孩子都吸收进全国中学生记者协会,又借开笔会之际大写情书。这些机密事儿，他只不瞒刘文斌一个人，有时还托他代送情书或约会的条子。

"谁知，就在崔楠春风得意之时，学校领导突然下令解散了全国中学生记者协会，并给崔楠一个警告处分。崔楠不服，闹到县教育局和团县委。上面虽然同情他，可校领导手里有一堆他写的情书，证据确凿，谁也帮不了他。崔楠这才傻了眼，原来是刘文斌出卖了他。

"这刘文斌何许人也？他是受单胜江的委派，特意打入全国中学生记者协会的。此事公开之后，师生中好一阵轰动。有些人说单胜江手段阴险卑鄙，不该对自己同学设此圈套；有些人则欣赏单胜江，说他竞争意识强，无毒不丈夫，将来有可能成为铁腕人物；也有些人幸灾乐祸，说崔楠就是不怎么样，不然为何经不起考验？总之，通过这件事，崔楠身败名裂，而人们对单胜江则刮目相看。"

……

真意想不到，中学生社团之间会有如此惊心动魄的争斗，丝毫不比成年人逊色。

我问：

"刘文斌为什么肯为单胜江卖命呢？"

顾老师也有些困惑不解，说：

"单胜江有些崇拜者！刘文斌就是其中一个，再说他最爱看间谍小说，一直想尝尝当特工的味道，单胜江就给了他一个机会。"

"刘文斌立了功，单胜江怎么奖励他？"

"提拔他担任中国中学生诺贝尔文学社情报部部长，还为他记了特等功！"

……

说话间，我们来到了B县中学。绕过红砖教学大楼和运动场，顾老师带我来到了那一排灰色的简易平房前。一间约有两个教室大小的会议室里，坐满了迷恋文学的少男少女们。台上一个瘦瘦的戴眼镜梳二分头的中年人，正用当地话大声讲课。黑板上龙飞凤舞地写着一行大字："当代世界文学的新趋势"。

顾老师从窗前观察了一下，朝台上的主持人招了招手。主持人很年轻，敦敦实实的像一段粗木桩，而脑袋也方方的，只是目光敏锐，似有较强的穿透力。他转眼来到我们的面前，毕恭毕敬地向顾老师问好，又问她什么时候能来讲课。

顾老师避开了那个话题，说：

"单胜江，这位是北京来的作家孙云晓，他想了解你们社团的情况，你们谈谈好吗？这可是机会难得哟。"

单胜江立即现出一副惊喜万分的神情，与我紧紧地握手，说：

"太欢迎了！太欢迎了！"

说罢就陪我向学生宿舍走去。顾老师与我道了别回家了。

我问单胜江：

"你这个主持人，能走得开吗？"

"没得事。蓝野老师讲了两天课呢，与学生们已经熟了。我在不在一样。"

"蓝野搞文学研究吗？"

"不是。他是个怪才，中外文坛上的消息灵通得很，讲课很受欢迎。"

单胜江的住处并不在学生宿舍内，而是在学生宿舍附近的一个单独房间，其待遇和单身教师差不多。那间十几平方米的房间的绿色门中央，赫然写着"中国中学生诺贝尔文学社总部"。

与印象中的男学生宿舍的邋遢截然相反，单胜江的总部十分整洁。长方桌上井然有序地摆着各种资料和报刊，墙上贴的几张黄纸上，分别用红墨写着文学社的机构设置、分工及其职责。他的单人床在最里边，有一架旧屏风挡着。那被子叠得有棱有角，如同军人的风格。床上用宽木板支起书架，摆着莎士比亚、巴尔扎克、雨果、托尔斯泰、曹雪芹、罗贯中、鲁迅、巴金等名作家的作品，另外还有马克思、恩格斯、列宁、斯大林、毛泽东、邓小平等政治家的著作。

他请我在长桌边坐下，接着又从屏风后搬来紫外线取暖炉，一按电钮通了电,将热烘烘的一面冲着我。他说:"北方的客人受不了南方的阴冷气候,快烤烤吧。"

说着,又从柜子里取出雀巢咖啡和伴侣,为我冲了一杯浓浓的热咖啡。我说:

"你们文学社还有钱招待客人呀!"

"创了一点收,但也有限。您是贵客登门,应该好好招待嘛!"

我开始讲起此行的目的。当然,我没提顾老师那封信,只说从报上见到关于中国中学生诺贝尔文学社的报道,便想来做一番考察,等等。

他从上衣口袋里摸出一个镀金的名片夹,轻巧地取出一张名片递给我。我发现他名片上的职务,比在顾老师家见到的那一张,又多了一项,即"中南五省中学生社团联谊会会长"。显然,这是他新印的名片,并换了挺括的布纹纸。

"嗬,全是高级职务!请逐一介绍一下来历,好吗?"

"嘻!其实也没啥说的。中国中学生诺贝尔文学社和她的社报《长江春雷文学报》,都是我们学校的同学发起的。另外几个是在笔会上当场商定的。他们信任我,推举我出来负责。这种苦差事很费时间噢!"

"《长江春雷文学报》办得怎么样啦?"

"步履艰难。每月一期,每期只印1000份,只好卖得贵一些,每份五角。"

"有人买吗?"

"有。凡是在当期发文章的同学,必须包销20份报纸,这样就出去四五百份。剩下的由文学社社员承包。另外,我们总部在县内各校设了分部,他们也包销一些。"

他从桌子上一摞报纸中抽出一份,递给我,说:

"您是行家,请指导哟!"

《长江春雷文学报》论版面,相当于《中国青年报》的一半,即4开本,也是铅印的。但是,价格却高于《中国青年报》七倍多!该报同样分四个版。在报名之下的突出位置上,印着"中国中学生诺贝尔文学社主席兼主编单胜江"。别人的文章犹如蜂巢似的，密密麻麻地拥挤不堪，他的作品却堂而皇之地占了一个整版，名为《单胜江专辑》。那里面既有他的诗、散文和杂感，还有转载的《中国××报》介绍他的文章和照片，稍留心一下即可看出，此文与其他文章同出一人之手。最让人惊讶的是他的小传，他在文中透出消息："1991年将是我的一个丰收年，已有三家出版社决定为我出版作品集，××出版社为我出版散文集《诺贝尔之梦》，××出版社为我出版诗集《心在天涯》，××出版社为我出版小说集《18岁不再来》。此外，还有几家出版社向我约明年的书稿。总之，我要将梦想变为沉甸甸的果实……"

我指指那一厚摞报纸，又指指《单胜江专辑》，问：

"你发了这么多文章，这些报纸是让你包销的吗？"

他不屑一顾地摇摇头，说：

"我是主编，怎么能干这种事？这些报纸是扩大宣传用的，免费赠送。"

"一年出三部作品集，你今年的收获真可谓沉甸甸的啦！××出版社谁与你联系的？"

××出版社是中原的一家出版社，曾为我先后出版过四本书，人已极熟。所以，我很感兴趣地问道，似乎这可以为我们增进了解起到某些作用。

单胜江脱口而出：

"他们出版社的刘总编辑亲口答应的，说年内一定出书，分平装和精装两种版本。"

"刘总编辑？"

我一下子愣住了。××出版社总编辑姓胡，已英年早逝，目前由副总编辑主持工作。不久前，我还见过他，他们负责人中没有姓刘的呀！

单胜江见我生疑，补充介绍道：

"没错，是刘总编辑！50多岁，秃顶，'文革'前的北大中文系毕业生，一口川腔。怎么，您不认识他？"

我轻轻地摇摇头，随口答道：

"不认识。"

他还在介绍着，我却没听见什么。我敢断定，他在撒谎！××出版社至少近四年内，没有一个姓刘的总编辑或副总编辑。我更感到震惊的是，他明知我生疑，竟然毫不慌张，瞪着眼睛把谎话说得头头是道。

我使劲克制着自己，暂且相信他的话，把谈话进行下去。

"你发起组织中国中学生诺贝尔文学社，一定有不少想法，也会经受各种坎坷，对吗？"

我挑开了一个话题，想亲耳听一听当事人的自述。单胜江也来了精神，喝下半杯咖啡，润了润嗓子，犹如站在讲台上一般演讲起来：

"许多人一听我要组织中国中学生诺贝尔文学社，都说我太狂了，是癞蛤蟆想吃天鹅肉，不知自己有多大本事。我知道自己有些狂，可狂一点有什么不好？中国人就因为不敢狂，才失去了许多机会。意大利电影明星索菲亚·罗兰，当初接受导演考试时，明明不会游泳却勇敢地说会，并真的跳进海里，这才有了出头之日嘛！其实，我也清楚，诺贝尔文学奖不是那么好得的。连郭沫若、巴金、冰心这些大文豪都与之无缘，我们能轻易得到吗？但是，中学生的特点就是敢想敢做。干事业先得有个好名字，名正才言顺嘛。所以，我选定了这个名字，就是为了激励全国中学生朝着这个伟大目标奋斗！

"您知道，在我们这样的小地方，新生事物要生存下去是很艰难的。开始，校领导持怀疑态度，顾老师干脆就反对，说我们动机不纯，发那么多启事是为了捞钱。这话说对了一半，我是想赚一大笔钱，但赚钱不是为我自己，而是为了干事业。您想想看，如果没有钱，怎么办报纸？

"结果，我们发展了500多个会员，积蓄了10000元钱。用这笔钱，我们办起了《长江春雷文学报》，外出参加笔会也有了经费。我知道，学校一直担心我们闹出乱子，挨上级批评。因此，我采取两个办法：一是请县委宣传部部长的女儿当文学社副主席，就让她管钱和争取县委领导的支持；二是尽快提高我们文学社的知名度。在如今这个社会，再像陈景润那么闷着头是干不成事的，必须拳打脚踢会十八般武艺，才能闯天下。我这两招真灵！许多报刊包括中央报纸都介绍了我们的文学社。在我们这所学校的历史上，还从未这样名扬四海呢！所以，校领导的态度来了一个180度的大转弯。这不，给了我们一间办公室做总部嘛。

"顾老师一定会向您提起崔楠那件事吧？说我心狠手辣，是不是？她是好人，有水平，可就脑瓜子太旧！什么叫竞争？竞争就是你死我活之争，谁善良谁倒霉，谁手软谁完蛋。历史是胜利者写的，胜者王侯败者寇嘛。所以，每次竞争，我都看作未来竞争的演习，就要心狠手辣！再说啦，崔楠倒霉是自个儿找的。仗着有点才气，到处拈花惹草，还想与我作对？他崔楠若反过来给我设圈套，保准是瞎子点灯白费蜡。打铁先得自身硬嘛。兵尿尿一个，将尿尿一窝。崔楠一完，他那社团树倒猢狲散，再也翻腾不起来了。

"当然，刚才说的那些都是题外话，那只是为了扫除障碍，真功夫还应下在文学上。现在的中学生浮浅得很。女生爱好文学的最多，可你问问她们看什么书。几乎全是琼瑶、三毛、席慕蓉、岑凯伦等港台作家的东西。这些书缠缠绵绵有什么劲？靠这个永远得不了诺贝尔文学奖。中学生太冷落文学名著了，眼光太短浅了。正为了扭转这个风气，我们经常举办培训班、读书会，深受大家欢迎，这样，我们文学社的根子就扎得深了。

"为了促进交流，扩大影响，我们也主动承办一些笔会，吸收全国各地有实力的中学生社团参加。我们这儿有三峡和葛洲坝，有吸引力。外地社团来了，自然是有条件的，首先就是承认我们的主办者地位，其次是作为我们的一个分部存在。不过，中学生社团占山为王的倾向很厉害。因此，我们常常是彼此承认，互相作为对方的一个分部存在。譬如，他们推举我为当代中学生文学创作学会会长，同时再成立当代校园文学创作学会、当代中学生诗人联谊会等组织，让每人都有机会过过当会长的瘾。其实，都那么一回事。反正，各人都不吃亏，共同得利就是了，谁都在为自己铺路。

"有时候，我真想写一篇报告文学，揭露一下中学生社团某些黑暗内幕，因为风气太坏了！尽管这些坏风气，也给我带来一点益处，我内心里并不安宁，并不满意。毕竟，我是想当一个真正的作家，光靠这些表面的东西不行。但是，仔细掂量一下，心里又犹豫起来：整个社会风气不正，我们中学生正了又有何用？不如姑且利用之，以毒攻毒呗，心里有数就行了。"

单胜江滔滔不绝地讲着，若不是一个男中学生来叫他，还不知何时休呢。原来，蓝野老师的课提前结束了。

他当即安排道：

"你先陪蓝野老师休息一会儿，让同学们稍等一等，我马上去讲后一段课程。"

那个中学生匆匆回去了。单胜江站起来，走到我面前，双手作揖道：

"孙老师，您来一趟B县太难得了，请务必给我们讲一课，就算帮帮我的忙！"

"什么时间？"

"明天上午。"

"讲什么呢？"

"随您的便。讲少年报告文学的创作，讲对当代中学生的认识，都可以。"

说心里话，我并不想讲什么课，却盼望有机会与那些听课的少男少女做些交流。于是，便答应了下来，只要求明天上午的讲课内容，由我自由安排。

单胜江痛快地答应了。他为我重泡了一杯咖啡，兴冲冲地朝大会议室跑去。

四

> "《厚黑学》与我犹如魂体相依,体在外,魂在内,合则真我,分则非我。"
>
> "莫非迷魂?"
>
> "我魂我体,迷从何来?"
>
> ——单胜江的心灵之语

进入20世纪90年代之后,中国的生产力水平虽然尚未达到理想程度,饮食行业倒捷足先登,颇有些现代气氛了。坐在B县大酒楼的雅座间里,那种讲究绝不逊色于北京和上海。

在一阵阵轻柔舒缓的音乐声中,七八道菜上齐了。白餐巾折成了花束状,立在酒杯里。身着红色旗袍的服务员小姐,彬彬有礼地一一斟酒。

看来,单胜江对这里已非常熟悉,因此表现得十分自信和从容。他扫了一眼桌面,点点头,眉开眼笑地说:

"今天的聚会太难得了!来吧,一为孙老师接风洗尘,二为庆贺蓝野老师两天来讲课成功,干杯!"

说罢,他将一杯奶状的椰汁一饮而尽。精神振奋的蓝野不干了,责备道:

"咦,胜江,你让我们喝董酒,自己却喝椰汁,这像话吗?"

"您误会了。《中学生日常行为规范》规定,中学生不喝酒。我不带头能行吗?"

单胜江一边解释,一边示意我们喝酒。这时,服务员小姐及时地为他又斟满了椰汁。蓝野饮下第一杯董酒,用餐巾文雅地拭了拭嘴角,对我赞叹道:

"云晓兄,您瞧见了吧?胜江还真有番自制力。农村出来的男娃娃,哪个不会喝酒？今天又没老师同学在场，怕个啥嘛！他偏偏是滴酒不沾。这是干大事的人哟！"

下午的一席长谈，使我对单胜江的印象有了某些改变。他是会说谎话，会耍手腕，但他有时候也愿坦露心迹，说出一些常人羞于说出的真话，这又是他的可爱之处。因此，我开始愿意与他交谈，并觉得与他在一起的收获是在别处难以得到的。我接受他的邀请，与蓝野共进晚餐，也基于这个目的。

"胜江，你会喝酒吗？"我问。

他浅浅地一笑，回答：

"会，能喝半斤白酒。"

"既然海量，假期里喝点怕什么？"

"不行。我是文学社主席，绝不让人抓住辫子，败坏社团的声誉。"

"那你受得了？"

"嗐！人没有受不了的事情，只要认为值得就行。"

他说着，夹起一只脊背开口的大虾，递到我的小碟内，介绍道：

"这是您家乡青岛的名菜——干烧大虾，特为您点的。"

"瞧这大虾，又肥又嫩，红红白白，让人见了就想吃哟！"蓝野已饮下四五杯酒，脸上渐渐放出红光，动手剥起大虾，边剥边往嘴里填着，神情很是专注。

这大虾共上了六只。单胜江夹给我三只，给蓝野两只，自己只吃了一只。他指指一盘糖蒸肉，说：

"这是我们湖北的名菜之一。我妈妈会做，挺费事的。"

"说来我们听听。"

"先将五花肉除去皮上的毛，用水刮洗干净，切成两寸长、四分厚的长块，放进缸中，加上酱油、料酒、米粉、精盐、胡椒粉、桂花和红糖，还有切成细末的葱和姜，一起拌匀了，腌渍几个小时。然后，把肉扣碗内再加入少量红糖，略加清水调匀，放入蒸笼用猛火蒸。这时，另取红糖加清水调匀，等肉蒸一小时之后，用筷子将肉拨动一下，将调好的红糖水淋在肉面上，继续在猛火上蒸半小时，把肉蒸得熟透了取出来，倒入盘中就成了咱们见到的这模样，好吃得很呢！"

"天哪！就这么一道菜，费这么多功夫，不烦吗？"

蓝野把一对大虾吃进肚里，抬起头来，搓着双手答道：

"中国人，时间不值钱，不忙吃的，干啥子？"

他忽然冒出了四川腔，自称四川人，指着一盘鸡丝说：

"这种怪味鸡是四川名菜哟！要蒸烂了，冷却后去骨再加工。听听那制作过程，你脑壳都会变大咧！"

有心请客的主人，总会引导客人由谈菜转到谈人的。单胜江瞅准一个间隙，发起了一阵感慨，说：

"我一个农村娃娃在文坛上闯，难哦！多亏了蓝野老师鼎力扶植，还为我写了报告文学，替我开路。"

脸色已经通红的蓝野听了这句话，犹如又饮下一大杯美酒，愈加豪情满怀，说：

"这算个啥子？好戏在后头呢。屈文杰那个龟儿子，为这篇东西要和我打官司，替他那老婆鸣不平。哼，我不但要写，还要写成系列报告文学！"

"不敢当哦！"

单胜江快活地谦虚了一番。蓝野偏偏来劲了，拍了他一把，以恩人的口吻说：

"你的雄心哪儿去了？诺贝尔之梦不想变为现实吗？顾秀芝对你的羞辱你就忘了？让我白白为你空欢喜一场吗？"

"那当然不会，我不达目的不回头！"

"好样的！等你成功了，我为你写传记，拍成电视连续剧！"

他俩越说越亲热了。单胜江举起杯对着我说道：

"孙老师，拜您为师了，今后特别希望得到您的帮助！"

"对！对！在中国，作品打不进北京，就成不了大气候。云晓兄这个忙关键哟！"

我知道，这顿饭不是那么好吃的，此刻正走向晚餐的主题。我笑了笑，答道：

"有好作品我一定推荐！"

他俩都把杯中的饮料或酒干了，目光直直地盯着我，仿佛等我在诺言上签字画押。我饮干了杯中酒，把话题一转，问：

"顾老师不是挺关心你吗？怎么会羞辱你呢？"

"依我看呀，顾秀芝是嫉贤妒能！她一直被封为B县中学的语文权威，岂能容忍学生的知名度超过自己？"

我反驳了蓝野：

"这个说法不符合逻辑，学生青出于蓝而胜于蓝，不正是教师的光荣吗？"

"您不晓得内情，胜江是顶着压力闯出来的，这压力恰恰来自顾秀芝。她怎么会感到光荣呢？她这人为了自尊可以不要一切！"

蓝野喝得有几分醉了，抓着酒瓶子，比比画画地说：

"我太了解她了！封建思想，假正经，教条主义，哪个靠着她哪个倒霉！"

单胜江见我皱起了眉头，知道我嫌蓝野讲得粗俗而偏激了，便接过话题，说：

"其实，顾老师这人很不错，要水平有水平，要风度有风度。可她做事太刻板，出语伤人，断言我'没希望'。"

"这就是对你的侮辱！"

……

"你没反思一下，她为什么会那样断言呢？她断言的真正含意是什么？"

单胜江点点头，敷衍道：

"好吧，我再认真地想一想，感谢您的提醒。"

蓝野彻底醉了，连嚼怪味鸡丝的劲也没了，两眼蒙眬，手颤抖着，对胜江说：

"你……不能……投降……要……干……干……到底!"

"您放心吧!"

单胜江凑近他,大声安慰着。他转身对我使了个眼色,那意思是:别误会,我只是应付他一下。他低声说:

"蓝野老师容易醉。您慢慢吃着,我先送他回家,马上就回来。"

按说,我应同他一起把蓝野送回家,但我实在不喜欢这个醉鬼,一任性,点了点头。单胜江招手唤来服务员小姐,吩咐道:

"给孙先生上一个湖北特产——蒸糯米圆子。账等我一块儿结。"

见服务员小姐去了,他背起哼哼叽叽直流口水的蓝野,向外走去。那一刻,我觉得自己很残酷,心像石头一样又冷又硬。

俗话说,近朱者赤,近墨者黑。跟着蓝野这种酸溜溜的文人,单胜江会受什么影响呢?少男少女浅薄一点并无大害,因为他们终归会成熟起来、深刻起来,而真正有害的是选择了一个浅薄的老师,那可能使他们像吸食海洛因一样,渐渐进入一种麻醉状态。想到这儿,我不由得为单胜江担起心来。

大约20多分钟后,单胜江回来了,满头是汗,气喘吁吁,一个劲儿用手绢擦脖子。

"辛苦了,快喝一杯椰汁。"

我热情地招呼他,很想弥补一下刚才的冷淡。他还在擦脖子,笑着解释道:

"蓝野老师醉了,却只吐口水不吐酒。"

服务员小姐见状,忙用温水浸湿一条毛巾递过来。单胜江点点头,模仿广东人的礼节,潇洒地用右手的食指和中指叩击了一下桌面。

我们只吃了一会儿,便离开了大酒楼。他知道我是自费旅行,周到地提出安排我住他的总部,而他去集体宿舍暂住一夜。

夜幕虽然笼罩了县城,但是热闹的气氛并不亚于白天。做买卖的依然张灯结彩,服装店、水果棚、小吃摊应有尽有,并总有客人光顾。卡拉OK歌厅和迪斯科舞厅,不时传出颇有刺激性的流行音乐,进进出出的不光是年轻人，也有中年人。

"去玩玩吗？"

单胜江朝变幻不定的"卡拉OK"霓虹灯方向指了指。我婉言谢绝了，问：

"晚餐花了多少钱？"

"100多块吧，不算多。"

"怎么开支？"

"从培训班收入中开呗，请授课老师吃饭是计划内开支。"

"培训班收入多少钱？"

"每人交20元，共100人，收入2000元呗。我们学生办的文学社，没有资金，赔本的买卖干不得哟！"

"都请了些什么人讲课？"

"嗐！从本县请几位土作家呗，我也讲了一天。所以说，请到您这位北京作家，真是烧了高香！"

回到诺贝尔文学社总部，单胜江为我备足了热水，扫净了床铺，却并无意马上离开。凭直觉，他是有些重要的话想说。

他为我沏了一杯龙井茶，谨慎地试探道：

"您对蓝野老师的印象如何？"

我避开了这个问题，反问道：

"他对你挺赏识，你对他也挺崇拜，是这样吧？"

单胜江那亮眼里闪过狡黠的光，出人意料地回答：

"孙老师，咱们虽然刚见面，我却很信任您，佩服您有那么多杰作。坦率地说，我根本瞧不起蓝野，他的水平连顾老师都不如。"

"那你为什么跟他黏在一块儿？"

他低下头，长叹一口气，说：

"我目前需要他，非常需要他！"

"为什么？"

单胜江直盯着我，说：

"您知道，我已经高三了，真正决定我命运的是高考。像我这样献身文学的人，理科的成绩很难上来，高考凶多吉少啊！我只有一线希望，那就是争取保送。我的全部努力都为了这一个目标。您能帮助我吗？"

我相信这些是他的心里话，问：

"你希望我怎样帮助你呢？"

他麻利地取出一袋材料，说：

"这是关于我创作成绩的介绍材料。请以您的名义，向北京大学中文系、中国人民大学新闻系或中国青年政治学院推荐，行吗？"

我的眼前立刻浮现出登在《长江春雷文学报》上的《单胜江专辑》，那三本书的疑点又一次撞击着我的心灵之门。我从纸袋中取出那摞材料，果然有它在其中。我也盯着他，说：

"推荐是可以的，但必须实事求是，容不得半点虚假，才问心无愧啊！"

他的眼神里出现了一丝慌乱。我明白，眼下是促使其讲出实情的最佳时机，必须硬起心肠。于是，我说：

"据我所知，××出版社没有一位刘总编辑。你那本将出的诗集到底是怎么回事？"

这种揭穿谎言的问话，若放在另外一个中学生身上，早该羞愧得无地自容了。不料，单胜江却像个江湖老手，居然嘿嘿一笑，做出一副漫不经心的样子，回答：

"嘻！文坛上这种事还不有的是？真列入计划的书也未必能出，什么征订数不够起印线啦，出版计划调整啦，理由多啦！我这样写，只为了有助于保送进大学的门。渴望接受高等教育有什么错？"

听他的口吻，似乎他不但没做错什么，反倒是为了一个高尚的目标委曲求全。天哪！照此理论，世上哪里还有"卑鄙"二字？文坛上当然有些丑恶的东西，但真正支撑文坛的却是许多崇高的东西。你怎么会只见丑恶不见崇高呢？或者说，只学丑恶不学崇高呢？

我告诉他：

"你这种虚假的材料,充其量只会给人留下一点印象而已,真要起作用成为有效的证明材料,至少需要这三家出版社出具证明。"

"证明什么?"

"证明他们确实已列入出版计划,定于何时出版,等等。"

他的眼珠子迅速地转动着,笑眯眯地问:

"您手里不也办着一个全国性的刊物吗?能不能帮我开一张获奖证明?"

我的脑袋像被什么猛击了一下,嗡的一声,一股愤怒之情涌遍了全身。做了十几年的编辑工作,举办过不知多少次征文竞赛,却头一回有人向我伸手要假证明,而且是面对面,直言不讳,一脸微笑!

"不行,这种事我做不出来!"

我冷冷地拒绝了他的请求。他倒并不怎么介意,说:

"其实,这也没什么。一旦保送成功,我可以退回获奖证明,这一切不就结束了?"

眼前的情景,令我联想到市场上的讨价还价,那么艰难地拉锯,那么俗不可耐,然而这并非可以交换的商品啊!

我斩钉截铁地再一次拒绝:

"也许我这人有些迂腐,但这种事无论如何不能做,做了是害你,也害了我们的事业。"

他又一次笑了,感慨地说:

"孙老师的原则性真强啊!这对我是一次教育,我凭实力争取吧。"

就像什么都不曾发生过,他有礼貌地向我道了"晚安",离开了他的总部。

我躺在单胜江的床上,尽管身体已十分疲倦,却一时难入梦乡。一天有时是短暂的,有时是漫长的。这一天,我经历了多少事啊!顾老师夫妇、单胜江和蓝野的形象,轮番在我的眼前闪现,他们都在争辩着……

忽然,我觉得脑袋有些硌得慌,伸手一摸,原来枕头一侧的底下放着几本书。一本书是美国人写的,书名为《如何提高你的知名度》。另一本书是李宗吾写的《厚黑学》。

好长时间了，一直听说《厚黑学》是一本"奇书"，却未读过。今日有缘，便信手翻开来。我这才发现，此书单胜江已熟读过了，并留下一道道重点线和一句句批注。

单胜江做了重点标记的地方很多，而画了双重线的段落，却只有以下几节：

……古之为英雄豪杰者，不过面厚心黑而已。

三国英雄，首推曹操，他的特长，全在心黑：他杀吕伯奢，杀孔融，杀杨修，杀董承伏完，又杀皇后皇子，悍然不顾，并且明目张胆地说："宁我负人，毋人负我。"心子之黑，真是达于极点了。有了这样本事，当然称为一世之雄了。

其次要算刘备，他的特长，全在于脸皮厚：他依曹操，依吕布，依刘表，依孙权，依袁绍，东窜西走，寄人篱下，恬不为耻，而且生平善哭……所以俗语有云："刘备的江山，是哭出来的。"这也是一个有本事的英雄。他和曹操，可称双绝……

上天生人，给我们一张脸，而厚即在其中，给我们一颗心，而黑即在其中。从表面上看去，广不数寸，大不盈掬，好像了无奇异，但若精密地考察，就知道它的厚是无限的，它的黑是无比的。凡人世的功名富贵、宫室妻妾、衣服车马，无一不从这区区之地出来。造物生人的奇妙，真是不可思议。钝根众生，身有至宝，弃而不用，可谓天下之大愚。

单胜江在后一段的边上批道："至理名言，精辟至极。这是厚黑学的要义，值得终生铭记。"接下来，他写了一段小结：

据李宗吾先生分析，厚黑学分三步功夫：第一步是"厚如城墙，黑如煤炭"；第二步是"厚而硬，黑而亮"；第三步是"厚而无形，黑而无色"。我想,我有些接近第二步了。正因为心黑脸厚,我才能征服一批人,站稳了脚跟。我应修炼到第三步,即明明至厚至黑,却让人以为不厚不黑,这是最高的境界。

李宗吾论厚黑与人格,我以为颇与现代精神相通:"用厚黑以图谋一己私利,越厚黑,人格越卑污;用厚黑以图谋众人之公利,越厚黑,人格越高尚。"这可以视作我的精神支柱。

……

我捧着这部黑亮的奇书,像握住了一把钥匙,打开了一道神秘的长久闭锁着的门,在那里见到了一个赤裸裸的灵魂。

对话:

"你为何在这儿?"

"这正是我梦寻之地,魂归之所。"

"怎解此语?"

"《厚黑学》与我犹如魂体相依,体在外,魂在内,合则真我,分则非我。"

"莫非迷魂?"

"我魂我体,迷从何来?"

五

> 不错,我对当代中学生有着诚挚的爱。但是,正基于这个原因,我呼唤那种"从纯洁中拷问出罪恶"的伟大作品,以其真正让少男少女的灵魂受到震撼,从而昂扬地、坚实地踏上人生之路。
>
> ——作者自白

早晨醒来,想一想一会儿又要见单胜江,心里别别扭扭的。就像不小心吞下一只苍蝇,昨晚上发生的事让人恶心。

单胜江与我的感觉大不相同。他来的时候,全身竟冒着汗,原来,他刚刚沿县城跑了一圈儿。据说,自从进入这所中学,他每天早晨都坚持锻炼。

"怎么样,睡得好吗?"他憨憨地笑着问。

瞧他镇定自若的样子,我不由得想起厚黑学的最高境界——"厚而无形,黑而无色"。也许他正在朝此目标磨炼自己呢,并且颇为见效。

吃早餐的时候,他向我介绍起培训班学员的情况。原来,这100名学员,除一部分文学社成员外,大多是附近农村的中学生,最远的离县城20多公里。他们无钱在城里食宿,一般都是骑自行车往返,中午吃自带的干粮。由于个个酷爱文学,开班以来竟无人迟到早退。因为就他们的活动天地来说,能有机会参加这样的培训班,已经算是幸运的了。

刚刚8点半,大会议室里已坐满了年轻的文学爱好者。他们把笔记本摊开在桌子上,钢笔吸足了墨水,专心地等着讲课人。

单胜江引我走上讲台,并示意学员们欢迎。顿时,掌声如暴雨骤起,经久不息。

单胜江干咳几声,说:

"今天,青年作家孙云晓老师,专程从北京赶来为我们讲课,让我们再一次表示最热烈的欢迎和最衷心的感谢!"

学员们激动地响应着。我能想象出来,昨天下午结束课的时候,单胜江会说些什么。他把我的偶然到来说成专程前来或应邀而来,以抬高自己的身价,我只能报之以苦笑。

"孙老师是位多产作家。他出版过两部长篇小说《赖宁的世界》和《孩子,抬起头》,还为我们中学生写了一批报告文学,如《16岁的思索》《一个少女和三千封来信》《成功在于选择》等等。他对我们中学生很关心,也很有研究。今天的课一定会很精彩!"

轮到我讲课了,大会议室立刻变得鸦雀无声。我的脑子里一片空白,竟不知从哪里讲起,好像从未思考过讲课的问题。其实,关于少年报告文学创作，关于当代中学生分析，我讲过许多次课，几乎不用重新准备什么。可是，今天的场合比较特殊。我想讲一讲中学生社团生活中的骗局，讲一讲中学生应当具有什么样的文学追求，而这些不恰恰触及了中国中学生诺贝尔文学社的内幕吗？单胜江会产生怎样的联想呢？

会议室里已经出现了异常的嗡嗡声，中学生们奇怪地望着我，小声地议论起来。单胜江也莫名其妙。我意识到，时间不允许我再迟疑了，必须马上开始讲课！

于是，我做出一副胸有成竹的样子，先赞扬了一番大家热爱文学不怕吃苦的感人精神，又声明自己只是一个普通的并且是业余的作家等等，然后才转入正题。

我说道：

"伟大的文学家必定同时是一个伟大的思想家，而思想平庸的作家只能写出格调低下的作品。因此，爱好文学必须爱好思考，既提高艺术鉴赏力，也提高思想洞察力。

"我的确写过不少中学生题材的报告文学，也多次获奖。但是，我却有一年多不写报告文学了。这是为什么呢？因为我接到了内心的命令：暂时停止报告文学的创作。原因有两个：第一，在表现手法上没有新变化；第二，在表现的内容上没有新突破。后一点也许是更主要的原因，透彻一些讲，我在对当代少男少女的把握方面产生了疑问。

"在改革开放大潮的冲击之下，当代少男少女身上萌发了许多新型素质，形成鲜明的富有进取特色的个性。当然，这期间也不免有一些痛苦和惶惑。这些都引起了作家们的关注。他们怀着惊喜的心情，泼墨如雨，赞美少男少女，并为他们呐喊。但是，有一个严峻的现实被忽略了，那就是任何高尚的情感都是从少年时代培养起来的，同样，任何卑劣的思想和行为习惯，也都是从少年时代开始滋生起来的。我们只赞美少年灵魂中的天使，而不鞭挞少年灵魂中的魔鬼，其结果会怎么样呢？

"在这里，我讲一个真实的故事给你们听。这是一个中学生高级骗子的故事，但为他的将来着想，我不披露其真实姓名，姑且称其王某。

"1989年2月2日,《人民日报》刊登一条消息:中国中学生通讯社(以下简称'中通社')成立大会,2月1日在文化部礼堂召开。

"作为一个对中学生社团格外关注的作家,我获悉这个消息,真有些欣喜若狂啊!几年前,当我还是《中国少年报》记者时,就曾建议本报组织这样的社团。几个月前,我刚刚发表了中篇报告文学《青春社会场——当代中学生社团生活纪实》。想不到,中学生的魄力远远超出了我的想象!

"说来也巧,我还在北京见过王某,瘦高个儿,披一件黄军大衣。当时,我们一些作家正在北京一家出版社开笔会。王某不知从哪儿得了信,什么招呼也不打,率一群中学生记者推门而入,笔会变成了他们的采访会。虽然,我对他们此举不甚满意,仍对王某颇有兴趣,暗暗琢磨从哪个角度去采访他,从而为我的《青春社会场》写个续篇。

"谁知,当我准备与王某联系时,惊悉他已被北京的公安部门拘留审查!这个消息给我,更给那些争先恐后报名加入'中通社'的少男少女,带来难以想象的震动!

"我不能不问:'中通社'到底是怎样一个组织?王某到底是何许人也?

"《中国初中生报》的记者跟踪调查,终于查清了王某的大致情况。

"王某原系山西省屯留县人,曾因盗窃学校公物等事,两次被学校开除。1987年9月,他到长治市职业中学插班,谎称自己的曾祖父是山西省委宣传部原副部长。此外,他还冒充自己是华东六省一市中学生文联理事、中国中学生记者团山西分社副社长,以骗得老师和同学的信任。

"王某于1987年9月至11月底,未经有关部门批准,擅自组织了长治中学生文联,发展会员300多人,收取会费1000多元。他为出版该文联的刊物,撬开校长办公室,偷走盖有公章的空白介绍信,然后去某印刷厂印刊物并出售,收入归自己。1988年7月,王某来到北京,利用私刻的公章,起草各种假文件,到处招摇撞骗。两个月后,公安部门审查了他,他偷偷溜走了。他公开说:'不骗办不成事。'

"野心是没有止境的。王某已不满足在地方活动,便决定成立中国中学生通讯社。他散发了一份所谓中通社的红头文件,内容是《关于发展中学生记者、通讯员的通知》。通知中要求报名的记者、通讯员分别交纳25元和21元的手续费,并诱惑说:'按国家有关通知,本社记者升学予以照顾……'而实际上呢,中通社是一个跨省、市的未经国家任何部门批准的团体。中通社成立的唯一'批件',是中华青少年文学会的'批复信'。然而,这个文学会其实也是一个未获批准的非法虚设组织,只有一枚私刻的公章。

"中通社成立,王某当然要争第一把交椅。他对北京的一些中通社成员隐瞒了自己在山西的劣迹,并编造'因揭露以权谋私的副市长而被开除'的英雄故事,终于骗取了同龄人的信任甚至崇拜。结果,他当上了中通社社长。

"他在自己的名片上,赫然标明'中国中学生通讯社社长王某'。这还不够,他又在名片背面写下一段文字:'要有信心去改变未来,开拓未来。做主宰未来一切领域的候补君主!走自己的路,一定会成功!'

"王某的手段够高明了。他年仅17岁,只身闯北京。在半年多的时间里,他先后受到劝阻、批评、怀疑、揭发,甚至受到公安机关的审查(指1988年9月的那一次),但他不仅不加以收敛,反而胆子越来越大。他以寻求对中学生社团的扶植为名,居然让一些政府部门、文艺界、新闻界、教育界的领导人和知名人士也纷纷上当受骗,出来为其捧场开绿灯。

"然而,假的终归是假的,肥皂泡吹得再大再美丽,也无法避免破灭的下场。王某又一次被公安部门审查。

"《人民日报》也再一次报道了这个消息,说:'一少年胡吹,众多人上当,"中通社"原来是骗局!'"

……

我见学员们被这个故事深深地吸引住了,便中止了讲课,提议道:

"我对王某的分析暂且不讲,请大家先来讨论一下,该如何看待这件事?从王某的经历中应吸取哪些教训?大家站起来讲或递条子上来都可以。"

少男少女们骚动起来，低声议论着，有人在撕扯着纸条。等了一会儿，一个穿黄夹克的男同学站了起来，说：

"我觉得，王某的动机是好的，手段是坏的。中学生很难得到社会的承认，所以，对王某的错误应从宽处理。"

"不对！王某的动机并不好，他做各种事情都是为了自己，是个争名夺利的野心家！"这是一个穿花袄的女生的发言。看样子，她是从乡下来的。

"黄夹克"蔑视地瞥了她一眼，反驳道：

"什么叫野心家？世界上许多伟大事业，都是野心家干成的，我们应该为野心家正名！"

一个戴白镜框近视眼镜的女生站起来，她显然是县城里知识分子家庭出来的孩子，举止言谈都文质彬彬。她平静地说：

"依刘文斌同学的说法，这世上就没有是非曲直了？文学或新闻也不再具有高尚的意义，而只不过是赌徒手中的牌。我认为，王某的错误之所以发生，首先是因为他个人的品质恶劣；其次是中学生社团管理混乱，这也成为一个诱因。我们学校的社团也挺乱的，应加强管理。"

我默念了几遍"刘文斌"这个耳熟的名字，终于记起了他就是打入崔楠的社团内部的"特工"。他在暗暗为单胜江讲话呢。他为什么如此崇拜单胜江，这真是一个谜。

我向单胜江打听刚才侃侃而谈的女生。原来，她是副县长、一个硕士的女儿。单胜江摇摇头，惋惜地说：

"嗐！绝对的女才子，可什么社团也不参加，独立大队长。一般人惹不得，笔头比嘴头还厉害呢！"

这时，一个穿军服的红脸男生走过来，把好几张字条递到我手里。他这一举动，仿佛带了一个头，好多个同学都过来递字条，并且都是直接递到我手里。

我展开几张字条，只见上面写着：

"我们这里发生的事，与王某的所作所为有惊人的相似之处，只是没充分暴露罢了。"

"您讲的这个问题太及时了！可是，有什么办法解决呢？"

"我们太爱文学了，不然不会参加这个班。但是，他们事先讲得天花乱坠，课讲得乱七八糟，纯粹为了骗钱！"

………

我看过了每一张字条，也听完每一个发言，继续讲课。

我说：

"我既不认为王某的动机是好的，也不认为他的动机从来就是坏的。在我看来，他是一个由好向坏逐渐变化着的少年人物。当然，与一些成年人做的坏事相比，王某是小巫见大巫。但是，我们能因此原谅王某吗？不能！因为揭露他、处罚他，正是为了挽救他，同时也为了维护法律的尊严。

"讲这些，并非是我详述此例的目的。我更想说明的是，王某东窗事发，撩开了当代中学生生活内幕的一个角，使我们看到了平时难以发现的另一侧面。这个事实告诉我们：春天既是百花盛开的季节，也是虫蝇繁衍的良机。只有充分认清这一点，我们对生活的观察才是全面的、透彻的。歌颂真善美的作品是需要的，鞭挞假恶丑的作品同样需要，在有些时候，后者的作用更为巨大。

"王某的卑劣行为被揭露出来了，还有多少个张某、李某呢？他们在向罪恶的深渊里滑去，却很少有人阻止他们。恰恰相反，也许他们还在被人们颂扬着，被视作祖国未来的希望……

"不错，我对当代中学生有着诚挚的爱。但是，正基于这个原因，我呼唤那种'从纯洁中拷问出罪恶'的伟大作品，以其真正让少男少女的灵魂受到震撼，从而昂扬地、坚实地踏上人生之路。这也是我对中学生文学爱好者的特殊期望……"

我的课讲完了，少男少女们报以真诚的掌声，表示我们心灵的沟通。我为得到他们的理解、认同和支持而深感欣慰，这也坚定了我的追求。

我随意地望了单胜江一眼。坦率地说，今天的许多话是讲给他听的，是想给他敲一敲警钟，免得真有一天陷入罪恶的沼泽地里。不知他听懂了没有。我敢说，他完全听明白了，问题在于是否接受。

单胜江一直微笑着鼓掌，神态十分平静。他自信地走上讲台，说：

"果然如我们期望的那样，孙老师出语不凡，入木三分，讲得精彩极了。虽然，我们的中国中学生诺贝尔文学社尚不存在什么违法违纪的问题，并因走的路子正而受到上级表扬，但是，孙老师讲的故事仍可以促使我们提高警惕性。'以人为镜，可以明得失。'这是唐太宗的名言嘛！来，让我们再一次向孙老师表示感谢！"

掌声又起，却不如刚才整齐、热烈，倒像一个人在困惑之中。

当天下午，我离开了B县，怀着失望的惆怅。一路上的景色也变得朦胧不清了，不像来时的路，只有车还是那辆车。

都市里的"灰姑娘"

一

> 我早已失去了少年壮志。一切美好的理想,对我都是蓬莱仙境,只可意会,不可实现。忧伤的季节,忧伤的天,忧伤的我。一段苍白的人生,苍白得刺目,让人忘了身上还有热血。
>
> ——摘自邹莉蓉的来信

从B县回到宜昌,我去葛洲坝电站看了一下李天柱。他恰好刚忙完工作,听说我当晚即乘船去南京,慷慨地说:

"我陪您参观一下葛洲坝吧。"

我之所以说他慷慨,是因为他对时间一向十分吝啬。

在葛洲坝顶上走一走,才真正看清这座大坝的雄伟气势。坝顶很宽,可以并行两辆大卡车。从船闸的天桥上经过时,恰逢有船通过,这钢铁大桥像巨人把双臂分别向两岸展开,给船儿让路。等船儿经过,铁桥又将双臂合拢,让坝顶的人们和车辆通行。

坝的南端则是发电站了,蓝色的发电机一个挨着一个,居然望不到头。

天柱告诉我：

"刚才您找我的那里是设计室，这儿才是发电站主要工作区呢。没有它，宜昌这颗明珠怎么会亮呢？"

我们伏在坝顶的栏杆上，俯视着浪涛滚滚的长江。

"孙老师，您好像不太愉快？"

我的神情可能郁闷了一些，引起了这个中学生朋友的关心。于是，我把B县之行的印象大致叙述了一遍。

没想到，他也有一种一眼可见的压抑感。我不禁笑了，问：

"怎么，引起共鸣了？"

他缓缓地吐口气，说：

"您只是发现了单胜江这种人物，而我们将来却要面对这种人物。科学家常常斗不过野心家，因为他们的精力不放在与人相斗上。您说，这不是未来的隐患吗？"

"有这么严重？"

我的确没想到这一层。经天柱这样一说，我似乎亲眼见到了那种钩心斗角的情景。

"当然严重了！不过，新一代科学家应既懂科学，也懂政治与社会。兵来将挡，水来土掩嘛，没啥了不起！"

他忽然又信心大增起来。

下午5点，天柱把我送进客轮的一等舱，就匆匆地返回了。

我们这间舱室只有七八平方米，安排了三张床。1号铺位的主人是个西服革履、满面得意的中年人，看样子像个经理。3号铺位的主人与1号铺位的形成鲜明对照：蓬头垢面、疲乏不堪，倒在床上呼呼大睡，竟是一个十八九岁的小伙子。他显然是个"小倒爷"，铺位周围堆满了一筐筐蜜橘，床底还塞了几个大包。我被夹在中间，这漫长的旅途不知会有什么奇闻呢。

与"经理"寒暄了几句，他开始看书，我则取出几封信读了起来。

我的下一个采访对象，名叫邹莉蓉，是南京一名初三女生。她之所以引起我的注意，并非是有什么超人的才华，或者有什么惊人的传奇故事。不，这一切都没有，她太普通了，太不引人注目了，因为她认为自己"完全是个平庸的女孩子"，"长大了绝不会有出息"。但正是这个原因，让我决定好好采访她。

邹莉蓉给我来过几封信。她本在淮安县城读书，爸爸妈妈为她前途着想，费了好一番功夫，把她送进了南京C中，并拜托她姑姑给予照顾。南京城气势非凡，大道通天。然而，她却觉得路越走越窄，越来越没有信心，惶惶不可终日。

她在第一封信中写道：

> 该如何称呼您，我不知道。我把您的名字忘了，只记下您的地址。请原谅我的疏忽。
>
> 看过您的《16岁的思索》（书被人借走了，所以不记得您的名字），我想问您：16岁真是这样吗？16岁的我是在不知不觉中度过的。没有新奇，没有幻想，没有您描绘的那么五光十色或惊心动魄。
>
> 我并不想评论您的作品，只是我心中积压得太多了，无法负荷。
>
> 我是个不考虑将来的人，降生在这个世上我就屈辱，无法逃脱卑微的一生。刻意地打扮，刻意地走另一条路，却终归走回原路。到何时我才大彻大悟？想投身空门，却舍不了一番俗心俗意，终究是水中月、一场空。
>
> 无父母之恋，无朋友之爱，无姐妹之情。笑对于我而言太艰难了。我还没有踏入社会，已对生活失去了信心。该想的想了，不该想的也想了，就因想得太多，心也苍老得好重好重。我早已失去了少年壮志。一切美好的理想，对我都是蓬莱仙境，只可意会，不可实现。忧伤的季节，忧伤的天，忧伤的我。一段苍白的人生，苍白得刺目，让人忘了身上还有热血。
>
> 在别人的印象中，我是个绝对不会自杀的人。我该自豪还是悲伤呢？我连死的意念都被人怀疑，因为我是为别人活着，为他人忙碌

着，为他人兴奋，为他人忧愁，从来就没有人问我需要什么。我同样是有血有肉有感情的人，为什么没人理我？我只是一个木偶，别人痛苦、失落的时候会想到我，因为我能给人以安慰和暂时的快乐。当幕终戏尽，谁也不会知道我在流泪，我的心在流血。为什么？我也是一个人，一个女孩子，对比却那么鲜明。尽管心在流血，表面上还得装作无所谓。我真的这么洒脱吗？我的泪已尽，我的血已干，我的神经已麻木。纵然一根根钢针刺向我，我能怎样？我真的又能怎样？

16年的风风雨雨，我得到过欢乐吗？从来没有。对于这一切，我该怨谁？作为家中的长女，责难与委屈是我的。作为社会的一分子，我容忍了别人不能容忍的卑微。我，作为一个真正的我，也曾有过远大的理想。但如今，我只是一个庸俗、胆小、虚荣、自私、不可爱的女孩子。什么浪漫、幻想、希望，都距离我好遥远好遥远。从我懂事起，就很少拥有这一些。我只觉得自己是一个好苍老的人。容忍吗？容忍。在许多事情还没发生时，我就容忍了一切。

我不能选择命运，是命运选择了我。16年的不幸，不知何时是尽头。我做人是如此失败，今生今世都没有翻身的可能。我的心已死，还有什么幸福可言？

天上的星星，为何像人群一般拥挤？

地上的人们，为何像星月一般疏远？

记得，我很快给邹莉蓉回了一封信，请她谈谈之所以感到不幸的具体原因。当时我曾以为，她受过什么意外事件的刺激，或者家庭内部有什么问题，从而造成她的自卑心理。

她很快就回信了，说：

万万没想到，您身为作家，还会亲笔给一个普通得不能再普通的中学生回信，而且是那么快。这是我16年里收到的最珍贵的一封信，也是与陌生人唯有的一次通信，它竟使我的冰冷的心微微热了起来。

我的家庭是很富裕的。父母亲倒服装和麻将买卖,挣了大钱,连汽车和电话都有了。为了送我到南京读书,他们每月给姑姑300元钱,还每月给我100元自由支配。他们对我说:"你好好读书就行了,别的一切都不用操心,家务活儿一点也不用干。只要能考上大学,你就算对得起我们!"我知道父母很辛苦,寄予我的希望极大。但是,金钱并不是万能的,它弥补不了我精神上的空虚,也买不来理想的成绩。

进入南京C中以后,不知怎么回事,同学们很快知道了我家挺富,干脆叫我"万元户"。我一听这外号,全身发冷,无地自容,一句话也说不出来。我恨钱,恨不得我家变成穷光蛋,因为南京城里的学生嘴巴比刀子还锋利,杀人不见血呀!

当然,这事儿慢慢也就淡了。我曾想改变自己的形象,做一个活泼、开朗、举止不凡的女孩,可回头一看,我还是我。完全是个平庸的女孩子,连个好朋友都没有,长大了也绝不会有出息的。

我内心里痛苦极了!我怀疑自己有一种自虐心理!

有一段时间,我想按照别人欣赏的样子塑造自己。譬如,跟一个同学刚开始玩得挺好,可过后又会胡思乱想:我有什么地方做错了?哪句话说得不恰当?动作太夸张了吧?是不是惹她生气了?是不是光跟她玩而冷落了别人,大家都对我不满意了?等等。这样一来,第二次跟她玩的时候,我就会紧张兮兮,心里一个劲儿提醒自己:小心呀,千万别出什么差错!谁知,不久,这个刚交的朋友也失去了。我明白,她不喜欢我整天小心翼翼,不喜欢我脸上那种毫无意义的微笑,不喜欢我一心讨好别人。难道,这些我就喜欢吗?

我不知道这是不是虚伪。可我敢发誓:我的心是真诚的,我愿与每个人都友好相处,甚至为此做出某些牺牲。但是,在交往中,我仍然是怕别人误解,怕别人讨厌。我真恨我自己!

最近,我看了一篇文章《人的自虐心理及其表现》,我觉得作者简直就是拿我作模型写的。我这才恍然大悟，自己具有自虐心理，多么可怕的现实！

对照《人的自虐心理及其表现》一文，我发现自己同样具有下列表现：

1. 拒绝别人时感到内疚；
2. 时常对自己的言行感到惭愧不安；
3. 总认为别人比自己高明；
4. 不敢坦然陈述自己的意见，因为害怕引起争论；
5. 觉得自己做的每一件事都会被人误解；
6. 不敢对任何人不敬，生怕对方怀恨；
7. 常对人存有嫉妒之心；
8. 不敢享受别人给自己太多的恩惠，宁愿多付出。

孙叔叔，我希望改变自己，希望生活得洒脱一点，不要这么成天绷得紧紧的，精神紧张。我渴望别人能喜欢我，渴望我的社交能力大大提高。可是，我又不知从何做起，一做就失败。所以，真心地向您请教：我该怎么做？

……

是啊，她该怎么做呢？再一次读着邹莉蓉的信，可以充分感受到她那焦灼的心情，让人无法撂开不管。我不由得陷入沉思之中。

这时，"经理"看书也看累了，合上书冲我微微一笑，问：

"您是报社的记者吧？"

我一愣，反问道：

"何以见得？"

他指指我床上的那几封信，用颇在行的口吻说：

"处理读者来信，对不对？我也当过一年的记者啊！"

我点点头，回答：

"说对了一半，是处理来信，我却不是记者。"

"经理"一下子摸不着底了，马上换了副庄重的表情，刚恭敬地说出个"您"字，又连忙掏出薄薄的金属名片盒，取出一张香气袭人的名片，双手递给我，并热情地说：

"我叫孟天雄，请多关照！"

我知道他判断错了，也许以为我是纪检或工商之类部门的办案人员，才如此卑躬屈膝，心里一阵好笑，却尽力控制着，礼貌地与他交换了名片。他果然是个经理，那名片上写着：

中外合资海南鸿翔实业有限公司
中外合资海南鸿翔进出口总公司
畜产部
孟天雄　经理

名片的下端印着密密麻麻的小字，如地址、传真号码、电话号码等。我颇感兴趣地问：

"您的办事处在上海，人经常往海口的总公司跑吗？"

他此时已明白我的身份，放下心来，说：

"我们用现代化手段联络。总公司授予我独立决策权，只要一年成交20万元的生意，就算完成任务。"

"这定额不算高吧？"

听我这样说，他压低了声音，神秘地晃着脑袋，问：

"您以为我们这个畜产部多少人？"

"七八个吧。"

我完全随口一说，他却拍拍我的肩，骄傲地说：

"老弟，就我一个！"

这倒真正让我吃了一惊。交谈中得知，他实际上也是个"倒爷"，专门从事皮革制品的买卖，靠众多的关系低价买进高价卖出，有时还可以打入国际市场，因此，生意还算红火。问及他的收入，"经理"打起哈哈，说每月1000元以上，至于上到多少，则是个人秘密了。

晚餐的时间到了。船舱里响起播音员的声音，报告着餐厅供应的各档次饭菜及价格。"经理"站起来，整了整金利来领带，穿好西装，邀我共进晚餐。我婉言谢绝了。我的晚餐很简单，一包方便面、一个咸鸭蛋，再加一包涪陵榨菜，足矣。

3号床的"小倒爷"一直睡到晚上8点多才醒来。他先一一看了看自己的大筐和大包，见件件俱在，冲着我歉意地一笑，抓起一条脏兮兮的蓝毛巾，跌跌撞撞地朝洗脸间走去。

等他重新在床上坐定时，我这才发现，小伙子脸上稚气未退呢，只是眼睛还有些红肿。我们再一次相互对视的时候，他甜甜地笑了，这一笑使我们变得亲近起来。

"睡够啦？"

"差不多。"

"你今年多大？"

"16岁。"

他的话一出口，我不由得为之一震：天哪！16岁和我这么有缘分呀。在我10多年的采访经历中，还从未访问过这类少年呢。一时间，我有无数个问题想问他。小伙子察觉了我的表情有些异样，不知所措地问：

"叔叔，您不相信？"

"不，我信。这半年来，我一直在琢磨16岁，所以听说你也是16岁，引发了一些联想。"

说来也怪，我们一下子像成了知己。我甚至把自己文学旅行的计划，也毫无隐瞒地告诉了他。小伙子入神地听着，一会儿眼里放射出惊喜的光芒，一会儿那光芒又黯淡下来，幻变成伤感的愁云。他重重地叹口气，说：

"16岁有什么好？这是个开始倒霉的年龄啊！"

于是，我们之间有了下面这番对话：

"你怎么不上学呢？"

"上学有什么劲？研究生有个体户挣钱多吗？您写书也比不上摆摊卖书挣得多呀！对不对？"

"你没考上高中？"

"不，我去年就考上机械职业高中了，因为我入学早，总比同龄人先行一步。可是仔细一想，毕业后当个工人，挣那几个死钱，有什么奔头？再说还要坐三年冷板凳，我就退学了。"

"你父母同意吗？"

"怎么会同意呢？爸爸用棍子逼我复学，妈妈用眼泪求我复学。他们说：'你不去学真本事，准备靠当贼过日子吗？'我回答说：'请你们放心，儿子一辈子都不会当贼。但是，如果我靠自己的劳动挣出吃来，你们就不能反对我的选择。'"

"他们怎么说呢？"

"他们以为我出去吃点苦，就会回心转意，同意我试两个月。"

"这两个月不轻松吧？"

"那还用说！刚开始，我帮一个书贩卖书。听说那家伙靠卖书赚了十几万呢。我却跟着他倒霉，第一次倒腾书就被没收了多半，说那是'禁书'，这我哪分得清楚？都是书贩批给我的。这家伙心黑手辣，说我不会经营赔了本，一分钱工资不给，让我白干半个月！"

"这半个月你靠什么生活？"

"我白天卖书，晚上帮着运货，总算对付过来了。"

"后来呢？"

"后来，我帮一家个体服装公司倒服装，稍微赚了点钱。我这人受武侠书影响大，做人讲义气。老板对我仁，我对他义。有一次，刚从上海运来一批皮夹克，暂时存在一间小仓库里，老板让我去值班看守。不料，夜里来了一帮贼，手拿明晃晃的刀子，闯进来连偷带抢。我也不知哪来的胆量，抄起一根大棒，就与他们拼命。结果，挨了几刀，幸亏治安巡逻队闻声赶来，不然，也许就没命了。"

"你伤势不轻吧？"

"流了许多血,我当时昏过去了,是巡逻队员把我送进了医院。老板被巡逻队叫来了。他马上拿出2000元钱,交了医疗费,又派人照顾我。他要通知我家长,我坚决不同意,因为他们一来,我的计划非泡汤不可。通过这件事,老板对我格外信任了。等我伤好之后,他把到长江沿岸各城市贩运服装的重任交给了我。"

"你们公司的规模挺大?"

"不太清楚,老板不许打听这个,反正联络点很多。我的任务很简单,就是天天坐船,随身把货物带回来。坐船便宜啊。"

"你带这些蜜橘去卖吗?"

"不,这些蜜橘是送礼的。我这次是去上海,回来时,要带一批高档货,从好几家托关系进的。"

"全是你一人采购吗?"

"不。每个点都有专人采购,他们把货装上船,然后就是我的事了。下船时,也有人接货。其实,我的任务就是天天坐船带货。"

"你刚才怎么困成那样?"

"嗐!宜昌有帮家伙非逼我玩钱,昨天一夜不让我睡觉。白天又突击拉货,怎么能不困?"

"玩钱就是赌吧?"

"搓麻将,打扑克,都离不开赌钱,不赌就没玩头了。"

"聚众赌博是一种犯罪行为,你去赌不害怕吗?"

"那么多人呢,怕什么?"

"你不怕把钱输光?"

"输了再挣嘛,再说,我还可能赢呢!"

"老板每月给你多少工钱?"

"五六百元吧,比我父母两人工资的总和还多。所以,他们也就只好随我了,不过,还会时不时唠叨几句,总不放心。"

"你呢,打算就这样干下去?"

"不知道。先干着吧,有钱才有自由。等钱挣足了,兴许我还可以去学点什么。我相信,天无绝人之路,尤其在改革开放的时候,路多着呢。叔叔,您说对吗?"

16岁的少年信任地望着我,我却一时不知该怎样回答他。与邹莉蓉相比,他无疑多了几分闯劲,可他这样闯下去会是什么结果呢?不错,在中国的历史上,这样闯出来的大商人或企业家不乏其人。可是,在科学技术相当发达的今天,重走老路还走得通吗?他也许会效仿老板,将来自己开一个店,不也会赚大钱吗?有这样现实的诱惑力,其他道理也就难以入他的耳了。

"经理"已经吃饱喝足,悄然坐在自己的床上听着我们的谈话。他的手里拿着一本《美国实业界巨子雅科卡自传》,那书上的黑皮闪耀着玻璃纸一样的亮光,左上角的金色方框里,是雅科卡那不屈不挠的神态。

小伙子饿了,先摸出几个蜜橘塞给我们,自己则拽出一袋食品—— 一只烧鸡和一瓶尖庄酒,大吃大喝起来,仿佛在显示着他的前途洒满金光。不过,当饮下一整杯白酒时,强烈的刺激使他皱紧了眉头,嘴巴里"咝咝"直响。

"悠着点儿,年轻人!""经理"被他的"咝咝"声惊动了,善意地提醒道。

"没事儿!"

小伙子耸耸肩,又举起了杯。

二

> 莉蓉小学毕业那年夏天,与几个女孩子到河里洗澡。洗完后正换衣服时,猛然发现芦苇丛里有个男人在偷看,吓得她抓起裙子没命地逃跑,回来大病一场。从那以后,她……
> ——邹莉蓉妈妈的话

经过几天的航行，船终于到达了南京港。

我与一大一小两个"倒爷"告了别，便轻装出港。由于曾多次来南京出差，我对这座文化古城并不陌生。在我的印象里，南京也许是南方最有气势的省会城市了。

从码头乘10路汽车，来到玄武湖西北角的中央门，寻了一处旅馆住下。之所以选择这里，完全是因为邹莉蓉的姑姑家就在这附近。

吃过午饭，我稍休息了一会儿，估摸有午睡习惯的人也该起床的时候，朝邹莉蓉的姑姑家寻去。她家在一栋塔楼的12层上。

开门的是个瘦瘦的中年女子，戴着深度近视眼镜。刚一打照面，我吓了一跳，以为又碰见了"野鸽子"那个神经质的姑姑。

"您找哪一位？"女主人文质彬彬，语气温和。

我问：

"邹莉蓉的姑姑住这儿吗？"

"您是？"

我略做自我介绍，她立即明白了，热情地迎我进屋。原来，她正是邹莉蓉的姑姑。她弯腰递过来一双毛茸茸的灰色拖鞋，示意我坐在椅子上换鞋。

进到里屋，我发现这个家真正建设成了一个安乐窝。且不说三间屋子都铺了纯毛地毯，墙上也挂了好几块艺术壁挂，每张沙发上还都放着色彩艳丽的舒适靠垫。书柜中间是工艺品柜，里面放着造型各异的陶器。最令人喜爱的，是临窗的写字台上，一排蓝花水碗里的雨花石。这明明是一些取自大山的石头，可那上面的景色简直像大画家的杰作：平湖秋月、庐山瀑布、长白林海、泰山日出、香山红叶……

"邹大姐，您家成了艺术世界！"我一边欣赏着，一边由衷地赞美道。

女主人谦虚地解释：

"这都是我爱人的功劳，人家是搞工艺美术的嘛！"

"您做什么工作？"

"教书匠呗！"

她在一所中专技校教物理课。她为我沏了一杯铁观音茶，说：

"您能来太好了，快帮帮我们的莉蓉吧！这孩子真让人揪心！"

"她放假了，没回淮安吗？"

"眼看大考临头了，她敢回吗？早早就去学校参加补习班了。"

"她知道我要来吗？"

"知道。她既盼您来，又怕您来，不知该怎么办好了。"

"怎么会怕我来呢？"

"她从不与生人往来，这次能与您通信，真是了不起的进步呢！"

她说罢，起身到写字台前拨通了电话，显然是对丈夫的语气：

"林生，跟莉蓉通信的那位北京作家来了，你快回来吧，咱们一起聊聊。"

挂上电话，她说：

"我们俩没要孩子，所以，莉蓉来了以后，我们把她当亲生女儿看待。谁知，她就是与别的孩子两样。"

"我能到她的房间看看吗？"

"来吧。"

她马上站起来，带我走进另一间朝阳的屋子。这屋子同样色彩鲜艳。墙上用透明胶纸贴了几张电影明星和歌星的彩照。写字台上厚厚几摞书中央，还摆着一束绢花。在一个带支架的相框里，一个大眼睛的女孩子，正目不转睛地望着我们，却没有一丝笑容。

"瞧瞧，莉蓉总是这个样子！"

女主人指着那张照片，嘟嘟囔囔着。我发现莉蓉的眼睛虽大却并没有神，倒有明显的忧郁在其中。

"她还玩娃娃吗？"我见她床上有个特大的长发布娃娃，吃惊地问。

女主人叹了口气，说：

"说起来让您笑话。我嫂子也是娇惯孩子的状元。在有小子之前，从来都是搂着莉蓉入睡的。所以，莉蓉习惯了，不抱着人睡不着。没办法，家里只好给她买个大娃娃。"

我点点头，说：

"这也许是一个原因。该分床分屋时不分，会弱化孩子的自立精神，甚至造成某些心理障碍。"

"大概是这样吧，现在悔之晚矣！"

正说着，林生回来了，身材不高，白面书生，很精明灵巧的样子。女主人介绍说：

"这是我爱人，您叫他林生就行了。"

林生主动伸出手，与我紧紧握手，仿佛表示精诚合作一样，说：

"虽然初次见面，我们已经熟悉您了。《16岁的思索》我们全家都看了，挺有味道。"

回到客厅里坐定，话题自然集中到了邹莉蓉身上。林生说：

"照有些人的看法，莉蓉不惹是生非，是个听话的好女孩。可我们总觉得，她身上潜伏着危机，一旦爆发就难办了。"

"你们能较详细地讲讲她的症状吗？我略懂一点心理卫生常识，或许可以帮助分析一下，看她到底属于哪一类问题。"

听我这样说，林生与妻子用目光交换了一下意见，并让妻子来讲述。

于是，女主人讲道：

"莉蓉刚来时，我们只以为她胆子小，并没怎么在意，心想，女孩子嘛，胆子小是正常的。谁知，她胆小得太异常了！

"她放了学回来是极少出门的，总在自己的屋里待着，有时候到客厅打开电视，看看港台的电视连续剧什么的。您说，南京这个'大火炉'夏天该有多热！我劝她去游泳，还给她买了漂亮的游泳衣，可她一个人不敢去。没办法，我只好利用星期天带她去。到了那里，我让她更衣，她不动，原来在家里已经换好了。这也罢了，算她有心。等游完泳去冲水时，她还不肯脱游泳衣，这怎么能冲干净呢？我说她，她也不吭声，脸红红的。我劝她：'这儿全是女的，你怕什么？'她什么也不说，就是不脱。农村女孩子犯了拧劲儿，真是没办法。最后，就那么穿着游泳衣，外面套上衣服回来了。哎呀，那一路上，我都替她难受得慌。回到家里，她自己躲进卫生间冲洗干净，换了衣服出来。

"从那一次起，我开始纳闷：难道莉蓉身上有什么缺陷？或者像报刊上讲的那样，有什么变性的迹象？她妈妈来南京的时候，我试着问了一下，还惹嫂子一通恼火。她说：'莉蓉什么也不缺，什么也不多，好好一个女儿身，你瞎想什么！'我说起那件事，她妈妈也不以为意，说：'不脱就不脱呗，比城里女孩子什么都露强得多！'您瞧，就这么一个糊涂母亲！

"不过临走时，她妈妈悄悄向我讲起一件往事。莉蓉小学毕业那年夏天，与几个女孩子到河里洗澡。洗完后正换衣服时，猛然发现芦苇丛里有个男人在偷看，吓得她抓起裙子没命地逃跑，回来大病一场。从那以后，她再也不肯当着别人面换衣服了，而且特别害怕男人。

"她妈妈的话让我想起另外一件事。有一天傍晚，一个男同学来家里通知她事情。我想，莉蓉平时与同学交往太少，应利用这个机会，让她单独接待这个男同学，反正是同班同学呗。我和林生都很开明，认为男女生多一些接触没什么坏处。

"毕竟是自己同学来了，莉蓉在客厅里与那个男同学说了几句话，还为他沏了一杯茶。我在屋里听了一下，她那几句话说得没滋没味，如：'什么事啊？''哦，知道了。谢谢。''请喝茶。'真要命！换个机器人也比她热情。她这样待人，怎么可能获得友谊呢？

"等那个男同学走后，我们走出来想帮莉蓉分析一下该怎么待客，不料，她一个人坐那儿发呆呢，身子还一阵阵发抖！您说，她这是怎么回事呢？"

女主人皱着眉头，期待地望着我。在我接触的中学生里，这类情况的确少见，倒是在一次心理卫生学术交流会上，听一位专家讲过类似的一个病例。我说：

"从上述症状看，莉蓉可能患有男性恐怖症，一种心理障碍。原因可能不止她洗澡换衣服被男人偷看这一点，也许有更严重的刺激或挫折。因此，她变得害怕男性，难以与男性正常自然地交往。"

林生急切地问：

"有这种症状的女孩子,将来会怎么样呢?会比现在厉害吗?"

"什么病都会越拖越重。她目前顶多是孤独,等到了谈恋爱的年龄,则可能出现变态心理。"

听我这么说,女主人也急了,说:

"是不是谈朋友总失败?"

"对。患男性恐怖症的女性难以与男性恋爱。譬如,一旦男朋友表示爱意或有亲昵的举动,她会紧张异常,甚至会出现生理性反应,被触及的皮肤和肌肉如同触电般抽搐等。当然,也有可能她根本就难以产生交男朋友的欲望。"

女主人一拍腿,感叹说:

"嘻!隐患这么严重,她爸爸妈妈还感觉良好呢。这可怎么办好呢?"

我问:

"从她给我的信里看,她也是希望改变自己的,希望别人能喜欢自己——当然,这别人是指女性而已。这个情况是真的吗?"

夫妻俩相互看了一眼,有些拿不太准。林生说:

"她有时挺盼来信的,过节时也愿意送纪念卡给女同学。而别人回赠的纪念卡,她都珍藏着,还挂一长串在自己屋里。"

女主人补充道:

"对!就那些日子,她心情好多了,话也多了,脸色都好看。一时间,似乎希望出现了。"我也感到了振奋,说:

"这是一个非常好的兆头!抓住这一点,耐心细致地做工作,可以出现转机。对莉蓉来说,不宜直接触及男性恐怖症问题,尤其不可提起她被人偷看的事实。我想,最好从改善人际关系入手,这样比较自然,也比较有效。"

接着,我对莉蓉的情况做了进一步分析。在我看来,她有自卑、退缩、胆怯、孤僻等多种不良表现,很少与人交往,对竞争性活动和挑战无能为力,常采取逃避或回避的态度。这实际上是人格异常的一种,心理学上称之为"回避型人格异常"。

"不过，这些不良表现并非出于内心自愿，而是由担心和自卑造成的。内心希望与别人交往，但怕别人嫌弃，希望得到别人帮助和关心，但又怕遭拒绝。这一点，是特别要把握住的。"

女主人很赞赏我的这一段剖析，说：

"您分析得很准，莉蓉就是这么矛盾的女孩子！"

她的夸奖让我暗暗有些不好意思。平时，我也不喜欢见到什么人就夸夸其谈，可一涉及对少男少女问题的讨论，自己便不禁要大发一通议论，似乎是他们的代言人。也许，是对这一领域关注较多的缘故吧。

我继续发表了见解：

"对莉蓉的以上弱点，主要应采用心理疗法。她的病因已经找到，可以多与她谈谈人际交往的艺术，有意识地给她提供人际交往的机会，并适当委以责任，锻炼其意志行为。这样，从改善人际关系入手，也会渐渐消除她的男性恐怖症，使她成为一个正常的女孩子。"

林生为我重新换了一杯茶，用商量的口吻说道：

"明天是周末，莉蓉不补课。让她陪您出去玩玩好吗？这对她来说不就是锻炼机会吗？"

"对！这样做的理由也很充足，您是她的客人嘛。"

夫妻俩一唱一和，轮番动员着。我答应下来，笑着说：

"你们可真会做工作呀！有这个水平，莉蓉就有希望。"

看看已经5点钟，我起身告辞。夫妻俩却坚决拦住，女主人说：

"莉蓉一会儿就回来，见个面再走，也好把明天的事定下来呀。"

林生到底是男人，说话直爽：

"咱们谈话投机，喝两杯助助兴！"

正推让间，一个高个子女孩背着书包走进来，低着头准备与我们擦身而过。她不打招呼，旁若无人。女主人笑着叫住了她：

"莉蓉，你看看谁来啦？"

女孩子这才停住脚，慢慢地抬起头，疲惫的脸上，大眼睛里满是疑惑。

"我是孙云晓。"

听我主动自我介绍,她轻轻"哦"了一声,露出浅浅的笑容,说:"您真的来啦!"

"快进屋吧,别在这儿站着。"

女主人连说带推,把我们推回了客厅。莉蓉已经换上了一双鹅黄色的毛绒拖鞋,站在一旁不知所措的样子,被姑姑拽了一把,她才坐了下来。

我问她:

"补习到什么时候结束?"

"2月7日,腊月二十三。"

"吃力吗?"

"嗯。"

"想家吗?"

"嗯。"

她的回答只有一个字,短得让人喘不过气来。她姑姑比比画画地说:

"莉蓉,今晚上咱们请孙老师到外面吃饭,好吗?"

"嗯。"

"我们还有点事,你去白云酒家订餐吧。"

"我?"

莉蓉愕然了,一脸难色。

"怎么啦?咱们不是常去白云酒家吗?让姑父告诉你具体怎么办。"

在林生的招呼下,莉蓉犹犹豫豫地向客厅走去。过了好长一阵子,才听到开门和关门的声音。一直屏住呼吸的女主人,终于松了一口气,叹道:

"天哪,她到底去了!"

林生苦笑着说:

"哎呀!我不知跟她交代多少遍,差不多每句话都教了。"

妻子瞥了他一眼,责怪道:

"你还嫌烦哪?她肯去就不错了!"

她转身笑着对我说：

"这首先得感谢您啊！您的建议提醒了我，所以一见到她，我就来主意了。"

"我是纸上谈兵，你们会做工作，这样做很高明！"

"其实，这时候哪用订餐？客人很少，可以随去随吃。不过给莉蓉一个机会就是了。"

果然，一会儿莉蓉就回来了，一改去时的满脸难色，而有些兴冲冲地嚷道：

"晚餐订好了，人家在热情等待咱们！"

"是吗？这事儿办得利索！"

姑姑夸奖了莉蓉，招呼我们一起去赴宴。莉蓉自然充当了向导，快活地走在前面。

白云酒家是一家不大的饭店，门面却十分华丽，古色古香，如大观园里的建筑。进到里面倒也雅致，那桌椅也是仿古的，镂着各种各样花的图案。尽管是在腊月里，女服务员一律身着淡黄色旗袍，步态轻盈可爱。

此刻，这里加上我们，仅有两桌客人用餐。菜和酒很快就上来了。十个菜，全是苏州风味的：生煸金花菜、生煸枸杞、油焖茭白、肉片四季豆、元盅走油肉、荔枝肉、清蒸鲫鱼、盐水虾、鳝大烤、炒蟹粉。酒水有雪碧、可乐、啤酒，居然还有一瓶茅台！

那茅台显然刺激了林生，张口结舌地问：

"这——"

服务员小姐微笑着看了莉蓉一眼，说：

"那位小姐订的。"

姑姑装作无意地碰了丈夫一下，笑着说道：

"朋友来了有好酒，茅台最能表达心意。莉蓉，对不对？"

正不知所措的莉蓉，像落水的人抓住了一块木板，赶紧解释：

"服务员阿姨说茅台酒最好喝。"

林生反应过来了，请服务员小姐开封斟酒。然后，他以主人身份举起杯，说：

"为庆贺莉蓉有了一位作家老师，也为孙老师文学旅行的成功，我们干杯！"

莉蓉和她姑姑喝的分别是雪碧和可乐，她们和我一样一饮而尽。林生却只饮下半杯，嘴里还说着：

"茅台劲太大，喝多会醉的。"

他为我又斟满酒，说：

"我们是苏州人，莉蓉也习惯了苏州口味，进饭店必点苏州菜。怎么样，吃得惯吗？"

"苏州是出美食家的地方嘛！烹饪技术自然低不了。"

我寒暄着，心想，为了给莉蓉一次锻炼的机会，他们付出了代价，而今后还会付出多少代价呢？

酒至半酣之时，姑姑开始对莉蓉委以重任了。她笑吟吟地说：

"有莉蓉订餐，以后我们来客人就不愁了。莉蓉是我和她姑父的好帮手呢。"

几句赞美的话，说得莉蓉既开心又有些扭扭捏捏。姑姑趁机提议道：

"孙老师难得来一次南京，你明天陪他出去转转，正好可以散散心。"

莉蓉迅速抬起了头，求救似的问姑姑：

"咱们一起去吧，行吗？"

姑姑皱起眉头，摊开双手，说：

"我本想一起去的，可明天校长请我去商量下学期的教学工作，不好请假啊！"

"莉蓉，你就陪孙老师去吧。人家孙老师这么远跑来，你不想跟他聊聊吗？"林生以姑父的身份劝说着。

为了缓和一下有些紧张的气氛，我笑着问：

"怎么啦？莉蓉，我一来给你出难题喽？对不起啊。"

她勉强地笑了一下，解释说：

"我这个人不会陪人玩。"

"随便走走,讨论一下咱们通信中的问题,行吗?"

"那好吧。"

姑姑高兴了,举起杯说:

"来,让我们祝莉蓉和孙老师明天玩得开心,干杯!"

莉蓉饮干了杯中的可乐,她皱着眉,像饮下一杯苦药。

三

> 知道吗?这就是你人际关系障碍多的一个重要原因,即怀疑一切。这世界上是有坏人,是应保持一点戒心,但应当相信绝大多数人是好的,应当善于和绝大多数人友好相处。否则,怎么获得友谊呢?
> ——作者对邹莉蓉讲的一段话

2月2日早晨8点,穿戴一新的邹莉蓉在姑姑的陪伴下,来旅馆接我去旅游。

莉蓉穿着一件米黄色的棉夹克,围着一条紫色纱巾,脚下是耐克旅游鞋,肩上挎了一架高级照相机。

我笑着说:

"嗬,真潇洒,像个游客的样子!"

她听了竟不好意思地扭转了身子。姑姑趁机撇了撇嘴,那意思是说:瞧见了吧?她就这个样儿,一路上你得小心点儿,别弄出麻烦来。

一会儿,莉蓉轻声问:

"孙老师,您说咱们今天去哪儿?"

"你说呢?"

"还是您说吧。"

"那好,我说了你可别害怕。咱们先去紫金山天文台,然后再去明孝陵和中山陵。"

她果然大吃一惊。也许，她以为我就在附近的玄武湖或莫愁湖、雨花台等地转一转呢，想不到我选择了最远的一条旅游线。如果只去中山陵，交通也方便，而我偏偏先要去闲人免进的天文台。

"天文台让进吗？又那么远！"

她皱起眉头，低声嘟囔着。她姑姑也有些不放心，问：

"去天文台看什么呢？"

"太阳黑子。"

"让看吗？"

"想想办法。几年前，我在北京见过他们的一位负责人。"

姑姑兴奋起来，拍拍侄女的肩膀，眉开眼笑地说：

"莉蓉，瞧你多有福气！你的同学当中哪个见过太阳黑子？"

"可是，怎么去呀？"

这就是莉蓉了，明明碰到快乐的事情，却仍然把自己困在忧愁里。我的心里一阵悲哀：是什么造就了她这么沉重的愁绪呢？

姑姑是乐观派，说：

"愁什么？先乘13路车到鼓楼广场，再换2路车去锁金村呗！嗨，上车打听一下呗。"

说罢，她低头看看表，惊叫道：

"呀！到点了，我先走了。祝你们一路顺风！"

一直望着姑姑走远了，莉蓉这才无奈地对我说：

"咱们也走吧。"

一路上，车挺顺，到达锁金村后，就该步行了。

她与我并行着，间隔一个人的距离。我知道，她对周围每一个男人都是存有戒心的。刚才在车上，大拐弯时她险些摔倒，我急忙扶了她一把。她竟像触电一样跳了起来，看了我一眼，铁青色的脸上微微透出一丝敌意。这真让我心寒：她的心里结了冰吗？我尽力克制了自己的情绪。想想昨天下午的口若悬河，那副好为人师的样子，该有多么可笑！如今可好，刚出门就闹了个小小的不愉快。

在生活严峻目光的注视之下,理论常常感到无地自容,因为它幼稚得可笑。

紫金山,也叫钟山、金陵山。虽然,它的主峰海拔只有448米,可山势险峻,蜿蜒如龙。三国时期,诸葛亮称孙权"钟山龙蟠",即指此山。毛泽东著名诗句"钟山风雨起苍黄",也是以此山代表南京。实际上,中山陵和明孝陵都在此山之中,中山陵在山前正中,而明孝陵在西面。我们要去的紫金山天文台,坐落在第三峰上。

"你来过这里吗?"

我打破了沉寂,问道。

"没有。"

"中山陵呢?"

"清明节时,全校一起去过。"

"淮安的吴承恩故居,你去过吗?"

她惊讶地看了我一眼,点点头,反问:

"你也去过?"

"对!也许咱们还见过面呢。"

她越发吃惊,连声问:

"怎么可能?怎么可能?"

我故意慢悠悠地说:

"1986年4月,那时你不正上小学四年级吗?全省在你们县开儿童教育工作现场会,我来采访,参观了许多小学。还有好多个小学生导游员,来热情地陪我们参观周恩来故居和关天培祠堂……"

"嗨!我当时也是导游员,负责介绍周恩来故居的。"莉蓉到底激动起来了,忘情地说,"那时多好!"

我也没想到,天下事竟会有这般巧。更让人难以置信的是,同一个邹莉蓉,却今昔判若两人了。

我感慨地说:

"淮安是个出人才的地方啊!名将有韩信、关天培、梁红玉,文学方面有一代文豪吴承恩。周恩来的童年也在那儿度过。可是怎么搞的，居然许多人都不知道淮安！就连堂堂的《中国名胜词典》，也没有介绍吴承恩故居一个字，那是位世界级的文学大师啊！"

莉蓉赞同地点点头，说：

"吴承恩的故居在河下镇，紧挨着古运河，很漂亮。我去过好几回，心里真为《西游记》的作者是我们淮安人而自豪！"

这时，我们已经来到了紫金山下，顺着一条车道向山上走去。不用问，这条车道是为天文台修的，它成了我们最可靠的引路人。

望望山路遥远，为节省时间，我开始准备截车。恰好，一辆小货车驶来了，我一摆手，叫住了司机。司机是个男青年，吼道：

"干什么？"

我亮了亮工作证，恳求说：

"来拜访你们高总，走累了，捎我们上山好吗？"

男司机打量了我们一下，一挥手：

"上来吧！"

我一边道谢，一边招呼莉蓉快上车。谁知，莉蓉像一根深埋的木桩，一动也不动。我以为她没听清我的话，大声喊：

"莉蓉，快上车！"

她这才开口：

"我不上，您上吧。"

"为什么？"

"不为什么！"

司机从驾驶室转过身一瞧，火了，说：

"我还有急事呢，你们倒聊上了。快闪开，闪开！"

我只好莫名其妙地向小伙子道歉。等车开走之后，我耐住性子，问莉蓉：

"到底怎么啦？"

"……"

我又问了一遍，她才回答：

"不怎么，我就不愿意。"

我这才遗憾地发现，我们并没有完全认清这个女孩子。她性格里还有一种不亚于自卑的成分，那就是古怪，而这比自卑更难改变，因为古怪是捉摸不定的。

我多么希望知道，此刻的莉蓉在想些什么，以找到帮助她的良策。可这是不可能的——至少暂时不可能。我又一次感到悲哀，为我的无能，也为她的固执——一种愚昧的毫无价值的固执。为这固执的古怪，她将失去多少改变自己的机会呢？就这样，我们继续爬山，怀着烦闷的心情，步履显得格外沉重和缓慢。满目的翠绿似乎被一片灰色代替了，心中的希望如狂风吹拂的微弱火苗，随时都有化为一片漆黑的可能。

40分钟后，终于到达了世界著名的紫金山天文台。

这里的景象是奇特的。在山顶各处的一栋栋房屋，多数都是银光闪闪的圆顶。再仔细看去，这圆顶上都有一条宽宽的裂缝，从屋顶的顶端一直裂开到屋檐的地方。显然，这就是一个个天文台观测室了。

根据门卫的指点，我们来到最高处的一个观测室。敲门之后，出来一个穿工作服的姑娘。她热情地问：

"你们找谁呀？"

"高总在吗？"

"真不巧！他昨天刚去英国，参加一个国际学术研讨会。我是他的助手，能为你们做些什么？"

见她颇有诚意，我取出中国作家协会会员证递给她，并表示想看看太阳黑子。她认真地看过我的证件，爽快地说：

"请进吧！"

进到屋里，我才发现，刚才从外面看见圆顶上宽宽的长裂缝，其实是一个巨大的天窗。如高射炮一样的天文望远镜，就通过这个天窗指向辽阔的太空。

"本来，这儿不接受一般性参观。您是作家体验生活，应破个例嘛。"

姑娘手脚很利落，一边解释，一边调试着望远镜。然后，她友好地问：

"关于太阳黑子，你们知道多少呢？"

见我和莉蓉均摇头。她笑了，说：

"那么，我就卖弄一回吧。"

她开始讲述起来：

"人类最早写下关于太阳黑子的观察记录的是我们中国人，时间是公元前28年，即汉成帝河平元年的5月10日。这次观察记录，比欧洲人发现太阳黑子早800多年。

"那么，太阳上的黑子到底是什么呢？

"如果，我们通过一片涂黑的玻璃看太阳，可以看到太阳表面有很多引人注目的黑色斑点，这就是黑子。

"黑子经常成对成群地出现，并且在日面上不断移动和发展。小黑子的直径约1000公里，而大黑子的直径约在100000公里以上，有时可以有几十个地球那么大！"

"真的吗？"

莉蓉张大了嘴巴，惊叫起来，说：

"我还以为像一把撒开的黑沙子呢！这么大的黑子，怎么挡不住太阳的光呢？"

姑娘文静地笑笑，继续说：

"叫它黑子，其实它并不黑，它的温度在4500摄氏度左右，比火红的钢水还要明亮许多。但是，因为它比周围物质的温度低了1500摄氏度，相比之下，显得暗了一些，看起来就像是黑色的斑点。实际上，黑子是巨大的旋涡状气流。

"黑子的出现并不能减弱太阳的光辉，相反，表明太阳具有高度的活动性。为什么呢？每当黑子增多的时候，太阳局部区域的爆发——耀斑，也大大增多和剧烈起来。所以，人们常把黑子数目的多少作为太阳活动强弱的标志。"

我也禁不住问道：

"太阳黑子爆发的能量很大吧？"

"那当然！可以放出相当于几万、几十万个氢弹爆炸的能量。"

"天哪！这对人类有什么影响？"

"对地球的磁场和大气状况以及气候，都会产生影响，这自然就影响到人类的生活。所以，掌握它的活动规律十分重要。也许，这就是我们天文观测工作的价值吧。"

姑娘讲述完了，幽默地耸了耸肩，显得既自信又可爱。

"今天碰上您，真是我们的运气！"我感谢了她的介绍。

她站起来，说：

"来吧，现在让我们来看一看这些太阳上的魔鬼吧。"

"我先来！"

莉蓉竟活跃起来，抢先伏在天文望远镜前，在那个姑娘的指点下，开始聚精会神地观察着。一会儿，她叫起来：

"看到了！有一小群黑子！"

她观察了好一阵子，才让给我来观察。果然，在灰白的太阳表面上，有一小群黑色的斑点，仿佛谁一不小心，把一串泥点甩到了一块亮玻璃上。

一切如愿以偿。我们不忍心再打搅这个热心的姑娘，便告辞了。为了表示谢意，我说一回到北京就把自己的作品寄赠给她。她也不客气，开心地说：

"我等着。我对于书是来者不拒。"

她送我们走了一段。我猛然发现，周围山上的岩石闪耀着紫金色，忙问是何缘故。

姑娘说：

"这山上含有大量的紫色页岩层，经阳光一照，便呈现出紫金色。不然，干吗叫它紫金山呢！"

我恍然大悟。

这时，莉蓉忽然想起了什么，马上取出相机，递给我，并低声问：

"我能和这个阿姨照张相吗？"

我很高兴她的变化，因为这是主动伸出的友谊之手啊。于是，我同姑娘商量了一下，愉快地为她们合了影。那姑娘又提议道：

"来，我给你们俩拍一张。"

"干脆拍两张吧，一人一张。"

我急忙出了新主意，避免了莉蓉重现那古怪的固执。心胸坦荡的姑娘，并未察觉其中的奥妙。

顺着姑娘指引的捷径，我们很快地来到了明孝陵。

已是中午时分，我请莉蓉共进午餐。我买来面包、香肠、炸鱼、雪花梨和饮料，选择了一块避风的地方，招呼她坐下来。还好，她没闹什么别扭，望着远处的石人石兽，慢慢地吃起来。

"你提出和那个阿姨合影，真是个及时的好主意！"

我赞扬她，希望激起她的热情，激起她诉说的欲望。她回答：

"她真了不起，知道那么多！"

"你不觉得她这个人可爱吗？若不是碰上她，也许咱们看不成太阳黑子呢。"

"她挺像公关小姐。"

"其实，每个人不都在做公关工作吗？公关工作做得好，朋友就多，发展的机会也多。"

"……"

"怎么不说话啦？"

"我不会做公关工作。"

她说完这句话，又沉默下来，目光里凝聚着忧伤。

"那么，你愿意让我来帮助你吗？"

"愿意。"

"那好，请回答我。上午，我截了车，你为什么不上呢？"

"那司机不是好人。"

"怎么知道?"

"他那么凶,又是个男的。"

她终于讲出了原因,我心中一阵轻松,叹了口气,说:

"知道吗?这就是你人际关系障碍多的一个重要原因,即怀疑一切。这世界上是有坏人,是应保持一点戒心,但应当相信绝大多数人是好的,应当善于和绝大多数人友好相处。否则,怎么获得友谊呢?那个司机讲话是凶了点,可他尽管有急事,仍停下车让我们上,这不是说明他的心是好的吗?男的又怎么啦?世上的杰出人物许多都是男的,能说男的都不可以信任吗?"

她痛苦地说:

"有些道理我也明白,可就是做不好,我恨自己无能!"

"你的两封信我读了好几遍,发现你的另一个弱点,就是自卑心太重。你说是自虐心理,也对,反正就是在心里自己折磨自己呗。对不对?"

见她点头,我又接着说下去:"其实呢,人和人是平等的,谁都有优点,谁也都有弱点,怕什么呢?"

"我什么优点也没有!"

"这怎么可能呢?我刚来两天,就发现你有好多优点!"

她一时无语,却抬起了头,疑惑地望着我。也许,很少有人讲她的优点。

我说:

"第一,你发育很正常,身高有一米六四吧?据说,这是中国女孩子的标准身高。你想,这对矮个子来说,是多么求之不得的优点啊!第二,你的字写得很漂亮,信写得流畅,富有感情。我都羡慕你呢,因为我虽然是个作家,字却不如你。第三,你的审美眼光不错,这从你的穿着和房间布置可以看出来,这是女孩子有魅力的重要方面。第四,你敢走向新的生活。从淮安来到南京这座大都市,没有勇气,光靠金钱是做不到的……"

这时,我发现莉蓉的眼里盈满了晶莹的泪水。她薄薄的嘴唇颤抖着,说:

"谢谢！谢谢！连我都从未发现自己还有这些优点。"

我开玩笑说：

"当听到别人赞美自己的时候，礼貌地说一声'谢谢'，是女孩子优雅的风度。这应算是你的第五个优点。"

这句话逗得她破涕为笑了，笑得把饭都喷了出来。

这顿午餐吃了很长时间。尽管，由于谈话太多，饭没吃出什么味来，我们却由衷地感到愉快。怎么说呢？在此之前，虽然两个人都不喜欢严冬，彼此间却明显地结了一层冰，那无形的让人心寒的冰。而如今在春风的吹拂之下，这冰在无声中消融着。

她的话匣子并没有一下子打开，但我能察觉出来，她的举止轻松自然多了。是啊，整天绷得紧紧的，时刻都在戒备别人，这生活能不累吗？这心能不老吗？

下午，去中山陵的时候，莉蓉活跃起来了。她积极选择角度，为我拍了许多照片，还谈起第一次来中山陵的印象。

她说：

"同样是一个人，有的人平平常常，而有的人惊天动地，差别太大了！您说，过去的皇帝该有多厉害，孙中山竟敢推翻帝制，真了不起！"

"这说明了什么呢？说明一个人的生命是有巨大潜力的，只要心中有伟大的目标，同时又勇于实践善于实践，完全可以让生命放射出灿烂的光辉。"

我这样说是因为她的话触及了一个重要的问题，即对生命意义的探讨。假如能深刻认识这一点，无疑会有力地推动她进步。

我们走出了孙中山祭堂，又来到了他的墓室。墓室为球状结构，正中是圆形大理石圹，中间是长方形墓穴，棺上镌有孙中山长眠卧像，宁静肃穆，天然有神，仿佛随时都会醒来，又去为中华大业奔波。

"您说，孙中山当时的处境多危险，他真的一点不怕吗？"

"人在危险时产生恐惧心理是正常的。但是，有些人早把生死置之度外，迎着危险前进，杀出一条血路，反倒平安无事了。而有些人太怯懦，几乎被危险吓死了,虽有生的希望也不敢争取。也许危险也欺软怕硬吧。"

"好像是这个样儿,越胆小的人碰到的危险事越多!"

出中山陵向东,是有"灵谷深松"之称的著名风景区——灵谷寺。这里松木参天,曲径通幽,尤以无梁殿闻名于世。

无梁殿已成为灵谷寺仅存的一座古建筑了,它始建于朱元璋当皇帝的时代。殿顶为重檐九脊琉璃瓦,大屋脊上竖有三个琉璃制小喇嘛塔。殿前是宽敞的月台,殿后有平坦的通道。殿内用砖券代替木梁,所以叫"无梁殿"。如果你仔细观察便会发现,这正面五个开间,每间一券,每排五券。当中一间券洞最大,横跨11米多,高达14米。内部虽为券洞,外部仍然是仿木结构形式,檐下有挑出的斗拱,正面还建有门窗。古人这种用多样券法错综连合构成的建筑,令人大为赞叹。

"您很欣赏无梁殿,对吗?"

莉蓉轻声问我。见我点头,她提议道:

"那么,咱们在这里合个影吧。"

"好极了!"

我立即表示赞成。她四下打量了一番,选中一个持两架照相机的中年男子,走过去说:

"叔叔,请帮我们照张相好吗?"

中年人热情地过来了。莉蓉赶忙招呼我站好,而她跑到我的右侧站好,笑吟吟地准备照相。这一次,她与我靠得很近。

我心里暗暗地想:莉蓉怎么会突然来了180度的大转弯呢?

照完相,等那个中年男子走远,我绕了一个小弯子,问道:"你怎么会想起在这儿合影呢?"

应当说,这句话问得不合逻辑。她不是说了吗?因为欣赏无梁殿,才提议在这儿合影吗?有什么好问的?不,这不是我的意思,我这句话的意思,莉蓉倒是听明白了。

她带点调皮地说:

"在天文台那里,咱们的合影没有照成,您心里一定怪我吧?"

"……"

天哪！原来她超级敏感呀。当时，我还自以为掩饰得很巧妙呢，想不到她却洞察秋毫，心中有数。经她猛然一语道破，我倒一时不知该怎么回答。

"所以呀，我赶紧补上，将功补过呗！"

莉蓉不等我的解释，开心地自问自答。此时的她已渐入佳境，好像身上束缚的绳索在叭叭脱落，越发轻松和自由。

我深深地感到欣慰，因为，如果照此势头发展下去，她会由畸形走向正常的。她不仅内心怀有这种渴望，也具有这种能力。

在松林间的小路散步时，我曾试探地问：

"刚才，在孙中山墓室里，你感慨地说'越胆小的人碰到的危险事越多'，这句话你有什么亲身体会吗？"

我知道，我是在做危险的跳跃，即想促她道出内心久蓄的苦水，从根上帮她医疗伤患。就她目前的心理承受力来说，可能尚未达到这一水平，所以说我是在"做危险的跳跃"。在某些时候，会发生意想不到的奇迹，使这种"跳跃"成功。但是，这一次，我失败了。

她的眼神又出现了慌乱，支支吾吾说：

"我……没什么亲身体会，只是偶然发句感慨罢了。"

我后悔了，后悔自己的冒进。每个人都有自己的秘密——一个独自出入的世界。那里，也许有毒蛇猛兽，也许有花形月影，但这一切只属于一个人。虽说，征服这些毒蛇猛兽需要多一些力量才好，而最终起作用的还是心灵的主人。所以，人与人之间应互相尊重各自的隐秘世界，何必惊扰别人呢？除非别人需要的时候。

于是，我岔开了话题，谈起这一路文学旅行的奇闻逸事，使她渐渐恢复了平静。

在返回城里的9路车上，莉蓉问起我的时间安排。我知道，目前与她的交谈难以有更多的突破，她需要时间，需要安宁，需要思索。

我说：

"明天，我去看几个文学界的朋友，后天一早去上海，去看另一个中学生朋友。"

"这么急？"

她望着我，目光里有几分怅然。

星期天的晚上，莉蓉和她的姑姑、姑父一起来看我，送来一盒雨花石做纪念。

她姑姑喜笑颜开地说：

"莉蓉昨日回来好开心呀！她这是头一回陪客人出门旅游啊。"

"我很荣幸，对吗？" 我用询问的目光望着莉蓉。

她不好意思地笑了，说：

"应该说是我很荣幸，真的。"

一个浪漫女孩的心理自卫

> 16岁真好！16岁的一切在几十年后的一个黄昏独自回忆起来，是美好得能让人流泪的。16岁的我敢于说真话，而60岁的我是否还敢于坚持真理呢？未必。
>
> ——摘自鹿鸣的来信

　　这次文学旅行，无论选择什么样的路线，上海是一定要去的。如果单纯是旅行，我绝不会选择上海。由于工作的关系，我去过无数次上海，那儿是人的海洋，是商品的海洋，也是新思想的海洋，却并非一块旅游胜地。然而，女中学生鹿鸣的来信，竟使我从一个崭新的角度，发现了这座现代化城市的魅力。

　　不到半年时间，16岁的上海少女鹿鸣，给我来了七封长长的几乎超重的信。她是一个自信得有些骄傲的女孩，喜欢与作家、艺术家交往，却始终以平等相处为前提。因此，读她的信如读朋友的信，全不见什么客套应酬，更没有畏缩的自卑，而是谈笑自如，语锋犀利。于是，我喜欢读她的信，也常回信给她。我之所以决定写这部作品，并且先做漫长的文学旅行，与她的来信有直接的关系。

我真心地感谢这个陌生的少女。

她给我来的第一封信，是1990年7月9日寄来的。那是《16岁的思索》刚刚出版的时候，7月号《少年文艺》刊登了我的文章《谁来握住我的手——谈〈16岁的思索〉》。她显然是读了此文马上命笔成文的。

她写道：

我一直想谈谈关于16岁，16岁的感觉，16岁的心情，16岁的一切——因为我正是一个16岁的女孩，一个上海中学生。

现在写中学生的作品很多很多，但真正好的却很少——太少了！让我怀疑——这些作家们是否有些一窝蜂？有些盲目？

16岁的中学生（这个年龄层次的学生吧）是很敏感，又有些复杂的，也许是因为处于过渡时期吧。所以，要写好，要写真实，对于你们来说并不是一件容易的事。很多的作家往往爱俯瞰我们——所以出不了成绩，或者是接触了一些中学生，便自以为了解了他们，而错误又恰恰在这肤浅上。

不真实是中学生题材文学以及青春片的主要问题。

比如说电视连续剧《十六岁的花季》，它是中国青春片中最成功的一部。我看了两遍，又听了一遍广播，还看了剧本，每一次都为之深深感动。可是，作为一名市重点学校的学生，冷静地想一想，这部电视剧也有许多不真实的毛病。

就拿剧中的校长这一角色来说，既然是重点学校的校长，接待各方面来客和处理各种难题都颇有经验，绝不会一听说有学生闯女浴室，马上心急如焚、火冒三丈。剧中校长的风度、气质和涵养，都不像重点中学的校长。

还有，重点中学的学生比较懂事，在男女交往方面的事，一般都能自己把握好。其实，大家都明白，爱情和友情两者之间只有一层薄膜，一捅便破的。有时感情根本难以划分清楚。生活与感情是没有任何一个公式所能包容的。既然很难分清、划清，又何必去分、去划？这类事，当事者最重要的是把握好一个度、一个分寸。你说呢？16岁的所有微妙感情都是最纯、最美好的，又何必去强加什么所谓的罪名呢？也许，我们学校的老师深知这一点，所以，很少加以干涉。这样，学生的交往倒很正常了。而且，我所接触的其他市重点中学的学生，似乎也这样（当然，可能我的接触面不算广）。但这可以说明，《十六岁的花季》中，那么多人（特别是袁野的班主任）对袁野和陈非儿的交往"如此关心"，似乎不太真实吧。

当然，《十六岁的花季》拍得还是不错的，反映出了中学生的面貌。但是，我要说：如果真的走到学生中来了，真的用心去体会中学生的心情了，那么，写中学生的作品才会真正成功！

我们在呼喊：中国有那么多作家，有五千万中学生，为什么不能在众多的中学生中挑选几个有特色的来写？！

是啊，写中学生就像在中国搞真正的流行音乐（不是一窝蜂地唱西北风、东南风）的人一样，他们（你们）脚下是一条艰难的路。但是，总得有人去闯，你说呢？（"数风流人物，还看今朝"啊！）

但是，要写，就要写好，写成功。不是先写，而是先去了解，先去体会！

嗨！说那么一大通，的确很激动。一方面，我为你的真诚所感动——"我伸出了友谊之手，谁来握住我的手？"；另一方面，刚听完张国荣告别演唱会的录音，为他那首《风再起时》所感染。

于是乎，我写下了这些文字，真痛快！女孩子也不一律是文静，文静背后藏着一颗洒脱的心，果断的心。16岁真好！16岁的一切在几十年后的一个黄昏独自回忆起来，是美好得能让人流泪的。16岁的我敢于说真话，而60岁的我是否还敢于坚持真理呢？未必。

16岁的我可以在深秋的晚上，暂时抛开ABC，披上一件厚厚的牛仔衣，在长满法国梧桐的街上散步，思考一些问题；可以坐在楼梯口痴痴地等待，等待的无非是一种熟悉的感觉罢了；可以蜷缩在床上听各种流行音乐，享受一份静谧的滋味；可以和同学们在踏青去的车上大唱《逍遥游》……

是啊，这一个年龄。这一切都只属于这一个年龄！

我会和同学们大谈姜育恒的孤独、王杰的凄凉、张国荣的深沉、谭咏麟的浪漫、席慕蓉的清丽、三毛的独立，也谈足球和政治……谈各种各样我们这个年龄所感兴趣的每一个话题。

不是吗？我们的生活是多彩的，具有青春气息，而不是一天到晚为感情所困扰，我们有我们的世界。

我们也迷惘，也困惑，面对世界上太多的不公平，太多的不可思议！我们也孤独，也寂寞，否则，姜育恒、王杰、高明骏不会受到中学生如此的欢迎！在寂寞的时候，一遍一遍地放姜育恒的《寂寞的缺口》，那种知音般的感觉，只有在这种年龄的人才能感受！

但是，我们更多的，是把孤独、寂寞投入繁忙的学习中，尽可能让它冲得淡一些——"把寂寞当作调料"。

在彷徨中，我们奋斗，为青春奋斗。告诉自己：要坚强，女孩子的坚强是最可贵的。为了做好一生的准备，16岁的青春必须奋斗，而只有奋斗的青春才是无悔的青春！

读着鹿鸣行云流水般的文字，我能感受她心潮的激荡。只有16岁的女孩子，才会有如此强烈的倾诉欲望。其实，她才了解我多少呢？这并不重要，重要的是宣泄出来，寻求理解和支持。而实际上，不用别人的理解和支持，这宣泄的过程本身，就是一种自我理解和支持，别人只要能静静地倾听，就足够了。许多心理咨询工作的成功，也就是倾听艺术的成功。

当时，尽管我在忙于创作一部长篇小说，仍给鹿鸣回了两页长的信，与她探讨了来信中提出的几个问题。从此，我记住了她的名字——鹿鸣。

全国城乡的中学生们，都具有各自不同的特色。由于处在改革开放的前沿和受海派文化传统的影响，上海新一代中学生变得更加活跃起来，精神生活的要求也越来越高。

据《中国青年报》记者的调查，上海中学生在社交生活、课外阅读和影视欣赏诸方面都出现了新的趋向。

在社交生活方面，可以看出上海中学生情感需求的变化。他们手中的零花钱的确越来越多，其中很大一部分是用来进行"社交"的。仅以各种纪念卡的赠送为例，每逢同学生日，或元旦、春节、圣诞节、愚人节等节日，中学生们便掀起"送卡热"。一个女中学生的"卡片珍藏盒"里，有生日卡、圣诞卡、新年卡、友谊卡、情侣卡、芝麻卡、生活卡、生肖卡、音乐卡等等，足有四五十张之多。每张卡的价格，少则五角，多则五元以上。当然，他们之间互赠的礼品绝不限于纪念卡，还有色彩鲜艳的领带、雀巢咖啡、影集、玩具娃娃、长毛绒动物玩具、胸花、水钻别针、化妆品、仿金项链等等，品种繁多，琳琅满目。中学生"社交生活"新趋向的形成，是伴随整个国家物质生活的变化而产生的。现代社会的标志之一，就是伴随着高节奏的工作，产生了情感方面的高需求，这是使人的心理达到平衡的一个重要条件。而现在处于青春期的中学生们，在某种程度上说，面临着社会生活最紧张的一个阶段，他们产生和同龄人及成人朋友进行情感交流的愿望是正常的。交流方式如果健康，会极大地促进少男少女人格的丰富和完善。自然，在这当中也容易出现摆阔气、争面子等问题，让并不宽裕的中学生产生"经济恐慌"。

在课外阅读方面，上海中学生也处于积极活跃的状态。首先是阅读量大，涉猎面广。某校初二一个班40余名同学，他们书包中的课外读物，竟有180多种。从内容来看，许多中学生把阅读视为逐步完善自己的重要渠道。例如，《领袖们》《你能够说服任何人》《如何拒绝别人》等书，中学生争相阅读。其次是观念的变化，如看《红楼梦》，不喜欢林黛玉，而喜欢探春。一个男中学生直率地说："《红楼梦》里有140多个女子，如果让我娶一个做老婆，绝对不要林黛玉。因为林黛玉有三个弱点：一是体弱多病，捧着一个药罐子；二是缺少健全人的心理品质，另一只手捧着一个醋罐子；三是缺少现代人必须具备的能力结构，不会当家理财，只会享受。而探春则不同，热情，性格外向。如果娶她做老婆，可以帮我搞外交。她善于当家理财，又有雄心勃勃的建设计划，是个贤内助。"中学生的阅读倾向，无疑是时代的折射。随着社会文化生活的丰富与发展，中学生阅读文化作为一个方面，正使学校教育面临着一场积极因素的挑战。

在影视欣赏方面，上海中学生们的要求也不断提高。被调查的中学生几乎100%喜欢看电影电视。平均每个同学一个月看三四部故事片。至于看电视，据统计，每天看一小时的占60%，而部分同学每天看两小时以上。他们不仅爱看，并且热心评论，甚至有浓厚的兴趣参加影视活动。

作为上海中学生的一员，以上这些新趋势新变化，都构成了鹿鸣生活的现实背景。但是，正像她本人说的："生活与感情是没有任何一个公式所能包容的。"作为一个鲜活的个体，鹿鸣的生活远比记者所能了解的要丰富得多。我愿意与她保持良好的通信联系，是希望借助她那些灵敏的信息触角，看清上海中学生生活的真实内幕。

鹿鸣在之后的几封来信中，向我诉说了许多事情。其中，比较严重的事有三件：其一，她初恋的失败——她不承认是初恋，也不认为是失败；其二，考高中时，她以一分之差，由市重点学校落入了区重点学校；其三，在高一的一次考试中，她和一些同学作弊，结果唯独她被抓住，正面临入学以来最严重的危机。

这就是说，一向春风得意的鹿鸣，开始遭受厄运了。于是，我愈加关注她的命运。谁都知道，一个人过五关斩六将需要勇气，走麦城更需要勇气，否则等于走向毁灭。我一直在问自己：一个16岁的女中学生能承受住这一连串的打击吗？

鹿鸣没对我细谈这些，却在一封信里详尽地介绍起她的一个好朋友。

她写道：

> 我有一个女同学，名叫夏忆。她在小学五年级时，随父母去美国——她父母去搞昆虫研究。她在那儿受尽了歧视。白种人对她还不错，很友好，但她无法进入他们的圈子，因为这些白种人从骨子里也是排斥她的。黑皮肤的对黄皮肤的就更不友好了。那些人野蛮而粗

俗，见到就用英语骂她（他们以为她听不懂，其实她完全听得懂），她只有装作听不懂。回到家，父母问她在学校里开心吗，她为了不让父母担心，只能说很好，很开心，很快乐，把泪水往肚子里咽。

她在美国的两年里，没有朋友。她以惊人的毅力战胜了孤独寂寞，并且出人意料地获得了全美小学生读书竞赛二等奖。（后来，她告诉我，她为此付出了多少代价。）

回国后，她考入了我初中就读的那所全市一流的重点中学。在初三那年，她获得了《光明日报》在我校举办的"小小专家"活动中的"小小翻译家"。那时，正逢直升考（即直升高中的考试）。学校有个规定，获"小小专家"称号的学生免试直升。为此，全班没有一个人再接近她，都不约而同地疏远她（因为妒忌，不服气）。她又陷入了低谷。不久，她终于决定放弃免试机会，参加直升考。就在那时，我在图书馆里认识了她。她是一个柔中带刚的女孩子。书香门第的家庭造就了她"大家闺秀"的性格。美国的两年磨炼又使她具有了顽强的承受能力。

为了争口气，她拼命读书，终于以高10分的成绩直升本校高中。早在初三的假期里，她已经考出了剑桥第一证书，并取得了打字A级证书。高一开学，她马不停蹄地开始学英文，考入了托福预备班。高一下半学期，她直升托福班，并开始在星期天学高级英语听力。期终大考时，她病倒了，晕了过去，但她醒来后仍坚持着去参加大考，并取得了全班第五名的优异成绩（这是很不容易的，学校的竞争十分激烈）。在假期里，她积极准备8月份的托福考试，还着手学习钢琴。为了提高身体素质，她每天清早去学习木兰拳。

就在最近，我去看望了她。她托福考了607分，但自己很不满意。虽然可以争取进哈佛，可她认为自己托福考失败了。她从不在意过去如何，准备去参加托福强化班和学习GRE（美国研究生入学考试），准备再考——为了出国。此外，她不满足于学好一门外语，已经开始学法语了。

怎么样？一个标标准准的女强人吧！可她仅有17岁，只比我大一岁。

摘录两段她信中的话吧：

"常常有脱了班的车要去追赶，能否赶上我一无所知。我奔跑，我追赶，只因为不愿意在等待中消磨和修剪自己。

"据说，人只是世上的一个过客。对于我，它并不是一个可怕的烦恼。我喜欢这样的追赶，去追寻遥遥领先的理想。在追赶中，我是一个自由自在的人！"

我不知道，鹿鸣为什么动情地叙述夏忆的故事。难道，她仅仅为了向我提供素材？不，不会这么简单。也许，夏忆的执着追求，深深地影响着她的人生选择。她在叙述着心中的楷模，不正是诉说着自己吗？

二

> 成长是痛苦的，也是令人向往的。有泪水，有忧伤，有孤独，有寂寞，也有阳光，有朝气，有欢笑，有欣喜。经过了难忘的16岁，我们拥有新生的愉悦。
>
> ——摘自鹿鸣的日记

8点21分，乘上南京至上海的91次特快列车，我的全部注意力都集中在鹿鸣的日记上了。

人人都说少男少女处于心理封闭时期，说他们不肯吐露内心的隐秘，而实际上，在真实地展示自己内心世界方面，几乎没有什么人比少男少女更勇敢更彻底了。当然，这要看对谁而言。

在我们多次通信之后，彼此已经非常信任。所以，当我去信问起那三件事的具体情况后，她用挂号信寄来了这本硬壳的日记本。里面写满了她那男孩般粗犷的字体，龙飞凤舞，挥洒自如，有时一张纸上只有几个字。细论起来，她这本日记更像随感录，并且夹杂着许多抄录的诗词和歌词。

开篇是《红楼梦》诗词摘录：

满纸荒唐言，
一把辛酸泪！
都云作者痴，
谁解其中味？

接下来，是完整的《好了歌》等等。1990年7月7日，是鹿鸣标明日期的第一篇日记。

她写道：

祝 福
——寄高帆及所有高三学生

为你们一万次地祝福，愿你们笑着走出考场，失败也要败得洒脱。

当你们走出考场，无论开心或是悲伤，请记住——夏天的树仍然一样绿。

第几次走进黑色七月？三年之后将轮到我。

高帆，你是一个坚强、有个性、有思想的男孩子。

我相信，你不会失败。

你的一生都不会失败。

即使失败了，失败了，

今后的路还很长，很长，

需要我们这一代去走。

一个浪漫女孩的心理自卫

一生要遇到很多的挫折
——生活属于强者。

　　这里提及的高帆，正是鹿鸣几年来一直喜欢的男孩子。他比鹿鸣大三岁，高三个年级。其实，鹿鸣知道他有女朋友，而且是一个才华出众颇有名气的女中学生，可她偏偏就喜欢高帆，从不掩饰。
　　在7月9日的日记里，她写道：

1990年意大利第十四届世界杯足球赛罗马夺冠赛
西德队对战阿根廷队
守门员戈耶切亚表现极好
裁判员曼迪斯（男，39岁，墨西哥人）
罚阿根廷两张红牌，两张黄牌，
一个点球。为此，阿根廷屈居第二。
极不公平！极不公平！！

　　我记起来了，就是这一天，她给我写了第一封信，信尾特地标明"阿根廷失败之日"。
　　7月21日，她写道：

成长
我很矛盾。
别人为我惋惜——一分之差。
我却不以为然，再进S中又会是何种感觉？
留给我的无非是失落和莫名的忧伤。
甚至有一种人去楼空的感觉。
随缘，很好的一个词。我想，S中的录取分数线如果是476分的话，那么我会得475分。

人该接受上帝给予自己的一切，然后去努力改变它。我要走自己的路。

我不想为人妻，为人母，我要独立。

这个假期，我的时间表排得很紧，好像很忙、很充实，其实，我的思维是停滞的。

没人帮得了我，我不能求助于天灵。我只能依靠自己的勇气和力量。

夜深了，人们都进入了梦乡。我想，我也该去寻找那梦的轨迹，而在这之前，我必须战胜自我。

这又是一场怎样的抉择呢？

7月28日，她写道：

一个人拎着游泳衣去了游泳池。

除了水之外，就是人。

人挤人，伸手可及的除了水就是人。

一个人，孤单地靠在一边，看着那么多人嬉闹。我是被排挤在外的。站了很久。突然有一个声音："你一个人来的吗？"抬头，是一张年轻、英俊的脸。

他问我是不是不开心。无言的我心里明白，只是想安静。

早早地离开了泳池。走时，他说："在门口等你。"

走出更衣室，没见他。走出学校的门，也没见他。再进去，还没见他。

在门口等我的他不见了。我一个人回了家。

年轻人，年轻人。

我却有一份随缘的洒脱。

如今的我，看淡了很多的东西。

但是，太多的偶然只属于年轻人。

7月30日的日记，接上了这段故事。

她写道：

午后，又去游泳，看到一张似曾相识的脸。他朝我笑笑，记起了是前天见过的那个男孩子。

他游得极好，青春焕发。

我傻傻地站在那里，东看看西看看。

快结束了，我准备出去更衣。他竟叫出了我的名字：

"我等你。"我感到很熟悉，前天他也是这么说的。

出了更衣室，他也出来了，轻松地朝我吹了一声口哨。回家路上，他推着自行车，和我聊天。

我一点都不了解他，他却很健谈的样子。我只有沉默。

他缺少气质和风度，我认为。

分别后，我感到有些好笑。

是啊，这一切，只属于年轻人。

8月4日，她又写了球赛：

昨晚，看球赛，中国vs韩国，冠军争夺赛。

最后，中国队以10人对韩国队的11人，踢完120分钟。看台上，满坐着人，大喊："中国队，加油！"我也为他们捏把汗：10个对11个，能行吗？

在加时赛时，中国队员常抽筋，疼得要命，医务人员跑来跑去。看台上又喊："中国队，顶住！"

是啊，能顶住吗？

拼命地跑。速度必须和体力好的时候一样，必须拼命地去争、去夺、去抢，纵然脚在抽筋。我想，队员的心里肯定有一个目标，一种信念，去迫使他们为之奋斗，为之拼搏，必须坚持到最后！

即使局势已无可挽回，也得去努力，

输也要输得有震撼力！

我想，中国的足球事业是有希望的，因为中国人有韧性，有荣誉感，有责任心！

中国的其他事业如果也像足球运动员一样，坚持拼搏到最后一刻，那么，中国终会腾飞！

是的，永远向前，一切必然会好！

自8月15日起，鹿鸣参加了为时一周的军训，也写下了一组日记。

8月17日　星期五　晴

今天倒了霉。下午在太阳下暴晒，真是受不了。人一天便黑了一层，还有好几天呢，不知怎么熬下去。

副营长当教官，一口北方话，样子很凶。说他的样子流里流气，太严重；说他幽默，又抬高他了。他一丝不苟，要强极了，我们谁都难过关。

收操后，同学们都骂副营长。我没发表任何"高见"。我觉得不能怪他，不想落后，想突出，是每个有事业心的人必然的心理。

8月18日　星期六　晴

今天，练习正步，我被安排进五排即持枪排，比别的排更苦了。

浑身乏力，腿很酸痛。上午在太阳下晒三个多小时，差点儿晕过去。早晨吃得又少，肚子咕咕直叫。下午，更受罪了，一条腿笔直地抬着，不许放下，是何种滋味？训练终于结束了，我赶紧去洗脸擦汗。水中映出自己黑黝黝的面容，我笑了，这就是我的军营周末！一个小黑鬼！

8月21日　星期二　雨

今天，又是一天的训练。爸爸妈妈知道我肚子疼，中午跑来劝我回家，还要去医院开病假条，但被我拒绝了。中国的家长太溺爱孩子，有时简直让人反感。我要说：爱得深沉一些吧，不要太浮于表面。一个吃不了苦的人，是成不了大器的。

我为自己自豪——我坚持参加了军训。

这些天来，我一直在想，上海实在是市侩气十足的地方，人人用金钱来衡量人和事物，而北方人比上海人好得多。在军训的日子里，我发现军营是一块圣地。教官们是那么淳朴善良，而且真有些幽默，是那么好的人。和他们在一起，我感到力量，感到希望，这些绝不是从那些受过高等教育的所谓"骄子"那儿所能得到的。

看到了他们，我发现这世界并非黯淡无光，还有这些"最可爱的人"。

是的，世界上除了金钱，还有许多更珍贵的东西。

军训生活结束了，鹿鸣又回到了她熟悉的环境里，她的日记也重温起往事留下的记忆。

8月23日，她写道：

晚上又有排行榜了，可我不能听——要去体育馆看世界排球锦标赛。

我意外地看到了高帆。他仍是老样子，虽然才两个月没见，却像过去了很久很久，有老朋友重逢的感觉。现在，总算有些了解他了。他终是他。初识时的感觉是潇洒、深沉，很有思想，很果断，还有些——狡猾。后来又发现，他原来也并不十分超凡。

他没有考入国际商业学院，进了华东师大。不过，看着黑黑高大的他，我相信，他能适应一切新环境，事业终会成功。

今天的我很洒脱，很坦然，OK！

许多经历证明了高帆的那句话:"人生有失便有得。"

从鹿鸣的日记里,我发现了她的另一场感情风波。这篇日记未标日期,夹在8月26日和9月8日之间。

她写道:

又记起了高帆的那两个字"放弃"。

放弃,放弃,放弃,满脑子的放弃。我不能想太多。我是那样的女孩吗?不是。我一直记得老师对我说的话,做每件事都要认真。

是糊涂了?是一时冲动?是因为那场大雨?还是……无法可想。是谎言?是真话?不知道。

木然地接受了一切,深深的。

没有感觉。那时,除了感到湿漉漉的,没有任何感觉,和平时一样的平静,一样的理智,知道在干什么,无聊。

"君子之交淡如水",我也许会淡淡地对待这件事,越来越淡,直到完全消失。

不欲留者留,欲留者失。

珍重,珍重,珍重,珍重,珍重,珍重,珍重,一个星期有七天,七个珍重。

我们不必要为一次冲动而付出全身心,这不叫责任。

我们仍是好朋友,也只有是好朋友。

我不需要勉强,不需要任何解释。本来,这所有就属于这个本无法解释清的年代。

我还是我,还是我。没什么,一切都没什么。不必要制造"有什么",因为一切都没什么。

这不叫"玩世不恭"。

9月9日,她又写了这件事:

一个浪漫女孩的心理自卫

昨天，拿到了市作文竞赛三等奖的证书和奖品。那么突然，但也开心。

整一个星期天，忙着织毛衣，总算完成了平生第一件绒线衫。浅黄色，镶白色的边，自我感觉很好，很漂亮，素雅，又有些洒脱。第一件啊，虽然有些粗糙。一生的第一真多。

还是不见鲁的信，我倒有些不安了，惶惶的。我想自己说得很婉转，不会伤着他吧。我想不会的。对我来说，他是一张白纸，一份空白。我从没试图去了解他。对他来说，我恐怕也是一张白纸吧。何必呢，去为空白负责。不要太轻率，我也不会太轻率。那是很沉、很有重量的三个字，我是永远不会轻易说出的。

我也只有潇洒地挥挥手，走我的路。其实，我何尝不在走我的路呢？我的脚步一直那么自信，带着一颗果断的心……

接下来，她抄录了姜育恒的《走在雨中》的歌词。鹿鸣写信告诉过我，她最欣赏的歌星就是姜育恒。

姜育恒唱道：

当我走在凄清的路上，
天空正飘着蒙蒙细雨。
在这寂寞黯淡的暮色里，
想起我们相别在雨中，
不禁悲从心中生。
当我独自徘徊在雨中，
大地孤寂沉默在别离。
雨丝就像她柔软的细发，
深深系住我的心的深处，
分不清这是雨还是泪。

记起我们相见在雨中,
那微微细雨落在我们头发上。
啊,往事说不尽,
就像山一样高,
好像海一样深,
甜蜜、绮丽,
彩虹般美丽……

10月5日,鹿鸣收到了高帆的一封信,又激起她无限感慨。

光阴流逝,很多种感情,很多种事物已不再,不再属于我,也不属于他。

我们彼此都失去了很多,无法追悔,也无法追回。这便是成长的一种付出吧。

小时候,失去一件心爱的玩具,不过只是在伤心后的淡忘。长大以后的我们,却会在失落后向前走,留下永不消失的伤痕。也许,这就是成长。在心中刻下一道道的伤口,任它去疼痛,任它去愈合。在多年以后,再轻轻抚慰它的时候,又会感觉到刻骨铭心的伤痛。

在看了他的信之后,我趴在桌上哭了,一种深深的失落感,又涌上心头。

不会再有以前的等待。

总喜欢生命里有一种等待。每天都有一种等待。那么,每天就会有一份新的希望。

想想夏忆,有这样的好朋友,我真的好欣慰。还有高帆。有他们,我有信心保持自己的纯和洁。

在这篇日记之后,鹿鸣写下了一首诗:

春的秘密
——写给十六岁记忆中的男孩

如果，没有你，没有我，十六岁的那一年会如何平淡。
如果，没有你，没有我，十六岁的清晨，街上会如何没有色彩。

一次一次，在繁华的街上，
　　寻你寻你；
一次一次，在学校车棚，
　　等你等你；
是否知晓，在十月重逢那天，你欣喜的目光，给了我多大的温暖！

抬起头，凝望你的眼，深邃深邃，
　　像湖，像海。
在你面前，我永远是个孩子，一个长不大的小女孩。
即使你发现她并不小，
　　也会摸摸我的头：哇，长大了！
而你，只比我大三岁。

十六岁的那年，因为有你
因为有我
世界才如此缤纷！

十九岁的你，潇洒、深沉，才华横溢
十六岁的我，无邪、天真、活泼
但在我心中，是否永藏着一个
秘密？
一个无法启齿的

春的秘密。
蓦抬头，才发现
　　高高大大的你，挡住了
　　　　黑夜。

当你轻轻离开，留给我的是
　　第二天的阳光
　　十七岁的阳光
……

从日记中可以看出，在鹿鸣感情的天平上，高帆虽未传递爱的信息，分量却很重很重，而那个鲁纵然冒进，分量却很轻很轻。

10月29日，她即以轻松的心情写道：

我和鲁的事终于了了。
天啊，总算好了。
从未有过的轻松，浑身的释然。不存在任何责任，不存在，我们彼此没有任何束缚。
我的世界他走不进来，而他的世界我很陌生……

12月25日，她写下《圣诞偶感》：

圣诞卡很多，仅两天就收到12张，让我感到满足。回家不知要干些什么，直等到傍晚时去拿信。只有一封，高帆的，一张明信片。一瞬间，我感到失望，感到全世界对我不公。其实，我内心一直祈盼的也就是他的祝福。曾经发誓：只要他寄来祝福，哪怕一个字也好。事实上，他的祝福不止一个字，我却彻底失望了。
对我来说，他的明信片如此官腔，似乎只是应付应付。我感到悲凉。我知道，自己的祝福对他来说，只是众人中的一份而已，虽然他不希望失去。他只要别人对他付出，他却只会收获。唉，我怎么了？对他一肚子不满。不是信奉"君子之交淡如水"吗？

初二的时候，读过一篇文章，写一个小女孩和一个大男孩很要好。后来，男孩考进大学，虽说好写信，却只是一张张明信片，寥寥数语，掩饰不住不耐烦。再后来，女孩无意中听说男孩交了女友，很漂亮。那天。小女孩在窗上哈气写下男孩的名字，之后又永远地涂掉了……这个故事很美，当时读完就联想到自己，不料真的一切言中！

无法轻易忘记这份纯洁之情。虽说长大了，但16岁那年的一切会沉淀在心中，永远。OK，没什么，16岁的梦成功的不多。我应该高兴有这样一个好朋友。

圣诞圣诞，平平淡淡。

等到1991年元旦来临的时候，鹿鸣为她的这本日记画上了句号。她写道：

每长大一岁，总是多一份沉静和宽容。

不再太在乎得失成败，重要的是自己的存在。不再一本正经在"幽幽暗暗反反复复中追问"，更喜欢一份自然的真实。

我再不会为一个漂亮的男歌星欢呼雀跃，不会傻傻地在饭店门口等到半夜，等谭咏麟的一个亲笔签名。只喜欢姜育恒，喜欢他的歌，喜欢他质朴的衣服，以及几句简简单单却能让我怦然心动的歌词。

重视朴素的价值，朴实的美感。亮丽的一切只属于生活在"火星上的人类"。我生活在地球，生活在这个时空，拥挤混浊的城市空气令人窒息。我必须保持自己的纯洁、质朴、淡雅、清清爽爽。这样，走在人流中，才不会感到太累，才能轻轻松松绕过世俗的一切。

曾经，等待过宽广的胸怀、深沉的眸子、有力的臂膀，但最终还是渴望宁静的生活。该来的一切从不可抗拒，该失的一切也从不强留，一切任其自然。

新的一年，我会积极投入，热情地去争取。

人，应当个个活得起劲！

我缓缓地合上了鹿鸣的日记本，心情也随着她心路的变化由躁动不安渐渐舒展宁静下来。从北京出发之前，我曾粗粗地翻过这本日记，印象并不怎么深。也许，那时正忙于文学旅行的准备工作，重点研究的是前一两个采访对象。如今，当专程来寻访鹿鸣的时候，她的日记竟给了我一种神奇的魔力。

这神奇的魔力意味着什么呢？意味着少男少女的天空，远比人们想象的更为辽阔；少男少女的情感，远比人们想象的更为丰富；少男少女的能量，远比人们想象的更为强大。这一切都意味着，青春期是人生命发展过程的一个关键时期，是为一生做准备的奠基时期。然而，青春期又是一个人特别脆弱的时期，一旦崇高被卑劣击败，天使被魔鬼诱惑，那么，这个人就可能向地狱走去。可以说，青春期提出的问题，向整个人类经验都提出了挑战！

鹿鸣内心的风暴，不正说明了这一点吗？她战胜自我的那一番持久的搏斗，不令人感到欣慰吗？

 三

> 我们每个人都应该有这个勇气，为过去画上一个句号，不管过去是辉煌还是失败。来吧，让我们另起一行！
> ——鹿鸣的话

91次特快列车于12点13分驶抵上海站。与旧站相比，新修建的上海站宽敞气派，南北广场拥抱着来自四面八方的游客，二十几路公共汽车整

装待发，把客人送往各自的目的地。

我从南广场先乘41路来到市中心，又转车来到了上海音乐学院，住进了该院的招待所。这里闹中取静，街上人也不多，所以，我常光顾这里。

吃过午饭，我翻出鹿鸣的电话号码，给她打电话。来沪之前，我曾在信中问她，如来沪如何与她联系，是登门拜访还是用其他方式。她告诉我，最好打电话或写信，并嘱我一定称接听传呼电话的老婆婆"沈阿婆"。

电话打通了，是个女人接电话，但声音挺清脆甜润。我犹豫了一小会儿，问：

"是沈阿婆吗？"

"沈阿婆"嘻嘻地笑了，问：

"侬找谁呀？"

"我找403室的鹿鸣，请给叫一下好吗？"

"沈阿婆"不嘻嘻了，急促地反问：

"您是哪一位？"

听我通报了姓名，"沈阿婆"惊叫一声，热情地说：

"我就是鹿鸣！真巧极了，我正在这儿等一个朋友的电话呢。"

她问了我的住所之后，爽快地说：

"40分钟以后，我去看您，好吗？"

"好吧，学院门口见！"

我觉得招待所里的空气有些憋闷，便随口约了见面地点。等放下电话才反应过来，我们并不相识啊，会不会认错人呢？不过，凭直觉，我相信能从人群里认出她，因为我对她的气质已经比较熟悉了，而气质虽决定不了容貌却可以决定神态。

回到房间里，本想小睡半小时，可是睡不着，脑子里总在想见鹿鸣的事。是啊，读了她那么多秘密，如今要与秘密的主人见面，能不令人激动吗？那些秘密的若干疑问，她都是最有权威的解释人，那些信与日记中涉及的种种问题，她都是最有价值的讨论对象。总之，见她是十分必要的，也是很开心的。

14点15分,我来到了音乐学院门口,比约定的时间提前了五分钟。

这是一个冬天里的春日,金灿灿的阳光均匀地倾洒在大地上,让人感到暖融融的,又有一种清爽感。道路两旁是长长一排法国梧桐,投下一片片斑驳的荫凉,竟使人联想起夏天的情景。几个老年人围拢在一棵大树下,坐着马扎下象棋,专心致志,连树上的麻雀都未惊动。一群金发碧眼的外国留学生,手拿着上海地图,兴冲冲地走出学院大门,这才惊飞了那几只麻雀。

也在这时,一个少女骑着自行车向我驶来。她身穿白色薄棉夹克,黑色健美裤,脚蹬白球鞋。红润而有光泽的脸上,黑黑的大眼睛闪动着笑意。她的临近,给人一种春风扑面的感觉。

我断定来人就是鹿鸣,便招呼道:

"是鹿鸣吧?好准时啊!"

"你早来啦?"

见了面,她不称"您"了,也不再讲上海话。我提议在街上散步,她表示赞成,把自行车存进了车棚。一切都极自然,仿佛我们不是初相识,而是老朋友。音乐学院的门前是汾阳路,这条路虽说不上多么宽广,却非常清洁、宁静。路两旁的建筑,多带有西洋风格。

鹿鸣介绍说:

"用上海人的说法,这一带叫上只角,过去是华人居住区或租界什么的。所以,环境比较幽雅喽!"

"怪不得嘛,大上海怎么会留出如此清静的地方。"

我又想起打电话的事,笑着问:

"你为什么不欢迎我登门拜访呢?"

她也笑了,说:

"你不知道,在我爸爸眼里,所有来找我的男人都是色狼。因此,即使你来采访我,他也会守在一旁,生怕你把我骗跑了。那咱们还怎么谈呢?"

天哪，她有这样一个父亲！

"你父母干什么工作？"

"父亲是中学教师，母亲是幼儿教师。我妈妈挺开明的，我的事对她不怎么保密。"

"那么，咱们通了好多封信，你爸爸会不知道？"

她自信地摇摇头，得意地说：

"我们家的信箱钥匙由我掌管，他们的信还得我给呢。这是我16岁争来的特权嘛！"

"看来，沈阿婆也被你收买了，为你保密服务，对不对？"

"对呀！"

我这才明白，她为什么把联络方式限定于通信或电话。为了保证自己的自由不受干涉，这个富有心计的女孩子，千方百计地营造她的世界。

我们肩并肩地走着，从汾阳路向南转到了岳阳路。在一个交叉路口的街心小花园里，矗立着俄国大诗人普希金的半身铜像。戈尔巴乔夫来上海访问时，还特地来这里献过花。鹿鸣讲述着当时的热闹场面，说因为事先毫无准备，这一要求让市政府好一通忙活！

普希金面容沉静专注，依然像在彼得堡郊外皇村的森林花园漫步一样，似乎在构思一首浪漫的诗篇。我们不忍心匆匆离开寂寞的诗人，于是，在他的像前坐了下来。

"喜欢他吗？"我问鹿鸣。

她点点头，说：

"在今年的元旦晚会上，我朗诵的诗就是普希金的。"

"请为我朗诵一遍，好吗？"

她望着那尊铜像，轻轻地吟诵道：

> 如果生活将你欺骗，
> 不必忧伤，不必悲愤！
> 懊丧的日子你要容忍：

请相信，欢乐的时刻会来临。

心灵总是憧憬着未来，
现实总让人感到枯燥：
一切转眼即逝，成为过去；
而过去的一切，都会显得美妙。

应当说，她有表演的天才。虽然是低声吟诵，她的神情也那么动人，脸色如初绽的花瓣一样鲜嫩，眸子似山间的潭水一样清澈。

"知道吗？这首诗是普希金为一名15岁的少女写在纪念册上的。"

听我这样介绍，她神情愈加生动起来，冲着铜像伸出大拇指，赞叹说：

"伟大的普希金！怪不得朗诵你这首诗，那么贴切、自然。"

我半开玩笑地说：

"你选中这首诗，跟心中的偶像高帆有很大关系吧？"

她像遭了电击似的，迅速地狠狠瞪了我一眼，皱起眉头，用拳头猛击我的肩膀，嗔怪地嚷着：

"坏死啦！坏死啦！人家信任你，你倒拿我开心！"

我知道，她是以攻为守，掩饰因我话题突兀转变引起的内心慌乱。因此，等她的急风暴雨平息下来，我又说：

"难道你不承认，高帆曾是——也许现在仍然是，你心中的青春偶像？"

鹿鸣没再动手，眼眶里却盈满了亮亮的泪水，缓缓地说：

"高帆，的确是我十五六岁时记忆中的一个极优秀的男孩子，叫青春偶像也可以。但是，他不会是我17、18、19岁时心目中的偶像，不会的。那一段时光，只属于过去，不属于将来！"

"我不想伤你的心，但我想知道，高帆怎么会对你产生那么大的魅力？"

"说不清。"

"你见过他的女朋友吗？"

"见过，印象深极了。"

我请她详细说一下印象，她沉默了一会儿，开口讲述起来：

"我好像告诉过你，高帆是我初中所在学校的学生会干部，才华横溢，风度翩翩。他的女朋友也是学生会的，与他同一届。

"不骗你，我决无意当'第三者'，却不知不觉被高帆吸引住了。有一次，我和他在广播室里聊天，灯光幽暗，我们'侃'得很开心。这时，他的女朋友来了，告诉他过几天的艺术节筹备工作的进展。我很敌意地看着她，仿佛要与她争个高低。她大概有些察觉，便很快说完了，微笑地看着我和高帆，说：'继续聊你们的吧。'说罢，又特地冲我笑了笑，从容地离去了。

"说真的，她这一笑，我非常难忘。在幽暗的灯光下，分明可以看见她友善的目光，信任的目光，以及大姐姐对小妹妹的理解和怜爱。是的，正如你说过的，女孩子也应该具有一些宽容。的确如此，她一定非常懂得一个初二小姑娘的所有心思。我至今都感激她和高帆对我的宽容。

"也许，那一段经历是我的初恋。那么，事实也确实证明——初恋，我们不懂得爱情。尽管，因为有了他，我有了太多的初次：初次的等待，初次的流泪，初次的惆怅，初次的怦然心动……然而，岁月流逝，我不会再是以敌意目光看人的'小女孩'，只把一切美好的回忆沉淀在心里成为永恒。

"你不是说过吗？人生在悟。我现在终于悟明白了，心里也就十分坦然。假若我再碰上高帆和他的女朋友，会平静地问候他们'过得好吗'，就像相识几十年的老朋友……"

鹿鸣讲完了，就像一篇童话，就像一首散文诗，那么美丽哀婉，那么耐人寻味。本来，我想问一下鲁是怎么回事，见她有些伤感，便把问话咽了回去。

转眼已经快17点了，街上的行人和车辆渐渐多了起来。我们也顺其自然，与普希金铜像告别，重返岳阳路。

路上，我邀请鹿鸣吃晚餐，她苦笑着摇头谢绝了，说："今天遗憾啦！我如果晚上6点之前不回家，老爸老妈该急死了。"

"那就喝杯咖啡吧，我还有话问你呢。"

"欣然从命！"

她调皮地鞠了一个躬，引我进了一家环境幽雅的西餐厅。

刚一落座，服务员小姐便送来菜谱，温文尔雅地问我们"用点什么"。我点了两杯咖啡，让鹿鸣点糕点。她看也不看，脱口说道：

"来两只刺猬吧。"

所谓"刺猬"，实际上是一种奶油极丰富的蛋糕，做成了刺猬的模样。鹿鸣先说了声"谢谢"，冲我笑了笑，便动刀动叉地狼吞虎咽起来，吃得十分香甜。

我说：

"瞧你吃得香，我该给你加点苦的啦。"

她一愣，带着"白胡子"看着我，莫名其妙的样子，问：

"什么事？"

"你信上讲期末考试倒大霉，是怎么回事呢？"

她果然皱起了眉头，苦兮兮地说：

"你真不该这时候提这件倒霉的事，'刺猬'也吃不香了。"

其实，她那只"刺猬"已经吃得仅剩尾巴了。她从塑料袋内抽出一张消毒餐巾纸，轻轻地擦拭着嘴巴，说：

"我真是祸不单行啊！从市重点降到区重点，已经够难堪了。谁知，进入区重点中学，第一次期末考试又因作弊，挨了有生以来的第一个处分！

"你一定会说，鹿鸣，你怎么能作弊呢？这不是明知故犯吗？是啊，你怎么骂我都行，我也骂我自己，怎么就昏了头，也跟着别人学作弊呢？

"无奈的事情太多了。本知道教育制度漏洞百出，我们还得争相去考；本知道许多东西学了没用，我们还得拼命地去背。

"有什么办法吗？——没有！为了报复，也为了自己减轻自己的负担，考试作弊的风气在中学生里悄悄流行起来，并且形成了一套套暗号。

譬如，摸摸头、摸摸脸或摸摸耳朵，都变成了无声的语言，深奥得很哪！我是好学生，对作弊一向嗤之以鼻。后来，也觉得不公平：他们不劳而获，凭什么让我们辛苦？我也来一回省心的吧！就这么一念之差，便走上了歧途。

"就考试作弊来说，我完全是新手，毫无经验。有一道数学题难住了我，我就从书包里拿出笔记本来对，如同在自习课上一样。于是，倒霉的事儿发生了。当时，学校正下决心刹一刹作弊风，我恰好撞到枪口上。人证物证俱在，还说什么？

"我感到悲哀的不是自己的败露，而是同班同学的反应。有个同学在考生物的时候，明明也用颤抖的手拿出过课本，此刻却像正人君子一样，与女生议论：'鹿鸣怎么会干这种丢人的事啊！'另一个同学曾是班干部。当我被叫到教导处训话的时候，他喊了一群同学来看'西洋镜'，并怪声怪调地说：'前车之鉴啊！'可他又怎么样呢？据同桌告诉我，计算机考试的时候，他把书放在桌上抄，还把卷子传给别人⋯⋯

"我能说什么？！因为他们手段比我高明，比我走运，没有败露，便可以抛开以前'心跳加速时干坏事的心情'，似乎他们多么清白，多么高尚。是的，伪君子尽可以这样做，他们有资本——他们没有被当场抓住！

"学校对我的处罚够厉害的。除了校级警告处分之外，考试分数做了零分处理，将我排入年级后80名——如三次'享受'这个待遇，就要分入差班，而差班高考升学率为0%。

"这件事的严重压力还不止这些。我爸爸知道了这件事，又是一场风波！记得《十六岁的花季》里的韩小乐吗？他的'闯女浴室事件'，成为他家邻居与他父母吵架的'骂题'。而我爸爸也是如此。他在某中学搞行政工作，'对头'不少，正无机可乘呢。再说，他又是抓处分之类事情的，特别痛恨作弊行为，一向是'从严处理'。好了，这次轮到他的宝贝女儿了，闹得满城风雨，他怎么见人呢？那些'对头'反而跃跃欲试了。

"说心里话，给爸爸造成压力，我是深感内疚的。爸爸爱我，我也爱他，一直想做个好女儿，为他争气。有一次，听说我们班一个女生的父亲,常拿他女儿成绩好到处炫耀,给我爸爸施加压力,因为他们在一个单位工作。我知道后,十分愤怒。恰巧那一天体育比赛,老师把我和那个女生编为一组,跑1000米。那女生用了4分钟,而我仅用了3.5分钟!你简直想象不出我是怎么跑的,发了疯一样,命都不要了,就为了超过她争第一。第一争到了,我呕吐不止,心情却舒畅极了。回到家里,我骄傲地向爸爸讲了这件事,他的眼睛竟湿润了。而如今,我是多么让他伤心啊,伤透了心!

"不过,我已经成熟多了。因此,在严重的打击面前,我变得很冷静,很从容,很坦然。在挫折和烦恼面前,我不会束手无策了,我会去接受它。我发觉我的心胸很开阔,可以容下许多许多。我们每个人都应该有这个勇气,为过去画上一个句号,不管过去是辉煌还是失败。来吧,让我们另起一行!

"那天,上台读检查时,我都为自己的从容镇静而深感震惊——这是我吗?从什么时候起,我变成了这个样子?在台上,我居然想起了法国思想家卢梭在《忏悔录》中的话:我坦露了自己的丑恶,可谁敢站出来说我比这个人纯洁?(大意如此)是的,我承认作弊是卑劣的行为,发誓与其一刀两断,这有什么丢人的?换上在座的其他人,他们敢当众立下这样的誓言吗?我不抱怨什么了,自己的事自己承受。

"当然,在经历了一系列的波折,咬牙挺过每一关之后,我感到了疲惫不堪。几顿饭粒米未进,浑身虚弱,有六年病史的老胃病眼看也要重犯了。

"望着一大堆的书和笔记,有时我真想退缩和放弃,真想说——我弃权,好吗?我知道自己不会。不会。

"一个人坐在书桌前,手捧一杯浓浓的茶,凝视着夜空,很想大哭一场。如果,时间老人允许我回到从前,我必然会重新活一次,改变所有的错!

"'跌倒了只要不是粉身碎骨,总得爬起来。忘记曾经的一切,过去的辉煌和沮丧。为成长付出代价,才能轻轻松松、坦坦荡荡地面对现实……'这是夏忆给我的来信,让我独对夜空,再三品味。

"在静夜中,我记起姜育恒的几句歌词,轻轻地唱了起来:'曾经在幽幽暗暗反反复复中追问,才知道平平淡淡从从容容才是真……'"

……

我真没料到,鹿鸣会一口气讲这么多,并且这么大动感情。要早知这样,我不会在餐桌上提这个问题。真对不起了,鹿鸣。我歉意地望着她。

她连喝了三杯咖啡,依然心潮起伏意难平。由于话讲得多,她的脸红红的,更富有青春气息了。

从她的叙述里,我们可以看清这个女孩子内心世界的暴风骤雨,可以感受到那一场惊心动魄的搏斗。让人欣慰的是,她不仅挺了过来,而且磨炼出了一种特别重要的能力——心理自卫。我感慨地对她讲道:

"人说,大难不死,必有后福。意思是说,经过了大难之后,人会生活得更好。你呢,可以说大难不垮,必有长进。对不对?"

"也许是吧,我觉得一下子长大了。"

"送你八个字:失意泰然,得意淡然。"

"好极了!回北京后,你用大字写下来送我,我贴在墙上当座右铭。"

她一看表,已经18点10分了,慌着要走。我起身送她。她忽然停住脚,调皮地问:

"你早晨睡懒觉吗?"

"不啊。"

我回答着,不知她动什么鬼点子。她一拍手,说:

"那好,你明天早晨陪我跑步,行吗?"

我有些惊讶,问:

"你家不是离这儿挺远吗?"

"没事儿,有20分钟就跑来了。明天早晨6点40,在普希金铜像那儿碰头,一言为定!"

她伸出娇嫩的小手,与我的手拍了一下,我也只好应道:

"一言为定!"

从音乐学院取了自行车,临上车时,她表情严肃地说:

"我问你个问题:被一个男孩子吻过的女孩,算不算坏女孩?或者说算不算不太好的女孩?比如说虚伪等等。"

这个问题太突然了,我一时不知该怎么回答,有些张口结舌。她飞快地挥挥手,说:

"今天别说,明天回答我!"

说罢,她骑上轻巧的女式自行车,一阵风似的骑远了。

四

> 我发现,中学生的问题虽然多得数不清,归结起来,主要是心理障碍问题。也就是说,培养孩子具备某种能力固然是必要的,但从根本上说,更重要的是培养孩子具有健康的心理素质。
>
> ——鹿鸣母亲的话

早晨,幸亏有闹钟帮忙,不然险些误了和鹿鸣碰头的时间。

与昨日朗朗的晴空相反,今天的天空阴沉沉的,也相应地多了几分寒意。我换上奇安特运动鞋,又套上一件兔羊毛的毛衣,急匆匆地向普希金铜像那里赶去。

昨夜里,我哪儿也没去,洗了个热水澡之后,便靠在床上重翻鹿鸣的日记,以回味她下午讲述的那一切。同时,也在考虑怎样回答她的问题。

我一时无从断定,吻她的那个男孩子究竟是哪一个,是高帆还是鲁。鹿鸣的神情是那么严肃,可见她对这件事的看重。也许,在她日记中多处的省略号里,正掩藏着对这一事件的记载和评论。若这一推断成立,那个男孩子便是鲁了。

在她的日记里,用英文抄录了电影《初吻》的主题歌,长长的将近两页!她在附注中写道:"偶然听见这首歌,心灵被震撼了,一遍一遍地哼唱，直到要流泪……""纯洁——美，自然而一尘不染。"

我忽然明白了，为什么流行歌曲格外受少男少女欢迎，重要的一个原因，就是他们的情感世界异常丰富、细腻，虽然有时脆弱得不堪一击，感受力之强却是惊人的。而流行歌曲恰恰重在爱的咏叹、人生的咏叹，所以颇能撩动少男少女躁动不安的心，并像春雨浇灌干渴的小树林那样，给他们滋润和抚慰。不幸的是，流行歌曲里的缠绵情绪，常常会让少男少女们"为赋新词强说愁"，甚至软化了他们本来就不坚硬的骨骼，酿就某种危机。

等我来到普希金铜像下的时候，鹿鸣已经在那里了。天哪！她竟穿着薄薄的短短的白色裙衣裙裤，裸着健美的双腿，脚上是打网球穿的白色鞋袜，头上用一根粉色的带子束着短辫子。美倒是美极了，可她不冷吗？

"喂，你怎么迟到了两分钟？"

鹿鸣一见我就指着手表嚷嚷开了，并迎上来刮了我两下鼻子，以示惩罚。

我上下打量着她，说：

"美丽的天使，你不会冻病吧？"

"冻病的事与我无缘，我已经坚持这样长跑一年多了。"

我这才发现，她的身上正冒着汗呢。

"跑步就是要跑，要出汗，不然算什么锻炼？瞧你穿这么多，准不经常跑步。"

"中年了嘛，哪能与小姑娘相比。"

抵挡不住她的进攻，我退却着。根据她的建议，我们由岳阳路向东朝复兴中路跑去。

鹿鸣的步子并不快，却挺匀称，富有节奏。她昂着头，直着腰板，两臂一前一后地摆动着，显得充满了自信。一路上，许多出来买早点的老年人的目光，都被她的健美与活力吸引住了，啧啧地赞叹着。就连一些骑车上班的年轻人，也忍不住频频回头。

我低声对她说：

"喂，你成了马路明星了。"

她依然目视前方，幽默地说：

"等我变成一个老太婆，早晨见一个女孩跑步，也会羡慕不已的。"

"你为什么坚持跑步？"

"为了美！"

"那么，你现在不美吗？"

"我想保持身高1.63米，体重50公斤的纪录，想焕发出形体美的活力。你没发现我不化妆吗？"

说这话时，她的口吻里充满了自豪。的确，见她第一面我就发现了，这是一个靠自然魅力取胜的女孩子，没有庸俗的脂粉气。的确，在我看来，这是一切青春女孩的聪明之举，也是年长女性无法与之比拟的天然优势。但是，没想到鹿鸣对此有更深的理解，有更高的追求。

她解释说：

"青春美并不是完全可以自然生发长出来的，必须靠锻炼来开发。爱运动的女孩有一种健康的美，不爱运动的女孩的美容易带有某种病态。这一比较就看出来了。"

"信气功吗？"

"信！不过，我有我的理解。每天清晨从梧桐树下跑过。呼吸着新鲜的氧气，这也是一种健身气功。"

"这是鹿鸣式气功。"

"你不信？感觉绝对好，一天都有精神！"

又跑了长长的一段，我已经气喘吁吁了，请求停下走一会儿。鹿鸣心挺狠，回头瞥了我一眼，说：

"听我的，再坚持五分钟，有好瞧的呢。"

我只好咬牙坚持着。本来，我也是有长跑习惯的，由于长期熬夜写作和漂泊不定的旅途生活，渐渐懒散了，所以，猛一跑有些吃不消。

路的北侧，出现了一座公园。鹿鸣带我跑到门口，停了下来，笑容可掬地说：

"请吧，孙先生，到我们复兴公园休息一下吧。"

"你们的？"

我有些不解地问。她眨眨眼睛，说：

"我每天早上跑步，都要来这里面转几圈的，自然是主人喽！"

此时的天已亮多了，并渐渐放晴。几个老人在练杨氏太极拳，而一些中年男女居然在跳交谊舞，放着著名电影插曲《一路平安》。

我们俩一边漫步，一边聊天。她揪了一片树叶在手里揉着，问：

"回答我吧，我还是好女孩吗？"

"当然啦。在我眼里，你是一个相当好的女孩子！"

我知道她问的是那件事，立即用完全肯定的语气回答了她。她抬起头来，仍用疑虑的目光望着我，说：

"谢谢。不过，我总觉得一种神圣的情感被破坏了，初吻不该是这样的！我不喜欢他！"

"他是谁？是鲁吗？"

她吓了一跳，连忙问：

"你怎么知道的？"

我奇怪地反问：

"你不是把日记本寄给我了吗？我还能不认真拜读吗？"

"天呀！不该让你知道我那么多秘密，我太傻了！"她后悔得用拳头擂脑袋。

我说：

"我知道了可以帮助你呀！你能告诉我吗，鲁是怎么回事？"

鹿鸣沉默了一会儿，把手中的碎树叶儿扬散了，平静地叙述起来：

"去年初中毕业的时候，我因为一分之差落入区重点高中，心情很压抑。为了把情绪调节一下，我报名参加了某公司办的一个服装设计班，想学一点美化生活的本领，也增添些乐趣。这个班是够有意思的，不仅讲各种新潮时装如何设计，还详细介绍其来历和演化过程。课主要由一位老设计师讲授，鲁是他的助手，班主任的角色。鲁只有20岁，相貌平平，但他很有艺术气质，谈吐风趣幽默，他的服装设计曾得过大奖。因此，老设计师不能来的时候，就由鲁讲课。而每逢他讲课，必定极为成功。

"于是，我挺佩服他。他是职业高中毕业的，没上过大学，却有那么多真实本领，生活又那么充实。从他身上，我甚至看到了另一条生活道路的魅力。从此，我们的交谈渐渐多了起来。他对我也是格外关照。我在班里是最小的学员，其他人都是工人、教师或机关干部什么的。

"与高帆相比，他虽然缺少帅气，却更实在一些，一步一个脚印。总之，他是另一种类型的男孩子。后来，我发现他总看我，而且眼神里燃烧着一种什么东西，让我既熟悉又陌生。我有些害怕，又安慰自己：别胡思乱想，别误解别人的友情。

"暑假过后，在鲁的帮助下，我升入中级班，晚上听课。我进步挺快。瞧，这一身裙衣裙裤，就是那时的作品。

"有一天晚上，放学的时候下起了大雨，雨点如豆，打得地面噼啪乱响，夜色也特别黑。我没带雨具，一时不知所措。鲁温和地让我到办公室待一会儿，说趁避雨为我补补课。我随他去了，心里很感激。半小时后，雨小了一些，我提出要走。他拿出一件骑车用的大雨披，坚持要送我回家。面对他的好心，我怎么好拒绝呢？

"一路上，我们俩顶着雨披，走在雨水里。开始，我觉得挺浪漫的，还哼起了姜育恒的《走在雨中》。他也很快活，搂着我的肩膀，问我冷不冷。在我看来，这很自然，大哥哥关心小妹妹嘛，不必一惊一乍的。一会儿，雨又大了起来，雨点打得雨披砰砰响，我们只好到路边的屋檐下避雨。谁知，他突然抱住了我，并强行吻我。他那么疯狂，那么有力！我简直蒙了，说不清是甜蜜还是苦涩，竟稀里糊涂地接受了，只有热泪涌了出来。

"我终于清醒了，拼命地挣脱了他。鲁像喝醉了酒，喃喃地许下好多诺言。我却恐惧地望着他，像望着一个陌生人。我猛然丢开雨披，飞快地逃进了大雨中，就像身后有个杀人犯！

"我回到家，爸爸也回来了，身上湿湿的。原来，他拿着伞去接我了，却没有见到我，回来又与我们走的不是一条路。有雨水的掩饰，爸爸没发现我哭过。从此，我再也没去服装设计班。

"当然，至今我也不认为鲁是坏人，他真心喜欢我，可我却不喜欢他了。我又一次深深觉得，还是高帆更有男子汉气质，因为他尊重我，爱护我。而鲁呢，只顾他自己，不尊重我的人格，我怎么还能和他交往下去呢？

"事后，他给我来了许多信，一个劲儿解释和道歉。我也回信，讲清自己的想法，劝他打消那种念头。有一段时间，他难受得差点儿自杀，没有信来。我倒替他着急了，去看望了他一次，表示原谅他，也请他原谅我。这次去，当然是在白天喽。

"我同高和鲁的事，都对妈妈说过——不过，只有'吻'字讲不出口。妈妈总是微笑，说：'我相信我的女儿会处理好这种事的。'这让我好感动好感动，更下决心做个好女孩啊！

"你真的认为，被不喜欢的人吻过的女孩，还是好女孩吗？假若，你的女儿长大了，碰上我这种事，你会怎么看？"

鹿鸣停住了脚步，在一棵茂密的桂花树下，目不转睛地望着我。

我笑了笑，说：

"我女儿长大后，自然可能碰上这类事。假如，她能像你这样处理问题，我就放心了。女儿嘛，当然还是好女儿喽！"

"你真是个好父亲！"

"那倒不一定。但这件事应该这么看。"我想了一下，又说，"成长总会付出代价的。现代人讲究实质性，内容总比形式重要得多。"

她摇摇头，说：

"我听不大懂。"

"你希望自己成为一个纯洁的女孩，对不对？"听我这样问，她点点头。我又说："纯洁有内在的纯洁与外在的纯洁之分。只有内心纯洁，才是实质性纯洁，而唯有这种纯洁，才是别人破坏不了的。"

"太棒了！这个理论可以给我信心。"

她兴奋得手舞足蹈起来，如释重负。忽然，她快活地邀请道：

"欢迎你到我家吃早点，好吗？"

"你爸爸——"

我想起了她爸爸的"色狼说"，不禁面有难色。鹿鸣爽朗地笑了，说：

"我老爸一早就去宝钢了，安排学生参观的事，只有我妈妈在家。"

"你妈妈知道我来了？"

"知道！她欢迎你去我们家的。"

鹿鸣的家离复兴公园不太远，在一座灰色的六层楼上。这里与岳阳路和汾阳路已非同一片天地，楼与楼挨得过分紧密，有些让人透不过气来的感觉。

鹿鸣用钥匙打开门，便嚷道：

"我回来啦！客人来啦！"

一个清秀的高个子妇女迎了出来，一看就知道她属于那种举止优雅的知识女性，性情平和，富有修养。她微笑着把我让到沙发上，和我寒暄着。

眨眼工夫，鹿鸣端来一盆温水，里面浸着一条新毛巾，请我擦擦汗。她进卫生间擦洗之后，回房间换了件黄色白边的宽松绒线衫——这大概就是她自己织的那一件。她出来后，动作麻利地支好圆桌，端出一大盘小笼包子，又端出一小锅大米粥和几盘小菜。她一一摆好之后，走到我身边，调皮地一弓腰，模仿鲁迅作品中的语气，说：

"我们的诗人，请用吧。"

妈妈瞥了女儿一眼，无奈地说：

"这孩子跟谁都没大没小！"

吃饭时，鹿鸣抱歉地对我说：

"孙云晓，今天我不能陪你了。上午，学校女子排球队训练，下午去为夏忆送行。"

"夏忆又要出国了吗？"

"这次是凭本事考出去的，去法国！"

"不简单!"

"那你怎么安排?"

我问她妈妈:

"于老师,上午咱们聊聊好吗?"

"完全可以,只要您有时间。"

于老师温和地答应下来。我对鹿鸣说:

"咱们聊得差不多了。我再去会几位老朋友,去一趟出版社,明天下午乘船去青岛。"

她点点头,说:

"明天,我去送你!"

早餐过后,鹿鸣洗刷了碗筷,向我们道了别,匆匆地去学校了。

屋子里一下子安静下来。于老师为我沏了一杯茉莉茶,叹口气说:

"这孩子,对大人也直呼其名,我们听了都不好意思。"

"没关系。我能感觉出来,鹿鸣对我是很尊重的,也很友好。"

"那倒是,她对友好的人总直呼其名。这大概是中学生的新潮心理吧。"

我呷了一口浓香的茶,赞扬道:

"现在的中学生,很容易与父母产生对立情绪。鹿鸣那么信赖您,十分难得啊!您用了什么良计妙方呢?"

于老师摇摇头,回答:

"什么良计妙方?我不过是无为而治罢了。想想自己的中学时代,也只能这个样子。"

"此话怎么解释?"

"如今这孩子主意大,个性强,你总管这管那,他们能不烦吗?由厌烦到对立,再说什么教育也没用了。所以,我平时不怎么管她。我想,也许不管正是一种最好的管吧。"

"不管她,您放心吗?"

"这事儿得想开一些。你越信任她,她越有责任感。凡事自己做主,能不慎重吗?你不管她,她倒主动来找你商量了。这时,你的话就有分量了。"

"对极了！少男少女总希望独立决定一切事情，而实际上，又缺乏决定问题的能力，很需要大人助一臂之力的。"

"就这个道理。他们不希望家长式的帮助，而希望朋友式的帮助。"

"您不愧是搞教育的，分析得既精辟又实在，并且实践效果也让人信服。"

我由衷地称赞这位名不见经传的教育行家，因为她这些朴素而深刻的见解，正是相当多父母所缺乏的。谁知，她听了竟有些不安，谦逊地说：

"我算什么行家？年过不惑才开始读这方面的书，起步太迟啦！"

我问她具体读了哪些书，她带我走进她和丈夫的房间，指指书柜的一个角落，让我自己看。原来，她选择了一些心理卫生方面的书，既有国内专家写的，也有些是从国外翻译过来的。此外，还有不少中学生题材的文学作品。

我饶有兴趣地问：

"您买这些书，鹿鸣看不看呢？"

"我们家里的书，她没有不看的。我和她常常是轮流看一本书，然后再一起讨论。"

"她看心理卫生方面的书，有些什么评论？"

"评价挺高！她说，中学里应专门开心理卫生课。她还建议我在幼儿园搞心理发展的试验呢。"

于老师憨憨地笑着，说起女儿平时做的自我心理分析，也涉及对整个中学生的剖析。

我问：

"你们对中学生问题是怎么剖析的呢？"

"我发现，中学生的问题虽然多得数不清，归结起来，主要是心理障碍问题。也就是说，培养孩子具备某种能力固然是必要的，但从根本上说，更重要的是培养孩子具有健康的心理素质。"

"您认为，心理健康都包括哪些方面？"

"在智力正常的前提下，达到以下七项标准，就算心理健康：一、情绪基本是愉快的和稳定的；二、碰到刺激的事情，行为反应适度；三、热爱生活，有社会责任感；四、善于较准确地评价自己；五、能与大多数人和睦相处；六、没有不良嗜好；七、有创造力。"

作为中国心理卫生协会的会员，我当然熟悉这方面的常识，但仍愿意听听一位母亲的见解。她的分析是相当准确而全面的，把握住了最本质的东西，这令我十分钦佩。

我诚恳地说：

"据我的了解，鹿鸣最可贵的优点，大概就是心理健康了。作为母亲，您如何培养她这方面的素质呢？譬如，当她遭受挫折的时候，您做些什么呢？"

于老师和我回到了客厅，她又为我削了一个苹果，一边沉思，一边说道：

"鹿鸣这孩子心理比较健康，只能说是比较健康。她从小顺利惯了，长大必然会经受挫折，而她能否经受住挫折，是我们最担心的事情。

"她16岁这一年，该来的都来了。先是直升本校高中失败了，又闹出考试作弊的丑闻，让我们做父母的脸往哪儿搁？她爸爸暴跳如雷，想狠狠教训女儿一顿，被我费力劝住了。您想想，女儿已经在痛苦地反省自己了，连饭都不吃，你还逼她什么呢？她正孤立无援，需要人帮她一把。

"那天晚上，我带她去'大世界'吃夜宵，听音乐会，什么训她的话也不说。她却流泪了，抱住我低声说：'对不起，妈妈，我做坏事了。'接着又问：'我还是好女儿吗？'我拍拍她的脑袋，说：'我从来不怀疑我的女儿。跌倒了，爬起来再走呗！'于是，她渐渐恢复了自信心。我有个想法，孩子身边一定要有一个或几个她特别信任的人，这人既让她备感温暖又能帮她明断是非。有了这个条件，好比有了安全阀，孩子才容易战胜各种各样的危机。鹿鸣的爸爸做不到这一点，只有我来尽量担任这个角色吧，总不能让独生女儿跑到外面找温暖啊！

"还有与男孩子交往的问题,这是无法避免的,也是无法限制的。孩子真要想学坏,你是看不住的。她骗你还不容易吗?这里,关键是信任和引导。譬如,有男孩子来找她的时候,我们都热情接待,事后也不盘问女儿。不过,她爸爸总不放心,常监视人家男孩子,女儿对他意见很大。因此,女儿一般都选择爸爸不在的时候,请朋友们来家里玩,而我则均采取回避态度。女孩子大了,怎么会没有秘密呢?也许,我的思想太开放了。我觉得,让女儿在与男孩子交往方面积累点经验,对她将来的爱情生活会有益处的。特别是引导她把这件事看作美好的、正常的、光明磊落的,而不是丑恶的、病态的、偷偷摸摸的。只有这样,心理才会健康。

"嘻,瞧我这个人,夸夸其谈,班门弄斧了。您走南闯北,著书立说,经验比我多,该批评的地方您尽管批评。"

……

她真诚地说着。我忽然想到,有真才实学的人,才有真正的谦逊态度。她的叙述,使我从另外一个重要角度,了解了鹿鸣为什么是鹿鸣。我感激这位母亲。为此,我也尽自己之所能,与她深入探讨了许多问题。

我们谈得很投机。直到快11点钟,我才告辞。她执意留我用午餐,我婉言谢绝了,因为不想见到鹿鸣那位过度敏感的父亲。

第二天,即2月6日中午,鹿鸣准时来到了音乐学院招待所,为我送行。

在去往公平路码头的车上,我情不自禁地对她赞叹道:

"你真幸福,你有一位杰出的母亲!"

"当然杰出喽!"

她瞪着眼睛,骄傲地回答着,好像嫌我说了一句多余的话。一会儿,她倒主动讲起了母亲,因为在公共汽车上,她的声音很低。

她说:

"你来的前一天下午,我嘴里含着话梅,正漫不经心地看一本小说,耳朵里听着收音机里的广播。

"突然,传出一个极熟悉的声音:'我是华东师大的学生高帆。岁月的

流逝，我常常有这样的感觉：昨天已成过去，今天正在手中，从我们的指缝中流逝。我们就在这岁月的流逝中渐渐成熟……'

"妈妈正在织毛衣，也听到了高帆的声音。她的手停了一下，抬头望着我微笑，似乎在等我'欢呼'。但是，她没等到。我仍旧坐在沙发上看书，一动未动。我已经不是一年前那个一见他成功就大声欢呼的小女孩了。妈妈大概明白了这一点，无语地点点头，又继续织起了毛衣。

"说也巧，广播刚结束，又有人敲门，居然是鲁米了！他不该冒冒失失闯进来，我们的一切早已经结束了。妈妈却挺热心地请他坐下，沏了茶，然后就习惯地离开了。她是很信任女儿的。

"鲁慌乱地解释说：'好多日子没见你，太闷得慌，写信你又不回……'我告诉他：'我落了许多功课，必须在寒假补回来，所以，没工夫会朋友，更没有心思交那种朋友！一会儿，我就要去物理老师家，您请回吧，失陪了。'他又待了几分钟，自觉无趣，只好讪讪地走了。

"我关上门，长舒一口气，继续看我的小说。什么补课呀，物理呀，全让他带走了！这时，妈妈又拿着毛衣出来了。她微笑着，用满意而又异样的目光打量我——她终于发现女儿长大了，成熟了，竟会坦然冷静地拒绝登门的求爱者。一切都让她欣慰而惊讶。

"望着妈妈的一刹那间，我也猛然发现，自己真的长大了！你说，我是长大了吗？"

讲到这里，她侧过身调皮地望着我。我拍拍她的肩膀，肯定地说：

"当然长大了，与我都平起平坐嘛！"

我们都轻轻地笑了起来。

在码头上分手的时候，鹿鸣从书包里取出一个白色的大信封，递到我手里。我问是什么，她不讲，也不许我打开，神秘地说：

"上船后再看！"

紧紧地握手之后，我登上了7500吨的国产客轮——长绣轮。进入船舱后，我做的第一件事，便是打开了那个白信封。我实在想不出，鹿鸣又搞出什么花样。

原来，是一张长方形的散发着淡淡清香的生日卡，封面以白纱为底，中间是一束带绿色的紫花。翻开来，是鹿鸣那潇洒的笔迹：

孙云晓：

　　再过两天就是你的36岁生日了，我衷心祝你生辰快乐！

挚友　鹿鸣
1991年2月6日

在另一面，她又写道：

初逢给我的感觉是爽朗和豁达
　像个弥勒
唯一的评价也只是三个字
——很可爱

为此，我真想做你的女儿！

在你步入中年的时候，岁月的流逝必会给你留下几道皱纹或几丝白发。

当然，不必为这而烦恼和不安，开心笑笑，别人自然不会注意你的几道浅浅的皱纹。

至于几根不和谐的银丝，别犹豫，对着镜子拔了它！

保持自己的乐观和豁达，心中充满对生命的希望，你自然会有异样的魅力和青春。

活力、青春不在年龄的大小，在于心的年轻！

捧着这张珍贵的青春的纪念卡，我只觉得眼眶一阵阵发热，一阵阵潮湿。多么可爱的一个女孩子啊！她在屡屡碰到的困境里，不仅一跃而起，并且时时想着慰藉别人。

我忽然疑惑起来：她怎么知道我的生日？在我的记忆里，从未谈过此事。

长绣轮起航了，载着我，也载着生机勃勃的青春和希望。我不能不承认，因为有了她，这世界变得更可爱了！

幸福的起点

> 没有爱的家庭何必维系？破裂就破裂吧，我再也不用去听那无休止的吵骂了。许多人都觉得离婚太可怕了，而我却认为，离婚是幸福的起点，是改变失败婚姻的积极手段。
> ——摘自夏雨的来信

长绣轮沿黄浦江自西向东缓缓地航行。江南岸是著名的浦东开发区，浦东大道和浦东南路像巨人展开的双臂，长长地伸向远方，显示着上海人向外拓展的勃勃雄心。客轮渐渐向北端的吴淞口驶去，而中外关注的宝山钢铁总厂，就在它的西北角上。

我虽然多次来沪，却头一回乘海轮出吴淞口。在这里，我见到了黄浦江与长江交汇的壮观场面。万里长江奔涌而下，与黄浦江挽着胳膊，一同扑向大海的怀抱。它们拥抱得那么紧，甚至让人再也分辨不出哪儿是大江哪儿是大海，唯见一片汪洋无边无际。

等到客轮驶过长江口的横沙岛，进入水天一色的东海，又是一番感觉了。茫茫的大海上，除了一群海鸥相随和白云为伴之外，再也见不到什么了。7500吨的长绣轮啊,仿佛变成了一叶孤舟,在天海之间随风漂泊。由此推想那些成年累月在水上晃荡的船员,才明白普通人远未品尝真正的孤独。

同舱的客人已经睡了。我也从甲板上回到铺位,却毫无困倦之意。

青岛是我的故乡。我生命的前23年,都是在她的怀抱里长大的。说她的怀抱,绝非常人以为的仅仅是温暖和亲情,不,那是大海的怀抱,那是大山的怀抱。这就是说,你要学会游泳,学会爬山,学会生存,学会创造,这样才能赢得母亲的微笑。

离开青岛的13年,我几乎没有一刻忘记过大海。是啊,早已与整个生命融为一体的东西,怎么可能忘掉呢?

然而,这一次返回故乡,却不是思乡的缘故,而是因为一个少女的来信。

她叫夏雨(原名李雨),是一所职业高中师资班的学生,今年17岁。父母离婚后,母亲改嫁,她随母亲进入一个新家庭。在我收到的2500封中学生来信中,夏雨的信是非常特别的。许多中学生在信尾都再三表示"请务必回信""请火速回信""您一定要亲笔回信""请在三天之内回信""请寄邮政快件"等等。有的中学生寄来10元钱,让我替他去选购邮票或买别的纪念品。还有些中学生委托我去打听电影明星的通信地址,或去了解参加某些竞赛的报名手续,等等。夏雨是一个真正的例外。

她在信中说:

> 收不到您的回信关系不大,我要做一个不在乎您回不回信的朋友。我知道,做名人难。您有那么多读者,假若整天忙着回信,您肯定会无所作为了。而且,您是在为我们写作,我们有什么资格指责您呢?朋友之间重要的是相互理解,而不是成为对方的负担……

看了她的信,我非常感动:一个多么善解人意的女孩子啊!我马上就回了一封信,亲笔写的。而她呢,先后寄来六封信。

我一直在琢磨：是什么原因使她这样宽容别人？家庭破裂到底给她的心灵造成了什么影响呢？

她的第一封信是去年7月29日寄来的，当时她还叫李雨。字小小的，墨迹浅浅的，读起来很费劲，但读完了却颇有味道。

她写道：

也许，我这封信只是您收到的若干来信中的一封。也许您不会在意它，根本不回信，可我还是写下了这封信。我叫李雨，这名字是不是有点诗意？名字是妈妈给我取的。

我从小生活在一个不怎么幸福的家庭。父母由于种种原因，几乎天天吵架。每次父亲喝了酒，总免不了和母亲动手。我的家庭也许特殊了些，因为父亲是文化程度很低的司机，而母亲却是水平挺高的医生。父亲烟、酒、茶全沾，却一点也不管家，而母亲省吃俭用，操持整个家。

说起他们的结合，真是一个悲剧！"文化大革命"期间，母亲在农村插队。由于出身于资本家的家庭，升学无门，返城无望。可她惦记着生病的姥姥，经常在路上央求司机帮忙，因为她实在没钱买车票。就这样，她与父亲认识了，后来结婚了——当然是在返城以后。从此，悲剧也就开始了。父亲这个人外表很凶很强，其实生性软弱，思想狭隘。母亲在"文化大革命"中受迫害，被诬蔑为"海外特务的女儿"。父亲呢，不但不保护母亲，还去揭发母亲。母亲的心彻底凉了，提出离婚，可父亲又死活不同意，一直耗到现在。

不过，这一回，母亲下决心了，非离不可！尽管她已经40多岁了。她悄悄对我说，她再也无法忍受了。如果不离婚就去跳海自杀，因为父亲早开始虐待母亲。我不清楚父亲用什么方法残害母亲，反正常听见母亲夜里惨叫。本来，我想去保护母亲，可是她坚决不让。她凶巴巴地说："你睡你的觉。敢出来一步，拧烂你的腿！"我又建议她去法院告父亲，母亲叹了口气，让我别管大人的事。

我也许天性比较敏感，加上生活环境的影响，很早熟。在母亲坚决要离婚的时候，我非常支持。没有爱的家庭何必维系？破裂就破裂吧，我再也不用去听那无休止的吵骂了。许多人都觉得离婚太可怕了，而我却认为，离婚是幸福的起点，是改变失败婚姻的积极手段。每一个人都有权利掌握自己的命运，享受人生的快乐。如果一个人始终没抓住幸福，那他到另一个世界时，会后悔的。

这次，父亲只好同意离婚了，因为母亲摊牌了：如再不离婚，她就去法院起诉，让父亲尝尝上法庭的滋味。

我这个人内心痛苦，外表却非常"傲"，当然不会对朋友这样。我不是没有涵养的女孩，别人说闲话时，能忍时我都当没听见。我不想与别人争吵，因为这正是体现一个人胸怀与修养的地方。

我喜欢文科，喜欢写作，喜欢交往，所以，朋友多，信也多。母亲最烦我总与别人信来信往，说："天天信！信！看你将来没个好工作，谁会管你！"每当听到她这么说，我心里都堵得慌，但我不想去顶撞她，她够烦的了。人自有生的本能。我在痛苦的包围中，经过反复的摔打和挣扎，终于开始领悟生活的真谛。于是，痛苦在成熟的心中减轻了。知道该如何面对生活的苦难之后，我觉得轻松得出奇。16岁，花的年龄，正是在这花的年龄，我迈出了成熟的第一步。的确，16岁是不同一般的年龄。我深深地留恋16岁的经历，甚至不愿接受不再有16岁的现实……

等我收到李雨的第二封来信，李雨已经改名夏雨了。仅仅时隔两个月，她已随妈妈进入了一个新的家庭。

她在信中说：

父母离婚的第二个月，母亲便又一次结婚了。丈夫是位工程师，他原来的妻子在意外的事故中死了，只有一个上大学的儿子在外地。事后我才知道，母亲是他的恩人，是母亲治好了他的病。因此，两人早就产生了感情。怪不得，母亲变得那么无所畏惧。

应当说，经过这次婚变，母亲和我都获得了新生。她本来体质很差，现在似乎好多了。令人惊奇的是，她居然注意打扮自己了，并且没有原先那么衰老了，脾气也变得好了一些。生活中每个人都渴望爱与美，我为母亲能重新寻找到幸福而由衷地高兴。我的生活也变得安宁了。继父一直希望有个女儿，所以对我很关心。

最倒霉的大概要算父亲了，他很难再找到母亲那么好的女人。再说，靠他一个人的工资，烟、酒、茶一起来，会慢慢折腾穷的。不过，在我看来，他也获得了新生。不然，维持那种死亡婚姻有什么意思？也许，他有一种解脱的愉快吧？每个人都有自己喜欢的生活方式嘛。

过了一些日子，我发觉，新的家庭也并非那么理想。继父虽然关心我，但他这个人太俗气，心胸又窄，整日婆婆妈妈的，让人浑身起腻。因此，我一回家，就躲进自己的房间。我想，我这一生是指望不了别人的，一切都要靠自身的力量。

在天色阴沉的日子里，孤独的我几乎有一种绝望的感觉。每天，提着沉重的书包，独自走在风雨中，我简直怀疑自己未老先衰了。才17岁啊，我怎么内心如此沧桑！我多么希望少年时代多一些浪漫的诗意，却在不知不觉中长成了一个大姑娘，不久就将平淡下去，而这种趋势的发展是谁都无能为力的。对此，我时时怀着一颗恐惧的心。

正当我忧愁无助时，一个男孩子写来长达十页的信。他叫张大伟，是在一次文学笔会上结识的。虽然，我们只在蒲松龄的故乡——淄川相会三天，却谈了好多好多。他是青岛一所中专学校的高才生，人很真诚。他的长信令我感动，但我并不像一般女孩子那么轻易动情。我是个经历复杂的女孩，与男孩子交往是注意分寸的。我不想把"爱"这个词随便用，因为"爱"远远不止这么简单，"爱"与"负责"是同义词。

我回信婉言谢绝了他。谁知，他马上又来了一封信，直截了当地说:"把你的心交给我吧,我将用爱来温暖她。相信我,夏雨,我会专一地爱你一生。我会只承认和忠实于这一次爱……"他终于什么都说了。我知道他是认真的,他并不是那种感情用事的男孩子,所以,读这封滚烫的信时,我哭了。

然而,我很快就恢复了理智。父母婚姻的悲剧,给我的教训太深刻了。我给他回了一封信,说:"不要太早许下什么承诺。大伟,你知道'爱'它包含的责任吗?不,在我们这个年龄,是很难完全清楚这一点的。我不能让你为我负重,你大可不必为自己所说的那些话负重。我们还是像以前那么单纯地互相喜欢和欣赏好啦,像两只自由飞翔的鸟儿,没有任何束缚。你也不必问我长大后会怎样,我不想预言什么,更不想许诺什么……"我知道,这封信虽可能使他一时伤感,却不会伤害他,因为他会从中读出我的信任。

总之,我变得冷静多了。同学们开玩笑,叫我"冷美人"。冷就冷吧,在这个问题上冷比热好,太热了很容易扭曲变形,因为我们还不具备驾驭感情这匹烈马的能力。所以,我不习惯太投入什么,否则,一旦失败必然大伤元气。我似乎走出了浪漫的季节,却又进入了一个更浪漫的世界……

放下夏雨的几封来信,我又一次陷入了久久的沉思之中。离婚率的增高,几乎成了一个世界性的趋势。据《参考消息》专文介绍,今天的欧洲有1/3的夫妇离婚!而30年前的离婚比例,仅占1/10。比欧洲情况更为突出的美国,离婚率达到结婚率的1/2!那么,我们中国呢?虽然比例不像西方那么惊人,但离婚率迅速上升的趋势,却是人人可以感觉到的。与此相适应,不是还出现了"协议离婚"和"离婚蜜月"之类的社会新闻吗?面对这样一个动荡不安的世界,人们是否相应地关注了与之密切关联的另一个世界——孩子们的世界呢?

父母的离异无疑会给孩子的生活以强烈的冲击。有一些学者认为,父母离婚孩子必然学坏,这种论点是否太机械了呢?

固然，温暖的巢一旦破碎，小鸟会面临种种危险。可是，所有的巢一定都是温暖的吗？在经历了一段苦难之后，这些小鸟的翅膀或许会更坚硬了呢。

夏雨的状况属于哪一种呢？

她那么从容地拒绝了一个优秀男孩子的求爱，并且保持了内心的安宁，这在极容易坠入爱河的女中学生里是不多见的。是否可以说，这是父母离异悲剧给了她某种特殊的营养呢？纷乱的心绪使我重新回到了甲板上。此刻，长绣轮朝着正北方向全速航行。浪高涌急，船体大幅度地摇晃着，好似一个醉汉跌跌撞撞。看不见岛屿，也看不见别的船只过往，寂寞中暗暗怀疑起来：我们的船莫不是偏离了航向，驶入了神秘的无人海域？我扶着栏杆向前走去，只见船头昂然自信，如一把巨大的剪刀，似乎在执行将东海裁为两半的非凡使命。

我又想起了夏雨。

记得，她曾在信中恳切地问我："对于我支持父母离婚的做法，同学们和老师都议论纷纷，仿佛我大逆不道似的。您怎么看这件事呢？我未来的路该怎么走？"

这个问题触动了我。为此，当时我放下手中的创作，给她回了一封信。

我对她说：

　　诚然，天下没有一个孩子愿意失去父母。孩子尚未长大成人，怎么能缺少父母之爱呢？即使长大成人，每个人也都渴望父母双全，以享天伦之乐，这是人之常情。

　　但是，生活中偏偏有那么多不尽如人意的事情。就拿你来说吧，你一定也渴望家庭幸福。可是父母天天吵架，又怎么会有幸福可言呢？

　　在我从事文学创作的十年里，从未计划去写离婚题材的作品，却无意中碰上好多个父母离异的孩子。于是，《16岁的思索》一书里，就有了《最重要的——致父母离异的少男少女》《孙佳星的故事》和《在妈妈的新婚之夜里》，都是写遭受父母离异之苦的孩子。

  一种颇为流行的观点认为，父母离婚对孩子有害，应千方百计地避免离婚成为事实。在这种观点的影响下，许多人包括孩子在内，都成为离婚的反对者。我承认，的确有些父母在离婚问题上，是轻率的、不负责任的。然而。就整体而言，我认为"父母离婚对孩子有害"的观点，是含糊不清的、有极大片面性的观点，甚至可以说是真正"对孩子有害"的观点。无数痛苦的事实表明，有些父母婚姻的维持比离异更加有害于孩子。这种滋味，你不是早已经尝够了吗？

  父母自然要履行关心和爱护子女的责任，孩子也应理解和尊重父母的选择。婚姻对人生的影响是巨大的。婚姻幸福是人生快乐的重要内容，它离不开婚姻自由这个前提。只有结婚自由而无离婚自由，就不能真正实现婚姻自由。由于某些复杂的原因，父母的感情破裂，难以共同生活下去，只有通过离婚才能解除双方的痛苦。在这种情况下，离婚非但不是不道德的行为，反而也是重新寻求幸福的重要手段。从这个意义上说，你觉得离婚是幸福的起点，而积极支持父母离婚，是完全正确的。同时，应当形成一种观念：父母离婚不是丢人的事，而是抛弃痛苦的枷锁追求幸福的勇敢行为！

  我非常清楚，这样说并不意味着轻松。人是有感情的，子女对父母总有依恋之情，一旦失去父亲或母亲，心灵难免会受伤流血。但冷静下来想，这种痛苦是手术过程中的痛苦，只有忍下这种痛苦，才有长久快乐的希望。

  "未来的路该怎么走？"我想，最重要的是自立、自尊、自强。父母离异不等于天塌地陷，你尽可以昂起头，路在你的脚下。未来与希望都属于强者！

  这封信是我临离开北京时匆匆写下的，所以，没收到夏雨的回信，不知道她对我的观点有什么看法。

大海依然在翻腾着，好像在酝酿着什么，那么紧张忙碌，又那么浑然无序，谁也不敢说会发生什么巨变。

人生不也同样如此吗？

 二

> 平时，我跟同学的关系很好，他们都说我天真、开朗、幽默，富有才华、乐于助人。在欢乐的背后，我又有多少苦楚啊！在学校里，我总是张着嘴巴快乐地大笑，可是每到夜里，夜深人静了，我就慢慢地流泪了。
>
> ——夏雨自述

经过26个小时的航行，长绣轮终于快要驶抵它的目的地——青岛了。

从海上看青岛，据说是黄海美景一绝。因此，游客们纷纷涌上了甲板的北侧，凭栏远眺这座小巧玲珑的海滨名城。

说实话，虽然身为青岛人，我也是第一次从海上望故乡，心情振奋极了。

曾有人把山东半岛比作一只向黄海饮水的骆驼，而把青岛比作骆驼脖子上的一颗明珠。如今，我们正一步步接近这颗璀璨的明珠。

青岛不是一座一般的岛，她是五彩缤纷的艺术之岛。那一片片红瓦，那一丛丛绿树，那一道道黄墙，那一朵朵白云，那一座座青山，还有那蓝蓝的大海和金色的沙滩，这一切都构成了梦幻般的童话世界。在白塔矗立的琴岛之上，婀娜多姿的仙女对海抚琴，妙音随风飘荡，更增添了这座音乐城的魅力……

青岛不是一座一般的岛，她是百年沧桑的历史之岛。那通向碧海心脏的栈桥，那高耸在市区的天主教堂上的一对十字架，那花岗岩砌成的欧洲古堡式提督府和提督楼，那掩映在翠绿之中的八大关别墅区，还有那小鱼

山上的一座座炮台，无不诉说着一个个悲壮的故事……

青岛不是一座一般的岛，她是面向世界的开放之岛。她背靠着祖国辽阔的疆土，利用东方著名良港的优势，发展成全球贸易的重要基地。那一艘艘来自异国他乡的巨轮，不论是白皮肤、黑皮肤还是黄皮肤，也不论是蓝眼睛、灰眼睛还是黑眼睛，都可以在这里握手欢笑……

啊，看不够的青岛，说不尽的青岛！

从海上看青岛，最大的妙处是有一种艺术的整体感、历史的推进感和开放的现实感，故而引发了我这个游子的故乡之叹。

长绣轮缓缓地驶入了青岛港所在的胶州湾，结束了它408海里的航程。

我的哥哥早在客运站等我了。多少年了，每次接我唯有自行车一辆，载上行装，轻骑而去。我乘21路汽车，不到半个小时，已经坐在家里喝茶了。青岛就是如此朴实而方便。

身子还算硬朗的母亲，端出已做好的荷包蛋面条，非让我趁热吃下。父亲和哥哥、妹妹也都劝道：

"吃吧，咱山东人的习惯嘛！"

我从小就知道家乡这个风俗，即"离家饺子还家面"。山东老百姓喜欢做一些有仪式感和象征性的事情，说回家时吃"还家面"，可以住得长一些，有挽留之诚意；而离家外出时吃饺子，可以走得利落。因此，尽管并不怎么饿，我还是吃下一大碗"还家面"。母亲和一家人也都放了心，个个露出了宽慰的笑容。

在我们家里，除了我选择了舞文弄墨的职业外，其余人都是工人。父母亲早已退休，养鱼种花乐陶陶，闲了还上山挖些新鲜野菜包包子吃。哥哥在一家纺织机械厂当车间主任，妹妹接母亲的班做服装。因此，他们与普通百姓的情感息息相通。

当我说起这次回故乡的目的，即讲起夏雨父母离异的事，他们全都皱起了眉头。

父亲啧啧地摇摇头，说：

"什么年纪啦，还闹离婚？脑子长毛了吧，要不就是太花花！"

夫唱妇随。母亲也叹口气，说：

"不好！他们这么一闹，孩子还不受罪了？什么爹娘啊！"

40岁的哥哥没直接表示反对和支持。也许由于年龄相近一些，比较理解夏雨母亲的选择，他说：

"既然闹起来，就说明有事。实在受不了，又不甘心这一辈子窝囊到底，不离婚怎么办呢？"

见父母亲的目光里含着不满，他又解释：

"现在闹离婚的多啦，《婚姻法》也允许。过不下去就散伙呗！"

原来，他是支持者。妹妹说：

"如今的青年人才不管这一套，俺那儿有一对，刚结婚几个月就离了。"

父亲阴了脸，像谁惹怒了他似的，说：

"结婚是小孩过家家吗？这样的人就不该结婚！"

我没想到，刚进家门，竟发起了婚姻问题讨论会！不过，听听这些自由自在的议论，对我的采访是有益处的。譬如，我忽然意识到一个区域文化层次的问题。同样是离婚，在北京、上海和广州一带，社会压力就小得多，而在中小城市和农村，压力就会大得多。所以，夏雨的处境实际上要更困难一些。

2月8日，是我的36岁生日，在家里热闹了一天。

离家13年，我多次把北京与青岛这两座城市相比较，得出的结论是：北京是一座事业的城市，而青岛是一座生活的城市。这当然只是我一家之言了。

北京人把过年看得很淡，互相走动不多，或干脆电话拜年，年货筹备也大多从简。青岛人则不然，一进入腊月就忙开了，鸡鸭鱼肉、各类蔬菜，纷纷并且是大量购进。而一过小年，家家都响起了烹炸声，同时准备蒸几锅带红枣的大白馒头。春节一到，哪个做晚辈的不去几十家拜年？马路上到处是中学生的自行车队，几乎要跑遍每个同学的家。至于家家请客，也大有不出十五不罢休之势。

想到这一层，9日一早，我就骑上自行车，抓紧时间去采访夏雨了。

夏雨的新家在市立医院附近，地势极高。青岛的地势是典型的岛屿特点，呈大波浪状，一面高上去，一面低下来。就连青岛的自行车，也多数使用脚闸为主。市立医院处于三角形地势的尖尖上。我只好推着自行车，从北面的公路爬坡而上。

巧得很，夏雨在家。她对我的到来并不惊奇，只是眼睛连连眨动了几下，微笑着说：

"您回来了？请进。"

原来，她知道我是青岛人。听我讲明今天的采访意图，她侧着头看了一下钟表，果断地提议道：

"咱们出去谈吧。不然，等我父亲撞上，就甭想安静了！"

我点点头，让她骑上自行车。她先伏在桌上匆匆写了一张字条，大约谎称有事之类，然后，从楼下车棚取出自行车，随我上了街。

市立医院有两条大下坡公路，一条向西通向青岛的"王府井"——中山路，另一条向南通向前海。

夏雨问：

"去哪儿？"

我向南指了指，坚定地说：

"当然去海边喽！小青岛，怎么样？"

于是，我们两人跃上自行车，向着前海一带飞驰而下。十几分钟之后，我们已经来到鲁迅公园南侧，从那里踏上去小青岛的长长石堤。

小青岛又名琴岛，在蓝蓝的青岛湾中，与前海栈桥隔海相望。岛上山岩耸秀，林木常青。"青岛"的名字即由此而来。自从青岛设市，这个岛才改名"小青岛"。岛上的最高处，有一座15米多高的白色八角灯塔，为过往船只导航。小时候，我常来海边看白塔红灯在夜间一闪一灭，产生过许多浪漫的幻想。艺术家们写生摄影，多以小青岛和前海栈桥作为青岛的标志。几年以前，这里还属于海军基地的一部分，自然在禁区之列。如今对社会开放后，这里成了青岛最有魅力的游览景点。也许，由于快要过年的缘故，岛上游人稀少。我们在琴女铜像之前，选了一条墨绿色的长椅，舒舒服服地坐了下来。

想一想人也真奇妙，几十分钟前刚刚见面，转眼间竟像密友一样相会了。在别人眼里，也许会误认为我们是一对恋人呢，因为夏雨虽然只有17岁，个子却有一米六五，俨然一个大姑娘哩。

我笑了笑，问：

"你就这样相信我吗？"

她忧郁的眼睛里透出几分疑惑，说：

"怎么？难道您不值得信任？我给您写了那么多信，就因为信任您嘛！"

夏雨属于比较深沉的女孩，鸭蛋形的脸上有一些浅褐色的雀斑，高高的鼻梁，不大的眼睛总那么忧郁朦胧。她说：

"您给我的回信太好了，肯写那么长，那么透彻，真让我受宠若惊！"

"你同意我的看法？"

"一百个同意！"

我们讨论起了信中的观点，也聊起了各自的经历。她特别喜欢听我在青岛时候的事情，也许是有一种亲近感吧。

我问：

"你怎么会那么坚定地支持母亲离婚的呢？"不料，这一句话仿佛碰了蓄满苦水的闸门，她滔滔不绝地叙述起来。

她说：

"从我记事那天起，父母总是无休止地争吵，从来没有平静过。爸爸是红卫兵出身，没读过多少书，倒很威风粗鲁，又爱喝很多酒，抽很多烟。每当他不高兴了，或是喝醉了，就要大吵大闹，要么罚母亲，要么罚我。

"在父亲心目中，总以为自己是我们母女的大恩人。我后来才知道，他们还没结婚就有了我，父亲为此受过处分。母亲最苦了，每次受了委屈，既不想回家对自己的父母诉苦，又不能对别人细说（因为她要强，不肯让别人知道自己受苦）。她总是默默地忍受着，偷偷地流泪，无休止地干活，像奴隶一样地侍候父亲，甚至还要为他洗脚和擦澡。

"尽管这样，母亲仍认为'家丑不可外扬'，再三叮嘱我：到学校里，不能跟同学们讲父母吵架的事。我真的没说，跟母亲想法一样。而且我觉得，说了，会引来同学们怜悯的目光，我不需要这种怜悯！

"平时，我跟同学的关系很好，他们都说我天真、开朗、幽默，富有才华，乐于助人。在欢乐的背后，我又有多少苦楚啊！在学校里，我总是张着嘴巴快乐地大笑，可是每到夜里，夜深人静了，我就慢慢地流泪了。看了电影《豆蔻年华》，我非常喜欢曹咪咪这个角色。我觉得我像她，有三张脸：一张发怒的，一张大笑的，一张流泪的。在父母吵架时发怒，在同学和老师面前大笑，在暗地里流泪。

"初中二年级的时候，有一天晚上父母又吵架了，父亲讲的话下流极了！我一怒之下，离家出走。

"可是去哪里呢？我没有钱，坐车坐船都不行。理智也告诉我，逃走不一定会逃到哪里，弄不好会落在什么人的手上。我只好在街上走啊走，就沿着咱们来的那条路。先在青岛医院门口坐了一会儿，又到前海沿的小花园里坐了很久。听着海浪拍岸的声音，我困了，希望找个地方睡觉。我朝火车站方向走去。

"这时，我发觉有个骑自行车的男人跟在后边，心里害怕极了！街上已经没人了，连汽车也不见一辆。他说话了：'喂，小妹妹，这么晚了去哪儿呀？跟我回家吧。'我的心一下子狂跳起来：不，不能跟他去，我不是坏女孩！我快跑起来，那男人在后面追。太平路上的路灯照着我的身影，不管我跑到哪里都甩不掉他。我真恨那些路灯，恨它们为什么那么亮。后来，我逃进莒县路一栋木结构的居民楼里，躲在二层一户人家门口，心想：他敢进来逼我，我就砸门呼救。那男人果然心虚了，在楼外转悠了一会儿，走了。我的心还在狂跳。门里的人家已进入香甜的梦乡，我却像无家可归的小狗，在这里忍受恐惧、孤独和寒冷。我的泪水顺着脸颊流了下来，但我还是清醒的。我想，我不能这样走一夜，必须找一个安全的地方！

"我来到了学校的围墙前,心想,只有校园才是最安全的地方。我知道大门已关,想从墙上爬进去,可它太高了。我又走了一段,发现墙有一处缺口,便捡来一些砖摞到一起,爬了上去,跳入校园。那时,教学楼还没盖起来。教室仍是平房,窗子经常不关。我从窗子跳进教室,坐在一个避风的角落里,趴在硬硬的凉凉的桌子上睡着了。我感到满足,因为我安全了。

"直到第二天下午放学,我才回家。当然,母亲一早就来学校找过我,给我送吃的。回家后,我病了一场,发高烧一星期都不退。"

……

夏雨的叙述很慢,每一句都充满了感情,充满了虔诚,似乎一字一句都是经过深思熟虑的,这在她这种年龄是少见的。

坐的时间不短了,潮湿的海风使人感到了寒意。于是,我们离开了小青岛,沿鲁迅公园向海产博物馆走去。这一带给人最深的印象有两个:一是被浪花咬出千疮百孔的成群礁石,二是颜色墨绿的大片苍松。我非常喜欢从这里走,总觉得有一种生命力旺盛的意象。站在高高的观景亭里,可以看清第一海水浴场的全貌,几个勇敢者居然在游泳!

海产博物馆由水族馆和标本陈列馆组成。提起水族馆,还与中国现代史上几位文化名人有直接联系呢。1930年,中国科学社的蔡元培、杨杏佛、李石曾等人发起筹建,于1932年落成。哪一个来青岛的游人,会忽略水族馆的存在呢?我来此不下十次,兴趣依然不减。

夏雨陪我走进这座古城堡式石头建筑,里面的60多个玻璃展池,使人恍若置身于水晶宫中。在这里,你可以像观赏金鱼、热带鱼那样,近距离地观赏鲨鱼横冲直撞的凶神姿态;你可以伏身池边,观赏大如磨盘的笨重海龟;你也可以观赏到灵巧的小海马、威武的大龙虾、珍贵的红加吉、可怖的海蝎子……

当我们走进标本陈列馆时,又是另外一番景象了。且不说那些千奇百怪的大贝壳,也不说令人惊愕的圆身长矛嘴的翻车鱼,单说那几只庞大的海兽标本——抹香鲸，该是怎样的不可思议！其中一只的体重达450吨，躺在那里像一艘巨轮，光那一对大眼睛，就有13公斤！据介绍，这只大鲸是被山东渔民在黄海捕到的，那场面一定惊心动魄。另一只抹香鲸标本独自占据一个展室，它的头像一节装煤的火车车皮，又长又方。

我问夏雨：

"你注意它头上的坑坑洼洼了吗？"

"对，是天生的吗？"

"不，是与大章鱼在深海搏斗时留下的伤痕。你看过雨果的《海上劳工》，就知道大章鱼多么厉害，它的触手有几层楼那么高！"

"真的？"

一向沉稳平静的夏雨，也情不自禁地惊叫起来。她对海洋动物兴趣一般，只来过这里一次。我感慨地说：

"如果有人下功夫做一番采访考察和研究，写一部海洋巨兽大搏斗的作品，一定会令人大开眼界！"

随后，我们来到了太平路海滨，折向西边的栈桥。这条路正是她那天夜里逃跑的路。

我提及那件事，她苦笑了一下，说：

"至今想起来都后怕！"

说着，我们上了栈桥。

在青岛的历史上，这座栈桥具有极重要的标志作用。号称百年历史的青岛，其关键性的依据之一，便是1891年，清王朝在此修筑了这座栈桥。不过，眼下的栈桥是1931年增修的，已是440米长，10米宽。它与市内最繁华的中山路成一条直线，由海岸挺进入海。

小的时候，我常顺着栈桥两侧的阶梯，下到与海水相连的桥底，观看大人捕鱼捉蟹。同时，瞧见那些被海水染绿并聚满海蛎的石柱，心里直害怕栈桥会倒塌。如今，深入海中的部分已换成钢架，桥侧有铁栏和铁链防护，不再让游人随意上下了。

在栈桥的南端是一个半圆形的石筑防波堤，那儿建了一座富有民族特色的八角亭，名叫回澜阁，为青岛第一景。它跟整个青岛一样，都是三面环海，一面连着陆地。

几只灰白色的大海鸥嗷嗷地叫着，一会儿俯冲向大海，一会儿又升上天空。尽管离我们近在咫尺，它们也毫不惊慌，悠然地飞来飞去，给波动的海洋增添了几分色彩。而另外几只蓝色的细长水鸟，一声不吭，只在水面上疾走如飞，寻找着可做美味的鱼儿。

我想，父母离婚对孩子固然不幸，却也逼迫孩子早一些认识社会与人生。今天孩子的思想早非一张白纸，他们在探索整个世界。许多对成年人来说早已腻透了的东西，对于他们而言却是新鲜的。即使会走弯路，会付出代价，他们也要一试。因此，成年人不必担心，只要有探求真理的渴望，只要有对生活的热爱，新一代总会成长起来的。他们多了些怀疑的目光，多了些挑剔的习惯，多了些好奇的心理，多了些参与的冲动，这正是时代赋予他们的新素质。也许，正是从这些不让人喜欢的方面，他们迈出了超过前人的脚步。

这次我与夏雨分手的时候，心里很有些畅快的感觉，因为我对她有了新的认识。

 三

> 20年前初中同学的一次重聚，给了我一个千载难逢的机会，使我得以用历史的眼光，来审视当年中学生的变化。这变化让人感慨，让人震惊，更让人深思。
>
> ——作者的话

自从和夏雨见面之后，我踏踏实实地在家里准备过年，以享天伦

之乐。

在这几天里,有一件意外的事情,颇让我激动不已。腊月二十八那天下午,我正奉父亲之命,在认真地洗一盆小黄花鱼,而父母亲则忙着做香肠蒸馒头。忽然有人敲门,原来是邻居吕建国。

吕建国是我20年前的初中同学。当时在班里,他是有名的热心家,什么事儿都爱张罗,所以,外号叫"张罗"。毕业后,他进了一家中型的铁工厂,先当了几年工人。大概是"张罗"的才能被发现,他被先后调入厂团委、厂工会,现在是工人俱乐部主任。每次,我回故乡,最常见到的便是他了。他矮矮胖胖,一副和尚相,像从庙宇出来的。

"啊呀,大爷大娘忙年哪!"

他一进门,便热情地先向老人打招呼。为这,父母亲不知在我面前夸他多少回。嘴巴甜的人,总是容易受长辈喜欢的。

"怎么啦?大过年的,你又张罗什么?"

"嘿,这事儿可是特大新闻!"

"张罗"的眼珠溜溜地转着,卖弄地说:

"别看老同学成了作家,这件事儿可猜不出来,信不信?"

我这人猜谜本领有限,只好认输。他得意地从蓝色羽绒服的大兜里取出一张烫金的红色请柬,展示在我的眼前。

那请柬上写着:

为了回忆和发展我们初中时代(1969—1971)的友谊,特邀请老同学孙云晓于2月15日下午3点参加全班欢聚会。地点:青岛海滨小吃街海龙酒家。

恭请光临。

周海龙

1991年2月10日

"海龙开饭馆啦?"

我惊奇地问。在我的记忆里，周海龙从不显山露水，动不动就脸红，外号"大姑娘"。他这种性格，怎么能干个体餐馆的买卖？并且，又在那样一个竞争激烈的地方。

"张罗"显然看出了我的心思，问：

"你是不是还以为周海龙是'大姑娘'？"

见我点头，他以不屑的口吻说：

"今非昔比喽！你知道吗？海龙蹲过大狱呢！"

我越发惊讶，请"张罗"细细道来。

他说：

"海龙一家人都很老实，从不与左邻右舍发生争执。谁想，平房拆迁搬进楼房之后，却碰上一家恶邻居。你知道，那时候咱青岛人还烧不起煤气，家家户户都买煤烧火取暖做饭。那家恶邻居仗着儿子多，竟把楼道独个儿占了，全放自家的煤包，连光线都遮住，让海龙家在黑暗里过日子，白天进厨房也必须开灯才行。

"起先，海龙的父亲去讲道理，被噎了回来。人家说：'哪里规定楼道不许放煤包？谁又规定楼道归谁使用？有本事就占，没本事就回家歇着去吧！'老头儿气得生了病，话都讲不清楚了。海龙的母亲又去求邻居高抬贵手，把挡住光线的煤包撤掉，也让生病的丈夫宽宽心。那家恶邻居不但不听，还骂了些极难听的话儿，让海龙的母亲脸上一阵红一阵白，回到家里悄悄流泪。

"你说，周海龙虽说跟'大姑娘'似的，到了父母受欺侮的地步，还能无动于衷吗？他在铁工厂上班，偷偷做了一根狼牙棒。这老实人一旦发怒，也真够惊人的。海龙选中一个吃饭的时间，闯进了恶邻居的家，二话不说，抡起狼牙棒就打。虽说那家有三个膀大腰圆的儿子，却是没有丝毫防备，个个光着膀子穿着短裤，挨上一棒便肉翻血流。结果，一家五口全被海龙打翻在地，有的几乎送了命！海龙还不罢休，用脚踢踢那三个大小伙子，见他们还能动，逼他们去扛煤包，扔到垃圾堆里去。他手举狼牙棒，紧紧跟在后面，见谁不老实就抡一棒。

★幸福的起点

"这件事轰动了宿舍大楼，围观的人如山似海。海龙长这么大，还头一回如此威风呢。这时，他父母也赶来了，吓得跪下求儿子放手。也在这时，民警赶来了。海龙先扶起父母，然后跟民警走了。临进监狱的时候，他对恶邻居说：'你们若再敢欺负我父母一下，我出狱后杀死你们全家，反正我的命也不值钱！'

"说也怪，从此之后，恶邻居再也不敢欺负周家了。楼道里的煤包不见了，周家靠近楼道的厨房变得亮亮堂堂。几年后，周海龙刑满释放，自然失去了原来的职业。所以，他开始跑买卖，挣了点本钱后，去小吃街开了饭馆。现在，他可是大富翁呢。他豁出去了，不怕玩命，黑道上的人也不怎么惹他。"

听了"张罗"的介绍，我不由得感慨万分，盼着早些见到海龙了。

鞭炮响了一夜之后，终于迎来了大年初一的黎明。

依照老规矩，我与哥哥一起挨着门儿给邻居拜年。从我记事起，每年初一清晨都是这样度过的。不论亲疏，也不论父辈与他们有过什么别扭，这一刻皆化干戈为玉帛，以寻求新的友谊。其实，这更是父母亲的心愿。于是，就像大树的年轮一样，每长一岁便走上一圈，而每走一圈也就意味着长大一岁。

父亲好运气，大年初一的生日。因此，这天上午，我们家里特别热闹，双喜双庆，来了许多亲戚朋友。与北京人不同，青岛人喝酒时间特别长，从上午10点一直喝到下午2点，才勉强散了席。我赶紧约了"张罗"，一起骑上自行车向前海赶去。小吃街在青岛第一海水浴场北端。我们沿威海路向南，经过青岛啤酒厂前那条灰蒙蒙的柏油路，爬上登州路的大陡坡；然后，顺着中山公园西侧的大下坡公路飞驰而下，向左边一拐，便来到了那一片低矮的小吃街建筑群落。

"张罗"对这里很熟，领着我七转八拐，找到了铺面并不太大的海龙酒家。几个穿红色西服裙的姑娘，正在收拾桌子，她们个个化着浓妆，仿佛将要登台的演员。她们一见"张罗"，立即眉开眼笑，甜甜地喊着：

"哟，吕主任，过年好！"

"您早哇，快来喝茶！"

"张罗"得意起来，用随便的口吻问：

"你们老板呢？快让他来，见见北京的老同学。"

其中一个漂亮姑娘"哎"了一声，一溜小跑通报老板去了。另几个则手脚麻利地上了茶。这时，我发现酒家临窗的几个玻璃水缸里，分别养着对虾、螃蟹、鳝鱼和加吉鱼等名贵食材，而地上几个盆里，则养着沙蛤蜊、扇贝和甲鱼等等。此处的吃货样样全是活的，这阵势让许多过路人都不敢问价。

周海龙来了。我差不多十年没见他了。他当年那"大姑娘"的气质，被一股凶气盖住了。一脸的络腮胡子只修不理，目光盯人可以长时间不眨眼睛，且没有一丝笑容。他身着一套标准的西装，脚下是一双青岛牌金羊黑皮鞋。那整齐的装束，似乎他不是酒家的老板，而是来赴宴的贵宾。

"承蒙二位老同学赏光，算看得起我周某人。"

他握住我的手，脸上只露出微微的笑容，完全没有久别重逢的惊喜和冲动。我表示了谢意，谢他为同学聚会创造了条件。的确，这对我是千载难逢的机会，使我得以历史的眼光，来观察当年中学生的变化。

"张罗"担心地问：

"如果请的同学都来，你这里坐得下吗？"

"甭操心，这一排铺子都可以为咱服务，人再多也不怕！"

"只是让你破费了。"我说。

"张罗"讨好地摇摇头，望着海龙说：

"花这点钱对周老板是九牛一毛，对不对？"

海龙笑而不语，可以看出他内心的满足。

这时，同学们陆续到来了，不时发出一阵阵惊叫和笑声。

"张罗"兴奋起来，马上立下一个规矩：每来一个人，都要先认一认早到的人，考一考能否准确地叫出名字。于是，更增添了戏剧性的气氛。

岁月像一把无情的雕刻刀，把每个充满幻想的少年都雕刻成现实的中年人。彼此相见，面孔还是熟悉的，叫出名字却不太容易。要知道，有些名字足足有20年没叫过了。因此，每报出一个名字，就是报出一段历史，引起大家的感叹和议论。当年班上最漂亮的公主，此时也掩盖不住苍老的侵袭，一笑便现出道道皱纹，走近一些甚至可见根根白发。而那个矫健的足球王子，如今竟成了大腹便便的汽车司机。

就身体变化而言，变化最小的是我们的班主任甘老师。整整20年过去了，他似乎还是当年那副神态，还是那么矮小和清瘦，还是那么举止缓慢，还是那么天真地微笑……

尽管，海龙已安排同学们分别到几家铺子就座，但激动的老同学们都宁肯站着，也要先聚合在一起，了解一下令自己惊奇的变化。

实际上，最大的变化并非外貌，而是精神状态以及事业上的发展。

当年那个最让甘老师头疼的捣蛋鬼——勾德宝，如今居然是某运输公司的总经理！

作为老同学，我清清楚楚地记得，这个勾德宝常常率领几个捣蛋鬼，与老师和班干部对着干。有一次去农村参加秋收劳动，我们曾一心希望夺红旗，苦不叫苦，饿不叫饿，一个个累得像小黑鬼。谁知，他领着自己的几个小兄弟，到公社食堂偷肉吃，差点儿被狗咬死。被巡逻的民兵发现和解救之后，他狡辩说，想去食堂义务劳动。有人问："既然来劳动，干吗把熟肉吃光了？"他回答："身上没劲了，吃饱了再干嘛！"反正，因为这件事，我们班的红旗丢了。而且，"甘老师班的学生偷肉吃"的故事，流传得越来越广，越传越神，弄得老实巴交的甘老师抬不起头来。

记得，甘老师曾在班会上大发雷霆。他浑身颤抖地指着勾德宝说："从小偷针，长大偷银。你若不悬崖勒马，等着你的是什么，你知道吗？"

当时，足球王子邵幸福很让甘老师骄傲，因为他不仅埋头苦干，还抢救了一名落水的农村小女孩。这消息登了报纸，电台也广播了。甘老师说："邵幸福的人生之路很值得我们学习。我相信，等他踏上社会之后，会是一个大有作为的青年！"

然而，邵幸福工作后并无大作为，却因酒后开车轧伤人受过严重处分。倒是与他一同工作的勾德宝，越来越有出息。行车两万里无事故，被评为省级劳动模范。加上人缘好，点子多，一步步升上来，不久前升为总经理。最近，刚刚出国考察回来。

宴会终于开始了。

海龙倾其所有，让大家品尝各种名贵海鲜。他端着盛满茅台酒的酒杯，发表了主人的祝酒词。

他说：

"转眼36岁了，人到中年，酸甜苦辣。细想一下，最留恋的还是初中那一段时光。我在监狱里的时候，回忆最多的就是初中的生活。我很想念大家。那时我就立下一个心愿，等我赚了钱，一定请大家聚会一次。今天，承蒙老师和同学们看得起我，让我周海龙如愿以偿。来吧，干杯！"

大家被周海龙的真情所感动，纷纷站起来与他碰杯。喝下杯中酒，他欠欠身，到其他餐桌祝酒去了。

我低声问"张罗"：

"海龙的爱人怎么没来呢？"

"张罗"用右手食指挡在嘴上"嘘"了一下，悄悄说：

"他一进监狱，老婆就飞啦。现在，他是独身主义者。"

勾德宝站了起来，走到甘老师面前深深鞠了一躬，说：

"甘老师，20年前我恨过您，20年后我感谢您。当年，您那几句话震撼了我，使我准备做坏事时就会想起来。为此，我敬您一杯！"

先干为敬，他一仰脖儿，干下了一杯茅台酒。甘老师不知所措，饮了一口放下杯子，见学生在看着自己，又举起了杯子。

邵幸福也举起了杯子，刚送到唇边，见总经理瞥了他一眼，赶紧放下了杯子，改喝可口可乐。

我忽然发觉，女班长吴霞没来，一问原因，大家纷纷摇头。邵幸福说：

"吴霞在市里当一个芝麻官，全班就剩她一个老姑娘啦。过去是她看不上别人，现在是别人看不上她。"

"嗐，阴阳怪气的，整个儿心理变态！"

勾德宝愤愤地说：

"这种聚会，她肯定不会来的。我们曾想帮帮她，她竟说我们耍弄她，还到局里告我们的状。你说这种人值得同情吗？"

甘老师一直叹气，什么也没说。

晚餐结束时，勾德宝又讲了一番话：

"为了感谢周海龙的好意，我建议咱们今后加强联系，互帮互助。譬如，需要请客来找海龙，需要坐车来找我。当然，我们会优惠老同学啦。海龙，对不对？"

"一点不错！"

海龙感激地冲勾德宝答应道。勾德宝又招呼大家上大轿车，让司机驾车把老师和同学们送回家。于是，又激起一片欢呼。

我和"张罗"因为骑自行车来的，没有上汽车。当我们与大家挥手告别，那依依不舍的情景仿佛又回到了20年前。

冬夜的风夹着海腥味儿，格外潮湿清冽，可我们的心里却一阵阵燥热。生活就像汹涌澎湃的大海，它是有情的——给每个人以发展的机会；它也是无情的——给落伍者以巨浪的冲击。它告诉人们，生活之海是属于奋斗者的。

初三上午，夏雨来给我拜年。她向我讲起了她的表哥——一个天津中学生的故事。

她说：

"我这个表哥是个怪人，被称为'徐霞客第二'。学习成绩平平，却兴趣广泛，尤其爱好旅行和摄影，越偏远越艰难的地方越愿意去。其实，他家里生活条件很优越，父母都是大学教授，可他偏偏喜欢自讨苦吃。

"去年夏天，他高考落榜，一家人正为他难过和着急呢，他却吹着口哨整理行装，兴冲冲地准备去大西北旅行。父母知道拗不过儿子，同时也为了让他调节一下情绪，只好同意他去。结果，他孤身一人跑了西安、华山、乌鲁木齐、吐鲁番、伊犁，还去了敦煌！

"现在，他正在一家图片社打工，准备挣了钱，再去西双版纳一带旅行呢。他遭受那么严重的挫折，仍然乐观地生活，真让我羡慕！我觉得，您应该写一写这一类中学生，因为在我们这一代人中，敢闯荡天下的人太少了！"

夏雨的建议，引起我的极大兴趣，我当即决定前去采访"徐霞客第二"。

几天后，我乘上了赴天津的特快列车。

男儿十八闯天下

> 用一次考试来决定一个人的成功与失败,这不是一件荒唐可笑的事吗?是的,我没有考好,失去了进入大学的机会,难道这就意味着我失去了人生的希望吗?
> ——侣不然自述

从天津站下车的当天,我便见到了夏雨的表哥——侣不然。

在青岛时,夏雨写下"侣"字,就把我给难住了,因为我竟不认识这个字。夏雨到底善解人意,解释道:

"'侣'字念sì(音似),也与'似'字意义相同。这个字很少用,所以一般人不认识。"

如今,这个侣不然正站在我的面前,仔细看着夏雨写的那封挺长的介绍信。他长得有些瘦弱,虽有一米八的个子,体重顶多60公斤。长长的脸,细细的眼,一副幽默滑稽的表情。在春寒冻骨的节气里,他居然只穿薄薄的银色夹克衫。

他抬起头,抱歉地说:

"我正在班上,老板不许长时间会客。晚饭后,我去旅馆找您,好吗?"

我点点头,为他留了详细地址。他友好地建议道:

"您可以到我们天津的文化街和食品街转一转。还有一座蝶式立交桥,不妨欣赏一下。"

他的语调里充满热情和乐趣,就像吃过一道名菜的人,兴致勃勃地向他人推荐。

我离开了图片社,朝那条古色古香的文化街走去。

比较起来,还是劝业场和食品街热闹一些。去那里的人不光多,而且人人精神振奋,个个不甘落后。外地人争着品尝正宗的"狗不理"包子和桂发祥麻花,天津人则精心选择各种新鲜的小吃。三毛餐厅里,许多家长在为自己的小宝贝过生日,花枝招展,笑语飞扬,灯光闪亮,一片欢乐气氛。

忽然,我发现三毛餐厅的一个角落里,坐着两个中学生模样的男孩子,正在忧郁地交谈着什么。中学生怎么会走进娃娃餐厅呢?好奇心驱使我向他们走去。

"朋友,能与你们一起坐坐吗?"

听我走江湖般的语气,两个男孩子一愣,警惕地望着我。其中一个长出毛茸茸胡须的男孩,壮了壮胆子,答应道:

"欢迎啊。"

另一个戴眼镜的男孩,问:

"您是干什么的?"

我不想公开身份,以免影响了谈话,便随口说:

"书店的,来天津搞市场考察。"

男孩放下心来。"眼镜"揶揄地问:

"你们靠卖三毛的书,赚了不少钱吧?"

"'三毛热'嘛,当然赚喽!怎么,你们男孩也喜欢三毛?"

"毛茸茸"回答:

"不然，我们干吗选三毛餐厅吃饭呢？"

我见桌子上只有熘肝尖、麻花里脊、素炒三丝和花生米，还有两瓶天府可乐。为了助兴，我又点了两个天津名菜酱鲫鱼和翡翠虾仁，又加了三听雪碧。这一来，我们像老朋友一样亲热了。

"眼镜"主动地介绍说：

"本来没想在这儿吃饭，见这餐厅的名字，一时兴起就进来了。据说，三毛读的第一本书，就是张乐平的漫画集《三毛流浪记》。童年的三毛体弱多病，头发稀疏，瘦瘦的身子很像漫画中的三毛，所以别人就叫她'三毛'了。三毛不是拜张乐平为干爸爸吗？这也是一个证明。我们怀念三毛，刚才一直在谈论她。"

"谈她的什么呢？"

"毛茸茸"接过来回答：

"谈她的潇洒。她是女人中的男人。有许多人评论说，三毛不该自杀。其实，这是不了解三毛的伟大。三毛真正成了自己生命的主人，想留则留，想去则去，这难道不是一种了不起的境界吗？"

我问：

"三毛身为一个女子，敢于浪迹天涯，用生命书写作品。你们敢效仿吗？"

两个男孩子全都遗憾地摇摇头。"眼镜"叹着气，说：

"不要说浪迹天涯，就是想去一趟黄山，父母也坚决不允许。说等考上大学再去。"

"毛茸茸"摊开双手，说：

"再说也没有钱，怎么出门旅行？如今什么东西都那么贵！"也许，正因为他们无法体验漂泊的滋味，才格外羡慕三毛的洒脱。三毛做了他们想做而不敢做的事情。

这天晚上，当佀不然来到旅馆的时候，我向他讲起了那两个高二男生的故事。他听了颇有些瞧不起的神态，说：

"关键在自己是否真下决心。三毛离家的时候，口袋里只有5美元现钞和700美元的汇票单,别忘了人家是去西班牙读大学!后来,为了去德国读书,她干了三个月的导游,才赚够了买飞机票的钱。她为了养活自己,还去竞争百货公司的模特儿。至于她在撒哈拉大沙漠中的艰险经历,就更不用说了。您说,一个人没有这种吃大苦的精神,能干成什么呢?而我们这些中学生身上,最缺乏的就是吃苦耐劳的顽强意志。"

旅馆里的暖气烧得不热,加上我住的房间又在阴面,纵然穿着羽绒服仍感到寒气袭人。见侣不然还穿着那件薄薄的银色夹克衫,连我都替他冷得慌。我问:

"你干吗这么苦自己呢?"

他淡淡地说:

"渐渐习惯了。我必须适应寒冷,因为将来要跑许多地方。"

说罢,他笑了起来,说:

"您知道吗?挪威探险家阿蒙森,为了适应北极的寒冷气候,坚持在零下10摄氏度的气温之下开窗子睡觉。我这算什么呢?"

"今年冬天出去了吗?"

"去哈尔滨参加冰灯节了。黑龙江人真够可以,背着冰刀去滑冰的路上,还买冰棍吃呢!"

"那你在图片社的工作,是刚开始吗?"

"对,刚开始。临时工呗!我在那儿,一是为全面掌握一下与摄影有关的技术,二是挣一点儿钱好出门旅行。"

"你暂时不想找一个学校读书或找一份固定的工作吗?"

"不想,一点儿也不想!我只想自由几年,随心所欲地到处跑,痛痛快快干好我想干的事。我相信,几年下来,我的收获绝不会比在校大学生小!"

我被他的自信吸引住了,同时,也对他与众不同的追求,产生了强烈的兴趣。因此,我请他详细地谈谈自己的经历。

他呷了一口茶,定了定神,叙述起来:

"我的爸爸妈妈都是大学教授,他们自然希望我上大学喽。其实,我何尝不想？年轻人上大学深造几年，经受高等教育的熏陶，对人的发展无疑有巨大的益处。

"可是，考大学太艰难了！我所在的学校并非重点中学，录取比例一向不太高。本来，我还可以走另外一条路——争取保送。我是市级的'三好学生'，摄影作品在全国得过好几次奖，作文也在市里的征文比赛中获过奖。但是，由于我揭露了校长弄虚作假骗取荣誉的一桩丑闻，我的保送资格也随之失去了。代替我的是一个女生，她也是市级的'三好学生'，符合保送条件。这其中的微妙变化，在无声无息中给了我一刀，让我刻骨铭心。

"高考失败了。许多人为我惋惜，自然也有人幸灾乐祸。爸爸妈妈感到无地自容，又怕我承受不住这个打击。我心里当然不好受，像被这个社会无情地抛弃了一样，头一回尝到了失落感的滋味。

"不过，我并没有因此垂头丧气。我承认这次关键性的考试没有充分理解出题者的用心，没有写出他们早设想好了的答案，但我不承认我这个人失败了。用一次考试来决定一个人的成功与失败，这不是一件荒唐可笑的事吗？是的，我没有考好，失去了进入大学的机会，难道这就意味着我失去了人生的希望吗？不！从本质的意义上讲，这次失败并未改变我什么。我还是我。问题不在于以前怎么样，而在于今后怎么办。也许，我这种心态会被认作阿Q精神，那也无所谓，每个人对世界的看法不同呗。

"当时，我内心响起一个声音：快行动吧，行动高于一切！于是，我便决定去大西北走一趟，去实现自己的梦想。我甚至用一句话反复激励自己，那就是——男儿十八闯天下！

"老师来家里安慰我，劝我复读一年再考，并愿为我精心辅导。我谢绝了。尽管在我的周围，连续几年复读高考的不乏其人，但我无法容忍自己那样去做。一年365天，多么珍贵的时光啊，就用来死记硬背早已学过的知识吗？这些努力，除了考试之外，还有多少用处？一个人的生命总共才多少年啊，能如此奢侈吗？不管别人怎样考虑，反正我坚决放弃这种选择。

"在我看来，社会与大自然是一所真正的大学，它会教给人切实有用的本领，并给人施展才华的广阔天地。虽说我们的社会还是一个学历社会，没有高等学历的人要生存得好格外困难，但只要你有真才实学，就不会没有希望。改革开放的结果，会使人越来越务实，绝不会越来越务虚。因为真才实学意味着什么？意味着信誉、高效率、高效益，这不正是改革所追求的吗？

"爸爸妈妈毕竟是高级知识分子，他们理解我，支持我，给我1000元钱。接过钱的那一刻，我哭了，大哭一场！清贫的知识分子挣的是血汗钱啊！我这个不孝之子，非但不能替父母分忧，反倒让他们操心到如今。我已经18岁了，既然选择了自立，怎么能再让父母抚养呢？我便哽咽着说：'这钱算是我借爸爸妈妈的，否则，我一分钱也不带！'爸爸妈妈愣住了，因为这是我头一回与他们谈这种问题。

"当然，我之所以这么说，是早有考虑的。我向父亲借了一台拍立得相机。这是他去美国讲学时带回来的，可以一次成像。我把它看作吃饭的家伙，而把自己的理光相机看作艺术相机。去大西北，我可以为老乡们照相，挣钱养活自己。农民一向讲实惠，现照现取才相信，所以用拍立得相机最好。只是这种相机用的胶片与照片差不多一样大，方方正正的，每一盒顶多12张。我先花360元，从友谊商店买了10盒胶片。

"这次大西北之行，我选定的路线是这样的：由天津先到北京，由那里乘车去西安，参观唐代高僧玄奘译经的大雁塔，并登上华山。然后，从西安直奔乌鲁木齐，游天池，再去吐鲁番，从那里去敦煌。我粗粗算了一下，这大约要用30天时间，连路费加食宿费，基本上得花七八百元，而我身上仅有600多元了，必须想办法才行。

"在此之前，我只随父亲回了一趟江苏老家。那一次，我去了徐霞客的故乡——江阴县（现为江阴市）南旸崎村，印象深极了。我这位江苏老乡，出身官宦人家，却不应科举，不入仕途，终生以漫游天下名山大川为乐。他自22岁出游，34年间与长风云雾为伴，倾毕生心血写成一部伟大的著作——《徐霞客游记》。多么了不起的人啊！受他的影响，我常常到天津郊外采风，被同学们称为'徐霞客第二'。这次真要出门远行了，才感到旅行家不是那么好当的。

"从天津到西安还是挺顺利的。为了方便买票，我就住在西安火车站附近的一家旅馆。

"西安，秦、汉、隋、唐等13个王朝建都的古城，著名的'丝绸之路'的起点，又曾以'西安事变'再度震惊世界的地方，对于我这个初次来西北的人来说，简直是太有神秘感了！晚上，我在回民餐馆吃了碗羊肉泡馍，就逛街去了。

"我研究过地图，我所在的位置西南角，是八路军办事处纪念馆，而穿过铁路向北去，则是唐大明宫含元殿遗址。反正也无牵无挂，一个真正的自由神，我朝唐大明宫方向走去。

"越往北走，街上行人越稀，渐渐看不见什么人了。我有些心虚了，正想往回走，忽然听见一个年轻姑娘在呻吟。仔细一瞧，她蹲在路边上，双手按着腹部哀叫着。这儿离陕棉十一厂很近，从她网兜里装着饭盒判断，她可能是刚下班不久的纺织工人。也许，是我的同龄人呢。我一阵冲动，迅速迎上去，问：'你怎么啦？需要我的帮助吗？'她感激地转过脸来点点头，那是一张美丽而善良的脸。我一手替她拿着网兜，一手扶起她来，按她示意的方向慢慢走着。一会儿，她呻吟得更厉害了，浑身不停地颤抖，胳膊紧紧地钩着我的脖子。天哪！我还头一回与姑娘贴得这么紧呢，心被撩动得一阵阵发痒。同时，我也在心里审判自己：一个男子汉救一个姑娘，是天经地义的事，你怎么会生出这些怪念头呢？

"路过一片榆树林的时候，那姑娘尖叫了一声，像被什么怪物惊吓了似的，猛地扑进我的怀里。我也下意识地抱住了她，警惕地望着榆树林。

"意想不到的事发生了！榆树林里冲出三个粗壮的男青年，一下子包围了我们。为首的一个是寸头，厉声吼道：'好小子，敢拦路强奸妇女，跟我们到派出所去！'我的脑袋嗡的一声：原来常从报纸上读到的惊险故事，竟活生生地发生在自己眼前！我咬咬牙，奋力使自己镇定下来，说：'我是不是坏人，你们问问这个姑娘就知道了，去派出所也没关系。'万万

料想不到，那姑娘的病全好了，并尖着嗓子说：'他是流氓！他想强奸我！'

"那一刻我永远无法忘记：在皎洁的月光下，一个姑娘美丽的脸变成了狰狞的脸，一颗天使的心变成了魔鬼的心。我一下子被击垮了。'寸头'问我：'原告和证人都在，你打算公了还是私了？'我问：'公了怎样？私了又怎样？''寸头'说：'公了嘛去派出所，让你蹲几年监狱；私了嘛交2000块钱的青春赔偿费，从此井水不犯河水。'我回答：'我是个穷学生，没有钱，还是公了吧。'

"'好哇，你愿意公了就公了吧！'三个歹徒凶相毕露，像恶狼一样扑上来，对我拳打脚踢。我抵抗着，并试图逃跑。但没有成功，我被打昏了。等我醒过来，月亮已经爬到头顶了。我摸摸身上，那100多元钱和手表不见了。等我想站起来时才发现，妈妈特意为我买的高级旅行鞋也不见踪影了。

"我只穿着一双棉线袜子，摇摇晃晃地回到了旅馆。一个老年服务员见我满脸是血，吓得赶忙打电话叫来了特勤警察。我已经洗完了脸，无力地倒在床上，向年轻的特勤警察简单讲了发生的事。后来两天我病倒了，发高烧，到医院输了液才勉强好了起来。

"后来，我去了大雁塔。大雁塔在西安市南面的慈恩寺内，乘5路汽车可以直接到达。慈恩寺是唐高宗李治做太子时为怀念亡母创建的。后来，唐太宗（即唐高宗的父亲），诏令唐僧玄奘来这里担任住持，并特意为他建了译经院。玄奘除了在此翻译经卷，还写下了著名的《大唐西域记》。他为了精心贮藏从印度取回的经卷，依照印度建筑风格，组织人在慈恩寺两院建造了大雁塔。本来只有五层，武则天时改成十层。由于战争破坏，如今只留下七层，仍有近60米高，看上去十分壮观。

"我在塔南面唐太宗撰写的《大唐三藏圣教序》前，站了很久很久。玄奘13岁在洛阳出家，24岁踏上'去西天取经'的路。他从这里西出玉门关，经敦煌、吐鲁番，过戈壁荒漠，越茫茫雪山，到达印度的佛教最高学府——那烂陀寺。往返17年啊！虽说，吴承恩在小说《西游记》中，对其经历的艰难做了夸张的描写，但玄奘的坎坷也必定是惊人的。他靠的是什么呢？是对佛教的坚定信仰，是长期修炼的顽强意志。1300多年过去了，我在各种现代条件下，刚迈出旅行的第一步，就遭受了挫折，难道我能低头屈服吗？那样，不太愧对古人了吗？当然，我们不必把古人当作沉重的包袱。可是，一个现代人不应当活得更潇洒些吗？我常常见到一些外国的年轻人，背着大旅行袋，孤身一人在中国走来走去。我们在自己的国土上，怎么反倒不能更洒脱一些呢？

"从大雁塔回来，我花12元钱买了一根乒乓球粗的武术专用木棒。这木棒又沉又亮，既可当登山的拄棍、挑夫的扁担，也可以护身。用它打两条腿的坏人或四条腿的狼，都挺顺手。"

……

二

> 小伙子啊，你能相信吗？冰冷漆黑的风雪之夜，在2100多米高的西峰顶上，一个年轻姑娘挺立在比西峰还高19米的风向杆顶。而在2米以外，就是刀削斧劈般的千尺绝壁……
> ——华山气象站老站长的话

侣不然滔滔不绝地说：

"我决定去爬华山。

"这一次，我既要搞艺术摄影，也要试一试自己的谋生本领，所以，把两架相机都带上了。那根护身棒自然提在手上。

"我选乘476次普通客车，清晨5点31分开车，8点33分便到了华山车站。

"以前，我只是从摄影作品中，观赏过华山雄姿。从《智取华山》的电影里，领略了华山之险的峥嵘面貌。我也查过不少典籍，得知作为五岳之一的西岳华山，在陕西省华阴县（现为华阴市）城南，素以险峻雄伟闻名中外，因而享有'峨眉天下秀，华山天下雄'的美誉。它雄踞关中平原之东，左抱桃林之塞潼关，右临美玉之乡蓝田，北瞰黄河、渭水，南接秦岭、蓝关。唐代大诗人李白曾在《西岳云台歌送丹丘子》一诗中写下名句：'西岳峥嵘何壮哉！黄河如丝天际来。'

"百闻不如一见。眼下，我可以亲身体验一番了。

"首先体验到的不是一个'险'字，而是一个'艰'字。当地人说：'自古华山一条路，进山必走华山峪。'这华山峪足有20里长，并且是在大山之间的碎石之上，崎岖不平。纵有再饱满的劲头，消磨上十里八里，人也乏得腿像灌了铅，每前进一步都十分艰难。

"不过，途中也有乐趣。除了满山翠绿和鸟儿啁啾外，进华山峪不久，即见一汪深潭之前，有一块巨大的馒头石，上书两个鲜红的大字——'脱俗'。它会让你心头一震，产生无限感想。因为走到这里，已经听不见山外的喧闹，只是怀着朝圣般的心情，听着自己沙嗒沙嗒赶路的脚步声。平时，你会有无数牵肠挂肚之事，也就有了'剪不断，理还乱'的愁思，而此刻，你挣脱了种种烦恼，变得心平气静。这不是一种难得的境界吗？

"几个大学生模样的青年男女在那儿歇息。有两个姑娘伏在潭边饮水，那潭水由于深幽清澈而显得碧蓝；一个姑娘在采野花；两个小伙子则躺在巨石上仰望蓝天，低声唱着流行歌曲《告别十七，微笑十八》。他们的身旁放着一把吉他，仿佛在嘭嘭地鸣响着伴奏。这不是一幅颇有诗意的画面吗？我停住脚步，取出理光相机，屏住呼吸，咔嚓一下，抓拍了下来。他们居然没有察觉，我也没声张，悄悄离开了这群幸运儿。后来，这幅照片得奖了。

"经过青柯坪之后，我累得实在走不动了，一屁股坐了下来。忽然，我发现路边有块并不太大的岩石，上面刻着三个字：'回心石'。不知这字是何人所写，但可以断定，此人对华山相当熟悉。一般游人乘兴而来，走到这里已是腰酸腿疼，再往上走将进入真正的惊险之途。因此，是上还是下，是进还是退，便成了游人心中的一对矛盾。'回心石'妙就妙在这里，既是一种点拨、一种诱惑，也是一种激励。试想一下，人生途中有多少'回心石'呢？

"也许，恰恰由于'回心石'的激励，我又振作起来，继续向上攀登了。

"过了'回心石'，即是'一夫当关，万夫莫开'的千尺幢奇险了。几百级石阶，弯曲在深达五六米的狭长石缝里。偌大一个华山，这里竟犹如咽喉——生命之要道。我用手抓住铁链子，一步步艰难地前进着。有些地方不要说不能两人并行，就是一个人也得侧着身子才能通过。

"等爬到北峰的老君犁沟，山势越发险了。它的东边是陡削的石壁，西边是深邃莫测的幽壑，只有向南一条险道，自下而上，570多级窄窄的石阶。此时此地，我不敢东张西望，唯有小心翼翼地拾级而上。直到爬上老君犁沟尽头的猢狲愁时，才透过一口气来。

"忽然，一阵清亮的歌声随风飘来。我不禁循声望去，只见山谷里的红花绿树之中，闪动着一个白色的影子，好似从蓝天上落下的一朵白云，又如一只在花丛中飞舞的蝴蝶。

"歌声渐渐消失了。不大一会儿，山路上走来一个约有20岁的姑娘。虽说，见到单身姑娘，我条件反射似的警惕起来，却不能不感到惊讶。这个'歌唱家'的肩上，竟有一副沉甸甸的担子，一头挑着西瓜和哈密瓜，另一头挑着录音机和一口袋粮食，加起来至少有60斤！

"我以敬佩的目光望着她，心里断定她绝对不是骗子。在那一刹那，一个强烈的愿望征服了我。我鼓足了勇气，说：'大姐，跟您商量个事行吗？'见那姑娘存有戒备之心，我急忙掏出《青年报》的通讯员证递给她，说：'我是搞摄影创作的，能为您拍几张片子吗？'姑娘放下担子，双手捧着通讯员证仔细地看了几遍，抬起头羞涩地回答：'我这丑样子，能拍啥照片？'听出她有些同意，我欣喜地说：'我不是拍挂历上的美人照，而是拍艺术照，反映人们的精神面貌。您的形象非常理想！'接着，我又问：'大姐，您是干什么的？''华山气象站的气象观测员。'听她这样自我介绍，我更来了兴趣，因为我还从未涉足这一领域的创作呢。姑娘问道：

'咋个拍法呢?'我说:'咱们边走边拍吧。怎么样,我替你挑一会儿担子?'姑娘骄傲地笑了,说:'别看你是小伙子,不在山上练几年,挑不了这副担子。'我掂量了一下,不敢再争了。

"在华山的半山腰处,有一段山岭名叫苍龙岭,坡度极为陡峭,南北长达1500米,径宽仅1米,中间突起,两旁均是深谷。走到这里时,真仿佛走在龙背上。姑娘指指顶端的一块岩石,说:'那叫逸神岩,上面刻了"韩愈投书处"五个字,这里面还有段故事呢。'她讲道:'传说唐代文学家韩愈爬上苍龙岭后,回头一望,大惊失色,再也不敢下来,并料定难以生还。于是,他哭着写下遗书,扔了下来。该下山时,同行的人见劝不动他,只好设法用酒把他灌醉,才把他抬下苍龙岭。'听罢姑娘的故事,抬眼仰望苍龙岭,双腿真有些打战呢。可是,她却挑起担子疾走如飞,我拼命跟在后面,那狼狈相甭提了!

"最绝的当数登天梯了。天梯那儿根本没路,只是在直上直下的崖壁凿出一排窄窄的台阶,顶多有半只脚大小。人从这儿爬上去,必须像壁虎那样紧贴石壁,抓牢铁链子,爬至顶端还要一跃而上。我正为姑娘担心呢,心想:挑着担子怎么可能上去?谁知,她倒关心起我来。她教我把挎包和相机全放背后,用右腹部与右腋相连处贴近石壁,双脚摆成一条线,而将双手一前一后各抓住一条铁链,缓缓地一步步上移。说完,又要先上,给我做个样子。

"我知道,此处绝无玩笑可开,必须在她上天梯之时抢拍照片,而断断不可让她重复第二次。于是,我做了充分准备后,才示意她开始惊心动魄的示范。

"人家从容得很。就像教我的那样,她半侧着身子,用右手抓住铁链子,用左手扶住扁担,使担子与峭壁平行,然后稳稳地一步步升高。在她的周围是一片片探头探脑的黄栌,刚刚开始发红,就像一团团跳跃的火焰,映衬着她洁白的衣衫和黑黑的秀发。我被眼前的美迷醉了,差点儿忘了按动快门!我敢相信,这幅摄影作品必定是杰作。果然,后来获得了全国青年摄影比赛一项大奖。

"在这个姑娘的激励之下,我也陡增一身豪气,一股劲儿爬上了天梯。以至回想我是怎么上来的,竟如一场梦。

"姑娘怕我累坏了,主动提议在天梯顶上歇息一会儿。我问起她的名字。原来她叫田华,与那个演白毛女的著名影星同名。其实,这完全是巧合,她父母都是华山脚下的农民,根本不知道世上有另外一个田华。我已经被华山征服了,打算在山上多待几天,好好拍一点风光片。于是,我问田华山上有什么地方可住,她热情地说:'你就住我们气象站吧,我跟站长说说。'我深受感动,说:'田华姐,谢谢您!'

"经过四五个小时的艰苦攀登,我们终于到达了气象站所在地——华山西峰,又名莲花峰。这儿几乎可以说是华山的象征,许多介绍华山的图片大都拍西峰的悬崖绝壁。峰前有一巨石,如苍龙静卧。西面是海拔2100多米的峭壁,东面是陡峭的石坡。峰顶又有一块巨石,却裂开一道大缝,像被谁用斧头劈开的,所以名叫斧劈石。田华告诉我,神话故事《宝莲灯》中,华山三圣母之子沉香劈山救母,就是这个地方。而华山气象站就紧挨着斧劈石,在一片苍松掩映之下的几间白色木房里。如果把华山比作一把刺天的利剑,西峰就是那利剑之尖,气象站恰好在'利剑之尖'的尖尖上。

"由于田华的介绍,也由于《青年报》的摄影通讯员证,我受到了气象站的热情欢迎。炊事员为我们端来一盘肉炒土豆丝、一盘凉拌黄瓜,还有几个馒头和一盆小米粥。在这交通极其困难的华山顶上,能吃到这样的饭菜,是非常不容易的。想想自己无功受禄,我几乎不忍心下咽了。

"田华看出了我的心思,风趣地说:'你放开肚子吃吧,我们高山上有"蔬菜基地"呢!'见我惊讶,年轻的炊事员自豪地告诉我:'为了在西峰顶上扎下根,气象站的领导发动青年们在山上开荒,种了各种蔬菜。今年光土豆就收了1000多斤,还有大葱、豆角、黄瓜、白菜等等。你就放心地吃吧!'

"我真真饿极了,便不再斯文,狼吞虎咽起来。田华见我实在,还不住地夸我。这时,老站长来了,问我吃饱了没有,要不要添饭。我谢过了,吹起牛来,说我准备为气象站写篇报告文学,再发一组照片,等等。不过,我是下决心要兑现这些诺言,人要讲良心嘛。老站长只是笑笑,摆摆手,把我送进一间十分结实的木头房子里,让我休息一会儿。一见到床,我的困意来了,竟一觉睡到吃晚饭。真不好意思!

"夜间的西峰,狂风卷打着松林,发出阵阵尖厉的怪叫声,如同在古战场上,千军万马在厮杀。

"老站长怕我冻着,特意给我送来一件羊皮大衣。我顺便开始了采访。谁知,他说:'我老了,你写写年轻人吧。譬如,跟你一起上山的田华,就很值得一写。'他见我准备动笔记,便把油灯捻亮了一些,充满感情地讲述起来——

"'在华山顶上工作,不容易啊!首先有个爬山的问题。田华比你大不了几岁,前年中专毕业分到这儿。开始,背着小挎包上山,还累得全身像散了架一样呢。可她有志气,一咬牙,硬挺过来了。这帮年轻人的肩膀上,都有一个隆起的肉疙瘩,那全是挑担子上山留下的纪念啊!

"'光不怕苦还不行,气象观测是一项科研工作,要有硬功夫才行。经过刻苦钻研,现在田华已经能识29种云,初步可以准确地判断天气变化。为了达到这一点,不管白天黑夜,也不管什么天气,她坚持执行观测任务,做到了百班无差错。

"'有一个雷雨交加的夏夜,田华穿着雨衣,拿着手电,照常独自一人去执行观测任务。雷鸣电闪,已经把铁的风向杆烧红了,像根电棒似的亮在雨中。那情景对一个女孩子来说够吓人的,但她没有退缩,而是观察得更仔细。因为她懂得一个道理:越是在复杂的天气里,越能掌握真正的本领。

"'还有去年冬天的一个晚上,北风呼啸大雪纷飞。田华发现风向杆上的风向风速器被冻住了。这个故障如不排除,整个观测数据分析都会受到影响。她毫不犹豫地爬上了"劈山救母"那块巨石,又抓住冰冷刺骨的铁梯,一直爬到19米高的风向杆顶部!

"'小伙子啊,你能相信吗?冰冷漆黑的风雪之夜,在2100多米高的西峰顶上，一个年轻姑娘挺立在比西峰还高19米的风向杆顶。而在2米以外，就是刀削斧劈般的千尺绝壁。当她取出小锤将冰块敲掉，风向风速器又正常运转时，她才像仙女下凡一样降回人间……'

"老站长问得对，我的确难以相信，一个差不多与我同龄的女孩子，怎么会有如此的英雄壮举呢？怎么会有如此忠于职守的工作态度呢？

"借着灯芯火苗一闪一闪的光亮，我隐约看清了墙上有一面锦旗，那是国家气象局授予的。在这面锦旗的背后，田华和老站长他们付出了多少牺牲啊！

"嘀嘀嘀，嘀嘀嘀……隔壁有节奏的发报声又响了起来。老站长解释说：'这里不论白天黑夜，每隔一小时就要把新观测到的气象资料用电报发出。别看咱这个站小，还担负着同亚洲各国进行气象资料交换的重要任务呢！'

"这天夜里，尽管我已经非常疲倦，却久久难以入睡。半夜，我起来解手。气象站的房间里没有厕所，只好到附近松林中搭设的小草棚去。室内室外都是一片漆黑，加上狂风大作，松林如群魔乱舞，并且发出阵阵呼啸。我虽然手握护身棒，却禁不住心惊胆战，不知会遭到什么猛兽的袭击。我又想到了田华，她也是这样来解手的吗？天哪，这是一种什么样的生活！我像糊弄自己似的，匆匆解完手，飞快逃回了房间。

"第二天早餐后，我暂时放弃了外出拍风光片的计划，忍不住激动的心情，去看望田华。在一间铺设整洁素雅的木房里，见到了在我心目中已变成女侠的田华。她已经换了一件浅黄色衬衣，正伏在桌子上看一本厚厚的气象书。瞧她那文静的样子，简直想象不出，她能挑着重担上华山，并在大雪之夜爬上风向杆顶。

"我说：'田华姐，你真够了不起的！'她愣住了，问：'你胡说什么？'于是，我讲了昨晚采访老站长的经过。不料，她击掌笑道：'真是我的傻弟弟！你有眼不识真人，老站长才最值得采访呢。我们那一点点本领，都是跟他学的。'我呆住了。田华说：'别犯傻了，其实你问他他也不会讲的，还是让姐姐给你介绍一段吧。'她对我第一次自称姐姐，让我听了舒服极了，心儿就像一团野草被春风轻轻吹拂着，被春雨轻轻滋润着。就感觉而言，我似乎有些喜欢上她了，真心地喜欢她。这是一种高尚的情感。但我在克制着自己，唯恐亵渎了她那颗圣洁的心。

"田华并未察觉我内心的变化，想了一会儿，讲起了老站长……

"'你知道，咱们这些年轻人，读了几年书，学了一点时髦，一个比一个狂，能瞧得起谁呀？我们几个中专毕业生刚来这儿时，见人少房破单位小，还以为是大材小用了呢，很不安心。

"'听说老站长是位有名的气象专家，我们这些年轻人便想试试他的本领。一个晴朗的早晨，老站长刚吃过早饭，就被我们围住了，问："今天有雨吗？"老站长走出气象站转了一圈，朝天空的四周都望了望，肯定地点点头，回答："有！"我们望望万里无云的蓝天，再看看老站长那十分有把握的神态，不禁疑惑起来：这么晴朗的天能下雨吗？我继续问道："大概几点？"老站长掰着指头一算，说："17点。"于是，我们眼巴巴地等待着。中午的时候，西南方飘来一片乌云，天空有些灰暗了。时针指向17点时，果然落下了豆大的雨点。

"'耳听为虚，眼见为实。眼前发生的事不是千真万确吗？虽说，老站长从不会恃才自傲，我们也该反省反省自己啊，暗暗决定要夹起尾巴做人。我们顿时崇拜起老站长，紧紧围着他，非要让他透露一点儿"天机"。老站长意味深长地说："科学的天机就是掌握规律。我所以断定17点有雨，是根据许多气象要素算出来的。你们若下功夫，也会算出来。"也许，就从那一天起，我们开始了脚踏实地的奋斗。……'

"整整一个上午，我们聊了许多许多。我觉得，在我们这一代中学生里，田华他们是真正脚踏实地的奋斗者，又真是一棵棵没有花香没有树高的无名草。与她相比，我时时感到惭愧。她像大地，而我却像天上的云。

"我动情地问：'田华姐，你知道外面的世界什么样吗？'见她点头，我又问：'你为什么这样拼命干呢？你觉得这样能实现你的价值吗？'她静静地望着我，清澈的目光里含着一丝疑问，似乎在说：这还用回答吗？我不满足这种回答，依然等待着。她无奈地说：'其实，我不以为这儿多么苦。我爸爸妈妈一辈子爬山种田,那才叫苦呢。相比之下,我是幸福的。再说,这国家是大家的国家,这亚洲是大家的亚洲,活儿耽误在谁手里,谁心里能好受呢?反正,我的最低目标就是不在自己手里出问题。让人们享受准确的天气预报,这就是我的价值。'她不会讲什么豪言壮语,也不会慷慨激昂,却把我深深打动了。我抓住她的手,连声说:'田华姐,你是杰出的女性,杰出的!'她轻轻挣脱了自己的手,笑着嗔怪道:'又胡说了。'

"当天下午,我为气象站工作人员拍了一大组照片,从不同角度表现了他们的生活。他们很高兴,还举行了西瓜晚会。田华唱了一段《兰花花》,而老站长唱起了刚劲挺拔的秦腔。我喜欢流行歌曲,唱了《一个人游游荡荡》。直到第三天,我才开始在华山顶上转悠着拍风光片。在华山最高峰——南峰即落雁峰上,我碰到一位姓方的老摄影家。一聊天,天哪,他为拍到一幅杰作,竟在山上转了快一个月!我见他拍的照片的确出手不凡,便向他叙述了自己的情况,请求他的指点。他用炯炯的目光盯了我一阵子,说:'要在一幅摄影作品里,高度概括"华山天下雄"的特点,是相当不容易的。我踏遍华山三峰,才选中一个拍摄点。你选好拍摄点了吗?'我惶惑不安起来,不知该说什么,因为在我眼里,几乎处处都是拍摄点。这种审美眼光与他哪在一个层次上?我只好老老实实地说:'方伯伯,我净瞎拍了,请您指点吧。'

"方伯伯带我登上可观日出的东峰即朝阳峰。在峰巅之上,他指着一处名为'鹞子翻身'的悬崖口,说:'喏,从那里拍华山,效果一下子就出来了。什么叫艺术?艺术就是在角度的选择上能人之不能,见人之不见。'他凝视着天空,忽然默默不语起来,稍等片刻,又赶紧取出相机,俯卧在'鹞子翻身'上面。我被他这一举动吓坏了,因为他伏在极其危险的悬崖边上,稍不留神,就可能摔个粉身碎骨。据说,这里每年都有人摔下去,其状惨不忍睹。然而,方伯伯竟神态自若,拍完之后,爬起来兴高采烈,让我也试了试,我难堪极了,小心翼翼地向那儿爬,仿佛悬崖是个大风口要把我吸下去似的。当伏在'鹞子翻身'之处端起相机,我顿时明白了老摄影家为何兴奋。摄影是一种平面造型艺术，它要借助光与影去取得艺术效果。在这里可以巧妙地采用从左上方天空照射的倒逆光，使得苍茫的群峰显出极其丰富的层次，重峦叠翠，悬崖峭壁，苍松棋台，都在平面上具有立体的质感。从色调上说，深似浓墨的近处山坡，到淡淡的'只有天在上，更无山与齐'的远山，浓淡有致，极有力地刻画出了华山的雄姿。而画面上最光亮的一点，恰恰落在苍松夹峙的巨崖上，引人注目地烘托出充满神话色彩的华山下棋台……在这一刹那，我学到了许多东西。

"'怎么样，小伙子？'方伯伯乐滋滋地问我。我连连点头，但告诉他，这张片子我永远不会发表的，因为这是他的创作，而不是我的创作。我只会永远保存这张片子，作为学习借鉴之用。老摄影家也严肃起来，说：'你从小讲艺术道德，这是成大器的重要条件啊！好吧，如果你愿意，我可以收你为徒。'我太喜出望外了，马上给老师鞠了一躬。方伯伯给我留下一张名片，匆匆下山了，他要去秦岭的太白山。

"送别方伯伯，我在东峰之巅坐了一个多小时，一直在琢磨他的话，领悟其中的道理。

"吃过午饭，我又来到这里。此时，游人渐渐多了起来，我意识到养活自己的问题，就把早写好的广告布兜背在身上，朝人们走去。广告布兜是黄的，而字是鲜红的：'一次成像，热情服务，保证质量，价格公道。'别看我昂首阔步，心里却折磨得厉害，一次次审问自己：我赚钱是不是亵渎了艺术？人家会不会说我掉钱眼里了？万一让田华他们碰上，该怎么看我呢？万一碰上家乡的熟人，回去传开了怎么办？同时，我也竭力鼓励自己：咬紧牙干吧，否则，自立就成了空话，艺术也成了空想，反正不赚黑心钱就是了。

"果然，有几个农民叫住了我，问：'小伙子，你这相机照相真可以马上取吗？'我说：'只要等一分钟。'

"'带色吗？''当然，全色彩！''多少钱一张？''十元。''这么贵？''老伯您放心，我不黑您的钱，北京天安门广场上也这个价。这全是从外国进口的东西，能不贵？''你能保证质量？''照得不好分文不取。'

万事开头难。经过耐心解释,几个农民让我拍照了。我也怕把买卖砸了,拿出拍艺术照的劲儿,特别认真地准备。谢天谢地,效果不错,农民痛痛快快放下钱,拿着照片眉开眼笑地走了。这一来,我的买卖火了,想拍照的人排起了队。仅仅几个小时,三盒胶片竟拍光了。这就是说,毛利收入360元,刨去108元的胶片成本,净赚252元!当然,如果加上路费和食宿费等成本,再按规定交了税,所剩也无几了。但这个良好的开端,还是给了我巨大的鼓舞。

"此后几天,我上午拍艺术照,下午拍商业照,晚上采访气象站人员,过得很充实。我带的十盒拍立得胶片已经用完。对气象站的采访也挺成功,有信心写出一篇催人泪下的报告文学。

"我准备下山了。老站长见我掏钱连忙摆手,说什么也不肯收费。我已经成了小富翁,岂能白吃白住?便托田华照章代收了。为了再次表示谢意,我又为气象站每个工作人员拍了一张肖像照。最后,老站长决定派炊事员送我,说顺便让他采购点东西。

"老站长和田华陪我吃最后一顿午餐。田华说:'你可以从从容容下山,乘18点43分那趟华山去西安的专车。'我问她需要什么,我可以给她寄来。说真的,我很想为她做点什么,可她摇摇头,淡淡一笑,幽默地说:'你出门经常听听天气预报,那里面有我们的问候和祝福。'听了这句话,我感动得差点落下泪来。这时,我见天空有些阴沉沉的,担心地问老站长:'路上会淋雨吗?'老站长点将说:'让田华告诉你。'田华歪头朝门外看了一眼,爽朗地说:'别看云满天,这是高云和中云,又刮着风,没有雨淋你们的,放心吧!'她又转身问老站长:'您说呢?'老站长满意地点点头,算是给了满分。

"这天下山,果然没淋着半点雨星儿。可是,过了苍龙岭,却发现了一个可疑的现象:好像有人在跟踪我们。大约有两三个人,不远不近地跟着我们,时而隐蔽不见,时而探头探脑。我暗暗有些紧张,心想:莫非有人要抢我的相机?或者见我赚钱眼红了?假若是原来敲诈我的那一伙人,问题就更复杂了。我悄悄对炊事员说了险情。嘿,他倒来了精神,大声说：'我跟山里的老道学过武功，正可以练练身手，保你无恙！'谁知，那帮跟踪者像有顺风耳似的，听了这话，再也不露面了。

"我从心里感激炊事员，也感激老站长，若不是有他们的帮助，真不知是吉是凶。当然，歹徒来抢劫，我肯定会抢起护身棒，与他们大战一场的，但能否继续西行就难说了。"

侣不然口若悬河，讲到这里已经是深夜11点多了，水也喝了将近一暖瓶。他解释说：

"我为什么讲这么细致？因为我写的报告文学被编辑部枪毙了！我希望能借您的笔，写一写华山气象站的人们。这样，我也算对得起他们了。"

"其实，你讲得很生动，记录下来就是一篇好作品。我听得入迷了！"

我真诚地鼓励他。他看看手表，也为自己讲的时间如此之长吃了一惊，歉意地站起身，准备告辞。我希望另安排个较充足的时间，请他讲讲去新疆和敦煌的经历和感受。他挥动着两只胳膊，闭着眼睛激动地说："太美啦，美得让人有一种震撼的感觉！"

但是，有合同的约束，他明天必须去图片社上班。他答应明晚与我一起吃晚饭，我们再次长谈。

 三

> 在那一时刻，我明显地感觉到，自己的情感在迅速地变化着。我似乎第一次意识到，金钱虽然相当重要，在许多时候，没有钱几乎等于没有自由，但是，在这个世界上，毕竟有比钱更珍贵的东西。
> ——侣不然自述

第二天傍晚一下班，侣不然直接来到了旅馆。吃饭的时候，我们谈起愈打愈凶的海湾战争。多国部队出动轰炸伊拉克的飞机已达八万架次，美国又扬言不久即发动地面进攻。在此关头，苏联总统戈尔巴乔夫提出世界

瞩目的和平建议，而伊拉克也一改强硬到底的态度，扭扭捏捏地表示愿意从科威特撤军。

侣不然关切地问：

"您听广播了吗？布什拒绝了戈尔巴乔夫的和平建议，说与美国的要求还差一截。您怎么看这件事？"

"美国已经胜利在望了，怎么肯让苏联抢了头功？所以，地面战争不可避免，因为那样美国会得到更多的好处。"

"其实，戈尔巴乔夫的和平建议不错，本可以避免更大规模的冲突。"

"是呀，不费一枪一弹，苏联就成了对世界最有影响力的国家，更不用说对伊拉克和中东了。美国人精明得很，岂能让苏联人占这便宜？"

"伊拉克完了！"

"伊拉克没有能力制约萨达姆，这是它的根本悲剧。"

"唉，萨达姆·侯赛因！"

回到旅馆，关上我房间的门，似乎也把海湾战争关在门外了。我说：

"咱们还是谈你的'西行漫记'。你尽管放开谈好啦，尤其那些印象深、感悟多的地方。"

今天，我为他准备了咖啡和雪花梨，还有一盒桂发祥大麻花，以备充饥。

"真做好打持久战的准备喽！"

侣不然笑着，继续开始了他的自述：

"从华山回到西安，我没怎么停留，就乘上69次特快列车向乌鲁木齐进发了。车是早晨7点多一点开的。我买不上硬卧或硬座车票，买了一张无座的最普通的车票，只好到卧铺车厢混个边座坐一会儿。等到晚上乘务员清铺，便把我们轰出卧铺车厢，任我们在列车上流浪。

"我真有些窝火，心想：你们既然车上无铺也无座，干吗还让我们上车？上了车又不把我们当人！可冷静一些想，也难怪铁路部门。7、8、9这三个月，是新疆的黄金季节，谁不兴冲冲往这儿赶？所以，列车严重超员。一路上，嘈杂、汗臭、缺水、闷热都折磨着乘客。我离开了车厢，在过道中间的一角坐了下来。瞌睡极了，却不敢放开去睡，紧抱着我的两架相机。

"我当然是头一回来新疆喽，但似乎对那片神奇的土地并不陌生。《我们新疆好地方》《吐鲁番的葡萄熟了》等歌曲非常熟悉。从地理课上我也知道，新疆是中国最大的一个省区，其面积160多万平方公里，约占全国总面积的六分之一，而相当于六个英国或三个法国。

"临上车的时候，我给乌鲁木齐市哈萨克中学的海拉提发了封电报，请他来车站接我。其实，我们并不认识，只不过在一年前通过信。这个哈萨克少年，也是摄影爱好者，他从杂志上见到我获奖的作品及学校地址，便写来了热情洋溢的信。他邀请我来新疆做客，还说要教我骑马呢。但是，现在放了暑假，他还能不回牧场吗？再说，我已成了落榜之人，他还会那么热情地欢迎我吗？总之，我只是一时冲动，试一试罢了，并未抱什么大的希望，我做好了一切靠自己的准备。

"早晨醒来，列车已经行进在河西走廊了。我惊异地发现，窗外是一望无际的戈壁荒漠，不见牛羊，不见人烟，甚至不见绿色，而只有黄沙、碎石在急急地旋转。1300多年以前，玄奘就是从这里经过的。他骑着马或骆驼一步步前进着，心情该是多么凄凉。火车的速度毕竟快多了，偶尔也见到一片绿洲，那必定是一个村落，也许是一座县城。荒漠上的人表情也有些漠然，嘴唇因缺少水的滋润而不再鲜红。

"下午3点多，列车驶出玉门。越往西去，越少人烟，而戈壁滩却愈来愈辽阔。乘客们不禁吟诵起'春风不度玉门关''西出阳关无故人'等悲凉的诗句。

"经过54个小时的漫长旅行，我终于在第三天中午平安抵达新疆维吾尔自治区首府——乌鲁木齐。

"当我拖着疲惫不堪的身子出站时，心里怀着一点点希冀，盼望有人朝我招手。乌鲁木齐站是很有气派的，宽敞明亮的二层候车大厅，潮流一样涌动的人群，几乎让我感觉回到了天津。

"突然，我看见一个金黄头发的小伙子，双手举着一张牛皮纸，上面写着：'我是海拉提，接天津来的侣不然。'我的泪一下子涌了出来，我简直不敢相信自己的眼睛，这是真的吗？海拉提长得很结实，方方的脸盘上汗毛也是金黄的，而眼睛却是浅蓝色的，给人一种刚从马背上下来的强悍者之感。我慌慌张张地跑到他面前，他一愣，马上便笑了，问：'是吕不然吗？'我知道他汉字掌握得不是很好，所以把我的姓念错了，但我没纠正，只是点头。他乐了：'好兄弟，你终于来了！'接着，他又抱怨说：'你这电报来得太晚了，害得学校传达室的老大爷打了半天电话，才找到了我爸爸，让他转告我。'我只好连连表示歉意，心里在悄悄痛骂自己。

"乌鲁木齐是座美丽的城市。它位于天山北麓，准噶尔盆地东南边缘。在城里几乎处处都可以望见博格达雪峰。走在大街上，维吾尔族姑娘那艳丽的衣裙，哈萨克少女红帽上的长长羽毛，都让人目不暇接。不要忘记，这里也有百万人口啊！

"海拉提性情爽直，说：'咱们都是穷学生嘛，不住高级饭店，住我们学生宿舍怎么样？'我快活地与他一拍手，回答：'正合我意！'于是，他招手唤来一辆装饰得五彩缤纷的马车，用哈萨克语与车主人讲好价钱和路线后，请我坐在上面。高头白马嘚嘚嘚地奔跑起来，带起一阵阵凉爽的风，乘客自然十分惬意。其实，火车站也有许多出租汽车和公共汽车，比马车速度快。但我对海拉提的安排非常欣赏，体验一下哈萨克人出租马车的味道嘛。

"哈萨克中学也叫三十六中，在乌鲁木齐南端的胜利路上，从火车站过来用不了半小时。进门时，海拉提向值班的老大爷介绍了我，我连忙向他鞠躬致谢，并说要好好为他拍几张照片。这位哈萨克老人乐呵呵地说：'接来了就好哇！'

"走进学生宿舍，海拉提把我安排在他的铺位上，又忙着打来开水给我沏茶。他问我是否吃得惯羊肉，我说喜欢吃。他放心地笑了，说：'你先洗洗脸，一会儿我带你吃羊肉。'

"他带我走进附近一家清真餐馆，在一张方桌前的长凳上坐下来。来这里吃饭的男女老少十几个人，不是维吾尔人就是哈萨克人，个个神态安详,显然是这里的常客。一个戴白帽的小伙计迎过来,先为我们每人沏上一大碗砖茶,然后问海拉提要吃什么,海拉提只说了'肉''馕'两个字,又伸出三个手指比画了一下。一会儿,小伙子端来三碗羊肉和馕。馕是当地少数民族最常吃的面食,类似汉族人吃的硬火烧。现在,每只碗都有一个馕浸在羊肉汤里,上面是一大块羊肉。海拉提用卫生筷子夹起另一块羊肉放进我碗里,说:'你嘛多吃肉,我嘛多吃馕,咱俩合作。'吃下两大块羊肉,再吃下一个馕,喝完羊肉汤,我的肚子已经滚圆了。此时,喝起那大叶的砖茶,竟渐渐觉不出油腻,反倒挺舒服。我问了价格,这羊肉和馕三元一碗,茶水免费。与北京的肯德基、家乡鸡相比,这儿几乎等于在半价以下了。这是我头一回吃羊肉和馕。

"回到宿舍里,海拉提弯腰从床底下取出一个红优西瓜,说:'你们内地人讲究维生素,来吧,咱们杀瓜吃。'说罢,他解下一把腰刀,熟练地把瓜切成了片状。我吃了两片,胃实在已经饱和,只好等会儿再吃。

"海拉提说他这些日子可以天天陪着我,问我打算怎么安排。他建议我先在乌鲁木齐市里逛几天,再去吐鲁番和天池,然后跟他回伊犁州的唐巴拉草原老家。我说,不逛乌鲁木齐,明天就去吐鲁番!

"我意识到,必须同海拉提谈好费用问题。我告诉他:'你是一个很够朋友的人。但我们汉族有句话:"亲兄弟,明算账。"我应当支付咱们的开支,而且我已经有能力支付。'他沉下了脸,说:'怎么嘛,你看不起我?我就没有办法?'我知道他误会了,便向他讲起华山顶上谋生的经过,又拿出拍立得相机给他瞧。我说:'你我不都是穷学生吗?咱们能拿着父母的钱摆阔吗?不!咱们靠自己挣了钱去玩,不是更痛快吗?'他有些明白了,端着拍立得反复看着,点点头说:'天山深处的牧民想照张相很难,咱们上门服务会受欢迎的。其实,我也是穷光蛋,原先想带你去坐不花钱的车。'我取出400元钱递给他,说:'先用我挣的钱,咱们堂堂正正地旅行!'他犹豫了一阵子才下了决心,答应道:'好吧,等咱们挣了钱再还给你,自食其力!'

"说心里话,与海拉提谈妥了开支问题,我如释重负。否则,让他背那么沉重的负担,我怎么能心安呢?凡事先替别人想一想,是我这次旅行悟出的重要道理。

"第二天早晨,我们从二道桥乘长途汽车,经达坂城奔向吐鲁番。真是令人惊奇,接近吐鲁番的时候,竟有一种驶向大海深处的感觉,眼睁睁地一步步沉下去,沉下去。也难怪,这里是世界第二低地,中国的第一低地。吐鲁番盆地的艾丁湖,居然低于海平面154米!这里又是全国最热的地方。我把手伸出窗外,连风都如热浪扑人。

"在吐鲁番,给我留下的最深刻印象,是当地人顽强而又充满智慧的生存能力。

"火焰山上寸草不生,有些山坡上的沙土似乎都被烧得焦黑了。可是,人们却在火焰山的山沟里,开辟出闻名全球的葡萄沟,年产优质鲜葡萄1200万斤,葡萄干300多吨。

"这里年降水量平均只有16.6毫米,年平均蒸发量却在3000毫米以上!照此推论,吐鲁番早晒干了。可是,人们发明了坎儿井,利用从天山脚下到艾丁湖边1400多米的高低差,修了5000公里长的暗渠,成了世世代代不息的生命之源。

"海拉提听说我患有关节炎,马上带我去雅尔村的大沙堆沙疗。那是一个小山般的沙堆。虽然,当地流传着'沙窝里煮鸡蛋'的话,沙堆上仍有许多维吾尔族人在沙疗。他们大都是一家一户来的,支一个小棚子或打几把伞,各自把腿埋进沙里,然后静静地坐着。

"自从运动鞋被歹徒抢去,我一直穿新买的皮凉鞋。一走上沙堆,立刻烫得跳起舞来。海拉提早已打了赤脚,挽起裤腿,将腿用沙子埋住,'嘿嘿'地在一旁乐我呢。附近一个胖胖的维吾尔族老汉听我喊叫,指指自己的女儿,讥笑地说:'11岁的小姑娘嘛都不怕,你年轻小伙子怕啦?这沙子好得很,可以治百病!'海拉提告诉他我有风湿性关节炎。维吾尔族老汉的责任感上来了,他强令我坐下,脱去鞋袜,露出双腿,接着就移开自己的身子,让我坐在那里,用沙子埋住我的腿。他完成这一切后,说:'沙疗对治风湿性关节炎最有效!'那个俊俏的维吾尔族小姑娘笑眯眯地望着我，我却像遭受酷刑一样强忍着，不好意思再嚷嚷了。海拉提安慰我说：'沙疗比吃什么药都灵呢，你治好了腿，旅行不更来劲啦！'说也怪，一会儿那沙子不怎么热了，两条腿反倒麻酥酥的有些凉爽感。我松了一口气，问维吾尔族小姑娘：'你的腿也有病吗？'她还是笑眯眯，摇摇头回答：'我是在预防。''吐鲁番的人还会得关节炎吗？''不，我们是从乌鲁木齐来的。''就为了沙疗？''对！我爸爸的风湿性关节炎就是在这儿治好的。'我回头一看，维吾尔族老汉正在得意地微笑。

"在乌鲁木齐的时候，我和海拉提去友谊商店买了15盒拍立得胶片，并且已装好机子。此刻，我请他为维吾尔族老汉和他的女儿各拍一张，送给他们做纪念。海拉提初次用进口相机，神情很紧张，但拍出来的照片效果不错，让维吾尔族父女大大地惊喜了一番。海拉提自然也信心大增。

"这时，来沙堆的游人多了起来。海拉提套上我那个广告布兜，提着拍立得相机转悠开了。开头，游人们不相信这个哈萨克少年，他就请大家去维吾尔族父女那儿眼见为实。这一来，买卖开张了，一下子拍了40多张。没买卖做的时候，他跑下沙堆，从坎儿井灌一壶水，又摘了一串沙枣，来送给我品尝。那沙枣同内地山野里的酸枣模样差不多，剥开一看，枣肉跟细细的白沙粒一样，吃在嘴里毫无水汁，就像吃了一嘴沙子。我赶紧吐出来，连忙喝坎儿井的水。这水棒极了，像是冰镇过的。

"太阳快落山的时候，维吾尔族老汉拍拍我的肩，让我抬起腿来。我一抬腿，这才发现，除了表面一层干沙之外，腿周围的沙子全变湿了。'看吧，这就是你的汗和腿内的湿气！'维吾尔族老汉说：'你明天再来吧。'在回旅馆的路上，我感觉双腿轻快多了，甚至脑子也灵了。我指指葡萄架下一块木牌上的维吾尔文字，问海拉提：'你看看，这弯弯曲曲忽上忽下的维吾尔文字，像不像一大串葡萄？'他眨眨眼，一拍手叫道：'对呀！这可是头一回发现。'正说话间，一串熟透了的马奶子葡萄坠落在我的面前。海拉提开心地说：'嘿，这是真主奖励你的发现，特别赐福于你的。'这马奶子葡萄长得真跟马奶子似的，几乎有人手的小拇指长和粗，吃起来肉肥汁甜，让人一阵阵心醉。

"我们在吐鲁番玩了几天后,回到了乌鲁木齐,接着又去了天池和南山冰川,但是,最难以忘怀的,还是在伊犁的唐巴拉草原上。那儿是海拉提的故乡。也是在那儿,他教会了我骑马,而我也真正了解了他。

"唐巴拉草原在伊犁哈萨克自治州的尼勒克县境内,是喀什河上游的一片广阔的山地草场。那儿有森林,有瀑布,有奇峰。电影《天山红花》来这里拍过外景。我惊奇地发现,海拉提回到唐巴拉草原上,竟像鱼儿入水鸟儿投林那般活跃。他碰到放牧的哈萨克大叔,连声叫着'阿哈义'和'阿特卡门',那是哈萨克语'大叔'和'骑马'的意思。阿哈义给他一匹枣红马,他一跃而上,两腿一夹马肚子,一阵风似的疾驰而去。在那一刻,我才发现了哈萨克少年的威风。

"海拉提的爸爸是牧民成长起来的兽医专家,被调到自治区工作。海拉提和妈妈也随之去了乌鲁木齐。如今,只有爷爷奶奶和几个叔叔在草原上,依然过着放牧的生活。

"当我们提着酒和点心走近毡房时,几只跟德国牧羊犬似的大狗汪汪地迎了上来,争着舔海拉提的手,显得异常亲热。爷爷、奶奶和叔叔们也迎出门来。我已经跟海拉提学会了几句哈萨克语,叫老爷爷'阿塔',叫老奶奶'阿帕',叫大叔'阿哈义',他们听了格外高兴。进了毡房坐在大花毡上,阿帕马上沏好了奶茶,端来奶酪和面果子,让我们吃。

"趁海拉提与他们讲哈萨克语的时候,我观察了毡房的结构。这毡房由上下两部分组成。下部为圆柱形,上部为穹形。毡房外面是用编织精美的芨芨草帘围裹后,再覆一层毛毡。为了透气,天窗是打开的,而毡房四周也有通风道,坐在里面一点儿也不感到闷热。毡房门的左右两侧放着炊具、食物、马具和猎枪。正上方紧挨毡墙处有一垫桌,桌上放木箱,木箱上再放一叠被褥,外用绣了一群骏马的帷帘挡住。

"看看天色还早,海拉提挑了两匹好马,约我到山谷里骑着玩。他得意地告诉我,这是最标准的伊犁哈萨克马,汉武帝称它'天马'。据专家测定,这种马跑1000米仅用1分20秒25。听他这么一说,我更紧张了,因为我从未骑过马,这么疯跑还不摔死吗?他叫我不必担心。为了让我和马都适应一下,他让我坐在那匹黑骏马上,然后对它说:'黑箭,这是我的好朋友,不许撒野摔人!'见他说得认真,还不时拍拍马脑袋,我笑了,说:'它听得懂你的话吗?'海拉提回答:'那当然了!'

"海拉提选中一片开阔地带,飞身上马,开始示范。他左手牵缰绳,右手持马鞭,稳稳骑在一匹名叫'白光'的马上。他告诉我,双腿一夹马肚子是让马前进,而牵缰绳是控制方向的,往哪儿牵马往哪儿走。说罢,他试了一圈,白马果然极其顺从。于是,我也跃跃欲试,奋力一夹马肚子。黑箭得令,四蹄生风,飞一样奔驰起来。我顿时就吓傻了,早忘了缰绳在手,只有死死抱住马鞍随其狂颠。但六神无主,宝座不稳,一会儿便跌落下来,就像风儿吹落一片树叶。黑箭见主人落马,立刻掉转回头,垂下头舔我的脸,吓得我如对巨兽,连滚带爬跳了起来。这时,海拉提策马赶来,见我没事,哈哈大笑,说:'不跌跤是学不会骑马的。我六岁学骑马,摔了不知多少回,没事儿,越摔越结实。'接着,他提醒我开始夹马肚子时要轻一些,由慢到快。我那模样儿一定狼狈透了,海拉提却连马背也不下。我一咬牙,又蹿上马背,黑箭竟动也不动。我愣了,这才明白未发信号。我轻轻夹了一下马肚子,又把缰绳朝前一拉,黑箭遵令缓缓前行。我又把缰绳朝左拉了180度,黑箭顺从地转过头来往回走去。这时,我才略微感到一阵主人的权威。

"这时的海拉提根本顾不上我了,他扬鞭策马,一会儿蹿上山岗,一会儿又俯冲下来。过河的时候,他不是让马蹚水,而是逼马儿后退,然后飞奔起来,一跃而过。那一瞬间,真让我羡慕极了!我想,那一刻,海拉提一定会有一种升华感,一种飘飘欲仙的感觉。

"我也不满足于骑在马背上散步了,便稍用力夹了一下马肚子。黑箭的感觉很灵敏,会意地轻轻跑起来。渐渐地,我摸到了规律,即骑手应随着马的颠簸而起伏,这样就不怕狂奔了。因此,我狠夹了一下马肚子,黑箭立刻加了速度,犹如黑箭嗖地射向前方。当它颠簸得厉害时,我前倾着身子随之起落,居然合上了它的节拍。海拉提不知何时追了上来,让他的白光与我的黑箭比赛呢。我终于支持不住了,又一次摔下马来。这一次糟糕，人落马，一只脚还挂在镫子上。幸亏海拉提俯身拉住了黑箭的缰绳，不然，我可能被马拖死！

"海拉提让马自由吃草，他架着我到雪松下休息。也怪了，我除了疼痛竟找不到伤。海拉提说：'摔了两跤嘛，学会了骑马，这学费不贵吧？'我苦笑着点点头，说：'这可是真摔啊！'的确，我还从未这样摔过，摔得真痛快！

"山谷里幽静极了。一只苍鹰在高空里无声地盘旋着。马儿们吃饱了嫩草，正头对头地在河边饮水。远处的瀑布被晚霞染上了橘黄色，成了罕见的金瀑布。此刻，好像这个世界上只有我和海拉提两个人。

"我向他讲起高考落榜的事，讲起18年来走过的路，讲起我的摄影生涯。他嘴里咬着一根毛毛草，专心地听着。他鼓励我说：'这算什么呀？只要肯奋斗，希望总会有的。我们哈萨克有句格言："克也恩，伯勒沙恩。克也莫伯勒玛依斯思。"翻译过来就是："胸怀开阔的人，没有克服不了的困难。"我的名字"海拉提"，也是"刚毅"的意思。'他的浅蓝色眼睛如天池的水一样清澈，一动不动地望着我。我很感动。我知道，为打架动刀子的事，海拉提曾受过处分，使他被保送升大学的希望也成为泡影。他正决心再奋斗一年，考入中央民族学院呢。而今，他却陪我尽情旅行，还安慰我。我说：'等你来北京的时候，我一定陪你去南方美美地旅行一趟！''一言为定！'他的眼睛更蓝了，闪动着宝石一样的光亮，我俩的手紧紧地握在了一起。

"等我们骑马往回走的时候，毡房外已飘起了浓浓的羊肉香味。天哪！为了欢迎我的到来，主人竟宰了一只羊！我们还得到一个激动人心的消息：为了庆祝一对哈萨克青年的婚礼，明天在这里举行叼羊比赛，特邀海拉提参加。海拉提自然乐不可支，他给了我一拳，说：'你可以大饱眼福了！还可以拍些好片子。'

"本想好好体会一下草原之夜的味道，可骑马骑得太累了，头一沾枕头便什么也不知道了。早晨醒来，洗漱过后，海拉提吃了一大盘羊肉，真像个准备出征的武士。他决定骑黑箭参赛。我这才知道，黑箭一直是他最喜爱的坐骑，只有最好的朋友来了，他才肯让出。

"早饭后，我陪他去遛马。他给我解释了叼羊比赛的程序。叼羊比赛一般选用山羊。把两岁左右的山羊宰后割去头部，扎紧食道。有的人把羊放进水里浸泡，有的人将水灌入羊肚。这种处理过的羊，哈萨克人称为'灰狼'。叼羊开始，由一位长者将'灰狼'放在草坪中央，骑手们在周围环绕。等一声令下，大家就拼命争夺。胜利者把叼来的羊扔在谁家毡房门口，谁家就会幸福的。

"与新疆其他地方一样，唐巴拉草原所用时区的时间比北京晚两小时，即这儿的10点钟，相当于北京的8点钟。大约10点半，十名年轻的哈萨克骑手，分别骑着各自喜爱的骏马，朝这里奔来。我早准备好了相机，打算拍一组专题片。

"骑手五人一队，一队胳膊上扎红布，另一队胳膊上扎蓝布，已经自觉地围成了一个圈。这时，海拉提的爷爷出现了，他环视了一下骑手们，把'灰狼'丢在了草坪中央。霎时间，一场激烈的争夺战开始了。十个剽悍的骑手个个扬鞭催马，冲撞在一起，围着'灰狼'团团乱转，弄得谁也无法下手。因为匆忙下手，万一摔下来，是极容易被马群踩伤的。可谁都不肯失去先下手的机会。马群挤来撞去，终于露出一个空隙。蓝队一骑手眼疾手快，猛一俯身子，'叼'起了'灰狼'，又立即传给了同伴们。谁知，正当蓝队得意之时，身为红队骑手的海拉提，站在马背上，一挥手如飞鹰扑食，抢走了'灰狼'。接着，他把'灰狼'横放在马鞍前，双腿猛夹马肚，如离弦之箭飞走。红队一路掩护一路助威，蓝队一路追赶一路发誓。草原上鸡飞狗跳，烟尘滚滚，给我的拍照创造了千载难寻的精彩画面。蓝队毕竟不弱，追上海拉提，并且团团围住，你争我抢，互不相让。一阵风儿吹过，竟升腾起一片羊毛。当蓝队夺过'灰狼'逃窜时，我却捡到了羊尾巴。可见，他们的争抢是多么激烈用力。红队丢了羊，赶紧改变了策略，掉头挡住通往胜利区域的道路。因为叼羊比赛规定，只有把羊扔进指定的胜利区域，才算真正的胜利者。就这样争夺了两个多小时，蓝队才达到了目的。

"比赛结束,人困马乏,一个个东倒西歪。只有胜利者——一个和海拉提有同样浅蓝色眼睛的哈萨克小伙子,还勉强爬上了马,并把'灰狼'横在马鞍前。他策马慢慢地跑着,路过海拉提爷爷的毡房门口时,把'灰狼'丢了下来,说:'祝你们家的贵客运气好!'妈呀!这在哈萨克人眼里可是大礼啊。阿塔和阿帕全迎了出来表示谢意。阿帕端出我们送的白酒,拿出煮烂的羊腿,热情招待胜利者。一会儿,又为他和他的坐骑披红戴花。阿塔则让小儿子赶紧挑一只肥羊,送给把福气带来的年轻人。海拉提此时也回来了,悄悄提醒我送他一张照片。我这才反应过来,急忙取出拍立得相机,为那个好客的兄弟马上马下拍了好几张照片,并与全家人照了合影,一起送给了他。他大概从未见过这种照片,擦净了双手,小心翼翼地接过来端详着,'嘿嘿'地乐着。

"这名胜利者是个出色的宣传员。自他走后不久,牧民们络绎不绝地来找我了。他们有的牵着羊,有的捧着雪白的奶酪,有的背着哈密瓜和伊犁苹果,还有的带着新摘的草莓,来看望我,希望我为他们拍张彩照。刚刚完婚的新郎新娘也来了。胜利者把他漂亮的未婚妻也动员来了……海拉提不知所措地望着我,因为他知道那架拍立得相机的特定用途。

"在那一时刻,我明显地感觉到,自己的情感在迅速地变化着。我似乎第一次意识到,金钱虽然相当重要,在许多时候,没有钱几乎等于没有自由,但是,在这个世界上,毕竟有比钱更珍贵的东西。于是,我招呼海拉提说:'还愣着干什么?快帮我给客人照相啊!'他嗫嚅地问:'怎么收钱呢?'我一摆手,模仿他的语气回答:'都是嘛朋友,都是嘛兄弟,收钱干什么?'他的浅蓝色眼睛又像宝石一样明亮了,猛拍一下我的肩膀,大声叫道:'好兄弟!'

"这一个下午,我们为60多个哈萨克牧民免费拍了彩照。当看着他们兴高采烈地离去,我的心里畅快极了,因为我给那么多人带来了欢乐,这不就是我的价值吗?我甚至发现了自己的高尚之处。是啊,为了实现我高尚情感的需要,我放弃了600多元可赚的钱。假若,我赚下这600多元钱,我会有如今的幸福感吗?未必。也许反而会成为我永久的遗憾。我知道，自己不是伟人，但世上绝大多数美好的事情，不都是普通人做的吗？如果，我们每个人都来做一点高尚的事，这世界一定会变得更加可爱！

"从唐巴拉草原回到乌鲁木齐不久，我就准备动身去甘肃西部的敦煌了。临别之际，海拉提哭了，他庄重地解下自己的腰刀，挂在了我的腰上。火车要开的时候，他甚至紧紧拥抱了我。我这人不轻易落泪，此时也泪如泉涌。"

讲完了新疆之行，又是半夜时分。我还来不及谈什么感想，侣不然便要匆匆离去。我告诉他，为了听他的敦煌之行，我愿意再等他一天。他歉意地直叹气。

 四

> 一个人是有巨大潜力的，关键在于开发。谁来开发呢？自己！这就是常常敢把自己逼到绝境里，来一场背水之战。对自己一定要下狠心，敢折磨自己，不吃大苦，难成大才……
> ——侣不然自述

为了继续听侣不然的自述，我又要等待整整一个白天。实在无聊，我乘旅游车去了有"京东第一山"之称的盘山。盘山位于天津市蓟县（现为蓟州区）城北12公里的地方，为燕山余脉，主峰海拔不到1000米。虽说，它的桂月峰、紫盖峰、自来峰、九华峰和舞剑峰各具特色，但比起侣不然描述的华山雄姿，却逊色多了。十年以前，我上过华山。因此，我可以确信，他的形容不算夸张。

晚饭后，侣不然准时来到了旅馆。小伙子对于让我连等三天，再一次表示歉意，并且做了解释：

"我这个人一向守诺如金，答应老板天天坚守岗位，就得尽职尽责。再说，图片社对用临时工要求很苛刻，请假多了等于自我解雇。等技术全

面掌握之后，我会辞职的。"

"你是临时工，能让你接触关键性技术吗？人家还不保密？"

"事在人为嘛。时间长了，加上我腿勤嘴巴甜，总是有机会的。"

他自信地谈论着，又补充道：

"再说，还可以'偷'嘛！金钱财物不能偷，技术知识可以'偷'。"

我安慰他说：

"只要对你的长远发展有利，我多等几天也值了。"

于是，他开始讲起了敦煌之行。他说：

"我这次西北之行，若概括起来，印象最深的，是华山、唐巴拉草原和敦煌。其中，敦煌的印象尤其非同一般。

"从乌鲁木齐到去敦煌的必经车站——柳园，大约16个小时。海拉提为了让我坐上卧铺，瞒着我去售票处排了一夜的队。当我坐在卧铺车厢里，望着乌鲁木齐这座歌舞之城消失在茫茫戈壁的时候，却永远忘不掉那双浅蓝色的眼睛。我下意识地摸到了那把腰刀，解下来仔细端详着。这刀有半尺多长，刀鞘与刀柄是用黄铜做的，而刀身是优质钢反复加工制成的。海拉提曾骄傲地为我试验过，用这把刀削刮铁器，只见铁屑迎刃而起，却不见刀锋卷刃崩口。削铁尚且如此，削别的还用说吗？我深知，他将此刀视为护身之宝，竟什么话没说，送给了新结识的朋友。我一直想，在哈萨克人面前，要重新掂量友谊的分量才成。

"车过七泉湖的时候，我去锅炉房打水，偶然发现一个瘦瘦的和尚也在同一节卧铺车厢。他穿一身肥肥大大的黑布衣，脚下放着一双黑布条结成的鞋，因为正盘腿在小折叠椅上打坐，看不见他的双脚。好奇心驱使我匆匆打完水，走过来与和尚攀谈。周围的乘客也在问他话。这个中年和尚倒也健谈，有问必答，并不避讳什么。

"他是福建某个寺庙的和尚，已出门远行九个月，到北方考察佛事，遍访高僧。最让人意想不到的是，他竟结过婚，并有一个儿子，却下决心断了尘缘，进入佛门修行。一乘客问：'你与妻子相见时怎么办呢？'和尚答：'我们早断了姻缘关系。我在她眼里是师父，她在我眼里是信徒，与别人毫无两样。'我问：'您以前吃肉喝酒吗？'他说：'我那时能喝一斤白酒，肉当然也少吃不了啦。''那您出家后天天吃素，又不许喝酒，能做得到吗？''能啊！只要心诚，没有做不到的事。''电影《少林寺》里说："酒肉穿肠过，佛祖心中留。"那不挺好呀？像济公那样。'听我这么说，和尚认真起来，伸开胳膊比比画画地解释道：'世人对这两句话的理解是完全错误的。你以为济公吃肉是真吃呀？不，他吃鸡是为了超度鸡，吃了鸡肉可以吐出一只整鸡来。这说明他的功法无边！'一席话，说得我们大家目瞪口呆。

"过了一会儿，我又问他：'如今的寺庙里，念经使用扩音器，背后还吹着电风扇，这怎么解释佛教与科学的关系呢？'谁料，这和尚更来了劲儿，说：'科学是跟在佛教后面发展的。如天体知识，佛在两千多年前就已经讲明，科学家后来才发现。再如，佛说一杯水中有芸芸众生，后来科学家不是才证明水中有细菌吗？所以，佛教不是迷信，是自信。'

"我承认，佛教中包含着许多知识，但若说科学是跟在佛教后面发展的，我却无论如何也接受不了。这不是自欺欺人吗？我问：'假如，你们生了病，要不要去医院呢？'和尚答：'尽量靠自己抵抗疾病，实在抗不了，也去医院，该开刀就开刀。'我禁不住笑了，说：'这种态度嘛，还比较科学。'

"这时，熄灯了，乘务员催促我们休息。那和尚伸腿离座，可到了铺位上继续盘腿打坐起来。我问：'您怎么不睡？'他神秘地说：'我就这样坐着睡，已经五六年了，照样休息得好。'这真是太不可思议了！我问：'那您还买卧铺干什么？''卧铺坐着宽敞，又不妨碍别人。'说罢，他又闭上了眼睛。

"这天夜里，我故意起来好几趟，就为了看看那和尚是否真不躺下睡觉。我发现，他果然坐了一夜，有时也像只青蛙一样朝前趴一会儿，但双腿一直紧紧地盘着，那种盘腿功夫是一般人没有的。早晨醒来，他见我注意他，友善地微微一笑，说：'瞧，我这不很好吗？'我问：'你有信仰就是了，干吗总折磨自己？多苦啊！'他却瞪大了眼睛，说：'这还叫苦吗？

我去深山里求佛，碰上没吃没喝的日子多了。有时候，我就靠嚼生米和吃生土豆维持生命。出家人就要经得起磨难啊。我们念经关键在自己内心造佛，心即是佛啊！'和尚的话让我很感动，使我感受到了信仰的力量。我当然不会去信佛念经，但我要像这个和尚一样，忠实于自己的信仰，不达目的，决不回头！

"54次特快列车于次日10点30分抵达柳园。那个和尚也是来敦煌的，我们一道下了车，又一起换乘长途汽车。

"在我的想象中，敦煌虽然是个人烟稀少的地方，但经常有一队队骆驼在戈壁沙海穿行。当我们离开只有几排房子的柳园车站，这才发现，实际上这儿远比想象的还要荒凉。汽车在大漠孤烟的戈壁滩上奔驰，几乎见不到人，甚至连一只飞鸟都见不到。只有冷漠无情的戈壁一片连着一片，好像一个魔鬼在炫耀自己占有的土地是何等辽阔。真难以令人置信，这就是当年的'丝绸之路'？玄奘就曾在这条路上默默走过？一旦缺了水，旅行者的生命之泉便将枯竭。这是多么可怕的现实！可是，信仰的支撑，商品经济的力量，跨越了国界，也跨越了死亡，给人类历史留下了一页辉煌。

"经过两个多小时的颠簸，忽见天际冒出一片葱茏的绿洲。人们顿时振作起来，七嘴八舌地问司机，原来那儿就是我们千里万里来寻访的历史名城——敦煌。

"走近敦煌的第一印象，是它神秘的面纱正轻轻地被撩开。与内地一样，这儿也有大片的玉米、高粱、棉花、土豆等农作物，也有人人熟悉的向日葵在开放——就像荷兰画家文森特·凡·高画的那样。敦煌已由县改为市了，城里的饭店、工艺品商店格外多。据说，这里有11万人口。从服饰上看，敦煌人的着装依然是北方农民的风格，长衣长裤，且以灰蓝色居多，偶尔也有穿超短裤并浓妆艳抹的姑娘翩然而过。

"下车后，和尚与我道了别，自寻寺庙落脚去了。我就近找了一家旅馆住下后，匆匆吃了午饭，便往汽车站赶。我要马上赶到莫高窟去！我要亲眼看一看，这个举世闻名的佛教艺术宝库，为什么长达一个多世纪都那么魅力无穷?

"早在从天津动身之前,我已查阅了一些有关敦煌的资料。据介绍,莫高窟俗称'千佛洞',是我国最大的石窟,也是举世罕见的艺术宫殿。它不仅有绮丽幽雅的风光,更有浩繁众多的石窟,它是艺术的天堂,神话的世界。有位专家曾说,如果说,埃及金字塔以神秘莫测、宏伟无比著称于世,希腊雅典以精美的雕刻久负盛名,那么,莫高窟则以悠久的历史系连、丰富的内容蕴含、完整的石窟面貌、庞大的艺术规模,屹立在世界艺林之巅,享有'东方美术博物馆'之称。日本原首相竹下登决定来中国访问时,一再指示外务省,务必安排去敦煌。他来敦煌参观后说:'我完全被莫高窟征服了,真是百闻不如一见!''看到这里的一片恬静的田园风光,令人觉得曾被时代潮流冲洗过的历史仿佛一场梦幻。这里是人类光辉灿烂的文化遗产的宝库,也是日本文化的源流之一。'

"莫高窟在敦煌城东南25公里的鸣沙山东麓,与三危山隔岸遥望。我们的旅游车又一次穿过戈壁滩,深入雄山夹峙的山谷,经过一片茂密的杨树林,跨上一道飞架沟谷的连拱桥,迎面兀然拔起一座华丽庄严的大牌坊。那上面是郭沫若题写的四个金字:'石室宝藏'。这里的参观要求很严,进门不准带相机,也不许带包。门票分甲、乙两种,甲票25元,可以多看一些石窟;乙票3元,只能看少量石窟。我当然买甲票了,甭说25元,就是100元,我也会买的。不然,跑到这里干什么来啦?为了看得清楚,我还花11元钱租了一个大手电。

"进入洞窟区,你不能不惊叹,在那一片山崖之间,竟有492个洞窟,其中有2400多身彩塑和45000多平方米的壁画。这个数字只是指经过1500多年复杂历史保存下来的现状,而实际开凿的洞窟数以千计!我们在96号窟中见到的一尊倚坐弥勒佛像,高达33米,是目前世界上最大的一尊石胎泥塑佛像。为了保护它,特建起九层飞檐的巍峨大佛殿。我们还从壁画中见到大量的飞天形象,并且明白了飞天名叫香音神,是歌舞、散花之神。著名舞剧《丝路花雨》的重要构想便与此紧密相关。

"漫步在莫高窟的艺术大海之滨,我有一个极其强烈的感受,即凡是稍有点血性的中国人，来到这里没有不感到愤怒的。为什么呢？因为莫高窟被外国人抢劫得太惨了！

"当导游小姐把我们带到17号窟的时候，她的讲解给参观者展示了惊心动魄的一幕。她说：

"'别看这个窟很小，外貌也不惊人，它却是中外关注的"藏经洞"。1900年是我国近代史上最屈辱的一年，八国联军虎狼成群，攻进了清王朝的京城。在这多事之秋，这个被流沙掩埋了近850年的莫高窟藏经洞，在道士王园箓清除积沙时被偶然发现了。洞内从地面至窟顶藏满了古代文书写本和各类丝绸绘画等文化珍宝，据后来统计，总数达50000件之多。这些文物的发现，成为20世纪初世界考古与文化史研究的重大事件。

"'然而，藏经洞被发现的消息自传开之日起，它的悲惨命运也就开始了。1902年在德国汉堡举行的国际东方学会议上，匈牙利地理学会会长洛克齐报告了敦煌佛教艺术的宏丽精美，引起英、法、德、俄等国"学者"们的注意。其中，受雇于英国的匈牙利籍探险家斯坦因，成为对藏经洞掠夺最贪婪疯狂的文化强盗。

"'1905年，沙皇俄国组织了侵略中国的"帕米尔地质考古队"。其成员奥勃鲁切夫来到莫高窟，以六包粗劣的日用品为诱饵，骗取了藏经洞两大包文书。

"'1907年，斯坦因来到莫高窟，仅用数十块马蹄银，便迷住了王道士，从而劫走24箱经卷文书和5大箱绢画刺绣艺术品。当这些珍贵文物运抵伦敦时，斯坦因名声大震。英国政府授予他"爵士"勋号，牛津与剑桥大学授予他"名誉博士"学位，英国皇家地理学会还颁给他金质奖章。

"'1908年，法国的汉学专家伯希和来到莫高窟。他先花三个星期在藏经洞内阅读精选，然后从中劫走汉文写本6000多卷，还有各类绘画精品。

"'1911年，日本"大谷探险队"的桔瑞超、吉川小一郎等人，也劫夺了600多卷敦煌文书。

"'1924年，美国人华尔纳来到莫高窟时，见藏经洞里已无经卷文书可抢劫，就用胶布揭走36幅精美的壁画和一座唐朝彩塑的彩绘。

"'如今，这些被劫走的珍贵历史记录，分别藏于伦敦大不列颠博物馆、巴黎国民图书馆、吉美博物馆、列宁格勒博物馆、印度中亚博物馆、哈佛大学博物馆、波士顿博物馆以及日本、北欧诸国的博物馆……'

"导游小姐也许这样讲过一千遍、一万遍，她的语调是平静的，客观的。可是，我的心里再也难以平静了。是的，王道士已经把自己钉在敦煌史的耻辱柱上了，他罪有应得。然而，这就是问题的全部吗？在同一条丝绸之路上，汉唐时期，万国来朝，络绎不绝；清朝末期，万国来抢，蜂拥而至。与王道士同时代的最高统治者——叶赫那拉氏，在发现藏经洞不久宣称：'量中华之物力，结与国之欢心。'这不等于开门揖盗吗？覆巢之下，安有完卵？假若，当时列强们提出将整个莫高窟带走，叶赫那拉氏也会微笑着答应的，权当丢了一颗珍珠。只要保住她的命，保住她统治中国人的权力，其他一切都可以让强盗们'欢心'。

"据史料记载，等清王朝得知国宝被劫，电令陕甘总督派人将藏经洞文书经卷解往北京时，50000件珍贵文物仅存有六七千卷，而且是强盗们挑剩下的。我不知道国际法是怎么规定的。我想，承认一个国家的主权，尊重一个国家的历史，就应将过去抢劫的东西归还。当然，我更知道，当一个国家并不真正强大的时候，这些只不过是梦想。

"那天下午，我在莫高窟待了很久很久。忽然，随着一阵风儿吹过，山崖的沙土纷纷飘落，犹如绵绵不断的沙雨。我这才发现，许多洞窟门前都有不少沙土。如果不采取措施，用不了多久，整个莫高窟便会被黄沙淹没得踪影皆无。

"想到这里，我不能不对那些为保护敦煌做出重要贡献的人们深怀敬意。譬如，著名画家和学者常书鸿，就是一个杰出的代表。说来也可悲可叹，常书鸿首次发现敦煌石窟艺术的存在，竟是在法国巴黎塞纳河畔的一个旧书摊上，看到六本一套的画册《敦煌图录》，而这套书的编辑者恰恰是伯希和——那个从莫高窟劫走大批宝物的法国汉学家。这个绝妙的讽刺，激起了中国年轻画家的爱国心。从1943年起，常书鸿坚持在敦煌工作了40年！张大千曾在莫高窟半开玩笑地对他说：'我们走了，而你们却要在这里无穷无尽地研究保管下去，这是一个长期的——无期徒刑呀！'

"来过敦煌的人就会相信，张大千的话绝非危言耸听。就连常书鸿的妻子——一个女画家，也因忍受不了这沙漠里的严冬、粗糙的饮食和枯燥的生活环境，丢下丈夫和两个女儿，悄悄地逃走了。这对常书鸿是一个多么无情的打击。但他依然挺立在那里，就像沙漠中一棵生命力顽强的红柳！是他在极困难的条件下，组织上百个民工，第一次沿莫高窟山崖修筑了800米的围墙；是他组织画家们绘制了600多平方米的壁画摹本，向人们广泛传播了敦煌艺术；是他以自身的深入探索和精心组织，有力地推动了中国敦煌学的研究，等等。我们今天之所以还能见到一个复苏的莫高窟，其中浸透了常书鸿他们的心血！

"此后的几天里，我跑遍了敦煌各处的名胜古迹。就连路途最遥远的阳关和玉门关，也去刨根问底地欣赏了个够。如果就开心而言，当然莫过于鸣沙山了。

"夏季里去鸣沙山游玩的最佳时间，是晚上6点至10点，因为此时天气变得凉爽起来，而又有夕阳照明。鸣沙山旅游区在敦煌城南十里的地方，尤以沙漠中的月牙泉闻名于世。来到这里，最让我大开眼界的，是观赏由金黄的流沙堆积成的一道道山峰。果真如有人说的那样，远看似一条昂首欲飞的金龙，近看又如巨幅锦绸横亘戈壁。偶然一阵风起，那浮上的细沙奇异地向山头流动，就像一条金环蛇在疾行。

"我花四元钱租了一峰高大的白骆驼。那骆驼十分温顺，跪在地上，友善地等你在它的两峰中间坐稳，便忽地站立起来，仿佛一下子把你送上了天！接着，迈开稳稳的步子跟主人前进。它的脚掌极富弹性，收起来如男人的拳头，落地则如莲花开放。从入口处到月牙泉路很短，几分钟便到了。那白骆驼跪下前蹄时，你会有一种俯冲下来的感觉，必须紧紧抓住鞍子，否则真可能一头栽下来，与骆驼躺在一起了。

"越过一道沙丘，即可望见蓝色的月牙泉了。忽然，一缕浓郁的沙枣花香，伴着一股清冽的凉气迎面拂来，让人精神为之一振。我暗暗惊奇：

这月牙泉莫非有什么仙气？不然，举目望世界，何处沙山之中见清泉？这月牙泉约有五六十米长，十几米宽，水边长满茂密的芦苇。据说，早在汉代就有此胜景。还传说月牙泉有三宝：泉内的'铁背鱼'能治疑难杂症；泉底的'七星草'可催生壮阳；泉边的'五色沙'天生丽质，灿若明霞。因为有一圈栅栏，我不好入内，便在泉边捧了几捧'五色沙'，装入塑料袋里。我父亲酷爱养热带鱼，有一米高的玻璃缸，再用'五色沙'养水草，一定会锦上添花的。而且，他会骄傲地向客人介绍：'瞧哇，这是我儿子从敦煌月牙泉带回的"五色沙"，粒粒如珠吧？'

"离开月牙泉，我开始爬高高的鸣沙山。又是一个意想不到，这里虽没有华山之险，却让你进三步退两步，那种感觉是始终行而无进。我一个18岁的小伙子，居然也大汗淋漓，气喘如牛，真真惭愧。

"当我终于坐在鸣沙山上，犹如骑在金龙背上的时候，忽然想起了汉朝骠骑将军霍去病。霍去病是山西临汾人，与我妈妈是同乡，所以，关于他的故事我知道得特别多。他是战斗中涌现出来的英雄。当时，匈奴把敦煌以及整个河西走廊都占据了，形成了对汉朝政权的严重威胁。汉朝反击匈奴的战争开始了。18岁的霍去病率八百骑兵，出其不意地猛击敌军首脑，斩了和匈奴首领单于祖父同辈的籍若侯产，活捉单于的叔父罗姑比，并斩敌2000多人，立了头功。从此，汉武帝提拔他为骠骑将军，让他担当领导进军河西的重任。不久，霍去病率大军连续征战，歼敌四万多人，把单于的老婆、王子以及许多高级官员都活捉了，终于迫使匈奴败走漠北，从而使汉朝重新成为河西走廊的主人，并打通了丝绸之路。由于战功赫赫，汉武帝特派人为霍去病造了一所豪华的住宅，叫他去看看满意不满意。他却对汉武帝说：'匈奴未灭，何以家为！'听听，多么壮怀激烈，英气逼人！或许，他的大军就在这鸣沙山下征战过。而今，我早已18岁了，却毫无作为地东游西逛，悠闲地坐在这里怀古，想来真是无地自容。

"霍去病是两千年前的古人，两千年，这世界发生了何等巨大的变化啊！难道我们的英豪之气越来越弱了吗？怎么不能活得更潇洒一些呢？

"鸣沙山似乎故意考验我，看我有没有冒风险的胆量。山东头传来一阵阵惊呼声，原来那里开办了一个刺激性很强的娱乐项目——跳伞。我走过去一看，天哪！这可是动真格的，跟亚运会开幕式上的跳伞表演差不多。所不同的只是那是从飞机上跳下来，这是从山顶向山下跳。别忘了，为亚运会表演的是职业跳伞运动员，又进行了专门的强化训练。而这里，却是谁花了钱，都可以上来试一试的。

"一个肩上搭着高跟鞋的年轻姑娘，笑吟吟地交了十元钱，就去拿长方形的降落伞了。一个黑脸的工作人员温和地问：'小姐，以前跳过吗？''没有，来试试好不好玩。'姑娘神态轻松地答着，开始问一些操作技巧。黑脸工作人员热情地介绍了一遍，又提醒姑娘放下高跟鞋。姑娘摇摇头，说：'我累了，下去就不上来了。'说罢，她拉起了彩色的降落伞，倒退十几步向前奔跑起来，至山崖边双脚一蹬，向前滑翔而去。见她稳稳地在高空中飞行，游客们禁不住纷纷叫好，我也佩服极了。望着这奇妙的一幕，我早在暗暗地与自己商量着：怎么样？跳一次吧，女孩子敢做的事你还不敢？别逞能，危险往往就出在逞能上。不经危险，谈何作为？你不是最崇拜霍去病吗？下面是沙滩，万一摔下去也死不了，怕什么呢？好吧，豁出去了！

"就在我决定去试一次的那一刻，惊人的事故发生了。空中的降落伞猛然乱晃起来，那姑娘抓绳的两只手一高一低，越来越不平衡。紧接着，降落伞像一只断翅鸟骤然向一个斜角坠落下去。我们的心全被揪了起来。一会儿，只见两个等在山下的工作人员，匆匆地把姑娘架到一旁休息，并唤来一名穿白大褂的医务人员。黑脸工作人员用无线电话与山下联络了一阵子，宽慰游客们说：'刚才那个小姐问题不大，只是被高跟鞋硌了一下才有些难受。大家可以继续跳伞。'

"说不清一股什么力量在推动着我。我从容地过去，交了钱，并把挎包托工作人员照管，便去拿起另一顶蓝红白黄紫五色的降落伞。我努力使自己表现得沉着自然，只重点咨询了双手配合与平衡的技巧问题。我知道，几十双眼睛在注视着我。我甚至听到几个女孩子在议论：'这小伙子像个运动员，准能成功！''嗨，男孩子嘛！'我闭了一下眼睛，竭力使自己精神更集中些,只想双手的平衡操纵。我也倒退了十几步,然后拉起降落伞飞跑,估计到山崖边了,朝前纵身一跃。好!降落伞被风儿全鼓足了,载着我稳稳地滑翔着,就像生出了巨大的翅膀。我依稀可以见到地面上的行人和一峰峰骆驼,他们如小人国里的人物。我像在梦里,一个从未有过又似乎做过多年的梦,感觉我要永远这样飞下去,飞下去。突然,我的左手一阵颤抖,降落伞微微有些倾斜。我心里一惊,记起了那个姑娘,立即运足力气,使两手在一个水平线上。反应正确,降落伞又平稳了,并迅速地降低了高度。下降的速度太快了,什么也来不及想,便俯冲下来,连伞带人滚到一起去了。我成功了!我尝到了飞翔的滋味!

"等我从降落伞中钻出来,发现先我而跳的姑娘正坐在不远处。她羡慕地望着我,说:'祝贺你!'我慌乱起来,就像做了亏心事,回答:'你是第一个跳的,你真正地了不起!'说心里话,我是吸取了她失败的教训才成功的,我由衷地敬佩她,感激她。

"这次跳伞,为我的第一次大西北之行画了句号,一个难忘的句号。"

侣不然讲到这里依然意犹未尽。我可以理解,男儿十八闯天下,尝了甜酸尝苦辣,当然有说不完的话。

我把一个削好的雪花梨递给他,问:

"你还给父亲钱了吗?"

他一拍脑瓜,说:

"嗐!我还忘了这个茬儿呢。回到天津,连身上的钢镚儿都掏出来,终于凑足了1000元钱,自豪地还给了父亲。此外,我还送给母亲一条阿拉伯披肩,那是我在伊犁给她买的。给父亲的就是那一包'五色沙'。"

"你父母一定很吃惊吧?"

"吃惊极啦!父母亲的眼睛都直了,简直想不出他们的儿子哪来这么大的本事。这让我很得意了几天。我也觉得,通过这次旅行,我好像获得了一个新的生命!"

"嗯,怎么讲呢?"

他抓紧嚼完了嘴中的梨,说:

"以前，总以为自己知识挺丰富的，常常有一种凡人不理的高傲心态。这回明白了，世界真大我真小，要干成一件事是不容易的。总的来说，我重新认识了什么是人，什么是生活，什么是世界。"

"请具体说一说。"

"譬如说人吧，我现在认为，一个人是有巨大潜力的，关键在于开发。谁来开发呢？自己！这就是常常敢把自己逼到绝境里，来一场背水之战。对自己一定要下狠心，敢折磨自己，不吃大苦，难成大才。与一个人是有巨大潜力相对应的，一个人也是有巨大惰性的，而让惰性发展起来，这个人就毁了。实际上，不肯吃苦的人并不聪明，因为不吃大苦难享大乐，进入不了高境界。倒霉的事人人都可以碰到。真正的人不惧怕倒霉，把倒霉看作一种挑战，也看作一次机会——倒霉有时候就是转机。重要的是永不屈服命运的安排，永不停止为新的希望奋斗……"

他激情昂扬地谈着自己的人生之悟，那么自信，那么坚定。在这初春的午夜里，望着他眸子的纯净亮光，望着他袒露的结实臂膀，我实实在在地感受了什么是人的第二次诞生。这种诞生既是生理的，更是心理的，它是作为人来说真正意义上的诞生！

生命是伟大的，这伟大在于觉醒，在于奋斗，在于创造！

后记：什么是青春

长篇纪实性小说《握手在十六岁》于1992年问世，至今已有26年。26年是什么概念？那是一代人啊！

当年16岁左右的中学生，今天可能已经为人父母。例如《外面的世界很新鲜》里那个个性鲜明的女中学生徐牧云，她如今在美国生活，已经是三个孩子的母亲。我们有很多交流。2016年底，她结合亲身经历写了一本谈中美教育的书，请我为其写了推荐语。

每每想起这个惊人的变化，我都感慨万千，激动不已。首先，我为如实记录一代人的青春而欣慰；其次，我为架起两代人相互理解的彩虹桥而自豪。也就是说，今天的青少年朋友可以从本书里看到父母一代的青春年华，看看今天时常唠叨你们的父母也曾经如何浪漫和叛逆。自然，今日父母如果重读此书，更有可能在重温自己的成长历程的同时理解青春期的孩子。

写到这里，由衷感谢浙江文艺出版社的厚爱，感谢郑重社长和王晓乐总编辑的慧眼，感谢责任编辑的用心。2016年，该社精心出版了"孙云晓教育研究前沿书系"，又主动提出修订再版我的教育文学作品，这才使这部旧作得以重新与读者见面。

这是一部不同寻常的作品。也许在艺术性方面有所不足，但它的不同寻常至少表现为四个方面：一、它是真实的青春记录，既然是小说自然可以虚构，但其中有许多少男少女以罕见的勇气展示出自己率真而隐秘的心灵世界，这是值得精心研读的珍贵文本；二、它是对青春特点与规律的全面探索，为什么在26年后重读此书会让我热泪盈眶？因为那一个个青春的生命依然鲜活，似乎他们就是今天的中学生，真实性、规律性和艺术性决定了本书的生命力；三、它是两代人的握手与真诚对话，我虽为作者，但也是成年人，在一定程度上代表了父母与教师，本书通篇都是两代人心与心的坦诚交流；四、它是一部青春视野的游记，从北京至西安到重庆再过三峡抵巫山，从宜昌至南京到上海再经天津回北京，万里之行与青春为伴，留下多少奇观异景和历史的叹息。

在本书的引子里，我曾经提出青春是什么的问题，在本书的后记里值得回应这一问题，但我还是引用1992年写下的散文诗，也算是致少男少女朋友的话：

青春是什么？青春是一条奔腾的河，是一条充满惊涛骇浪的河。每个少男少女都独自驾着小舟，从这条生命之河上驶过。然而，并非每一个水手都能乘风破浪平安地驶抵彼岸。世界上哪一条江河没有吞没过船只？何况是这样一条布满暗礁的河，这样一群热情大于理智的水手！

青春是什么？青春是一座高耸的山，是一座云雾弥漫的山。每个少男少女都是登山队员，怀揣着征服者的梦想。然而，既然是高山就难免坎坷，难免野花的诱惑和迷路的危险，甚至难免有毒蛇猛兽出没。山林之神只留下一句秘诀——唯有大智大勇者脚下才有路。

青春是什么？青春是一片浩瀚的海，是一片不见天际的海。每个少男少女都是一道小溪，别无选择地汇向大海。溪水是甜的，而海水是咸的，由甜变咸根本不管你情愿还是不情愿。道理很简单：一个人光吃甜的，并不能强身健体，只有吸收盐分，骨头才会一天天结实起来。因此，拥抱大海就是拥抱希望。

青春是什么？青春是一片蔚蓝的天，是一片辽阔无边的天。每个少男少女都是一只羽翼未丰的小鸟，渴望着自由翱翔。然而，如果禁不起暴风骤雨的考验，在天空中挥动翅膀就意味着灾难。如果没有天空一样博大的胸怀，纵然远行万里也会郁郁寡欢。啊，让我们注视着蓝天，那是一个竞技场，那是一个欢乐园，那也是一本青春大辞典！

孙云晓
2018年2月8日于北京世纪城云根斋

图书在版编目(CIP)数据

握手在十六岁 / 孙云晓著. —杭州：浙江文艺出版社，2018.4
ISBN 978-7-5339-5231-0

Ⅰ.①握… Ⅱ.①孙… Ⅲ.①纪实文学—中国—当代 Ⅳ.①I25

中国版本图书馆CIP数据核字(2018)第048640号

责任编辑　冯静芳　周　佳
封面设计　薛　芳
内文设计　吕翡翠
封面绘图　陈丽婷
责任印制　吴春娟

握手在十六岁

孙云晓　著

出版　浙江文艺出版社
地址　杭州市体育场路347号
邮编　310006
网址　www.zjwycbs.cn
经销　浙江省新华书店集团有限公司
制版　杭州天一图文制作有限公司
印刷　杭州广育多莉印刷有限公司
开本　710毫米×1000毫米　1/16
字数　330千字
印张　23
插页　2
印数　00001-10000
版次　2018年4月第1版　2018年4月第1次印刷
书号　ISBN 978-7-5339-5231-0
定价　38.00元

版权所有　违者必究
(如有印装质量问题，请寄承印单位调换)